二 見 文 庫

幻惑

キャサリン・コールター／林 啓恵＝訳

Whiplash
by
Catherine Coulter

謝辞

つぎの方々に感謝いたします。

すてきな表紙を描いてくれたリサ・アモローソ。
くいちがう箇所を的確に見つけだしてくれたカレン・エバンス。
ぐっとくるコピーを書いてくれたドリアン・ヘイスティングス。
この本にとびきりの愛情を注いでくれたクリス・ぺぺ。
そして、すべてが滞りなく運ぶように監督してくれたエリン・ボマー。

わたしは運がいいわ。あなたたちのような人が味方でいてくれるのだから。
心からの感謝を捧げます。

幻惑

登　場　人　物　紹　介

エリン・プラスキ	私立探偵。パートタイムのバレエ教師
ボウイ・リチャーズ	FBI特別捜査官
ジョージィ・リチャーズ	ボウイの娘
エドワード・ケンダー	イェール大学教授。エリンの依頼人
ディロン・サビッチ	FBI特別捜査官
レーシー・シャーロック	FBI特別捜査官。サビッチの妻
ジミー・メートランド	サビッチの上司。FBI副長官
カスキー・ロイヤル	製薬会社シーファー・ハートウィンの米国支社CEO
カーラ・アルバレス	同米国支社製造部長
ジェーン・アン・ロイヤル	カスキーの妻
ヘルムート・ブラウベルト	シーファー・ハートウィン・ドイツ本社渉外係
アドラー・ディフェンドルフ	同ドイツ本社最高責任者
ベルナー・ゲルラッハ	同ドイツ本社製薬部門営業責任者
アンドレアス・ケッセルリング	ドイツ連邦情報局(BND)捜査官
デビッド・ホフマン	アメリカ合衆国上院議員
ニッキィ・ホフマン	デビッドの亡き妻
ダナ・フロビッシャー	ロビイスト
アレックス・バレンティ	アメリカ合衆国副大統領

1

コネチカット州ストーンブリッジ
日曜日の深夜

エリンは彼女にとって第三世代にあたる解錠用工具《ロックピック》を使っていた。これまでも、状況に応じて歴代の工具を使い分けてきた。解錠の工程を教わったのは六歳半のとき。父が彼女の枕の下に潜ませておいたものを次々に解錠したのがはじまりだった。いまエリンの手は震えていないが、口から心臓が飛びだしそうになっている。水のボトル二本とペイデイのキャンディバー一本を持って、暗い備品庫にしゃがむこと三時間。愉快ではないにしろ、それ自体は違法ではない。けれどいまの、この行為のほうは、大問題だった。法をねじ曲げているではすまない、踏みつけにしている。不法な住居侵入なのだから。もし見つかったら、若い身空を刑務所で過ごさなければならない。この先、第四世代のロックピックを開発したいと思っているエリンとしては、避けたい未来だった。

過去にも依頼者のために違法行為に走ったことはあるが、こんどこそこれを最後にしたいと心の底から思った。こんなことをせずに、CEOのカスキー・ロイヤルと直接会って、道理を説いて聞かせてやれたらいいのに――いや、できないことを言ってもしかたがない。

ドアの錠が開いた。黒いジャケットのポケットに祖父譲りの工具を戻し、通路の左右を確認して、薄くドアを開けた。そこからCEOであるロイヤルの部屋に体をすべりこませ、室内の配置を見るためペンライトをつけた。ビジネス仕様の贅沢《ぜいたく》さを備えた大きな四角形の部屋で、濃いワインレッドの革張りのソファとラブシートがひとつずつ、それに見あった足載せ台《オットマン》付きの大きな椅子が一脚。マホガニーでできた高級なアンティークデスクが鎮座している。エリンはペンライトを切り、ドアに鍵をかけると、誰もいないのを確かめるためデスクの奥にある壁一面の窓に近づいた。目の前に公園のような芝地が広がり、夏の終わりのこの時期、いまだ咲きほこっている花々が月明かりに照らされていた。このビルはおよそ一キロにわたるカエデとオークの森をはさんで、バンウィー公園に接している。人の姿はなかったので、カーテンは閉めなかった。特大のデスクに置いてあるコンピュータに近づき、電源を入れた。

もちろんパスワードでロックされているが、その点はぬかりがない。これまでに準備してきたリストが間に合わなかったことは一度しかなく、それも数年前のことだ。エリンはリストの三番め――三人めの妻の誕生日――だろうと踏んでいたが、実際は四番めの、ロイヤル家で飼われていた犬のアドラー――シーファー・ハートウィン社の最高責任者であるアドラー・ディフェンドルフにちなんでつけられた名前――だった。カスキー・ロイヤルの妻ジェーン・アンは、このおばかなダルメシアンのアドラーが、嬉しそうに腹を見せて脚を動かしている動画をウェブサイトに載せている。シーファー・ハートウィンのご大層な年次報告書にはドクトール・アドラー・ディフェンドルフとして、貴族的な細い鼻に知性的な灰色の瞳をして、美しい白髪をいただく老人の写真が掲載されているから、ロイヤル氏にはユーモアのセンスがあるのかもしれない。

おかげでログインできたわ、アドラー、ありがとう。

目当てのファイルを物色し、込みあげる吐き気を無視した。とにかく、片付けてしまわなければ。たとえ捕まって裁判にかけられても、よほど無能な弁護士を雇わないかぎり、きっと有罪にはならない。この製薬会社の強欲な経営陣のやり口の汚さに比べたら、どうということはない。まちがいない、このファイルだ。ファイル名は〝プロジェクトA〟。

そこには会社としてキュロボルトという薬をどうするか、カスキー・ロイヤルの心覚えが書いてあった。すべきことのリストまで添付してあり、一項目ずつ箇条書きしてあった。その筆頭がミズーリ州バートンビルにあるカートライト・ラボの、USシーファー・ハートウィン工場におけるキュロボルトの極端な減産命令であり、つぎに来るのが、やはりバートンビルにある流通拠点レクソルに向けた指示だった。

衝撃的な内容に呆気《あっけ》にとられたため、建物の裏手にまわる車の音の意味を理解するのに、少し時間がかかった。車の音はCEOのオフィスの大きな窓のすぐ下で停まった。窓に駆け寄って下を見ると、シルバーの大型車レクサス――カスキー・ロイヤルの愛車だった。

日曜のこんな夜遅くになにをしにきたのだろう？

いや、そんな悠長なことを考えている場合じゃない。いま見つかったら、私立探偵の免許があろうとなかろうと、問答無用で派手な黄色のジャンプスーツを着せられてしまう。エリンはUSBメモリを差しこんで、会社のパスワードを探った。彼が来たからには、こうするしかない。印刷メニューを押すと、高速プリンタから続々と用紙が吐きだされた。

ファイルのサイズを確かめていなかった。何万ページもあったら、どうしよう？　必要な情報を出力するだけの時間がないかもしれない。いいえ、だいじょうぶ、そのぐらいの時間はある。CEOのカスキー・ロイヤルといえども、ここまで来るには、ロビーに控えている守衛のもとに立ち寄って、署名をしなければならない。

印刷が終わった。よかった、わずか十九枚だった。エリンは出力した用紙を黒いジャケットの内側にしまうと、ファスナーを首まで上げて、プリンタの電源を切り、USBメモリをポケットに戻して、コンピュータを終了した。椅子をまっすぐにして侵入時と変わりがないことを確認してから、ドアに急いで、耳をすませた。長い廊下の向こうから声がする。ロイヤルと女の声が近づいてくる。

まずい。

プランBに切り替えなければ。つねに代替案を用意しておく大切さを頭に叩きこんでくれたのは父だった。どうやらロイヤルと女は言い争っているようだ。エリンがドアに耳を押しあてると、女の声がはっきり聞こえた。「わたしにこんなことをさせるなんて、いまだに信じられないわ、カスキー。どうしてこんなことしなくちゃならないの？」

「カーラ、これから勘定しきれないほど大金が転がりこんでくる。控えめに見積もっても、十五億ドルが棚ぼた式に手に入るんだ。すでにこの半年で十億ドル近い売り上げがあった。それが元手をかけずに、天からの授かり物のように転がりこんできたんだよ」

「でも倫理に反するわ。それに危険よ、違法行為だもの」

「今回だけ手を貸してくれ、カーラ、六桁のボーナスを約束する。それに、そうやきもきするな。なにも起きない、危険なものか」

「でも――」

ロイヤルがいらだたしげにさえぎる。「きみにもわかっているだろう、カーラ。特許切れのキュロボルトには、ほとんど儲けがない。一度の化学療法で十五ドル、たったの十五ドルだぞ。現実を見ろ。食品医薬品局《FDA》が異状を突きとめるには、時間がかかる。圧力が高まったころには、がっぽり儲かっている。それに、わかるだろう、いまのところ圧力などないようなもんだ。ＦＤＡから届いた問いあわせの手紙が一通に、薬不足に関する記事がいくつか新聞に出ただけだ」

ふたりの声が近づいている。危険だが、ドアから離れられない。幸運と不運がいちどきにやってきた。声の主は製造部長のカーラ・アルバレスにまちがいない。話の内容から察するに、カーラは長らく蚊帳《かや》の外に置かれてきたが、さりとて、この先、不正行為を阻止するとも思えなかった。

「なあ、カーラ、今回の件には目をつぶってくれ。それより、その唇、早くキスしたくてたまらんよ」

ちょっと待って。アルバレスとロイヤルがそういう仲？　ロイヤルを中心とする経営陣について調べたときは、そんな噂《うわさ》は入ってこなかった。知っている人はいるの？

カーラが言った。「案外早くＦＤＡがシーファー・ハートウィン社に襲いかかってくるかもしれないのよ。キュロボルトが不足しているのは、計画ミスと、それに――そうよ――わが社の工場拡張に伴う問題ですって？　そんな言い訳を誰が信じるの？　もう少しましな説明はないの？　目の敵《かたき》にされても銀行程度だろうと、たかをくくってるんでしょう？」

いよいよふたりが近づいてきた。ドアまで三メートルを切っている。いつ部屋に入ってきて大きな革製のソファに向かってもおかしくない。「そこがこの計画のすばらしいところさ」ロイヤルが忍び笑いをしている。「拡張に伴う問題を抱えているのは、ミズーリ州の工場だとしても、追及の矛先は海の彼方のドイツ本社に向かう。だから、カーラ、今夜はもう考えるのをやめよう。時間がもったいない――」

「でも、もし――」

驚きに満ちた女の声。衣擦れの音、そして、低いうめき声。荒い息。キスをするときの空気を吸いこむ音。みだらなあえぎ声。残念ながら、仕事の時間は終わったらしい。エリンはここへ来る前に見取り図を確認し、非常事態に備えて脱出ルートを頭に入れてきていた。ふたりが廊下で行為に走らないかぎり、一分とたたずに非常事態に突入する。エリンはオフィスに隣接するバスルームに走り、なかにすべりこむと、そっとドアを閉めた。ガラスブロックで囲われたシャワーブースに入り、天井近くにある小さな窓を見あげた。見取り図から想像していたよりも小さくて高い位置にある。あんなところによじのぼれるだろうか？　オフィスのドアが開く音がした。

2

さあ、見せ場よ。

エリンは深呼吸をして、飛びあがった。片手で窓の下枠をつかみ、もう一方を掛け金にかけて、体を引きあげた。細く開いた隙間から、ざらついた外壁の石の端をつかむことができた。もう片方の手で掛け金を押したが、びくともしない。どうしよう。鼓動が大きく速くなるなか、耳の奥で父の声がした。〝窮地に立たされたら集中しろ。活路が開ける〟掛け金を思いきり押した。一度、もう一度。窓が外に開いた。

開いた部分を見つめて検討した。あまり幅はないが、ありがたいことに、エリンのほうもほっそりしている。

ほんの五メートルほど向こうでは、ロイヤルとカーラ・アルバレスがいちゃついている。笑い声を漏らし、唇を重ねながら、欲望を高めつつ、ソファに近づいている。ここで音を立てたら台無しになる。

両手とも外に出た。外壁の端と窓枠の両方をつかむと、体を引きあげて、上半身を外に出した。逆さになって、下の茂みを遠くに眺めた。

カスキー・ロイヤルがなにかを言っている。と、足音がバスルームに近づいてきた。迷っている時間はない。体を押しだし、思いきって茂みへ飛んだ。

肩から落ちて、茂みがクッションになった。横たわったままゆっくりと呼吸して、自分の体を確認する。願わくば、無事でありますように。

顔をめぐらせて、上を見た。ロイヤルは窓が広く開いていることに気づいて、いぶかしく思うだろうか？

ふたりがセックスの前にシャワーを浴びる気になってくれれば、いいのだけれど。いまだ続くふたりの笑い声とおしゃべりが近づいてきた。シャワーブースは小さいが、ふたりで入れないことはない。

エリンは転がるようにして茂みからおりると、腰を深く折り、社屋の裏手に広がるバンウィー公園の鬱蒼《うっそう》とした森へ走った。

バスルームから叫び声があがるのを聞き、走る速度を上げた。

何者かが窓から脱出したことに気づいたのだ。だが、彼らにはそれが誰なのか見当がつかない。それでいい。警察が気にするのは盗品の有無。パソコンを調べたロイヤルは、〝プロジェクトA〟のファイルの日付が変わっていることに気づき、誰かに読まれたこと、そして出力されたことを知る。そのことを警察に話すだろうか？　いや、あぶない橋は渡らない。

とはいえ、落ち着いて考えれば、情報が持ちだされたことには気づく。わざとキュロボルトを不足させていることが否応なく暴露されることにも。大変な騒ぎになる。

エリンにはそれが待ち遠しかった。

あんな男、震えあがればいいのよ。

警官が呼ばれたら、ある一点は明らかになる。侵入者が小柄な少年か女性だということだ。十二歳以上の男子にはとうていくぐり抜けられない。

森に入ったエリンは、地面に膝をついて深呼吸すると、背後をふり返った。バスルームとオフィスに煌々《こうこう》と明かりがついている。

嬉しいことに、ビルの前の駐車場にパトカーが駆けつける音が聞こえた。守衛が警察に通報したのだろう。どう言い抜けるつもり、カスキー？

エリンは頰をほころばせながら木立を駆け抜け、森の反対側から裏道に出た。その道を行けば幹線道路に出て、ストーンブリッジまで行ける。今夜のセックスはおあずけね、カスキー、おあいにくさま。

警察に踏みこまれたら、カスキーも被害届を出さざるをえない。問題は、なにを被害とするかだ。加えてカスキーは、心地よい日曜の夜遅くにオフィスで製造部長となにをしていたか、妻に申し開きをしなければならない。

一キロほど歩いて、がっちりとした淡いブルーの車体が麗しい愛車のハマーＨ３まで戻ると、シートベルトを締め、キーをまわした。力強いエンジン音が耳に心地よい。ゆっくりと道を走りはじめたとき、まだ動悸《どうき》がして手が震えているのに気づいた。心を鎮めようと、路肩に車を寄せた。シートにもたれ、目をつぶって、依頼者のことを思った。エドワード・ケンダー博士。ニューヘイブンにあるイェール大学の考古学教授だ。エリンの父親と友人だったので、エリンも小さいころから知っている。ケンダー博士はみだりに感情をあらわにしない人物だが、いまジャケットの内側にあるキュロボルトに関する文書を読んだときの満面の笑みが、目に浮かぶようだ。そしてマスコミの猛攻撃によって、シーファー・ハートウィン社をふたたびキュロボルトのフル生産に追いこむことができるだろう。われながら、よくやった。

先週の水曜日の午後、ケンダー博士がエリンの狭いオフィスを訪れたのは、父と知りあいだったからだ。彼に会うのは三年ぶり。正確には、父の葬儀以来だった。彼は約束もなしにストーンブリッジのバーチ通りにあるオフィスにふらりと現れ、エリンの父親がそうであったように、彼の父親が化学療法の最中であることを告げた。肺がんで亡くなったエリンの父親に対して、彼の父親は結腸がんの第四ステージとのことだった。そして治療のさなか、彼は化学療法の専門医からキュロボルトが極端に手に入りにくくなったと聞かされた。ケンダー博士はエリンになにを頼んだらいいのかわからないながら、キュロボルトのフル生産を再開させるためシーファー・ハートウィン社に圧力をかけたがっていた。

「キュロボルト自体は抗がん剤じゃないんだが、多くのがんで抗がん剤と併用されている」ケンダー博士が説明してくれた。「そして重要なのは、結腸がんの治療には欠かせない薬だということだ。キュロボルトは、5―FUの名前で知られる抗がん剤、フルオロウラシルと併用する。5―FUのことをDNAの構成要素に見せかけた手榴弾《しゅりゅうだん》だと考えてみてくれ。それががん細胞のなかで爆発する。キュロボルトはそれとぐるになって、護衛の目をかいくぐる助けをする。キュロボルトがないと、5―FUの有毒性のみが際立って、がん細胞にはたいして効かないということになる」

両手のほっそりした長い指を突きあわせ、それを見おろしながら先を続けた。「問題は特許期限が切れているために、キュロボルトが安価だということだ」

エリンは言った。「それがどうして問題なの？　ああ、そういうこと」

ケンダー博士がうなずいた。「シーファァー・ハートウィンには、わずかな儲けしかない。キュロボルトがなくなると、うちの父親のような結腸がんの患者が最大の被害者になる。キュロボルトの代わりに経口の新薬、エロキシウムを使わなければならないんだ。経口薬を好む人もいるが、エロキシウムだとひととおりの治療に二千ドルかかる。

ほとんどの保険会社は経口薬をカバーしていないか、していてもごく一部だ。つまり、結腸がん患者の多くはエロキシウムを使うために数千ドルを自力で調達しなければならない。父の抗がん剤担当医は、このままでは患者に経口薬を使わせなければならないと、ひどく憤っている。キュロボルトが供給されなくなったら、それしかないんだ。さらに困ったことに、一度エロキシウムを使ったら、キュロボルトがまた手に入るようになったとしても、元には戻せない」

エリンはゆっくりと言った。「それじゃあ、致死的な病を治療するために、自宅を抵当に入れなきゃいけないいってことね」

「きみに想像できるだろうか、エリン。抗がん剤の治療とその副作用に耐えるだけでも、大変な苦痛だ。ちらつく死の影、恐怖に怯《おび》える家族、絶え間ないストレス。そこへきて、化学療法の柱となる薬が予期しない製造上の問題で不足していると聞かされる。ああ、残念ながら、そういうこともあるだろう。新薬に切り替えるには自腹で大金を払わなきゃならない」

ええ、想像がつくわ。エリンは父親が亡くなるまでの数カ月を、ありありと覚えていた。父が弱々しい老人になっていくのを見守る家族は、魂が削られるような焦燥感を味わった。やがて父は食べられなくなり、体が弱って立つこともままならなくなった。そして父はある晩遅くに、この悲惨な治療が不快すぎて、病気のことを忘れてしまう、とエリンに語った。

エリンは涙を呑みこんで、首を振った。「わたしに想像できないのは、死を突きつけられて苦しんでいるがん患者のことを考えずに、重要な治療薬の製造停止をあっさり決める人たちがいるということよ」

ケンダー博士が笑みを浮かべた。深い疲労感と懸念が一瞬、その瞳から消えた。「ウォール街の銀行家たちを忘れてもらっては困るな。やはり金儲けに走って、結果には頓着しない連中だ」

エリンはため息をついた。「欲には限度というものがないのかしら」

「わたしたちが限度を決めるんだよ。儲けのために薬の出荷量を調整するのはまちがっているが、それにしたって、影響を受ける人の数は限られている。銀行の影響は全世界に及ぶ」

彼は椅子の肘掛けを指先で小刻みに叩いた。「それはともかく、エリン、シーファー・ハートウィンの米国支社がストーンブリッジにあるんで、わたしはCEOのカスキー・ロイヤル氏と面談してきた。わたしのことをイェール大学の大物教授だとでも思って、申し出を受け入れたんだろう」

「実際そうだわ」

彼は笑い声をあげようとしたが、結局、口元が少しゆるんだだけだった。「病は偉大なる平等主義者だよ、エリン。死と向きあったら、ほかのすべてが二の次になる。金も名誉も権力も、意味を失う。カスキー・ロイヤルは、それはお気の毒にと言うと、大げさに両腕を差し伸べ、製造ラインの予期せぬトラブルを解決するために最大限の努力を払っている、と言った。急激に生産を拡大したせいだそうだ」ケンダー博士は視線を下げて、両手を見た。

「誰がそんなたわごとを信じるか。会社は生産を拡大したいのに、生産量を増やしたらどうなるかわからないなんてことがあるか?」

「まっ赤な嘘《うそ》ね。ご立派な重役椅子からやつを引きずりだして、絞め殺してやりたいわ」

「キュロボルトの製造工場はスペインにもある。そこの宣伝担当者は生産量が減った新しい理由を考えついた。品質管理の問題だ。労働者による妨害工作の可能性まで示唆した。かくかくしかじかで、元のように生産できるようになるには時間がかかる、と言われたよ」

「マスコミは?」

「抗がん剤が不足しても、代替薬がある以上、大手マスコミにしたら取りあげるに足らずってところだ。〈ウォール・ストリート・ジャーナル〉と〈ニューヨーク・タイムズ〉は、キュロボルトの不足と会社の弁明を取りあげたが、それもそこまでで、さらに掘りさげて会社を問いただすことはなかった。薬品業界に関心のある二社ですら、その程度のことだ」

ケンダー博士は追いつめられた顔をしていた。やつれた顔は怒りにゆがんでいるが、それ以上に目についたのが、全体をおおう絶望感だった。ため息をついて、彼は言った。「わたしの父親には会ったことがなかったね、エリン。昔気質《むかしかたぎ》の頑固な男で、人の世話にはならないと言って聞かない。経口薬を使おうと言ってみたんだが、ひどい副作用だと聞かされているし、そうでなくとも、父にはお金の余裕がない。使うことになったら自宅を売却することになるだろうに、息子の世話にはならないと、早くも釘《くぎ》を刺されてる。こんなときまで見栄を張るとは、首を絞めてやりたくなるよ。気持ちはよくわかるんだがね」

一瞬間があった。「父が苦しむのを見るだけでもつらいのに、キュロボルトがなくなったらどこかから二千ドルを調達してこなきゃならない。父の心は折れてしまいそうだ。こんな最期はあんまりだ」肩を落として、タッセルローファーを見おろした。巨人に戦いを挑んで踏みつぶされた人間のようだ。

ケンダー博士は静かに続けた。「合衆国だけで、一年に十五万人の人が結腸がんの診断を受けているのを知っていたかい？ 政治家やＦＤＡに手紙を書いたし、メールも送ったし、電話もした。だが、最後にはこっちが死にたくなった。みんな無関心で、唯一、関心を持っている抗がん剤の専門医と患者と悩める家族には、なすすべがない。それにしても、なんでここへ来たんだか。きみにならわかってもらえるだろうが、エリン、なにかをしてもらえるわけじゃない。製薬会社に圧力をかけて、キュロボルトをふたたびフル生産させられる人間がいるとは思えないからね」

「わたしたちに必要なのは」エリンは言いながら、デスクの傷んだ卓面を指先でこつこつと叩いた。ボストン大学の二年生のときに中古家具を扱う〈グッドウィル〉で買った安物のデスクだ。「製薬会社が故意に減産することで利益を得ているたしかな証拠よ。それがあれば、マスコミも注目してくれる。製薬会社のスキャンダルは彼らの好物だもの。でも、数億ドルの罰金といっしょにすてきな大皿に載せてあげたら、なお喜ぶでしょうね」

立ちあがって、両手でケンダー博士の両手を握った。「なにをしたらいいか、まだわからないわ、ドクター・ケンダー。でも、なにか役に立つ方法を見つけるから、少し考えさせてもらえる？」

立ち去る彼が、たいして期待していないのは、わかっていた。だが、エリンはすっかりやる気になり、頭は活発に働いていた。その夜は三時間かけてインターネットでキュロボルトの不足について情報収集につとめたが、すでにケンダーから聞かされている以上のことはつかめなかった。判で押したように、どこにも同じことが書いてあった。つまり会社の公式発表だということだ。製造ラインの拡大に伴うトラブルで、現在対処しているものの、時間がかかるだろう、と。有名薬科大学の腫瘍学部でキュロボルトの使用を制限しはじめているという記事を読んだときは、デスクを蹴らずにいられなかった。

こんなとき製薬会社を絞りあげてくれる有力者はいないのか。製薬会社の大がかりな不正行為――FDAに否定的なデータを提出せず、医者にはそれとなく賄賂《わいろ》を渡し、不都合な結果は公表せず、ゴーストライターに書かせた論文を専門誌に出す――を忘れずにいて、いまなら間に合うとばかりに、警告の赤い旗を振る記者はいないの？　バイオックスのスキャンダルを忘れたのだろうか。メルク社が回収に至るまでに、どれだけの人が死んだと思っているの？

世界じゅうの製薬会社が、みんなそんなことをしているのだろうか。いや、考えてみれば、政治家にしても同罪だ。自分の利益しか求めていない。

失望感が重くのしかかった。

必要なのは、儲けのために故意にこうした行為を行っているという、動かぬ証拠。そしてその日の真夜中、証拠をつかんで、キュロボルトの製造ラインをふたたび軌道に乗せさせるには、むかしながらのロックピックに頼るのが一番だという結論に至った。

3

コネチカット州ストーンブリッジ
月曜日の午前中

イングリッシュマフィンを齧《かじ》りながら、エリンは〝プロジェクトA〟ファイルの出力紙十九枚を再読していた。がん患者に影響を与えるのを承知していながら、キュロボルトの生産量が減ったことに関する宣伝担当者向けの弁明のしかたまで書いてあった。カスキー・ロイヤルは熟慮のうえで、すべきことを一覧にしていた。そのなかの一項目として書かれたつぎの一文が、全体をよく象徴している。〝現在の世界的な供給量とスペイン工場の生産量を照らしあわせるに、アメリカにおいてキュロボルト不足が深刻化して腫瘍内科医がエロキシウムに切り替えるには、四カ月ほどかかるだろう〟

そのあと、スペインでの製造を終了する！

エリンは首をひねった。シーファー・ハートウィンが恐ろしく高価な経口剤エロキシウムの特許を持っているのならば、理屈が通るけれど。

だが、現実に特許を持っているのは、エロキシウムを製造しているフランスの製薬会社、ラボラトワーズ・アンコンドルだった。米国だけで毎年十五万人が結腸がんと診断されると、ケンダー博士は言っていた。つまりエロキシウムによる収入はいずれ莫大な額になる。けれど、どうしてドイツの製薬会社が米国とスペインの工場でキュロボルトを減産して、フランスの製薬会社をとてつもなく儲けさせなければならないのだろう？

独占を禁じる反トラスト法があるので、あからさまに儲けることはできない。こっそりお互いを利する方法があるのだろうか。スイスに銀行口座があって、ひそかに金がやりとりされている可能性は？　それとも、反トラスト法に違反しても罪に問われないと信じるほど、いい気になっているの？

イングリッシュマフィンに粒入りのピーナッツバターを塗りなおし、スイスの生物医薬品会社であるセローノに関する記事を読んだ。その会社は〝あやしげな臨床試験を行って〟エイズの治療薬を世に出そうとした、とアルバート・R・ゴンザレス司法長官は断定していた。会社は〝患者の利益とは無関係に薬を売ることに重きを置き〟、その薬を処方させるため医師たちをフランス旅行に招待した。

欲の皮の突っぱった専門家の一覧に、医師まで書き加えなければならないのか。

エリンは製薬会社による驚くべき悪事の数々が書かれた出力紙の山を脇に押しやった。いま必要なのは、行動すること。エリンはキュロボルトに関する文書の送付先を検討しはじめた。カスキー・ロイヤルのコンピュータに侵入した以上、刑務所送りになりたくなければ、頭を使わなければならない。最終的に〈ウォール・ストリート・ジャーナル〉のポール・ブラッドリーと、〈ニューヨーク・タイムズ〉のルーサー・グリーソンに知らせることにした。どちらもキュロボルトが不足していることを報じてくれた記者だ。大手テレビ局はどこもキュロボルトの不足と、それによって引き起こされる結腸がん患者の不幸を報じなかった。この話が新聞に出たら、有名女性キャスターのケイティ・クーリックなどは、大慌てで取りあげるだろう。

テレビ記者の声を聞いて、エリンはさっと顔を上げた。「いまから二時間前、バンウィー公園で男性の変死体が発見され――」

バンウィー公園といえば、シーファー・ハートウィンの社屋のすぐ裏に広がる森のことだ。エリンはお茶のカップを手にして、テレビの前に移動した。テレビ記者は別の男の顔の前にマイクを突きだした。「こちらにニューヘイブン支局の責任者、ボウイ・リチャーズ特別捜査官にお越しいただきました。捜査官、現在わかっていることはなんでしょう？　殺人ですか？　この事件が所轄署ではなく、ＦＢＩに託された理由は？　被害者の身元は特定されたんですか？　昨夜シーファー・ハートウィンのアメリカ支社に何者かが不法侵入したそうですが、今回の件と関係があるとお考えですか？」

ボウイ・リチャーズ捜査官は、矢継ぎ早に放たれる質問にたじたじとしつつも、エリンが見るところ、そのことをありがたがっているようだった。これなら答える質問を自分で選べる。「ＦＢＩが派遣されたのは、被害者が国有地であるバンウィー公園で発見されたからです。この残虐な事件には、ＦＢＩと所轄署が協力して捜査にあたります。いまの段階でお話しできるのは以上です」捜査官は顔をめぐらせて、恰幅《かっぷく》のいい中年男性にうなずきかけ、記者はその男性をクリフォード・エイモス署長と紹介した。署長が不服そうなのは、被害者が国有地で殺されるという、まちがった判断をしたことによるものだろう。

「署長、被害者の身元は特定できましたか？」

署長が答えた。「家族に連絡がつくまで身元を伏せたいと、ＦＢＩから申し入れがありました。リチャーズ特別捜査官が言ったとおり、この事件にはうちも積極的にかかわらせてもらいます」

そうでしょうとも、とエリンは思った。もし自分がボウイ・リチャーズなら、所轄署の警官はなるべく遠ざける。カスキー・ロイヤルのいた会社の裏庭に殺害死体があり、事件が起きたとき、エリンはそこにいないまでもすぐ近くにいたはずで、死体にけつまずいたり、犯人と出くわしたりしていても、おかしくなかった。カスキー・ロイヤルのオフィスにいて、彼のコンピュータからデータを出力したことはいずれ突きとめられる。そうなれば殺人犯だとみなされて刑務所に送られ、ケンダー博士の父親はエロキシウムを使うために自宅を売り払わなければならなくなる。いや……先走らないで、落ち着くのよ。殺されたのはシーファー・ハートウィンの社員だろうか。常識的に考えて、そうであるほうにピーナッツバターをたっぷりと塗りつけたイングリッシュマフィンの最後のひと口を賭けてもいい。

シーファー・ハートウィンと無関係の誰かという可能性はあるだろうか？　ただの旅行者が母を訪ねてこの街に来て、運悪く強盗殺人に遭ったなどという話は、とても信じられない。シーファー・ハートウィンの関係者だとしたら、自分がそこにいたこととその人が殺されたことのあいだには、なにか関連があるのではないか。

ともあれ、エリンはなにも見ておらず、なにも聞いていなかった。もちろん死体にけつまずくこともなかったけれど、そんなことを言っても、誰が信じてくれるだろう。

そのとき、あることに気づいた。カスキー・ロイヤルのコンピュータから出力した文書をいまマスコミに送りつけたら、一時間とせずに逮捕されてしまう。

この先はなにをするにも、殺人と結びつけられないように、慎重を期さなければならない。一時間後、呼び鈴が鳴ったとき、エリンは〝プロジェクトA〟ファイルや、自分のメモ、出力紙、記事の切り抜きなどの整理に取りかかっていた。

いつものように、さっとドアを開ける代わりに、吸血鬼や悪漢が入ってくるのを防ぐため、のぞき窓から外を見た。どういうこと？　さっきテレビで観た顔がそこにあった。心臓がどすんと重くなった。もうばれたの？　いいえ、ありえない。ほら、しゃんとして。「どなた？」

「ボウイ・リチャーズといいます。お話できますか、ミズ・プラスキ？」

「なんなの？」ほんとはなんなのか、わかっていた。愛車ハマーのナンバープレートを見ていた目撃者を見つけたか、エリンが見落とした監視カメラに女が映っていることに守衛が気づき、その女をジムで見かけたとかでカーラ・アルバレスがエリンと特定し――

「個人的な用件、娘のジョージィのことです、ミズ・プラスキ」

え？　ジョージア・リチャーズ――通称ジョージィ――は、ＦＢＩ捜査官の娘なの？　しかも、ボウイ・リチャーズはただの捜査官じゃない、ニューヘイブンの責任者だ。どうして誰も教えてくれなかったのだろう？　巨大な黒雲があれよあれよという間に、自分に近づいてくるのを感じる。わが一族は代々幸運なはずなのに、どういうこと？

いやだったけれど、ドアを開け、前に出て、入り口をふさいだ。

ボウイ・リチャーズは、テレビで観るのと印象がちがった。こちらに余裕がないせいか、より大きくていかめしく見える。悲運の使者はダークスーツと白いシャツ、赤と青のネクタイを締めて、黒のウィングチップをはいていた。ＦＢＩの支局責任者にしては若く、せいぜい三十代の前半だった。浅黒い肌に焦げ茶色の髪、瞳の色は薄いブルーで、体つきはマラソン選手のように細く引き締まっている。

エリンは立ちはだかったまま、動かなかった。「ジョージィのお父さんなの？」

彼から手を差しだされると、とっさに握り返してしまった。恐ろしくがっちりした手。この手なら難なく二二口径の拳銃ごとエリンの手をひねりあげられそうだ。「ボウイ・リチャーズです。少しお時間をいただけませんか、ミズ・プラスキ？　あなたにお願いしたいことがあってうかがいました」

彼を家に入れるわけにはいかない。キュロボルトに関する記事や、インターネットで見つけた製薬会社のスキャンダル記事の出力紙を見られてしまう。ダイニングの食卓に無造作に広げたままになっているから、二秒もあれば、殺人の被疑者を見つけたことに気づくだろう。これが五分後なら、すべて見えないところにしまっていただろうに。やはり幸運の女神は大急ぎで立ち去ってしまったらしい。

エリンは言った。「ごめんなさい、いまはだめなの。殺虫剤をまいたばかりで、薬のにおいがぷんぷんしてるから。ここにいてもにおうから、あんまり息をしないでね。わたしもいまマスクを外したばかりなのよ。悪いけど、通路に出させて」エリンは背後でドアを閉めた。晴れやかな笑顔を彼に向けた。「ジョージィは元気にしてますか？」

ボウイは不審に思っていた。においなどしなかった。マスクをしていたにしては、彼女の顔に跡が残っていない。なぜおれを入れたくないんだ？　そうか、男だな。そいつを見られたくないんだろう。ひょっとすると、男が女房持ちなのか？

ボウイは通路の壁にもたれかかって、腕組みをした。本人もそれと気づかずに、威嚇するようなポーズをとっている。エリンは彼と向きあいながら、ジーンズのポケットに両手を突っこんだ。どうして今朝にかぎって、家で仕事をしていたのだろう？　わが身の無事を祈らずにいられない。

「うちの娘はあなたの話ばかりしてましてね、ミズ・プラスキ。最初のクラスのとき、レッスン場に入ってくるなり、子どもとその親たちを前にして、名前はエリン・プラスキといってポーランド系アイルランド系アメリカ人だと自己紹介されたそうですね。ぼくが笑ったもんだから、ジョージィはその話をくり返して、五回は聞かされたんじゃないかな。娘はあなたの言うことならすべて、ぼくに聞かせずにはいられないようです。それであなたを知らない人とは思えなくて、今日こうしてうかがいました。信頼に足る人だと思ったので」

なに、この飛躍。手がかりをくれればいいのに。

彼は言った。「ところで、もうなんのにおいもしないようです。お邪魔してもだいじょうぶじゃないですか」

そうはいかないわ、捜査官さん。

エリンが黙っていると、彼のほうが譲歩した。「でもまあ、廊下でもかまいません。いや、嘘は言いません、ぼくはジョージィの父親です」

「あなたのことは知ってるわ。テレビで観たの。ＦＢＩの捜査官ね」

ボウイはうなずいて、頭をぽりぽりやった。「そういえば、テレビ局のやつらが現場に押しかけてたな」

「大企業の社屋の裏で男の死体が見つかるなんて、コネチカットではめったにあることじゃないから」

「たしかに。つまりしばらくてんてこ舞いになるわけで、こちらにうかがったのも、それが理由なんです。さっきも言ったとおり、どうしてもあなたにお願いしたいことがありまして、ミズ・プラスキ」

「ジョージィになにか？　明日のバレエのレッスンはお休み？」

彼は首を振った。「いや、そうじゃなくて。単刀直入に言うと、ほかに手がないんです。今回の事件の捜査で、ぼくはいつ呼びだされるかわかりません。ひょっとして、ひょっとしたら、何日かうちに来て、学校にいる以外の時間、娘の面倒をみてもらえないかと思ったんです。ジョージィの口ぶりから、あなたはバレエのレッスンで生計を立てておられるようだから――」

エリンがとまどっているのを見て、彼は言った。「そうか、バレエ教師以外にも仕事があるんですね？　ほかにフルタイムの仕事があって、小さな子の面倒をみる時間や余裕がないと？」

「ええ、バレエの教師は趣味なの、リチャーズ捜査官」

「じゃあ、本業は、ミズ・プラスキ？」

「私立探偵よ、リチャーズ捜査官」

捜査官が目をむいた。まるでエリンの頭から悪魔の角がにょっきり生えたかのようだった。

まさか私立探偵とは思っていなかったのだろう。自分がどう見えるかはわかっている。園芸用の支柱のように痩《や》せた体にジーンズと、白いTシャツ。ブーツをはいているために百八十センチほどになり、彼とあまり変わらない。ありきたりの茶色の髪は太い一本の三つ編みにして背中に垂らし、耳には大きな銀色のフープピアスが下がっている。

「ご存じでしょうけど」辛抱強く、言葉を重ねた。「依頼人のむずかしい個人的な問題を解決するのが仕事よ。お知りあいに私立探偵はいないの、リチャーズ捜査官？」

「いや、いますよ、ニューヨーク市にひとり。たしか先月、ある旦那の浮気調査をしてて、気づいた本人からこてんぱんに叩きのめされたはずです」

エリンは話に引きこまれないように注意した。「だったら、私立探偵が自営業で、食べるには長時間働くしかないのをご存じね。あなたとちがって、職場にいてもいなくても給料がもらえる公務員のようなわけにはいかないの。辛辣な言い方して、悪いけど。ジョージィの母親はどうしたの？」

「亡くなりました」

ああ、そういうこと。「お気の毒に。でもベビーシッターはいるんでしょう？」

「います。ですがそのシッターのグリンは手術を受けたばかりで、よくなるまではボストンにいるんです。母親が連れ帰ったんで」

「そんなときの備えはしてなかったの？」

「緊急手術でした。もちろん代わりの人もいるんですが、あいにく、全員ふさがってて」それでにっちもさっちもいかなくなった、と彼の目が語っていた。「そんなわけでジョージィを見てくれる人がいないんです。じつはあなたを勧めてくれたのは、グリンでして。ジョージィのことをかわいがっていて、じょうずに扱ってくれているからと。それでひょっとしたらと思いました。あなたは独身だし、ジョージィはあなたが大好きなようだし……。すみませんでした」

彼は小さく頭を下げた。「お邪魔しました」回れ右をして廊下を歩きだす。エリンはその背中に声をかけた。「ちょっと待って。お手伝いできることがないか考えてみるわ」

ブーツの踵《かかと》を鳴らして彼がふり向いた。いかめしい顔が期待に輝いている。

「しばらくここで待ってて。片付けたいから」

わたしったらなに考えてるの？　あとで自分を撃ち殺してやる。きっちり決めて、悲惨な境遇からきれいさっぱり解放してやらなければ。

4

メリーランド州チェビーチェイス
日曜日の夜

「こんなに薄気味の悪いもの、はじめて見たわ」シャーロックはサビッチの耳にささやいた。

ふたりはいま木立のあいだを漂う白く薄い膜のような物体に目を凝らしていた。完全に不透明でもないし、かといって透明とも言えない。〝この世のものならぬ〟と議員が言ったことを思いだして、サビッチは首を振った。まさかエクトプラズムのようなものが、メリーランド州チェビーチェイスにあるデビッド・ホフマン上院議員の自宅の裏手に広がる小さな森のなかを行き交っているとは思えなかった。上院議員が言うところの幽霊は彼が描写したとおりのもの――ごくふつうの枕カバーほどの大きさの、羽根のように軽い布を切ったもの――である可能性のほうがはるかに高い。

ふたりが見守るなか、白い物体はゆっくりと家屋に近づいた。いかにもワイヤで操るのに苦労しているように、数秒ごとに止まる。先入観は禁物だぞ、とサビッチは自分に言い聞かせた。まだ実体がわかっていないのだから。

「わたしの寝室の窓に現れたのだ」その朝のことだった。優雅な自宅の書斎で堂々たるデスクの奥に陣取ったホフマン上院議員は、サビッチとシャーロックを前にして言った。そんなことを口にしたら笑いものになると思っているのか、その声は低く、こわばっていた。続いて咳《せき》払いをすると、シャーロックのカールした赤毛を経由して、その奥の壁際にならぶ書棚に目をやった。シャーロックはその視線をたどった。「なにか見えるんですか、上院議員？」「うん？　ああ、いや、それはない。ただ、あそこの本を読んだものかとふと思ってね。この家を買ったときについてきた本なんだが、一度も手に取ったことがない」首を振った。「地元の住居として、ここに住んでもう九年になるというのに、嘆かわしい」

サビッチは言った。「上院議員、寝室の窓の外にぶら下がっていたという物体ですが、実害はあったのでしょうか？」

「いや、飛んでまわっただけだ」上院議員は答えた。「行ったり来たり、ふわっと浮きあがることもあったし、沈むこともあった。夜中に目覚めて、はじめて見たときは、奇妙な幻覚かなにかだと思った。だがいつまでも舞っているので、ベッドを出て窓まで行った。正直、縮みあがった。正体のわからないまま、そいつはわたしの前にふっと現れ、つぎの瞬間には消えた」パチンと指を鳴らす。「――跡形もなく。戻ってくるかもしれないと、立って待っていたが、来なかった。それでただの夢だと、さもなければ牡蠣《かき》を食べすぎたせいだと、自分に言い聞かせた。そうこうするうちに、また現れた」

「これまでに何度現れたのでしょう？」シャーロックが尋ねた。

「十二回だ。数えていたんでね。じつは毎回、このノートに記入している」茶色の革で装丁された小さなノートをデスクの引き出しに戻した。「このままおかしくなるなら、精神が崩壊する過程を記録に残しておきたかった」短く笑った。「いまはベッドに横たわったまま、それが踊ってまわるのを見ているよ。時間を計ってみたら、十分ぐらいで消える。そして毎回、それはどこからともなく現れ、つぎの瞬間には消えている」

サビッチは尋ねた。「どうして目が覚めるんですか？」

「ぐっすり眠っていると、軽い音が聞こえてくる。人が息を吸いこもうとするような音だ。その音が耳につく大きさでしつこく続くので、そのうち目が覚める。すると開いたカーテンの向こうでそいつが踊っている。あの動きをひとことで説明すると、そうなる」

シャーロックが言った。「向こうが透けて見えるんですか？」

上院議員は首を振った。また彼女の髪を見ている。シャーロックは小首をかしげた。

「すまない」上院議員は言った。「妻が——妻がやはり赤毛だった。きみの髪のほうがきれいだが、シャーロック捜査官、妻の髪はもっと明るくて、戦士のように猛々しく、カールももっときつかった」

戦士のような猛々しさとはぐっとくる、とサビッチは思った。

「ありがとうございます、上院議員」シャーロックは言った。

「それで質問の答えだが、暗いと向こうが見えないとはいえ、中身が詰まっているという感じでもない。薄手の古いリネンでできたナイトガウンや、厚めのウェディングベールのようにひらひらしていて、さっき言ったとおり、枕カバーくらいの大きさがある」

枕カバーと言われると、とたんに現実味を帯びる。サビッチは言った。「上院議員、ほかの部屋でお休みになられたことはありますか?」

上院議員は首を振り、かたくなな調子で言った。「逃げ隠れするつもりはないのでね、サビッチ捜査官。わたしの家、わたしの寝室なのだから。霊魂だかなんだか知らないが、そんなものを怖がるいわれはないよ。とはいえ、一度は睡眠薬を使ったが。それでも、人の息のような音が執拗《しつよう》に続いて、やはり目が覚めた」

「その物体のことをどなたかにお話しになりましたか?」

「ああ、補佐官のコーリス・リドルには話した。コーリスは口が堅い。わたしが強制的に連れ去られるようなことになれば、彼女を含むスタッフ一同が一時的に路頭に迷う」

「彼女は窓辺に寝袋を置いて何日か寝ると言って、聞かなかった。謎の物体は現れなかった。彼女は寝袋を外に持ちだし、寝室から五メートルほど離れた場所で眠った。やはり、それは現れなかった。

そこで、彼女の勧めで私立探偵を雇った。人につけられていることにして、夜のあいだ、家を見張らせたんだ。だが、探偵がいるあいだは、やはりなにも起きなかった」

「コーリス・リドルのほかにご存じの方は?」シャーロックは尋ねながら、手帳に書かれたコーリスの名前の横にチェックマークをつけた。

「わたしの息子ふたりが知っている。何度かそれが現れたあと、ふたりをここへ呼んで、正直に打ち明けた。この際だから言うが、息子たちの反応を見たかったんだ。ふたりは顔を見あわせ、おやじの頭が変になったぞ、どうしたもんだ、とでも言いたげだった。とはいえ、ふたりもやはり裏庭で数日、寝てみると言いはり、やはりそのときも、それは現れなかった。息子たちはおそらくわたしのことを、正気を失いかけていると思っているだろう」

サビッチは言った。「こんなことが起きる理由に、お心当たりはありませんか? それがなにを意味するのか、なんらかの手がかりといったものとか。それと、呼吸をするような物音ですが、その物体とは無関係に聞いたことがありますか?」

上院議員はいったん首を振ったものの、ふと動きを止めた。苦痛に濁った目を上げた。「ああ、そうだ、聞いたことがある。家内は重体になると、呼吸がうまくできなくなった。それで、あの音と同じような音を立てて息をしていた。家内のベッドの脇に腰かけ、わたしはそれを聞いていた。家内が生きていくために五分間に何度その音を立てるか、数えたものだ。あのときのいたたまれない気持ちが、今回のことですっかりよみがえった」いったん口をつぐんだ。「家内が昏睡《こんすい》状態になるとその音が消え、人工呼吸器が家内の代わりに呼吸を受け持った」

サビッチは尋ねた。「その物体がなんであるにしろ、それが意思の疎通を図ろうとしていると感じたことはありませんか？」

上院議員が灰色の瞳をサビッチの顔に向けた。じっと考えこみ、ゆっくりと首を振った。「それが現れて五、六度すると、わたしも怖くなって、話しかけるようになった。ここでなにをしているのかとか、どうしたいんだとか、尋ねてみた。それはただただ飛びまわり、わたしの視界から外れそうなほど激しく動いた。ばかにされているように感じたよ。それからはもう接触を試みないで、ベッドから見るだけにしている」

シャーロックが尋ねた。「それ以外の方法でも調べてみたんですか？」

「それは、寝室の外のオークの木にのぼって、ロープの繊維や足跡や折れた枝がないかどうか調べたかということかね？　ああ、やったのは私立探偵だが、なにも見つからなかった。探偵も息子たちも同じだった」モンブラン社製の豪華な金色の万年筆を指でくるくるとまわしながら、手元を見つめて顔をしかめた。「じつはもうひとり、政治の世界とは無関係の親友に話した。お互い、大のゴルフ好きでね。毎週土曜日にゴルフをしている」

「その方のお名前は？」

上院議員はシャーロックのまばゆい髪をちらりと見た。「ゲイブ・ヒリヤード。警備会社をやっていて、ここワシントンDCを含めて、国内五、六カ所に営業所がある。古いつきあいだ。とてもいい友人で、信頼が置ける。口外するような男じゃない。わたし同様、彼にも手がかりはつかめていないが、ずいぶん案じてくれている」

シャーロックは議員の友人の名前やほかの情報を書きとめた。

「ゲイブのことを話したのは、今回のことを打ち明けた相手をすべて知らせておいたほうがいいと思ったからだ。きみたちは何者かがわたしの精神を錯乱させようとしていると仮定すると、すべてに説明がつくと考えている。それもひとつの仮説ではあるが、そんな動機のある人物がわたしには思いつかない」

サビッチは尋ねた。「ご子息おふたりの経済状態はいかがですか？」

上院議員は答えた。「いまのところ滞りないと本人たちは言っているが、嫁たちは金のことでふたりをこきおろしている。資産のチェックまではしていない。金のことで嘘をつくとは思えんのでね。どちらも金に困ったら、わたしのもとへ駆けつける。きみのポルシェを賭けてもいいぞ、サビッチ捜査官。話はそれるが、美しいマシンだな」

サビッチはほほ笑んだ。

シャーロックが言った。「残念ながら、上院議員、ご子息はどちらも金銭的に苦境に立たされておられます。けれど、援助を求めてこられなかったのですね？」

「ああ、どちらも。そうか、あの役立たずどもは信託基金の利息だけではやっていけなくなっているのか。給料もたっぷりあるというのに。助かったよ、弁護士に言われて、ふたりが五十になるまで自由にさせない――」ペンでマホガニー材の美しいデスクを叩いた。「いまから三年前、わたしはふたりに大人として独り立ちしろと言い渡した。もうこづかいはやらない、わが身と家族に責任を持つように、大人になるのが遅すぎたくらいだ、と。

そのふたりがわたしを怖がらせるためにおばけを仕立てたと言うのかね？ わたしを禁治産者にして、わたしの財産に手をつけるためか？ 世間を渡っていける程度には皮肉屋のつもりだがね、シャーロック捜査官、息子たちにそんな芸当ができるとは思えない。高価な白ワインを飲みながら、頭のおかしくなったおやじのことを酒の肴《さかな》にせずにいるとしたら、むしろ奇跡だ。結婚生活の存続がかかっているとなったら、秘密を守れるはずがない。つけ加えさせてもらうと、どちらも二度離婚している。以上、わたしの陳述を終える」

上院議員を訪ねる前にシャーロックが行った捜査によれば、息子のエイデンとベンソンはわきまえを知らないまま贅沢三昧《ぜいたくざんまい》に育てられていた。そして結婚生活に関しては犬並みの安定感しかなかった。

「うちの息子たちにれっきとした動機があるのは、わかっている。エイデンとベンソン以外に動機のある人間がいないことも」上院議員は椅子の背にもたれて、両手の指先を突きあわせた。

「捜査官、うちの息子たちはそろって思考力に欠ける。欲しいものがあると、『あれが欲しい』と思い定めて、誘導ミサイルのようにまっしぐらにそれを求める。今回のこの状況には創意工夫があると思わないかね？ 機略にたけ、作為があるだろう？」

サビッチはうなずいた。

「情けない話だが、どれだけ大金がかかっていようと、息子たちには創意工夫するだけの能力がない」

サビッチは言った。「では、もし破産して金銭が必要になれば、策を弄《ろう》することなく、こちらに乗りこんで頭を撃ち抜くとおっしゃるのですね？」

上院議員はからからと笑った。「おおむねそういうことだ、サビッチ捜査官。けれど、実際はどちらもそこまではしない。ただやってきて、せがむ。今回の幽霊騒動の背後にふたりがいるとしたら、誰かが計画を立てて、ふたりに指示を出していると思ってまちがいない」

自信ありげに首を振った。「ただ、どちらもこんなことをやってのけられるようにはできていないが」

「と言いますと？」

上院議員はサビッチにうなずき返した。「あのふたりの頭のなかには、ヨットを走らせること、できるだけ小さなビキニで男の目を惹《ひ》きつける女たちに囲まれてビーチで貝を食べること、アルマーニの新作スーツやスポーツカーを買うためにミラノまで飛ぶこと、それぐらいのことしか入っていない。職にありついているのも、わたしの古くからの友人が自分の会社で雇ってくれているからだ。わたしから見れば、人生の浪費もいいところだ。そう言わなければならない悲しみがわかってもらえるだろうか。わたしはそんな息子を育てた責任の重さに耐えている。妻もわたしも努力したが、その甲斐があったとは思えない。どうするべきだったのだろうと何度も自問しているものの、わたしには答えがわからない」

けじめを教えることなく、金を与えすぎたのだ、とサビッチは思った。どうして上院議員には、かくも明白なことがわからないのか。

「唯一の救いは、三人の孫だ。どちらも最初の妻とのあいだにできた子で、男の子がふたり、女の子がひとり、そろって大変な努力家だからひとかどの人物になるだろう」上院議員は椅子の背にもたれて、ため息をついた。「それにしても、息子たちに対しては忍の一字だ。あいつらには今回のようなことは計画できないし、生存本能が肥大化しているから、そのために人を雇うだけの度胸もないだろう」

サビッチは尋ねた。「その物体ですが、ほかの場所にも現れましたか？　たとえば、議員会館のオフィスの外とか」

上院議員はデスクにペンを置いて、サビッチの顔を見すえた。「いいや。ここだけだ。決まって真夜中前後に、わたしの寝室の窓の外に出る。その点だけは確実だよ、捜査官。それ以外についてはなにをどう考え、どこをどう調べたらいいか、見当がつかない」

大きな椅子のなかで、肩を落とす。「立法府でともに働く同僚たち同様、わたしにもおおぜいの友人がいる反面、おおぜいの敵がいる。わたしが失脚するのを喜ぶ政敵は何十人といるだろうが、わたしを狂気に陥れるとなると……」にやりとして、首を振った。「それは考えられない。

だからきみに電話したのだ、サビッチ捜査官。きみを推薦してくれたのは、ミュラー長官でね。きみは研究熱心で、容易には理解しがたいことを体験し、率直に言って——異様な人物や事柄に対峙してきたと聞いた。それでももし今回のこの〝それ〟が超常的なものならば、きみに力になってもらうのが得策だと思った」

ホフマン上院議員が政治的には中庸の立場をとり、両極端を惹きつけていることを、サビッチは知っていた。知性あるアメリカ人の大多数を代表している、と本人は言っている。サビッチの見るところ、頭が切れて、なかなかのやり手だ。質問に答えるときも、そのへんの政治家とはちがって、言い繕ったり、ごまかしたりしない。答えをでっちあげたり、避けたりせず、安易に人のせいにすることもなかった。まぼろしを見たり、精神的に崩れたりするとも、考えにくい。

ホフマンは背が高く、ほっそりと引き締まった体つきをしており、二カ月前に六十八歳を迎えたとは思えなかった。軽く吊りあがった目は、霧のかかったような灰色で、力があり、善きにつけ悪しきにつけ、人に対する激しさを感じさせた。今回の幽霊騒ぎが起こるまでは重役椅子に腰かけて、泰然と世界を掌握していたのだろう。だが今日、この午前中の彼は落ち着きを失い、疲れきっていた。手をひとところに置いておくこともできずにいる。

サビッチは立ちあがった。「寝室を拝見させていただきます」

5

三人で広々としたオーク材の階段をのぼりながら、サビッチは言った。「わたしたちが今朝うかがうことを、どなたかにお話しになられましたか、上院議員？」

ホフマン上院議員は首を振った。「コーリスには自宅で人に会うと話したが、あとは誰にも言っていない。わたしがきみのことを話したから、ミュラー長官は知っているだろうが、それだけだ」

サビッチはうなずいた。「議員が恐れていらっしゃらなくてよかった。怖くて寝室を使えないようでは困ります。今夜はなにがなんでもご自身の寝室で眠っていただかなければ」

「きみとシャーロック捜査官がわたしの寝室を使うのかと思っていたよ」

「いえ、わたしたちは裏にいます。人目につかないよう、ひそかに持ち場につくつもりですが、こちらにお住まいのスタッフはおられますか？」

「いや、うちで使っているのは家政婦のミセス・ロマーノと、料理人のミセス・ハットフィールドだけで、それもお客がなければ五時にはいなくなる」

「今夜、人が来ることは知らないんですね？」

上院議員はうなずいた。

主寝室は修道士の個室のようだった。がらんとした広い部屋で、家具調度のたぐいがあまりない。からっぽの場所が多すぎる、とシャーロックは思いながら、くつろぎスペースに置いてある黒い革製の安楽椅子を撫《な》でた。ミニシアター並みの大きなテレビが、鎮座ましましていた。キングサイズのベッドにはダークブルーのカバーがかけてあるだけで、枕もなにも置いていない。飾り気のない大きなドレッサーに、予備の椅子が一脚。朝、靴をはくときに使うのかもしれない。まっ白な壁には絵の一枚もなく、化粧台の上に置かれたとても女性的で美しい宝石箱だけが、目を惹く小物だった。シャーロックはディロンが窓に近づくのを見て、上院議員に話しかけた。「宝石箱ですが、上院議員、奥さまのものですか？」

議員はそうだと言いかけて唾を呑むと、黙ってうなずいた。もう三年になるというのに、そこには痛ましいほどの悲しみが色あせることなくあった。シャーロックははじめてディロンに会ったころ、誰かから彼の父親のバック・サビッチが亡くなったことを聞かされた。当時のディロンの目にはいまの議員と同じ痛みがあり、その目を見たシャーロックは、時の経過とともに淡い記憶となるわ、といたわりの言葉をかけたくなった。それはシャーロック自身が姉のベリンダの死を通じて学んだことだった。「結婚されて何年でいらしたんですか、上院議員？」

「三十九年だ。妻はニッキィといって、亡くなったとき、まだ六十一だった。誕生日までがんばるからという約束は守ってくれたが、その先はもう長くなかった。しかし、そんなことはすべて知っているのだろう、シャーロック捜査官？　長官によると、きみたちふたりは、よほどのことがないかぎり、準備なしで乗りこむことはありえないとか。それに、そう、サビッチがプログラムしたノートパソコンのＭＡＸの話も聞いているぞ。レッドスキンズの試合の審判以外なら、ほとんどなんでもできるそうだな。もしわたしがマニキュアをしていたら、きみたちにはその色とブランドまでわかるんだろう」

「マニキュアをお使いでなくて、よかったです」シャーロックは笑顔で議員を見あげた。こんども議員は髪を見て、呼吸を乱した。シャーロックは彼の腕に手を置いた。なんらかの希望と慰めを与えてあげられたら、どんなにいいか。

ディロンほど大柄でも筋肉質でもないが、見た目以上に頑丈なはずだった。年齢は、連邦判事としていまだ弁護士を恐れさせているシャーロックの父親よりも上で、人間味と健全さの両方を兼ね備えている。そんな上院議員をシャーロックは好ましく思った。

ディロンが窓辺から引き返してきた。シャーロックに笑いかけて、ドアを顎で示した。

「こちらはもうけっこうです、上院議員」

「なにか見つかったかね、サビッチ捜査官？」

「裏もすばらしいですね、上院議員。森はどこまで続いてるんですか？」

「たいした広さじゃない。敷地全体がレンガ塀に囲まれていて、ゲートは表と裏のふたつ。裏のほうが小さい。そちらは細い脇道につながっていて、ゴミの収集や、家の修繕業者に使われている」

うってつけの場所だ、とシャーロックは思った。車でなかまで入り、ゲートの鍵を抜いておく。そう、今回の騒動の背後にいる人物は、ゲートの鍵を持っている。そして、この手の込んだ幽霊騒動を計画した。シャーロックは最後にもう一度、上院議員の寝室を見て、この部屋の状態がなにを示すのかに気づいた。妻の宝石箱以外、すべてがむきだしにされ、過去を想起させるものがいっさいないのだ。上院議員はなにもかも運びだしたうえで、代わりを運びこむことを拒んでいる。三年ではまだその気になれないのだろう。

シャーロックとサビッチはコロニアル様式の邸宅の前にしつらえられた広いポーチで足を止めると、家の表側で朝の日差しを浴びる色とりどりの花壇に目を細めた。まだ九月に入ったばかりなので、木々の緑が濃かった。

シャーロックが尋ねた。「上院議員、おつきあいしている方はおられますか?」

議員は一瞬目をむいた。口元がこわばったのをシャーロックは見のがさなかった。「いや、とくには」と、議員はこんどもシャーロックの髪を見た。「ただ、そうだな、ジャニーン・コファーにはたまに会っている。元国務長官だったレーン・コファーの未亡人だ。彼が亡くなって二年になる。前立腺がんだった」

上院議員は彼女と寝ているな、とサビッチは直感的に思った。長く働いてきて、ここワシントンDCの街の寂しさは、よくわかっている。そんななか、疲れを知らないおおぜいの若者たちは、形の定まらない野心を胸に、この街に押し寄せてくる。そして聡《さと》い人間ならば、しっぺ返しを食らうことなく安楽な暮らしを手に入れることができる。

サビッチとシャーロックは上院議員と握手を交わした。「いつもどおりにお過ごしください、上院議員」サビッチは言った。「そして、わたしたちが今夜来ることを、くれぐれも口外なさらないように。コーリス・リドルだろうと、料理人のハットフィールドだろうと、例外ではありません」

「承知した。で、きみたちは今夜何時に来るのかね？」

サビッチは手を振った。「これ以上のことはお伝えせずにおきます、上院議員。ですが、かならずまいりますので、ご安心ください」

6

「あそこのオークの木立の奥から出てきたわ」シャーロックはそちらを指さした。「どこへ向かったらいいかわからないみたいに、ゆっくりとためらいがちな動きだけど、いまはほら、上院議員の寝室に一直線に向かってる」

サビッチは言った。「屋根から現れてくれたらよかったんだが」

「ふっと消すのに、引っぱりあげるのが楽だから？」

「人間が手を使って動かすには、それが一番簡単そうだろ？」サビッチは携帯を掲げてズームし、二階の寝室にすすっと近づくふわふわした物体を何枚か写した。窓に近づくと一瞬動きが止まったが、やがて大きく上下しだした。

「やっぱり人間が操ってるのよ、ディロン。あの派手な動きを見て」シャーロックは小声で言った。「上院議員が言ってたとおり、ふつうの枕カバーのサイズね。とても細い糸を使ってるみたいだから、たぶんイタリア製だわ」

「近づいて、よく見てみよう」サビッチは妻の手を取り、森のなかに入った。奇妙な空気音を耳にして、ふたりは足を止めた。呼吸の音のようだ、とサビッチは思った。上院議員の妻は、死の床でこんな音を立てて息をしていたのだろう。音の出どころは家のなからしい。上院議員が言っていたのは、この音のことだ。

「ワイヤかなにかがあるはずよ」シャーロックは言いながら、暗視ゴーグルの位置を調整した。「彼女はつねに地に足がついている。そして、あなたも家族の誰かだと思ってるんでしょう？　やっかいよね、家族って。この世の悪事の多くには、複雑な金銭問題が隠されている。でも、犯人が今夜騒動を起こしても問題ないと思ってくれて、嬉しいわ。わたしにはワイヤもなにも見えないけど。あなたはどう、ディロン？」

ふたりは物体が出てきた場所に黙って佇《たたず》み、空を見あげて、ワイヤらしきものを探した。

「おれもまだ見えない」小声で答えた。

木立に目を凝らしながら、シャーロックはささやき返した。「この幽霊騒動を起こした人だけど、どうやって上院議員のお金を奪うつもりなのかしら？　犯人だって、まさか上院議員が死んだり、逃げたり、あるいは病院に駆けこんだりして、無能力者に仕立てあげられるとは思っていないはずよ。おかしくなるんなら、もうなってるだろうから、まだ続けてる理由がわからないわ。わたしにはひどくまどろっこしいやり方に思えるんだけど」

ふたりはオークとカエデのあいだを縫って進んだ。ワイヤは見あたらなかった。

「とても細いワイヤを使ってるのね。じゃなきゃ、無線で操作してるか。だとしても、どこか見えるところで操作してるはずだけど」

サビッチは通用門を開いて、敷地の裏手沿いの細い道に出た。午前中に上院議員の家を出たときに、裏を下見しておいた。そのときと同じ、潰したビールの空き缶がふたつに、タバコの吸い殻が一ダースほど転がっていた。

人や車の気配はなく、枕カバーを踊らせるのに必要なしかけも見あたらなかった。

「どういうことなのかしら」シャーロックは言った。「どこにあるの？」

サビッチは動きを完全に止めて、意識を集中した。夜の音がする。鳴く一羽のフクロウ。コオロギやセミの鳴き声。小動物が草をかき分けて動きまわる音。サビッチは皮膚にあたる空気のやわらかなぬくもりに、秋の気配が忍びこんでいるのを感じた。変化のきざしを伝えながら、まだ秋にはなっていない。と、空気が帯電したようになり、頰に火花の散るワイヤが触れたような感覚があった。空気が重くなって、押し寄せてくる。なにが起きているんだ？と、空気の動きが止まってぬくもりが戻り、小さな虫たちが森を這《は》いまわる音が大きくなった。

ふたりは屋敷のほうに引き返したが、なにもなかった。消えてしまったのだ。サビッチはシャーロックの巻き毛に口元をくすぐられながら、耳元でささやいた。「上院議員のぐうたら息子たちは無関係かもしれない。まったく別の原因のような気がする」

「ホログラムみたいなものなのかしら？　でも、誰がどこから投影してるの？」

サビッチは髪に顔をつけたまま、首を振った。「いや、この現象はホログラムじゃない」

「お願いだから、ディロン、本物の幽霊だなんて言わないでよ」

「なんにしろ、異様なことが起きてるのは確かだ」サビッチは妻の耳にキスした。「正体を見きわめなきゃな」

暖かな夜にもかかわらず、シャーロックは腕をさすった。「亡くなった奥さんのニッキィだと思ってるのね？」

サビッチはうなずいた。「人にしろ物にしろ、なにかがなにかを伝えたがっているのを感じるんだ。上院議員にはそれが理解できないんだろう。だが、それは伝えようとするのをやめない。何者だろうか？　そう、妻のニッキィの可能性もある」

シャーロックは言った。「でも、わたしたちもそれも、ここにいるのよ。もしニッキィなら、あなたに助けてもらえると思って、現れたの？　あなたが何者か気づいて？」

「どれももっともな疑問だ。もう十五分はここにいる。あれも消えたことだし、そろそろうちに戻るか」

「ディロン、わからないことがあるの」シャーロックは上院議員の寝室の窓を見あげて、眉をひそめた。

サビッチは妻の手の甲を撫でながら、続きを待った。

「あなたに見えるのはわかるけど、どうしてわたしにまで？　いままで見えたことがないのに、今回はわたしにもはっきりと見えたわ」
「同じことが上院議員にも言える」

7

ワシントンDCジョージタウン
月曜日の朝

午前二時、サビッチはまんじりともせず、シャーロックの規則正しい寝息を聞いていた。あの幽霊には、おれと話をするつもりがあるんだろうか？

ニッキィ、いまどこにいるんです？　あなたはおれたちの前に現れた。上院議員のことで、話したいことがあるんでしょう？　ご主人の身にトラブルが降りかかろうとしているんですか？

ニッキィからは返事がなかった。

その後驚くほど深い眠りに落ちたサビッチは、六時半に目覚ましが鳴るまで、ぴくりともしなかった。

目を開くと、シャーロックが肘をついて体を起こし、自分を見おろしていた。サビッチは首を振った。彼女がかがんで、唇を重ねる――

「パパ、ママ、まだ寝てるの！　もうすぐギャビーが来ちゃうよ。ガンビー展に連れてってもらうんだから、準備しなきゃ」

スロックモートン・センターで行われるガンビー展は、十時にならないと、はじまらない。シャーロックは寝室の入り口に立つ息子に笑いかけた。スポンジ・ボブ柄のパジャマの下だけをはき、黒い髪は、父親と同じように乱れている。その愛らしさに胸が締めつけられた。

「いま手伝ってあげるわ、ショーン。先に歯磨きしてて」

息子が叫び声をあげながら遠ざかると、シャーロックは夫にキスして、両手で彼の顔を包んだ。「あんまりやきもきしないで。しかるべきときが来たら、なるようになるんだから」

そうであることを切に願う、とサビッチは思った。

まさかその日の午前中、ユーリディシー・フランダースとともに出席したメートランド副長官主催の緊急会議の最中になにかが起こるとは思っていなかった。フランダースはここワシントンのFBIの本部に勤めて十五年のベテランで、連邦判事たちからもダイスと呼ばれている。

「ディロン、調子はどう？」

サビッチは彼女と握手して、その隣に腰かけた。ショーンが歯磨きをすませて帰ってくるまでに与えられた九分半というすばらしい時間のことが、頭から離れなかった。「絶好調ですよ、ダイス。今日はなんですか？」

「今朝早く、コネチカット州ストーンブリッジのバンウィー公園で、ジョギング中の人ふたりが男性の死体を発見したの。国有地なんでうちが担当することになったわ。死亡者の名前はヘルムート・ブラウベルト、ドイツ国籍。マスコミにはまだ彼に関する情報を流していないんだけど、シーファー・ハートウィンに勤めて十年、最高責任者のアドラー・ディフェンドルフの直属よ」

そこでダイスはサビッチに質問した。「シーファー・ハートウィンについてはどの程度、把握してる?」

「世界有数の製薬会社。十九世紀末にドイツのハートウィンで設立され、いまも創業者一族が所有」

ダイスはうなずいた。「そうよ。強大な力を持っていて、地元への影響力は強い。全世界に四万人近い従業員がいる」

メートランド副長官はひげが生えはじめた顎をさすった。「今朝ニューヘイブン支局のボウイ・リチャーズ捜査官が電話をしてきた。死亡者の身柄を確認したうえで、被害者の勤め先であるシーファー・ハートウィン社に興味があるかどうかを尋ねるためだ。当初はなかったんだが、ヘルムート・ブラウベルトについてあることがわかって、事情が変わった。いいぞ、ダイス、サビッチにその件を話してくれ」

ダイスはブロンドをきりっとボブにした痩せて背の高い女性で、やたらに頭の回転が速かった。身を乗りだして、鼻を鳴らした。「いいにおいね、ディロン。シャーロックに新しいコロンを買ってもらったの？」

「ダイス、脱線しないでくれ」メートランドが言った。「妻が買ってくれた新しいコロンをわたしがつけていても、なにも言わなかっただろう」

「とてもフルーティですね、副長官。好きな香りです」メートランドに満面の笑みを向けた。真顔に戻り、切れ味鋭い頭脳をごまかす間延びした南部訛《なま》りで先を続けた。「いいわ、ディロン、こういうことよ。ヘルムート・ブラウベルトはただの従業員ではなかったの。この十年、会社一の渉外係、トラブルシューター、〝会社の片付け屋《ミスター・フィックスイット》〟だったのよ。重役たちの指示で世界じゅう、会社を揺るがす問題のある場所に出張していたわ。地元の組合問題だったり、納入業者の契約違反だったり、賄賂を求める政治家だったり。優秀だったんでしょうね、問題が——ふっと——消えてしまうんだから。彼は時と場合によっては裏金も暴力も使った。もちろん、その証拠はないわよ。国や場所を次々と移動していったから、よけいにね。けれど、インターポールが彼のファイルをつくる程度には、疑惑を呼んでいた」

「では、ダイス、彼が人を殺したってことか？　もしそうなら、どうして証拠がない？」

「そこまでは言ってない。ただ、人が消えたっていう噂があるの。アフリカでも、エジプトでも、イングランドでも。力づくで人を脅しつけ、おおやけになるとまずいことを押さえこんだってとこでしょう。その男がこの国で殺された。いまのところ、本国ドイツの経営陣はなにも言ってきていないわ。こちらからはボウイが二時間前に電話したんだけど、ここアメリカ合衆国で自分たちの渉外係が殺されたことに対して、どう対応したものか協議しているんでしょう。

　こちらとしては、彼がどんな目的でアメリカにいたかが気になるところよ。交渉相手は誰だったのか。そして、今回の件と会社とはどんな関係があるのか。わたしとあなたがここへ呼ばれたのは、頭っからそれを検討するためなの、ディロン」

　サビッチは言った。「あなたの見込みは？」

「悪いけど、それがないのよ」ダイスは言った。「今回の事件はつかみどころがない。でも、長官は本気で解決したがってる。メートランド副長官があなたを呼んだのが、その証拠よ」

　メートランドが言った。「ドイツの本社から連絡がないとダイスは言ったが、じつはついさっき、ここへ来る直前にあった。ドイツ連邦情報局《BND》の権限で、ドイツ連邦刑事局の捜査官を派遣すると、ボウイに連絡してきた」

「会社としては事件に蓋をしたいようですね」サビッチは言った。

「そういうことだ」メートランドは言った。「だが、ベルリンにいるうちの人間によると、その捜査官――アンドレアス・ケッセルリングというんだが――は、誠実な人柄で知られ、経歴も申し分ない。明日の午後ＪＦＫ空港に到着する。で、ボウイ・リチャーズが車で迎えにいくことになった」

　ダイスが左眉を吊《つ》りあげた。「サビッチに迎えにいってもらわなくて、いいんですか？

ストーンブリッジの捜査の指揮をサビッチに任せるなら、顔あわせをして、どんな人物だかわかっておいたほうがいいと思います」

　メートランドはダイスの左肩あたりに視線をそらせた。「この事件の指揮を取るのはサビッチじゃない」

　ダイスが身構えた。「どういうことですか?」

「ボウイ・リチャーズの家族とバレンティ副大統領の家族はきわめて親しい」

　上等じゃないか、とサビッチは思った。強力なコネを持つ支局担当捜査官に、ドイツの連邦捜査官か。しかも、背後に控えているのは、資金力でも人材でもＦＢＩに引けを取らない、世界的な製薬会社ときた。

「つまり、権力者を相手にしなきゃならない。おまえならボウイ・リチャーズとうまくやってくれるだろう、サビッチ。さて、ここにヘルムート・ブラウベルトの写真がある」メートランドは五×七インチの写真を二枚、すべらせてよこした。

　ダイスはひと目見るなり、目をつぶった。「ひどい。顔が残ってないじゃない。なぜここまでしなきゃならないの?」

　血に染まった薄茶色の髪の残り具合からして中年期らしい、とサビッチは思った。ダイスの言うとおり、犯人はこの男に襲いかかるや、徹底的に痛めつけた。理由はなんだ?

　ダイスはメートランドの顔から視線を外さずに尋ねた。「ここまでやる意味がわからない。

息の根を止めるだけなら、一発撃てばそれでいいのに。身元の特定を避けるため？　五十年前ならありえたけど、いまじゃ考えられないわ。捜査で明らかになるのを、犯人も知っているはずよ」

メートランドが言った。「被害者は見分けがつかないほど顔を叩きつぶされたうえに、指まで切り落とされているんで、指紋が採取できない。念の入ったことをするもんだ。サビッチ、ボウイにはわたしから電話をして、きみとシャーロックを応援派遣すると伝えた。喜んではいなかったが、避けられないものとして受け入れてはいるようだ。彼のことは知ってるか？」

「三年ぐらい前にクワンティコで一度、会ったことがあります。たしかショーンよりふたつほど上の娘さんがいたかと」

ダイスは被害者の写真をそっと裏返した。「それで思いだしたわ。彼の奥さんは何年か前に亡くなったのよね。たしか飲酒運転で事故を起こしたんじゃなかった？」

メートランドはうなずいた。「そうだ、悲惨な事故だった。ボウイは機敏で粘り強い。やつをないがしろにしないように、うまくやってくれよ、サビッチ。バレンティ副大統領からミュラー長官に電話でもあったらやっかいだ」

ダイス・フランダースはべっ甲縁の眼鏡を押しあげた。「あなたとシャーロックが悪党を突きとめたら、シーファー・ハートウィンの社員がここでなにをしていたのか、聞きだしてくれるわね？」

「もちろんです、ダイス」サビッチは言った。

「さて、話がついたら」メートランドは身ぶりでサビッチに写真を手に取れと指示して、立ちあがった。「あらゆる報告をわたしに集約してくれ。サビッチ、おまえにはまだ話がある」

ダイス・フランダースは通りすぎざま、サビッチの頬を軽く叩いた。「先週、〈ボーノミクラブ〉であなたのギターを聞いたわ。あの新曲のカントリー、聞いてて泣きそうになっちゃった。わたしがあなたの母親みたいな年齢じゃなきゃ、シャーロックをきりきり舞いさせてやるところよ」

サビッチは笑った。「あの歌はシャーロックが書いたんです」

「やるじゃない。ああ、いまいましい」ダイスは小さく手を振って、会議室を出ていった。「あとは任せたわよ。くれぐれも気をつけて」

サビッチの周囲の空気が変わった。重量感を伴って、顔に押し寄せてくる。前夜チェビー・チェイスの上院議員の裏庭で感じたのと同じ、帯電しているような感覚だ。**ニッキィですか？　いまは都合が悪いので、あとにしてください。**

たちまち空気がゆるんだ。メートランド副長官が自分に話しかけていた。「サビッチ、どこへ行ってるんだ？　頭をこちらに戻してくれ」

サビッチは首を振って、笑顔になった。この数秒間、自分はどう見えていたのだろう？

口を動かしていたのだろうか? いや、それはない。「ちょっとした考えごとです、副長官」

メートランドが言った。「サビッチ、おまえとシャーロックには、二時間以内にFBIのヘリコプターに搭乗してもらうから、着替えを詰めろ。目的地までどれくらいかかるかわからないが、向こうでは、ストーンブリッジの〈ノーマン・ベイツ・イン〉に泊まってもらう――ああ、そうだ、『サイコ』に出てくるモーテルの名前をつけるとは、ひねくれた冗談の好きなやからがいたもんだ。だが、そこが一番近い。シーファー・ハートウィンの米国支社はストーンブリッジの町外れにあって、裏手がバンウィー公園だ。必要なものがあったら、わたしかダイスに電話しろ。捜査に進展があったら逐一報告してくれ」

オフィスまでたどり着いたとき、サビッチはかすかなジャスミンの香りを嗅いだ。ドアに背を向けて、開いた窓から通りの向かいにある小さな公園を見た。たぶん年金が入ったのだろう、例によって、オールド・サルがハトに餌をやっている。サビッチはひとり、つぶやいた。「あなたのご主人になにが起きているか教えてください、ニッキィ」

返事はないが、また空気が圧力を増した。そこで、口に出さずに頭のなかで尋ねた――なぜご主人のところに行くんですか、ニッキィ? どうかしたんですか?

取り乱した高い声が聞こえた。危険を知らせたいの。デビッドがあぶないの。あの人は自分の身になにが降りかかろうとしているか、わかっていないわ。止めてちょうだい。あの人には無理だから、あなたが――

そのときオフィスのドアが開いた。サビッチの右腕である、オイリー・ヘイミッシュが入ってきた。空気が音を立てて部屋から抜けていくようだ。

「サビッチ、あの——すみません、お邪魔でしたか？」

もはや彼女はいない。サビッチはあっさり言った。「かまわないよ、オイリー。シャーロックとコネチカット州のストーンブリッジに出かけることを伝えたいと思ってたところだ。ドイツ人が殺されて、その捜査に行く」

「らしいですね、聞きました」

「ここの敷地は競技場より広いんだが」サビッチは首を振った。「噂話となると、ツリーハウスにでもいるようにあっという間に広まるな。それが身をもってわかったよ」

オイリーがにんまりした。「そうそう、いいネタは山火事みたいに広がるんです。ルースがトイレにいたら、あなたが〈ボーノミクラブ〉で歌ってた歌を口ずさみながらダイス・フランダースが入ってきたそうです。それでルースが五階になんの用かと尋ねたら、ヘルムート・ブラウベルトの惨殺について、少し教えてくれたとか」

サビッチの頬がゆるんだ。「噂の中継所って意味じゃ、男子トイレもいい勝負だ。さて、シャーロックとおれが出かける前に、ジェファーソン・シティで起きたホベン一家殺しのことを話してやろう」

8

コネチカット州ストーンブリッジ
月曜日の午後

支局を任されるには若すぎると言われることもあるボウイ・リチャーズ特別捜査官は、サビッチとシャーロック、そして監察医のエラ・フランクスとともに、台に寝かされた中年男性の惨殺死体を見おろしていた。場所はストーンブリッジ記念病院の地下にある、白くて寒々しい部屋。死体の顔は原型を失って血まみれになり、フランクス医師の手によって、緑色のシートが胸まで引きさげられていた。

サビッチが口を開いた。「死体の状態を説明してください、ドクター・フランクス」

「衝動的な犯行ではないわね。犯人は冷徹に順を追って殺している。いわゆる鈍器を思いきり振って、後頭部に一発、致命傷を負わせたのよ。被害者の頭蓋骨は陥没、地面に倒れるより先に事切れていた。けれど、犯人はそこでやめなかった」エラはぐしゃぐしゃになった顔の、さまざまに折れた骨を指さした。「両側面の同じ場所を狙って殴っているのがわかるわね。顔と眼窩《がんか》の骨を砕くためよ」シートを持ちあげて、死体の腕と手を見せた。「そのうえ、指まで切り落としてある。凹凸のない金属の刃物を使って、すっぱりと。被害者を特定させないためかもしれないけど、結果として、そうはいかなかった。ボウイのおかげで早い段階で身元が割れたわ」エラは満足げな笑みとともに、ボウイにうなずきかけた。

ボウイが言った。「歯の治療方法がアメリカの方式と異なるのがわかったので、国外での治療経験がある歯科医の友人に電話をかけたんです。友人のおかげですぐにドイツでの治療痕だと判明したので、過去三日間にドイツからやってきた中年男性を洗いました。ブラウベルトが浮かびあがるのにたいして時間はかかりませんでした。ドイツ連邦情報局《BND》に要請してX線写真のデジタルデータにアクセスさせてもらったところ、身元の一致が確認できました」

シャーロックが言った。「よくやったわ、ボウイ。ドクター・フランクス、薬物検査はされましたか？　なにか使ってたんですか？」

フランクスは答えた。「いいえ、アスピリン一錠、のんでなかったわよ。製薬会社の社員だということを考えると、ちょっと笑ってしまうけど。でも、被害者についていくつか興味深い事実が見つかったの。まず胃の内容物から、死亡する三時間ぐらい前にたいそうなごちそうを食べていたことね。牡蠣とキャビアの前菜にはじまって、詰め物入りのシカ肉、ポテトとニンジンの千切り、ラディッシュ。それらを、赤ワインとともに腹におさめた。このあたりでそのすべてを提供しているレストランは一軒しかない」

一同を笑顔で見まわす。

ボウイが答えた。「〈シェ・ピエール〉ですね。ストーンブリッジから西に十五キロのモンマスにある。ヘルムートが犯人と食事をしたのなら、話が早いんですが」

フランクスは緑色のシートをさらにめくった。

「これを見て」一同は腹部にある赤く腫れた十五センチほどの傷口を見おろした。「ヘルムートの上司は盲腸の傷を癒やす間も与えずに、彼をこちらに派遣したのよ。手術からせいぜい五日ってとこね」

シャーロックが疑問を呈した。「もう一週間、待てないほどの急用って、なんだったのかしら？」

「彼にしか片付けられない案件があったんでしょう」ボウイが言った。「しかもすぐに対処しなければならない案件が。エラ、ほかにわかったことをふたりに話してください」

フランクスは言った。「血液の量からして、ヘルムートが殺されたのは発見現場とは別の場所よ。皮膚にウールの繊維が残っていたから、犯人は裸にしたヘルムートをブランケットにくるんで運んだんでしょう」

ボウイが続けた。「犯人はヘルムートを引きずりだして、バンウィー公園の鬱蒼《うっそう》とした茂みに遺棄した。その際、身元の特定につながるものは、靴からなにから、身ぐるみはいだ」

シャーロックが言った。「ブラウベルト氏は大柄よ。力の強い女性なら殴ることはできても、死体を運ぶのはとうてい無理だわ。でも、どういうことなのかしら――身元を隠すことにこだわったんだったら、なぜ犯人は死体を森に埋めてしまわなかったの？」

全員がそのことを考えてみた。ボウイが言った。「時間なり機会なりがなかったのかもしれませんね。逮捕したら、尋ねてみましょう」

サビッチが言った。「被害者の着衣はどうなったんだ？」

「部下に探させてますが、いまのところ見つかってません」

「被害者の宿泊先は？」

「近場でしょう。半径一・五キロ圏内のホテルや宿やモーテルをあたらせてますが、まだヘルムート・ブラウベルトがどこかに宿泊の手続きをしたという話は入ってきていません。偽名や偽造クレジットカードを使った可能性もあります。あるいは同行者がいて、それが犯人だったことも考えられます。そんなわけで、シーファー・ハートウィンの重役全員から話を聞かなければなりません」

サビッチが言った。「たしかに、ここストーンブリッジでお偉いさんといっしょにいたというのは、じゅうぶんに考えられる。CEOのカスキー・ロイヤルとはもう話したのか？」

ボウイはうなずいた。「それで昨夜、カスキー・ロイヤルの部屋に侵入者があったことがわかりました。偶然にしてはできすぎですよね。侵入者がいるところへ、ロイヤルが乗りこんだのだとか。それで大騒ぎしたので守衛が気づいて、ロイヤルではなく、その守衛が警察に通報してきたんです。ロイヤルだけなら通報したかどうか……ひとりじゃなくて、製造部長のカーラ・アルバレスがいっしょでしてね。本人は仕事だと言ってましたが、守衛に話を聞いたら、その件に関しては石のように表情を消して、口をつぐんでいました。アルバレスからはまだ話を聞けていませんが、写真は見ました。自分が思うに、ふたりの目的地はロイヤルのソファだったようです。

今朝ロイヤルと話したときは、なにも紛失していない、誰だか見当がつかないの一点張りで。彼が折よく部屋に入ったんで、盗む暇がなかったのだろうと」

「問題は侵入者ね」シャーロックだった。「ブラウベルト氏なの？ カスキー・ロイヤルがそれに気づいて対決したとか？ それで殺してしまい、埋める時間がなかったから、建物の裏に遺棄したの？」

「カスキー・ロイヤルとは一瞬、顔を合わせただけですが、率直に言って、指を切り落とすことはおろか、人の顔を叩きつぶせる男だとは思えません」

『ジングルベル』が大音量で鳴りだした。ボウイは上着のポケットに手を入れ、なにも持たずに手を出した。フランクスが部屋の片隅にあるキャビネットを指さした。そのうえに携帯電話が載っている。ボウイは自分の携帯をつかみ、かけてきた相手の名前を見て、眉をひそめた。「すみません、この電話には出ないと」そう言い置いて、部屋を出た。

フランクスが言った。「そうね、『ジングルベル』にはまだ四カ月あるわ。じつは、ボウイは携帯を正しい場所、たとえばポケットに戻すっていうことができないの。クリスマスソングにしておけば、それで彼の携帯だとわかって、人から教えてもらえるでしょう？」と、彼女は輝くばかりの笑顔になった。

シャーロックは言った。「彼とはよく組まれるんですね？」賢い男でしょう、と得意になっているようだった。

「ええ、コネチカット州でＦＢＩが担当する事件の検視は、すべて任せてくれてるわ」

彼女はもはや原型を留めていないヘルムート・ブラウベルトの顔にシートをかけて、ゴム手袋を引きはがした。「やっかいなことになったわね。しかもあなた方がふたりそろって来たところを見ると、単なる田舎のやっかいごとじゃなくて、国際的なやっかいごとのようね。なにか役に立ちそうなものを見つけたら、ボウイに伝えておくわ」

「あるいは直接、連絡してください」シャーロックは晴れやかな笑顔とともに、ふたりの名刺をフランクスに手渡した。

病院の長くて薄暗い廊下に出ると、シャーロックは言った。「彼女、ボウイのこと、息子のように思ってるのね。誇らしい母心が溢《あふ》れだすようだった」

サビッチはうなずいた。「ワシントンを出る前に、ボウイのことを知っている捜査官ふたりと話をしてみた。どちらもボウイが本物の凄腕捜査官になりつつあるという評判を耳にしてたよ。去年、ニューヘイブン支局の支局担当捜査官に任命されたときは、これまで働いてきた捜査員を差し置いてよそ者を――ロサンゼルスから――連れてくることに、ずいぶんと不満の声があがったそうだ。縁故じゃないかとささやかれたし、実際、バレンティ副大統領との家族ぐるみの関係を考えると、そう言われてもしかたのない面があったが、彼のロサンゼルス支局での経歴にはめざましいものがあったし、ここニューヘイブンでも、今日まで申し分のない実績をあげてきた」

シャーロックは言った。「わたしたちの登場を不満に思ってるはずなのに、それをおくびにも出さないんだから、たいしたもんよ。それでいて、戦いに備えてあなたの体格を値踏みしてるみたいだったわよ、ディロン」

「この件が片付いたら、相手してやるか。それにしても、クリスマスソングとは」サビッチは言い足して、首を振った。「どうやら、あの男になら力になってもらえそうだな」

ボウイは電話を終えると、隣のデスクに携帯を置いた。はっとして顔をしかめ、ジャケットのポケットにしまって、ふたりに手を振ってよこした。「ニューヘイブン支局のイワン・イズバースキィ捜査官からでした。アンドレアス・ケッセルリングというドイツの捜査官が明日確実に来ると、伝えてきたそうです」言葉を切って、足元に視線を落とした。ふたたびふたりを見た。「ワシントンの上層部には、わたしが経験不足に見えるんでしょうね。わかってるんです、ですが――」

サビッチはさりげなくさえぎった。「大切なのは、ヘルムート・ブラウベルトの身になにが起きたか突きとめることだ。そのために優秀な頭脳を結集して、殺人犯を捕まえよう。おれ自身、このヘルムートという男がここへ派遣された理由を探りだすのが楽しみだよ。おれたち三人でその理由を見つけだせば、なぜ殺されたのかもおのずと明らかになる。それに、ボウイ、経験はおれたちのほうがあるしな」

ボウイは黙って聞いた。受け入れるしかない。「今夜は〈シェ・ピエール〉で食事を楽しみながら、昨晩の客のことを店の人たちに訊《き》いたらどうかと思って、二十一時に予約を入れてあります。それが空いている一番早い時間だったんで。ご都合は？」

「予約したとき、昨日ブラウベルトが誰と食事をしたか、尋ねたの？」シャーロックが言った。「わたしにはその人物が殺人犯に思えるんだけど」

「ここへ来る前に〈シェ・ピエール〉に寄ったら、オーナーのポール・レミエールがいて、昨夜の予約ページを見せてくれましたが、ヘルムート・ブラウベルトの名前はありませんでした」

「願わくば」サビッチは言った。「彼に同行者がいて、その人物の名前で席が予約されていますように」

「いや、それはありません。給仕長に尋ねたら、ぎりぎりになってキャンセルが入り、その電話も切り終わらないうちにひとりの中年紳士が入ってきたそうです。身なりはよく、かすかに訛りがあった。ただ、ドイツ人とまではわからなかったと。

そのあと、ウエイターから話を聞きました。そのウエイターがいるあいだは、誰もヘルムートに近づかなかったと言っていました。半面、てんてこ舞いしていたので、なにか見落としている可能性もあると。

今夜もそのウエイターがいるはずなんで、直接話せます。店の誰かが力を貸してくれそうな気がします。全員に考えるよう頼んでおきました」

シャーロックは言った。「外堀は埋めたようね、ボウイ」ため息をついた。「この世に簡単なことがあったら、どんなにいいか」

ボウイはふたりに小さく敬礼すると、ジャケットのポケットを叩いて携帯があることを確認して、歩きだした。首だけ後ろに向けた彼の顔には、朗らかな笑みがあった。「せいぜい〈ノーマン・ベイツ・イン〉を楽しんでください」短い間を置いて、黒っぽい眉をうごめかした。「だいたいの人は楽しめます」

ふたりは〈ノーマン・ベイツ・イン〉二階の、アンティーク家具の詰まった角部屋に通された。映画『サイコ』の額縁入りのポスターが壁に何枚も張ってあった。サビッチは言った。「ホフマン上院議員に電話しておかないとな。昨日の夜のことで気をもんでいるだろうし、すぐに連絡すると言っておいたんだ」

シャーロックがシャワー室で刺されるジャネット・リーのスチール写真をしげしげと見ていると、携帯で話をする夫の声がした。「上院議員、シャーロックとわたしはコネチカットに来ています。さるドイツ人の殺人事件を捜査するためです。ですが、なにはともあれ、今朝あったことをお伝えしておこうと思いまして」

シャーロックが聞き耳を立てるなか、サビッチはさっき妻に語ったことをくり返したのち、黙りこんだ。ホフマンが不審の言葉に続いて、疑問の数々を口にした。

それが途切れるのを待って、サビッチは言った。「はい、上院議員、受け入れがたい話であることは重々承知しています。信じられないでしょうが、あれは亡くなられた奥さまのニッキィです。とはいえ、寝室の窓の外にほぼ毎夜、なにかが漂うのが見えるのは異様です。奥さまがなんの話をしているか、おわかりになりますか？　あなたにわかっていないこと、直面している危険とは、なんでしょう？」

サビッチは、ホフマン上院議員から危険などないと聞かされることになった。「そうだろう、サビッチ捜査官？　わたしを傷つけたがる人間など、どこにいるんだ？」電話を切ったとき、上院議員は興奮のしすぎで、過呼吸を起こしそうになっていた。

サビッチは、木製のハンガーにかけた黒いパンツを撫でつけているシャーロックを見て、皮肉っぽい笑みを浮かべた。「わからないじゃないよ。あまりのことに上院議員は動揺して、おれたちに連絡したことを悔やんでいた。亡くなった奥さんから警告を受けなければならないことなど、ひとつも思い浮かばないそうだ」肩をすくめる。「万事休す、とびきり悪いことが起きるか、ニッキィが話してくれるかしないかぎり、手出しはできない」

「話してくれそう？」

「どうかな」

〈ノーマン・ベイツ・イン〉を離れるとき、サビッチは駐車場にあった黒のポンティアックG6のルーフを撫でた。「今回の車のほうがましだな。カーラ・アルバレスとカスキー・ロイヤルに会う前に、この先の〈ミロズ・デリ〉で腹ごしらえをしていかないか？」

9

コネチカット州ストーンブリッジ
シーファー・ハートウィン合衆国支社
月曜日の夕方

シャーロックとサビッチがシーファー・ハートウィンの重役室がある三階でエレベーターを降りると、三人の秘書が顔を寄せあっていた。殺人事件と侵入事件のことで、憶測をめぐらせているのだろう。受付エリアは広さこそたっぷりあるものの、とくに豪勢ではなかった。そこそこ座り心地のよさそうな椅子が置いてあり、古すぎない雑誌がテーブルに用意されている。カウンターの奥には十九世紀のストーンブリッジを写した白黒写真が何枚か飾ってあった。

見知らぬふたり組に気づいて、秘書のうちふたりは立ち去った。シャーロックとサビッチが身分証明書を提示すると、えくぼのある若い女性が不安と好奇心が入り交じった表情になった。シャーロックは向かって右からふたつめのドア、サビッチは左のドアに向かった。

シャーロックの前の大きな扉には金色の文字で〝製造部長　C・アルバレス〟とあった。

立派なドアを開けたその先にデスクがあり、若い女性秘書が座っていた。ブロンドのふわふわとした髪を短く刈り、唇は鮮やかな赤に塗っている。賢さとかっこうよさの両方を備えている、とシャーロックは思った。ストレートで何杯かウォッカを飲んでも乱れそうにない女性だ。

「FBIのシャーロック特別捜査官です、ミズ・ライカー」愛想よく、話しかけた。「ミズ・アルバレスにお目にかかりたくて、まいりました」

秘書はさっと立ちあがった。「あの、すみません、アルバレスはただいまドレクセルと会議中なんです。ええ、経理部長のターリー・ドレクセルです。毎月定例の会議で――」

「重要な会議であることは、よく承知しています」シャーロックは言った。「ですが、御社のドイツ人従業員が会社の裏で死体となって発見されたこと、ならびにCEOのオフィスに不審者が侵入したことを考えると、大半のことは二の次になりませんか？」

「亡くなったのはドイツ人なんですか？　知りませんでした。でも、誰だったんですか？　だから――あの――」

シャーロックは艶《つや》のある大きな扉に向かった。ドアノブに手をかける前から、いらだたしげな声が聞こえてきた。

「ちょっと、待ってください、シャーロック捜査官。ほんと、困ります、おふたりに知らせてからでない――」

シャーロックはとろけるような笑顔で秘書を幻惑しておいて、ドアを開けた。男と女が席についたまま、鼻がくっつくほど顔を突きつけていた。刺々《とげとげ》しい雰囲気のなか、ふいに静けさが広がる。

女はさっと体を起こすと、大急ぎで男から離れて、ガラスと真鍮《しんちゅう》でできた超モダンなデスクの奥に移動した。デスクにはところせましと物が置かれている。積んだ書類、ぴかぴかのコンピュータとプリンタ、電話二台。部屋の主は三十代の背の高い女性で、アスリートのような体つきをしている。髪は漆黒で秘書と同じように短く刈りこみ、ネイビーブルーのスーツに白いシャツ、ブルーのタイ、それにダークブルーのすっきりしたパンプスという、マニッシュな装いだった。やはりダークブルーの、氷のように冷ややかな目が、シャーロックの顔にそそがれている。男性的できつく見えそうなスタイルなのに、不思議と、そういう印象はない。ただ不機嫌で腹を立てているようだった。けれど、シャーロックは一瞬、その黒っぽい瞳に恐怖がよぎるのを見のがさなかった。

シャーロックはふたりを交互に見た。「あなたがカーラ・アルバレス製造部長、あなたがターリー・ドレクセル経理部長で、まちがいありませんか?」

「ええ」カーラがぶっきらぼうに答えた。けれどこのときも、細めた目に一瞬、恐怖がよぎった。カーラはすぐに表情を取り繕い、顎を突きだした。職業人の強気な顔が戻ってきた。迷いのない口調で尋ねた。「あなた、警官? バンウィー公園で殺された男のことで、質問にいらしたの？」

「FBIの——シャーロック捜査官です」まずカーラに身分証明書を差しだし、続いてドレクセルに見せた。憎々しげな目つきでカーラを見ているドレクセルは、身分証明書には目もくれない。やがてシャーロックに会釈したものの、椅子にかけてカーラをにらんだまま、口を閉ざしていた。

カーラが尋ねた。「どうして地元の警察じゃなくて、FBIなの？」

「死体が発見されたバンウィー公園は、国有地です。したがってFBIの管轄になります」

ふたりがそのことを知らなかったのが、表情でわかった。ニュースを観ていないの？　FBIが登場するとは犯人も予測していなかったのではないか。シャーロックは強気を通そうと躍起になっているこの女性を揺さぶってみることにした。

シャーロックは分け隔てなくふたりに笑みを向けた。「なにを争っておられたんですか？」

ターリー・ドレクセルは五十二歳、赤ちゃんのような丸顔をしていて、それが本人はむかしからいやでたまらなかった。役人が杓子定規《しゃくしじょうぎ》に数字を挙げるような声で、答えた。「あのですね、捜査官、業務上の相談をしていただけです。裏で見つかった死体とはなんのかかわりもない件ですから、ご心配なく。誰が亡くなったかも知りませんしね。わたしどもに話そうという人もおりません。短期滞在者だったんですか？」

シャーロックはなにげなく言った。「いえ、短期滞在者というより、ミスター・ドレクセル、彼のことはあなた方おふたりともご存じのはずですよ。ドイツ本社から派遣されてきた、シーファー・ハートウィンの従業員で、ヘルムート・ブラウベルトという男性です」
ドレクセルは青ざめると、さっと目を伏せ、小声でなにごとかつぶやいた。

カーラ・アルバレスのほうは喉に手をやり、ゆっくりと言った。「ヘルムート・ブラウベルトですって？　そんなこと、ありえないわ、だって——ほんとなの？」

「まちがいありません」

「どういうことかしら。そりゃ、ブラウベルトには会ったことがあるけれど、でも、知らなかった——公園で物盗りにあって殺されたのはよその人だとばかり。信じられないわ、捜査官。ブラウベルトがそんな目に遭うなんて」

「すぐに身元が判明しました」詳細は伝えない。シャーロックは男のほうを向いた。「ミスター・ドレクセル、ご自分のオフィスにお戻りいただけますか。ミズ・アルバレスとふたりきりでお話がしたいので。それがすんだらすぐにうかがいます」

ターリー・ドレクセルが小走りに立ち去ると、シャーロックはカーラ・アルバレスに向きなおり、表情を見てから、話しはじめた。「男って犬だと思いません？」

「男が犬？　なにが言いたいの？」

「カスキー・ロイヤル氏は既婚者で、お子さんがいるのに、あなたとも寝ている。いったいどれだけの女性、どれだけの従業員が、彼に言われてソファに横たわったんですか？　あなたがはじめてじゃないことは、あなたもお気づきなんでしょう?」

「ひどい侮蔑ね。わたしが男なら、そんなこと絶対に言わないでしょうに」

「わたしがどこにいてなにを見つけたかによっては、言ったと思いますよ、ミズ・アルバレス。昨夜、あなたとカスキー・ロイヤル氏で、彼のオフィスへの侵入者を阻止したと聞きました。どちらも警察に通報されなかったのは、どうしてかと思いまして。数分後に守衛から電話がありましたが、あなた方から連絡されなかったのは、どうしてでしょうか?」

「通報者が誰かなんて、どうでもいいでしょう? 結局は通報したんだから」

「あなたとロイヤル氏がまっ先に電話しなかった理由をお聞かせ願えますか」

アルバレスは肩をすくめた。「侵入者がなにかを持ちだしていないかどうか、確認していたのよ。重要度の高いファイルとか、メールとか。そうしたら守衛が電話をして。べつにいいんじゃない、誰が通報しようと」

「あなた方が電話をかけなかったのは、日曜の夜にふたりきりで会社にいた理由をまっ先に尋ねられると思ったからではありませんか?」

「予算のことで相談していたのよ。検討すべき点があったし、生産日にも変更が――」

「火急の用とは思えませんね。ロイヤル氏とそういう関係になって、どれぐらいですか?」

「そういう関係になど、なっていないわ!」

「侵入者に盗まれたのはなんでしょう、ミズ・アルバレス?」

「わたしが知るかぎりは、なにも。昨夜、ロイヤルからはそう聞かされたし、今日もその件でちがうことは言ってなかったわ」

「ブラウベルト氏とは、どれぐらいお会いになったことがありますか？」

「一度だけ、三、四カ月前にこちらに来たときに。それがはじめての来訪だったんじゃないかしら」

「いいえ、ブラウベルト氏はこちらに何度も来られてます。それはさておき、数カ月前に来られたときの懸案は、なんだったんでしょう？」

アルバレスの顔からいっさいの表情が飛んだ。やがて、頭が働きだしたのが、見ていてわかった。冷たい声で、にべもなく言った。「あなたにはご理解いただけないでしょうけれど、当社で扱っている薬剤の予算が超過している原因を話しあったのよ。とても込み入った話だったわ。わたしと話しあったあと、ブラウベルトはロイヤルにあいさつをして、わたしの知るかぎりでは、そのまま問題が解決したことに満足しながらドイツに帰国したわ」

「嘘をつかないでください、ミズ・アルバレス、褒められた行為じゃありませんよ。ブラウベルト氏が予算超過の問題で来たのでないことなど、あなたもよくご存じです」

「嘘などついていないわ！」

「ブラウベルト氏が今回いらした用件はなんだったんですか？」

「知らないわよ。来ていることすら、知らなかったんだから」

「ブラウベルト氏が御社の用心棒、困った問題の渉外係であるのは、あなたも知っていらしたはずです。その彼が登場したということは、彼に解決してもらわなければならないやっかいな問題があったということです。今回は誰のためにどんな目的でいらしたんでしょう？ブラウベルト氏と会うお約束があったんですか、ミズ・アルバレス？」

10
カスキー・ロイヤルのオフィス

サビッチはカスキー・ロイヤルを観察していた。重厚なマホガニーのデスクの奥で、同じように重厚な革張りの椅子に堂々と腰かけ、先端がずんぐりした長い指のあいだにクロスのボールペンを行き来させている。フロリダで大学の四年生のとき先発のクォーターバックだったロイヤルは、たくましさを保ちつつも、贅沢な暮らしが腹回りの厚みとなって表れようとしていた。焦げ茶色の髪はふさふさとして、こめかみだけ白髪交じりになっている。政治家にありがちな、〝信頼してもらってけっこう〟という風貌をしている。女好きと、もっぱらの噂だ。この男のどこに女は惹かれるのか、シャーロックが言いそうなことを想像してみた。濃い色の瞳には知性の輝きがあるが、サビッチはそこにずる賢さもひそんでいるのを感じ取った。ぱっと見には、果敢な男、高い地位を当然のように享受している男だ。だが、手まではごまかせない。落ち着きなくボールペンをいじりまわし、指で小刻みにテーブルを叩いている。動ずることなくこの騒ぎをきれいにおさめよと指示されているのではないか、とサビッチは思った。ロイヤルもここ、彼の陣地以外の場所では、怯えているのかもしれない。そこで、より穏当で懐柔的なアプローチを試してみることにした。

ロイヤルが尋ねた。「FBIから訪問を受けなければならない理由を教えてもらえるかな、サビッチ捜査官？　たしかに侵入事件はあった。ライバルが刺激的な新情報を入手して有利に立とうとしたんだろうが、ま、それだけのことだ。ヘルムート・ブラウベルトが殺されて、裏の公園で見つかったことは聞いている。だが、それにしたって、わたしはなにも知らない」あてつけがましく、手首のロレックスを見おろした。

サビッチはひとり頬をゆるめた。「お忙しいことと思いますので、ミスター・ロイヤル、なるべく手短にすませたいと思います。ドイツ本社の雇い主たちから電話はありましたか？」

「当然だろう？　今回の件ではみな、ひどく動揺している。ドイツからは捜査に最大限協力するように指示されているが、さっきも言ったとおり、協力のしようがなくてね」ロイヤルは肩をすくめた。

「ヘルムート・ブラウベルト氏はあなたと会うためにここへ来たのですか、ミスター・ロイヤル？」

「いや、彼が訪米していることすら知らなかった。なにが目的だったか、見当がつかない」

ロイヤルは身を乗りだして、手を組んだ。協力を惜しまないと言わんばかりの、気遣わしげな表情で。

サビッチは椅子に深くかけなおして足首を重ね、軽い調子で言った。「ブラウベルト氏は頼りにされていたそうですね、ミスター・ロイヤル。問題を引き起こした人たちのもとへ赴いたと聞いています。あなたが五年前にCEOとなられた時点で、ブラウベルト氏はすでに御社には欠かせない人物だった。たぶんあなたの身上調査も彼が行ったんでしょう」

「たんなる噂だよ、それ以上のものじゃない。ともかく、彼がどうしてここに来たか、わたしはなにも知らない」

「ブラウベルト氏が前回、あなたに会いにきたのは、いつでしたか?」

ロイヤルはサビッチから目をそらすことなく、大きく開いた手を卓面に置いた。爪がきれいに手入れされている。

「いつかな。いや、ちょっと待てよ、あれは一年ぐらい前だったか。新薬に関する経費超過について、話しあったんだ。問題は解決して、彼は帰国した」

「実際に彼がこちらに来たのは、三カ月半前のことです。そのときはどういった用件でしたか、ミスター・ロイヤル?」

「え、そうだったかな? それは失礼、サビッチ捜査官。だが、そのとき彼に会った記憶がないんだ。私用じゃないのか?」

サビッチはひたとロイヤルを見すえた。人生の盛りを謳歌《おうか》する野心的な男そのもので、道義や倫理よりも目的の達成を優先させるタイプだった。そんな目端のきく男なら、もっとましな答えを思いつきそうなものだが。「スケジュール帳を確認していただけませんか、ミスター・ロイヤル。たいした手間ではありません」

カスキー・ロイヤルは椅子を回転させて、事務用のキャビネットに向かった。コンピュータの隣に、白いサマードレスを着た美しいブロンドの女性の写真が置いてある。女性の左右にひとりずつ少年が写っていた。

「ご家族ですか、ミスター・ロイヤル？」

「うん？　ああ、妻のジェーン・アンと、息子のチャドとマークだ」

キーボードの上で両手を構えたが、首を振った。「すまない、忘れた」ふたたびデスクのほうを向き、引き出しを開いて、美しいモロッコ革で装丁されたスケジュール帳を開いた。しばらくすると、顔を上げた。「あった。ああ、そうだった、やっと思いだした。うちの従業員のことで、相談に来たんだ。ミズーリ州のレクソルにある流通拠点の責任者の働きぶりについて、ここで話しあった。ブラウベルトは彼を解雇させたがっていた。いや、わたしは解雇に応じなかった。その男はリンクといって、善良だし、経験も豊富で、じゅうぶんに業績の改善が望めた。ただ、個人的な問題を抱えていたんで、わたしのほうから彼に話をして管理を徹底するとブラウベルトに約束した。彼は納得して帰り、その件は決着した」

ロイヤルが大急ぎで新しい話をでっちあげたことに、サビッチはいたく感心した。「あなたはシーファー・ハートウィンの上層部のなかで、きわめて重要な位置を占めておられます、ミスター・ロイヤル。従業員ごときのことで、なぜドイツ本社がブラウベルト氏を派遣してきたんでしょう？」

ロイヤルは笑顔を消さず、教皇のように誠実そうだった。「そういえば、彼を介して本社の意向を伝える伝言があったよ、サビッチ捜査官。たいしたことではなかったが」

「いいでしょう、ミスター・ロイヤル。ブラウベルト氏が今回の出張であなたと会う予定がなかったというのは、事実なんですね？」

「ああ、そのとおりだ」

「部外者から狙われるような、どんな情報がコンピュータ内にあったのか、教えていただけませんか？」

「ほとんどが電子メールだ。それにたくさんの報告書と。ＣＥＯには大量の報告書が送られてくる。調査と開発とか、経費分析とか、薬品の生産と分配とか、ありとあらゆる報告書がある」

「とくに重要な報告書はなかったんですか？　ライバルから狙われそうな」

「それはなんとも言いがたいね、サビッチ捜査官。報告書は数がありすぎて、盗みに入ったとしても、どれとは特定できない。だが、賊がなにを狙っていたか知らないが、運には恵まれなかったようだ」ロイヤルはにやりとした。

「わかりました。じつはコンピュータには詳しいんです。よかったら、あなたのコンピュータを見せていただけませんか？　あなたとミズ・アルバレスが入ってくる前に、侵入者が見ていたファイルを突きとめられるかもしれません」

ロイヤルは首を振った。「無理だよ、サビッチ捜査官。ファイルはいじられていない、それは確かなんだ。わたしたちが入ってきた段階では、なにも盗まれていなかった」

「ファイルにアクセスがあったかどうか、ご自身で調べられたんですか？」

「ああ、すぐに調べた。ひとつも開かれていなかった。いいかい、サビッチ捜査官、わたしたちが部屋に入ったとき、侵入者はまだ手をつけていなかった。用心のため、今朝システム部の者に頼んでハードディスクごと交換させた。彼らがあらためてチェックしてくれたが、不審なファイルやアクセスされたファイルはなかった」

やるな、カスキー。CEOの肩書きはだてじゃない。サビッチは愛想よく尋ねた。「では、昨晩あなたのコンピュータにあったファイルは破棄されたんですね？」

「そのとおりだ。たいしたことじゃないさ、捜査官。年に何度かやってることだ」

「警察の供述調書によると、侵入者はこの部屋専用のバスルームの窓から逃げたそうですね。小さな窓なんで、女性である可能性がきわめて高い。思いあたる人物はいませんか？」

ロイヤルはゆっくりと首を左右に振った。「異様だよ、住居侵入など。うちのライバルが侵入するなど、考えられない」

「シーファー・ハートウィンという巨大な車輪において、ブラウベルト氏が重要な部品であったことを考えれば、経営関係の情報が入ったコンピュータには自由にアクセスできたはずです。彼が女を雇って、あなたのコンピュータのなかにある特定の情報を取りださせようとしたとは、考えられませんか？」

ロイヤルは困惑をあらわにした。「悪いが、そんなことは想像もできない」

サビッチは言った。「なんにしろ、ミズ・アルバレスでないことだけは明らかです。あなたとごいっしょでしたからね。ストーンブリッジのような小さな町では、うっかりホテルも予約できない。あまり寝心地のいいソファでもなさそうですが」

「彼女と寝るために、ここにいたんじゃないぞ！　部下とセックスする趣味はない。業務上の打ち合わせをしていただけだ」

サビッチは自分の手先を見つめて、袖で爪を磨いた。「あなたのような方――つまりじゅうぶんな稼ぎがあって、家族を養っておられる方が――」サビッチは自分の目の前で両手を広げた。「ときに退屈を覚えることを認めたがらないのは、わたしにも理解できます。たまに刺激が欲しくなる、いや、必要になると言ってもいい。その欲求を満たして、なにが悪いのでしょう？」男同士、秘密を共有するような顔でロイヤルを見た。麻薬取締局のジョー・モンローがジムで女の話をするときに見せる顔だ。

「いや、ちがう、ただわたしは――」ロイヤルはサビッチの顔つきを見るや察して、肩をすくめ、ついに薄ら笑いとともに認めた。「まあ、いいか。カーラはそそる女なんでね。うちのとちがってセックスが好きだし、わたしよりもいろんなやり方を知っている。しばらく前に悲惨な思いで離婚をして、セックスしたり笑ったりする機会をなによりも欲している」

「お気の毒に。楽しむはずが、侵入者や警察に対処するはめになってしまった」

「まったくだよ」

「昨晩、誰がどんな理由で侵入してきたのか、お心当たりがあるはずです」

「いや、残念ながらないんだ」

「ブラウベルト氏の死体はこのビルの裏手に広がるバンウィー公園の片隅で見つかりました。下生えが密生していて、ほとんど人が足を踏み入れない一帯です。どうでしょう、ブラウベルト氏があなたの部屋に侵入させるとしたら、誰を送りこみますか？　ブラウベルト氏もその女性とここにいたんでしょうか？　そしてあなたなり、ほかの誰かなりが、彼に襲いかかって殺し、パニックを起こして、死体を裏に捨てたのでは？」

「よしてくれ、ばかげたことを！　精いっぱい協力しているわたしを、犯罪者扱いするつもりか、サビッチ捜査官。きみがそのつもりなら、弁護士を呼ばせてもらおう」

「ひょっとするとベンダーですか？」

ロイヤルの動きがぴたりと止まった。ゆっくりと電話から手を離した。「ああ、たぶんそのベンダーだ。わたしたちは長兄ベンダー《ベンダー・ザ・エルダー》と呼んでいるが」

サビッチはさらりと言った。「あと少しで終わります、ミスター・ロイヤル。ベンダー・ザ・エルダーを呼び立てるまでもないのでは」

ロイヤルはしばし考えたあと、ため息をついて、うなずいた。

「教えてください。カーラ・アルバレスとそういう関係になって、どれくらいですか？」

「訊かれたから答えるが、そう長くはない。四カ月ぐらいか。正直、彼女にはうんざりしてきた。きみにもわかるだろう？　おばさんってのは、手を出されると、みょうな期待をいだく」肩をすくめた。

おばさん？　カーラ・アルバレスの顔は写真で見て知っているが、少なくとも七、八歳はカスキー・ロイヤルのほうが上だ。サビッチが厳しい顔つきで見ると、ロイヤルは多少怯《ひる》んだようだった。それでも、取り乱すことはなかった。サビッチは言った。「いえ、わかりませんね。あいにくそういう経験はありませんので、ミスター・ロイヤル」

11

カーラ・アルバレスのオフィス

シャーロックはさらに尋ねた。「ブラウベルト氏がここへいらした目的があなたでないとしたら、カスキー・ロイヤル氏ですか？　ロイヤル氏のパソコンのなかに、ブラウベルト氏の興味を惹くものがあったのでしょうか？　あるいはロイヤル氏の行ったなにかが？　あなたとふたりきりのときに、ロイヤル氏がブラウベルト氏のことを口にされなかったのは奇異です。ブラウベルト氏がこちらに来ていたのですから、なにかを探りだされたのではないかと、不安に思って当然です。あなたはどうですか、カーラ？　あなたも恐れていたんですか？　あなたも加担していたから？　なにに加担していたんでしょう？　なにかの裏工作？　利益をごまかすため、決算報告書に手を入れた？　それにドイツ本社の重役たちが気づいて、ミスター・片付け屋を送ってよこしたのでしょうか？」

カーラが急いで反論した。「いいえ、まさか。ドイツ本社はこちらが思いの外、高い利益を出していることを喜んでいるわ。それに――いや、とにかく、そういうことはないから。

わたしにはまったく見当がつかないわ、捜査官」

思いの外、高い利益？　彼女が口をすべらせたひとことが、気にかかった。シャーロックはさらに尋ねた。「では、ブラウベルト氏はその予想外の収入の件で、ロイヤル氏のもとへ送られてきたんですか？」

「いいえ、高い利益とか、濡《ぬ》れ手で粟《あわ》とか、そういうことではないの」

「ミスター・片付け屋はわが国に足を踏み入れたその日に殺されました。あなたとロイヤル氏が殺したのでなければ、誰が殺したのでしょう、ミズ・アルバレス？」

「だから言っているでしょう、わたしは知らないって」

「ロイヤル氏とは、いつからそういうご関係に？」

「わたしの私生活に首を突っこまないで！　同じ女性だからって、わたしがセックスを出世の道具に使ってると疑うのは、許されないわよ」カーラ・アルバレスは居住まいを正し、FBI捜査官を直視した。いまいましいことに、カールした赤い髪をして、すてきな革のジャケットを着ている。「噂に惑わされているのね、シャーロック捜査官。FBIの捜査官ともあろうものが、意味のない噂に踊らされるなんて、信じられない」

「あら、わたしたちはどんな話にも耳を傾けるんですよ、ミズ・アルバレス。そして遅かれ早かれ、重要なことはすべて突きとめます。あなたの、そのきれいな革のブリーフケースに賭けてもいいですけれど、ロイヤル氏の奥さまはあなたとご主人の関係をご存じのはずです。

ですから、もしわたしがあなたなら、履歴書を更新しますね。離婚されたんでしょう？　二年ほど前とか。前のご主人からひどい目に遭わされたうえに、慰謝料まで払わされて」

「ええ、惨めなものよ――腹立たしいったらないわ。でも、わたしの私生活はヘルムート・ブラウベルトが亡くなったこととは無関係よ、捜査官。ロイヤルのオフィスへの不法侵入についても。たとえここの従業員の半分と関係があったとしても、同じことだわ」

「そうはいかないんです。あなたとロイヤル氏は、ブラウベルト氏が殺されて森のなかに遺棄されたのとほぼ同じ時刻に、こちらにいらしたんですからね。教えてください、ミズ・アルバレス。ロイヤル氏のコンピュータから盗まれた情報はなんだったんでしょう？」

「さっきから言っているでしょう、CEOは警官ふたりに、ファイルがどうこうされた痕跡はなかったと言ってたわ」

「警官には嘘をつくでしょうね。でも、あなたにはつかないわ、ミズ・アルバレス。ロイヤル氏とそういう関係のあなたなら、今回の一件にも嚙《か》んでいる可能性が高い。しかもロイヤル氏が侵入者を見つけたとき、あなたはその場にいらした。ロイヤル氏はコピーされたファイルがあるのに気づいて、ひどく動揺したはずです。なんのファイルだったんですか？」

「いいえ、侵入者は逃げて、ロイヤルのコンピュータをいじる暇はなかった」

「なにが狙いだったのでしょう？」

「知らないわよ！」

「オフィスにいたのがブラウベルト氏でないというのは、わたしもそうだと思います。その気になれば、部屋に入って、好きなファイルにアクセスすることはできたでしょうが、バスルームの小さな窓は通れません。だから、人を雇い、それは女性である必要があった。それが誰だかご存じですか？」

「わたしが知るわけがないでしょう！」アルバレスは追い詰められた様子だった。ここまでだ。そう見切って、シャーロックはやさしく尋ねた。「せめてカスキー・ロイヤルがいい恋人であることを祈ります、ミズ・アルバレス。会社で逢《あ》い引《び》きしたのが運の尽きでした」

アルバレスは手を見おろし、親指のささくれに眉をひそめた。顔を伏せたまま、言った。「とくにいい恋人でもないわ。あなたの言うとおりよ、男なんて犬とおんなじ」

「あなたは聡明《そうめい》な方です。自分の行いは自分で正さないと。さあ、あなたの見解を聞かせてください、ミズ・アルバレス。強盗がどうのという、陳腐な弁明はやめてください。ヘルムート・ブラウベルトはなぜ殺されたと思われますか？」

カーラ・アルバレスはデスクにもたれかかった。「わかったらどんなにいいかしら。話せばそれきりあなたに会わずにすむもの。あなたみたいな胸くその悪い女に」

「それがわたしの自慢なんですよ」シャーロックは笑みを残して、オフィスをあとにした。

12

ストーンブリッジ警察署

シャーロックとサビッチは木製の椅子に腰かけ、所轄署から一時的にあてがわれたボウイの古ぼけたデスクと向きあっていた。

シャーロックは言った。「ディロンに賛成よ。明日カスキー・ロイヤルをここへ呼んで、締めあげましょう。今日みたいに手心を加えるのはなしにして、ディロン、ふいをつかないと。弁護士を引っぱりだせたら、おもしろいことになるでしょうね」

サビッチは言った。「おれがやつの上司なら、やつに弁護士をつけて、おれたちにブラウベルトの死とシーファー・ハートウィンを結びつけさせるんだが」一瞬の沈黙をはさみ、「ベンダー・ザ・エルダーなら相手に不足はない」と、笑みを浮かべた。この笑みを見たら魔王だって慎重になる、とシャーロックは思った。サビッチは続けた。「きみが耳にした予想外の利益という話だが、シャーロック、おれの勘だとなにかがある。濡れ手で粟か。追及する価値があるな。MAXにもそこを調べさせるつもりだ。シーファー・ハートウィンの誰かが、倫理に反する不正行為によって会社に利益をもたらしていることをアルバレスは言ったのかもしれない」

ボウイが言った。「濡れ手で粟か。いい響きですね」

サビッチが言った。「ダイスに電話をして、シーファー・ハートウィンの内部告発者がいないかどうか尋ねてみよう」

「二〇〇九年の、ファイザーによる犯罪行為と、それに対して科せられた二十三億ドルという民事制裁金のことがありますからね、きっといますよ。そのうちどの程度が六人の内部告発者に分配されたんだか知りませんが」

「告発する気になる程度の額はあったでしょう」シャーロックが応じた。「たしかに、長いあいだいやな思いをしてきたんでしょうけど、最後の最後で大逆転ね。二十三億ドルといったら、ほぼファイザーの年間利益に相当するわ。それだけ払わされたら、製薬会社も態度をあらためるんじゃないかしら」

ボウイが言った。「どうかな。ぼくは元々保健福祉省にいたんですが、ファイザーは今後五年は監視されるでしょうね。正しい道を行くとは、とても信じられませんから」腕時計に目を落とした。「そろそろ行かないと。〈シェ・ピエール〉へは、ぼくが車を出します。二十時四十五分でいいですか？」

一同が見守るなか、ボウイは四人の捜査官と共有する間に合わせの捜査部屋を飛びだした。

ストーンブリッジ警察署のクリフォード・エイモス署長は、署内にＦＢＩの捜査官が入ってくることを喜んでおらず、あてがわれた場所にはそんな署長の思いが反映されていた。ドロレス・クリフ捜査官は、ボウイのデスクよりさらに古いデスクの奥で、きしみを立てる古い椅子にかけたまま、前のめりになった。「ボウイは娘さんを学校まで迎えにいって、新しいベビーシッターのもとへ届けなきゃならないんです」

13

エリンは床に膝をついて、ジョージィ・リチャーズの顔を見た。「ねえ、ジョージィ、これから二日くらい、うちに住まない？　わたしがあなたの家に行くより、ここにいたほうが楽しいんじゃないかって、あなたのお父さんと話をしたんだけど、あなたはどう思う？」

ジョージィは、エリンのカラフルなリビングのほうに顔を向けた。緑と白のストライプ柄のソファと、そこに散らばる色鮮やかなクッション。片隅に置かれた巨大な赤いビーズクッション。壁にはドガの踊り子のポスターが額に入れて飾ってある。「わかんない」ジョージィは言うと、リビングに一歩進んだ。「あなたがいいルームメイトだとは思えないけど」

「あら、生意気な子どもにドゥミプリエを教えられるルームメイトなんて、めったにいないと思うけど」

「あなたはいいバレリーナだもの」

「そうよ、がむしゃらに踊れるのよ。わたしの第二アラベスクは誰よりも優雅だって、祖母に言われてたのよ。たぶん、母にも同じことを言ってたんでしょうけど。なんにしろ、あなただけ特別扱いしてあげられるかも、レッスン料なしで。それに、あなたの部屋にびっくりするものがあるのよ」

「びっくりするもの?」

子どもの気を惹くことに成功した。「どんなびっくりも、少し待たされたほうが価値が上がるわ」

ジョージィは興奮ではち切れそうになっている。これで点数が稼げた。エリンは内心そう思いながら、笑みを嚙み殺した。ジョージィがセントポーリアの葉にそっと指をやりながら、尋ねた。「料理できる?」

「見てわからない? ダンスと同じくらい、料理もじょうずよ。くるみ割り芽キャベツとか、白鳥の湖キャベツサラダとか」

幼い少女はお腹《なか》を押さえた。「うわ、まずそ。父さん、あたしは料理ができるって、この人に言って。すごいレシピを知ってるのよ。父さんも大好きなんだから」

ボウイが笑った。「チリソースと粉チーズをかけたホットドッグと、焼きリンゴのスライスが入ったシリアル、スペシャルKは、絶品だよ」

「おいしそうね」エリンは言った。「その調子なら、ふたりで新しいレシピをつくれるかも」

「グリンの手がまわらないときは、父さんがあたしの服を洗濯してくれるんだけど。あなたがしてくれる、エリン?」

「いいわよ、それくらいなら」

「アイロンかけも――?」

「そこまでは無理じゃない? お父さんが寝る前にかけてもらったらいいわ」

「そこが不安なの、エリン。父さんが今回の仕事はすごく大変だって言ってたから、悪いやつらを捕まえるまでは、ベッドにも入れないかも」

エリンは気が進まないながら、少女の父親を見あげた。ニューヘイブン支局の責任者、ボウイ・リチャーズ特別捜査官。その気になれば、すぐにでも攻撃する側にまわれる男だとわかる。いまはエリンを救出者と見なして感謝する父親然としているが、そんな見せかけに騙《だま》されるエリンではなかった。相手が知らないからいいようなものの、今回のことをつらつら考えては、プラチスラバの果てまで後悔していた。ジョージィのために引き受けたことに嘘はないが、注意していればこの状況を利用できるという腹もあった。彼が娘に会いにきたとき、さりげなくやれば、情報を探りだしていると悟られずにすむかもしれない。さりげなさには自信がある。これまでの成功がそれを物語っている。そんなことを思うと、今朝から腹部に居座っている恐怖が、少しだけ小さくなった。

ボウイ・リチャーズが腕時計を見た。エリンは立ちあがって、彼と握手をした。大きくて、ごつごつした手だ。「わたしがアイロンをかけてもいいけど、いちおうの線は引いておかせて。ジョージィ、ベッドのメイキングは自分でしてね」

ボウイの顔に浮かんだまぎれもない安堵《あんど》の表情に、思わず笑いそうになった。「ジョージィは二年ぐらい前から自分でベッドを整えてる。そうだよな、ベイビー？」

「あたし、七歳半なのよ、父さん。ベイビーじゃないんだけど」

「おっと、おれがどうかしてた。許してくれ」しゃがみこんで娘を抱き寄せ、息をついた。

「時間ができたら、会いにくる。ただ、いまはとびきりの難事件にどっぷり浸かってる」

「夕ごはんは食べに戻る？」

「いや、ごめんな。今夜はワシントンの上層部が送りこんできた、大物捜査官ふたりと食事をしなきゃならない」

「どうしたらいいか、父さんが教えてあげなきゃいけないんでしょう？」

父親に絶対の信頼を置いている。ボウイは愛娘の顔を見た。大きなダークブルーの瞳は、母親譲りだ。うなずいて、語りかけた。「そうだよ、ふたりにはおれの力がいるんだ」

もう一度娘にキスをして、いい子にしてるんだぞと伝えると、自分譲りの焦げ茶色の髪をかき乱して、立ちあがった。「ありがとう、ミズ・プラスキ、大きな借りができた」

エリンは自分のほうが借金の取り立てに遭わないことを祈った。

これで決まった。これから二日間、エリンにはルームメイトができた。先のことはそのときまた相談ということで、と言うボウイの口調は、期待に満ちていた。

ジョージィは首を振り、大人びた口調で言った。「父さん、心配してるわ。あたしにはわかるのに、なにも言わないの。ドイツの人がバンウィー公園で殺されて、父さんはその人を突きとめたのよ。身分証明書は持ってなかったけど、歯でわかったって。そう父さんが電話で話してたの。ワシントンから来た捜査官が役に立つといいんだけど」

では、殺されたのはドイツ人か。だとしたら、シーファー・ハートウィンにかかわりのある人物だと思って、ほぼまちがいない。身分証明書を持っていなかった？　それをボウイが歯からドイツ人だと突きとめた？　ボウイにはドイツの歯科治療が見分けられるということだ。おみそれしました。指紋はどうしたのだろう？

そこを探りださなければ。エリンは笑顔でジョージィを見おろした。「あと一時間ぐらいで食事にするけど、それでいい？」

「くるみ割り料理を食べるの？」

「いいえ、今夜は別のメニューよ。マカロニ・アンド・チーズがオーブンに入ってるの。さあ、ジョージィ、部屋に案内させて」

「びっくりするものってなに？」

「あなたの部屋にあるのよ。さあ、見てちょうだい」

エリンがドアを開けると、ジョージィは部屋に突進した。長いガラスの壁に沿って、バーが置いてあった。「これでいやっていうほど練習できるわよ」エリンは言った。「あなたのために、高さを下げておいたから。ご感想は？」

ジョージィのなかではうんと期待が高まっていたのだろう。だが、それを隠すだけの慎み深さがあった。「きれいなバーだね、ありがと、エリン」その小声を聞いていると、つぎはもっとすてきなサプライズを準備してやりたくなる。この子には、めまぐるしくて長い一日だっただろう。

エリンは言った。「マカロニ・アンド・チーズがいやだったら、どろっとしたレバーをフライにして、生クリームまみれにしてあげてもいいんだけど」

少女はゲラゲラ笑いながらバーに近づくと、なめらかな木の棒にそっと触れた。

七歳半の少女は何時ごろに寝るものなのだろう？　そんな疑問が頭をもたげたけれど、ジョージィに尋ねたところで、嘘をつくに決まっている。それもぬけぬけと。

マカロニ・アンド・チーズと、申し訳程度のサヤインゲンと、ちょっぴりのサラダという上出来の食事を終えると、一時間ほどバーを使って体を動かし、テレビ番組をふたつ観た。目をしょぼしょぼさせながら、すごく遅くなるまで父さんにベッドに入れと言われたことがないと言い張るジョージィを横目に、エリンはボウイ・リチャーズの携帯に電話をかけた。

「はい、リチャーズ」急いでいる様子だ。

「エリン・プラスキよ。ジョージィはいつも何時に寝るの？」

一瞬、完全なる沈黙に包まれた。彼が日常生活に頭を切り替えるさまが目に浮かぶようだ。

「七時四十五分、いまから一時間前だ。やられたみたいだね？」

「まんまと」電話を切った。

　ボウイは車のシートに携帯を置いた。シャーロックはそれが自分のほうにすべってくるのを目で追った。つかみあげて、彼に手渡した。

「あ、ありがとう」ボウイは困惑顔で携帯を見て、ポケットに突っこんだ。「エリン・プラスキからでした。急遽《きゆうきよ》ベビーシッターを頼んで、娘の面倒をみてもらってるんです。彼女、ストーンブリッジで探偵業をしつつ、娘のバレエの先生でもあって」首を振りふり、左折のウインカーを点滅させた。「変わった組みあわせですよね」

　後部座席でMAXをいじっていたサビッチが言った。「娘さん、ジョージィっていうのかい?」

「ええ。今日娘に言われちゃいましたよ。七歳半だから、もうベイビーじゃないって」首を振って、にやりとした。「正直言うと、おむつをつけてよだれを垂らしてたのが、まだ先週のことのように感じるんです。息子さんのことを教えてください」

ふたりは息子のショーンと愛犬のアストロの話をした。

「ジョージィも犬が欲しいって。子どもはみんなそうですよね。考えてみるかな」

　涼しい夜だった。晴れわたった空には半月がかかり、星々がまたたいていた。ボウイは言った。「レストランはこの先です。前にロブスターを食べて、すごくうまかったんです。

ただオーナーのポール・レミエールは、自分の高級レストランで今夜、警官三人をもてなすことを快く思ってません。お客さんに手錠をかけられて、店から追い立てられるんじゃないかと心配してるんでしょう」

シャーロックがにっこりした。「好きなように思わせておきましょう」

ボウイは彼女のほうを見た。すてきなブラックドレスを着て、オープントウのセクシーなパンプスからまっ赤なペディキュアがのぞいていた。カールした美しい巻き毛はひっつめにし、両耳の後ろにゴールドの髪留めを飾っている。どこからどう見ても、彼女の実体である不屈のFBI捜査官には見えなかった。

ちらっとサビッチを見た。ボウイと申しあわせたように、上品な黒いスーツを着ている。サビッチもシャーロックもいい人だと思うが、それでもふたりがワシントンで息子と遊んでいてくれればいいのにという気持ちがぬぐえなかった。どうして東のディズニーランドこと本部は、いつも支局だけでは力不足だと考えるのだろう？　サビッチとシャーロックの評判がいいのが、せめてもの救いだった。サビッチには霊能力かなにかがあるという噂があるけれど、くだらないたわごととしか思えないので、尋ねる気にもなれない。降霊会でも開くのか？　いくらFBIでも幽霊までは扱えない。

ぴったり九時に店に入った。給仕長は入り口近くのカウンターの傍らに控え、その隣にオーナーのポール・レミエールがいた。漆黒の髪に黒い瞳、小柄でまるまるとした男性だった。どちらもあまり歓迎しているふうではなかった。

シャーロックはふたりに晴れやかな笑みを向けた。「エラ・フランクス先生から聞きました。大西洋のこちら側では、この店のオイスターが一番おいしいと」

「そうです」ポール・レミエールが態度を和らげた。「そのとおりです。では、フランクス先生とお知りあいで？　先生は立派なレディです。わたくしが席に案内させていただきましょう。料理をお気に召していただけるとよろしいのですが。うちのシェフ特製のオイスター料理は絶品でございますよ。内々にお話しいただけるよう、昨晩の接客係をテーブルに行かせます。それでよろしゅうございますか？」

一同は席についた。クリスタルのグラスに水がつがれ、小さなボウルには良質のオリーブオイル、美しいコーナーテーブルには温かなバゲットを入れた白いバスケットが置いてある。

ボウイは眉を吊りあげて、シャーロックを見た。「どんな魔法を使ったんですか？　今朝会ったときのレミエールは、ぼくに牡蠣を出すどころか、ぼくを調理して夕食に出しそうな顔をしてたんですよ」

シャーロックが得意そうにほほ笑んだ。「ポール・レミエールがエラ・フランクス先生とご近所同士だとわかったの。ドクターは彼のことをポーリィと呼んでるわ」

14

〈シェ・ピエール〉の常連から〝エスタファン〟の名で親しまれているディラード・シャンクスによると、ブラウベルトが携帯電話で話すのをたまたま聞いてしまったとのことだった。〈シェ・ピエール〉のお客さまにはそんな不調法な人はいない、とエスタファンは鼻息も荒く語った。とはいえ、奥の席にいたので、ほかのお客さまは気に留めておられませんでしたが、と。ブラウベルトはイギリス製の高級スーツとイタリア製のローファーという非の打ちどころのない服装ではあったものの、ムッシュー・レミエールからすると、それはとびきり行儀の悪い行為だった。

「どんな話をしていたのか、教えてください」ボウイがうながした。

エスタファンは立ち聞きしていたことを認めたくない様子だったが、ボウイが「あなたが聞いてくれていたら、どれほど助かるか。わたしたちはストーンブリッジ一の幸せものです」と言うと、口を開いた。「そうですね、わたしが立ち止まって耳を傾けたのは、じつは、訛りがあったからなんです。たぶんドイツ語の。これで気持ちが決まった、あいつは放っておこう、と言っておられました。飛行機で帰るとかなんとかとも。ですが、はっきりとは聞こえなくて、そのあと数秒相手の話を聞いてから、相手が目の前にいるみたいにうなずき、困難はつねにつきものだけれど、優秀なわたしには乗り越えられると、言われました。そこからドイツ語に切り替わり、少し笑ってから、電話を切ったんです」エスタファンはテーブルを見て顔をしかめると、シャーロックの皿の隣にあったフォークを手に取って、腕にかけたナプキンでごしごし磨いた。「ご本人が思われたよりも大きな困難にぶち当たられたんでしょうね、亡くなられたんですから」

シャーロックは笑顔で彼を見あげた。「情報提供と、フォークを磨いてくれて、ありがとう。駐車違反で切符を切られたときは、リチャーズ捜査官に電話をしてね」

エスタファンが言った。「わたしの恋人もいいですか? オートバイが大好きな人で」

「どうぞ」ボウイは答えつつ、クリフォード・エイモス署長が目こぼししてくれる可能性を考えた。ボウイはゆったりと椅子に腰かけて、エスタファンの動きを目で追った。四つ先のテーブルで腰をかがめて客に話しかけ、うやうやしくうなずくと、悠然とキッチンに向かった。「ぼくの疑問は、もしブラウベルトがドイツの上司と話をしていたのなら、どうして英語を使っていたかです。それに、気持ちが決まった、あいつを放っておこうとは、どういうことなんでしょう?」

運のいいことに、ソムリエのクロード——名字なしの、ただのクロード——も、十一番テーブルの外国人紳士について語ってくれた。このお客さんは優れた味覚とお金を持っておられた、その証拠にナパバレーのブランキエット・パラダイス・ヒルズ・メルロー二〇〇四年をボトルで頼まれた、とびきりいいワインなんです、と。

「一本丸ごと飲んだんですか？」

「ええ、そうです」クロードは赤毛が渦を巻いているシャーロックの耳元に目を奪われながら、答えた。「当店だと、ひと瓶二百ドル近いワインです」

ボウイが言った。「帰るとき、ふらついていましたか？」

「いいえ、ふらつきはべつに。もう一本注文されかけたくらいでして。でも、そのあと考えなおされて、ご注文を取り消されました。あのお客さまを見たのは、それが最後です」

「いいだろう」クロードがきびきびと遠ざかると、サビッチは言った。「たしかドクター・フランクスが言ってたな、赤ワインでシカ肉を食べていたと。でも、ボトルをまるまる一本とは——そのせいで、注意力が散漫になって、動きがにぶくなってたのか？」

「そうね、さらにもう一本飲んだら動きが損なわれると思ったんでしょうね」シャーロックが言った。「ワインで思いだしたけど、ドライのおいしいシャルドネが飲みたい人は？」

ボウイは首を振って、にこりとした。「けっこうです、ぼくは飲まないんで」

シャーロックはいぶかしげに尋ねた。「具合でも悪いの？」

「いや、そうじゃないんですが」ボウイはそれ以上、語らなかった。

ソースがけ手長エビのライス添えを楽しんだあと、デザートにクレームブリュレを食べ、濃いフレンチ・エスプレッソを飲んだ。

真夜中近くに〈ノーマン・ベイツ・イン〉までボウイに送ってもらったふたりは、それから十五分後にやわらかなベッドに入った。背後の壁には無言の叫び声をあげるジャネット・リーのポスターがあった。シャーロックは夫の肩に「エスプレッソはやめとけばよかった」とつぶやき、ため息をついた。

「そうとも決まってないぞ」サビッチは妻のほうを向いた。

数分後、口づけしながらシャーロックが言った。「そうね、もうひとつのデザートはいつだって歓迎よ」

15

火曜日の朝

翌日の朝七時半、エリンは、きちんとした身なりながら、眠たそうな目をしたボウイ・リチャーズをアパートに迎え入れた。

「冴《さ》えない顔ね、リチャーズ捜査官。ワシントンから来た荒々しい捜査官たちと飲み明かしたの？」

「向こうもおれ同様、眠れずに苦労してくれてるといいんだが。三人してエスプレッソを飲んだんだ。これがまたロケットを宇宙に飛ばせそうなくらい、強烈に濃くてね。それプラスむずかしい殺人事件のことを考えだしたら、三時近くまで眠れなかった」

エリンは小首をかしげ、関心はないのに儀礼的に尋ねたようなふりをした。「そこまで突き詰めて、どういう結論に至ったの？」

ボウイはあらためてエリンを見た。大きな白いシャツに黒のレギンス、ヒールのないバレエシューズというスタイルがすてきだった。髪は太い一本の三つ編みにして、耳にはフープのピアスが下がっている。今朝の彼女は見るからにバレリーナ然として、どこにも私立探偵らしさがない。「なんの話？　ああ、そうか、殺人事件のことか。それがおもしろい展開でね、昨夜、〈シェ・ピエール〉に行ったら、殺された男が携帯で話していたのを聞いてたウエイターが見つかったんだ。気持ちが決まった、あの男は放っておこう、と言ってたそうで――」ボウイは口をつぐんだ。顔をしかめて、首を振った。「いまの話はなかったことにしてくれ。しゃべっちゃいけなかった。頭のなかをきみに見せるとは、まだエスプレッソの余韻に浸っているらしい。ところで、ジョージィは？　急がないと学校に遅れる」

ええ、そうね、忘れるわ。でも、もう脳にしっかり刻みこまれちゃった。エリンは言った。「今朝のニュースで殺された男性の名前が流れてたわよ。ヘルムート・ブラウベルトって」

「そうだった、その情報を流したんだった」

「〈シェ・ピエール〉のウエイターがドイツ語を知ってたなんて、幸運ね」

「いや、そうじゃないんだ。ブラウベルトは英語で話してて、ただエスタファンによると、少し訛りがあったそうだ。最後になってドイツ語に切り替えて――まったく、おれはなに言ってるんだ？　ここだけの話にしてくれよ」

エリンは軽く受け流した。「もちろん。ジョージィ、お父さんが来たわよ」

「オートミールを食べてるの」キッチンからジョージィの声がした。「父さんもいる？」

ボウイは目をこすった。「オートミール？　そんなもの、食べたことないのに。どうやって食べさせたんだ？」

「曾祖父譲りの特製レシピがあるのよ。ジョージィはひと口食べるなり恍惚《こうこつ》となって、オートミールのボウルを抱えこんだわ。朝食がまだでしょ、リチャーズ捜査官。わたしの曾祖父譲りのオートミールを食べたら、頭の働きが戻るかもよ」

「ボウイと呼んでくれ」

「わかった、わたしのことはエリンね」

「エリン」腕時計をちらっと見る。「ほんとに時間がないんだ。やることがたくさんあって——でも、曾祖父譲りのレシピだって？」

「そうよ。ポーランド人だったんだけど、スコットランドのインバネスに三年住んでたあいだに覚えたと言ってたわ。入って、ボウイ、キッチンへどうぞ。たいして時間はかからないし。それに、ジョージィだって食べ終わるまでボウルを手放さないわよ。それがまた大きなボウルなの」

エリンが見ていると、ボウイは味見をしてうなずくや、ブラウンシュガーをかけたオートミールに本格的に取りかかった。何度もうなずきながら食べる彼に、ジョージィがここぞとばかりに話しだした。助走をつけて、リビングの赤いビーズクッションのまん中に跳んだこと、エリンもまねしたけれど、大きすぎて脇に落ちたこと、そのあとベッドに入り、エリンからお話をしてもらったこと。チュチュを着るのが大嫌いなバレリーナのお話だった……。

ボウイがおざなりにうなずいているだけなのが、エリンにはわかった。殺人事件のことで頭がいっぱいなのだろう。さもなければ、ベッドに戻って、二十四時間ぶっ通しで寝たいと思っているのかもしれない。どうしたらもっと情報を引きだせるだろう？　たとえば、カスキー・ロイヤルのバスルームの窓から転げ落ちたとき、誰かに見られていたのかどうか。目撃者がいたとして、自分はどう表現されていたのだろう？

エリンはお茶で口を湿らせた。「ジョージィ、お父さんにはなんでも、それこそ靴下の色まですべて話すのね。オートミールもきれいに平らげて」

「オートミールってぐにゃぐにゃしてて、どこにも引っかからないね」

「へええ。わかった、時間稼ぎをしてるんでしょ？　さあ、歯を磨いて、セーターを取ってきて。今日は肌寒いわよ」ジョージィがキッチンから出るのを待って、ふたたび質問を投げかけた。「シーファァー・ハートウィンへの住居侵入事件だけど、ドイツ人が殺されたのと関係があるの？　本社ビルのすぐ裏で見つかったのよね？」

ポーランド人の曾祖父に幸あれ。ボウイはこんなにおいしいオートミールを生まれてはじめて食べた。いや、考えてみると、これがちゃんと食べたはじめてのオートミールかもしれない。母親がオートミール嫌いだったので、ボウイにも、ボウイの兄弟姉妹にも食べさせなかったのだ。「住居侵入事件？　ああ、あれ。たしかに奇妙だよな」

「どうして？」

ボウイはしばらく口を動かしてから、答えた。「きみが私立探偵だってことを、つい忘れる。汲《く》んでも尽きない好奇心の持ち主らしいね」

そんな単純な話じゃない。エリンは軽くうなずいた。「言われちゃった。教えてよ、ボウイ、その住居侵入事件のなにが奇妙なの？　盗まれたものは？　犯人の見込みはあるの？」

口を閉じて——いくらなんでも質問のしすぎ。疑われたら元も子もない。

「わかっているのは、女性だってことだけだ」

シーファー・ハートウィンのビルから走って逃げるところを見られたの？　困った、どうしよう。「なぜ女性だとわかったの？」

オートミールの最後のひと匙《さじ》を口に入れると、ボウイは椅子の背にもたれて、腕組みをした。「頭脳に百ワットの輝きが戻ったみたいだ。うまかったよ、ありがとう、エリン。犯人はバスルームの窓から抜けだしていて、その窓が男には小さすぎるんだ」

あの窓が悲惨なほど小さかったことをなぜ忘れていたのだろう。だったらいい。たいしたことじゃない。向こうが知っているのは、それだけってこと？

ジョージィがスキップしながら狭いキッチンに戻ってくると、ボウイが椅子から立ちあがった。「朝食をありがとう、エリン。ジョージィにきみのオートミールのレシピを探らせないとな。さて、もう行けるか、ジョージィ？」

ジョージィはうなずいて、父の手を握った。「疲れた顔してるよ、父さん。あたしみたいに八時に寝たら、そんな顔しないでいいのに」

「ごもっとも」ボウイはエリンに笑いかけた。「ジョージィを預かってくれてありがとう。昨晩、おれに電話をくれたあと、ジョージィが手を焼かせなかったことを願うよ」

「全然。いつもベッドに入る時間を知ったのが八時過ぎだったから、よけいよ。それでも起きていたがったら、バレエのレッスンをしろと脅してたかも」エリンから頭を撫でられたジョージィは、けたたましい笑い声とともにキッチンを飛びだした。

「クラス一、足の丈夫なバレリーナになるんだもん！」

ジョージィが玄関まで去るのを待って、エリンは言った。「殺人事件と住居侵入事件だけど、すぐに解決しそうなの？」

「そうか、娘をいつまで預かることになるか、知りたいんだな？」

ばかね、ジョージィを預かるぐらい、いつまでだっていいわよ。「ええ、ひと晩じゅう、それが気になって。子どもって大変だから。ううん、もちろん、ジョージィはいい子にしてるわよ。今後のことは明日あらためてって約束だったけど、気にしないで。凄腕捜査官として、昼までに全部解決しそうだっていうんなら、べつだけど」

「それもありうる。派遣されてきたエリート捜査官ふたりだけど、つきあってみたらいい人たちだった」

「よかったわね。これで、凄腕捜査官が三人そろったわけね。前に仕事の関係で捜査官と知りあったことがあるの。その人、はいてたウィングチップを脱いで、それでわたしを殴りたそうにしたのよ」

狙いどおり、ボウイがにやりとした。「達者な口で言い負かしたのかい？」

「あら、でも、少しはあったかも。頭の悪い男でね。そのふたりは切れるんでしょう？」

「そのふたりがなんと夫婦なんだ。男のほうはディロン・サビッチ、ひと筋縄ではいかない雰囲気の大男だ。多少なりと脳みそのある人間なら誰もが恐れそうな、そんな顔つきをしてる。妻のシャーロックはきれいで、笑顔のすてきな女性だ。その笑顔をたくみに使ってるが、本気で怒らせたらバーモントまで蹴り飛ばされそうだ。いまはそのふたりと捜査するのに、警察署を使わせてもらってる」

彼の顔がさっきよりまともになった、とエリンは思った。目が澄み、背筋が伸びて、話に集中できている。たしかに、百ワットの輝きが戻ってきた。

「どうかしたか？　おれ、まだ生ゴミみたいに見えるかい？」

「いいえ、人間に戻ったなと思ってたところ。スコットランド仕込みのオートミールがもたらした魔法ね。いい一日を、ボウイ。今夜、ジョージィが寝る前に来られそう？」

「できれば」ボウイはエリンを見おろしたが、それほどの差はなかった。ヒールのないバレエシューズをはいていても、エリンは百八十センチ前後ある。ヒールのある靴をはいたら、ほとんど同じ身長だ。「今日はバレエのクラスがあるのかい？」

「え？　ああ、この恰好ね。ええ、昼過ぎに。それまでは自宅で仕事よ」

「いまどんな調査をしてるの？」

「たいした依頼じゃないのよ。いい一日を」

「どこかの亭主に頼まれて、奥さんを尾行してまわってるとか？」

彼女の笑みを見て、ボウイは凍りつきそうになった。「ええ、そのとおりよ。場合によっては、寝室のクローゼットに隠れて、ビデオまで撮るんだから」そして藪《やぶ》から棒に肘を引いて、ボウイの腕を殴った。容赦なく。

　その腕を撫でていると、ジョージィが叫びながら走ってきた。「父さん、もう行けるよ！早くしないと遅刻しちゃう」

「ばかなことを言って悪かったよ、エリン。じゃ、また」

「バイバイ、エリン。バレエのレッスンのとき、またね！」ジョージィはにっこりと笑って、指を振ってみせた。「遅れないでね。父さん、ばかなことって、エリンになに言ったの？」

　エリンは玄関のドアを閉めて、チェーンをかけた。赤いビーズクッションを隅に押しやって、部屋のなかを行きつ戻りつした。カスキー・ロイヤルのオフィスに侵入したのが女であることはばれている。窓が小さいからそこまでは誰だってわかる。だが、それをエリンに結びつける証拠はない。当然ながら、警察のレーダーには引っかかってもいない。向こうは殺人事件と住居侵入事件を結びつけているけれど、心配には及ばない――ただし、ロイヤルのコンピュータから出力してきたキュロボルトに関する文書を証拠としてマスコミに送りつければ、そうはいかない。警察に突きとめられて、処罰される。

でも、文書を匿名で送りつけたら、わたしは安全なんじゃないの？　悪党は捕まり、ケンダー博士と自分は逃げおおせる。

できそうな気がするけれど、怖かった。考える時間があって助かる。ケンダー博士の意向を聞いてみたい。

エリンは食器洗い機に皿をセットしてキッチンを片付けてから、仕事に出かけた。

16

サビッチがシグをベルトに留めていると、携帯がエルトン・ジョンの「キャンドル・イン・ザ・ウィンド」を奏でだした。

「サビッチだ」

「ボウイです。うちの支局の捜査官から、シーファー・ハートウィンに侵入した女の手がかりが見つかったと連絡がありました」続いてボウイが伝えた住所は、〈ノーマン・ベイツ・イン〉から三ブロックと離れていない場所だった。

「シャーロックとそちらに向かうよ」

エリック・トールマンは不眠症気味のランナー兼スポーツライターで、自宅で子どもの面倒を見る父親でもあった。あちこちにおもちゃの散らかる狭いリビングに三人を招き入れた。ゴールデンレトリーバーのぬいぐるみを拾いあげながら、赤と緑の格子柄のソファに向かって手を振った。「散らかってて、すみません。今朝ルークにやられてから、片付ける暇がなくて」腕時計を見る。「いまは午前の昼寝中なんですが、そろそろお目覚めですよ。あいつが目を覚ましたら、話になんか、なりゃしない。さあ、座ってください」彼はサイドテーブルの赤ちゃん用モニターをチェックした。「ルークが生まれてから、昼間は走れなくなりました。あの子がベッドに入ったあとの夜だけです。リチャーズ捜査官には電話で伝えましたが、じつは日曜の真夜中過ぎ、シーファー・ハートウィンの近くの森を走ってたときに、生け垣につまずいて、転びそうになりましてね。五メートルぐらい上にある、建物脇の小さな窓から体を揺すりながら出てくる女に目を奪われたんです。女は窓から出てこんもりした茂みに転げ落ちると、ぼくの背後に広がってた森に駆けこみました」

ボウイはぴりぴりしているようだった。「その女はどんな様子でしたか、トールマンさん？」

「細身で、黒っぽいジャケット。ジッパーを閉めてましたね。それにジーンズにスニーカー。黒い野球帽をかぶってたようですが、ほら、わかるかな、ポニーテールが後ろから出てて」

「わかります」ボウイは言った。「ほかには？」

「向こうは逃げるのに必死で、ぼくを見てなかったようです。足取りからして、ランナーじゃありませんが、とても優雅でした。流れるような動きと言ったらいいのかな」

シャーロックが身を乗りだした。「おもしろい表現ですね。流れるような動き。もう少し具体的にお話しいただけますか？」

「いや、よくわからないんです。走りなれた人の、自然な足の運びとは少しちがったんですが——」トールマンは黙りこんで、首を振った。「しっくりこないな。ただ、アスリートは見ればわかるし、彼女もそうです。体つきがすばらしく整ってました。怖がってはいたけれど、パニックまではいかず、なめらかだった。そう、なめらかで、よく制御されていた」

シャーロックはソファの後ろからぬいぐるみのクマを引っぱりだして、やわらかな毛並みを撫でた。ショーンもいまだに白いウサギが手放せずにいる。耳は片方しか残っていないけれど。「ポニーテールの色は見ましたか、トールマンさん？」

トールマンは記憶を探った。「太いポニーテールだったな。彼女が走るとぴょんぴょん跳ねて、はっきりと見えました。色は——ぼくみたいに黒くなかったし、あなたのように赤くもありませんでしたね、捜査官。要は茶色ってことです。月明かりを浴びて、肌がまっ白に見えた」

ボウイが前傾して、膝のあいだで手を組んだ。「ジャケットのジッパーを閉めていたとおっしゃいましたね？」

「ええ、妙な気がしたんです。日曜の夜は暖かかったから」一瞬、眉をひそめる。「そうだな、いま思い返してみると、胴体のあたりが太かったかもしれない。分厚いというか」

「ジッパーを閉めた内側になにかをしまっていたとか？」シャーロックが尋ねた。

「ええ、たぶん」

ボウイが続いた。「女の体格は覚えてますか？　背は高かったですか、低かったですか？」

「距離がはっきりしないんであいまいなんですが、かなり高かったんじゃないかな。携帯を持ってたら、警察に電話してたんですが。それに、うちに帰ったらルークの調子が悪かったもので、すっかり忘れてしまって。月曜の朝ですよ、ニュースで製薬会社に侵入者があったことや、日曜の夜、公園で人が殺されたのを知ったのは。そりゃあ、動揺しましてね。だって、ぼくが見たのは泥棒だったんですから。妻のリンダからすぐに通報しろとせっつかれました」

ここではじめて、サビッチが口を開いた。「女がひとりだったのは確かですか、トールマンさん？彼女を待っている人物が公園にいませんでしたか？」

「ぼくが見たかぎりでは。走ってるときは、誰にも会わないほうがありがたいんです。遅い時間で暗いから、ただのあいさつじゃすまないかもしれないでしょう？」

三人は同様の質問を異なる角度からくり返したが、それ以上のことは引きだせなかった。ボウイが立ちあがると、それと同時にモニターから赤ん坊の泣き声が大きく響いた。ボウイは笑顔になった。「お手間をかけました。通報いただいて、感謝します。あとはルークと楽しんでください」

トールマンが立ちあがって、三人と握手を交わした。「盗みに入った女のことですけど、男を殺したのもこの女なんですか？」

「その答えはいずれ」ボウイが応じた。

ルークが家の奥から叫んだ。

トールマンが言った。「子どもの泣き声のほうが、目覚ましより優秀ですよ。いま十時きっかり、これからルークの儀式がはじまる。げっぷして、ぬいぐるみの犬の耳を囓《かじ》って」

「犬の名前は？」尋ねたのはサビッチだった。

「勇者メイナード、ぼろぼろです。ばらばらになりそうで、洗うたびに怖くなります」

サビッチはにっこりした。「うちの息子にはグーバーという名の、片耳のウサギがいます。なくした片方の耳は見つからず、尻尾のほうは、もう十回はつけなおしました」

一同、車に向かいながら、ボウイは言った。「ジョージィのお気に入りのぬいぐるみはクロコダイルで、ルーファスといいました。ですが、いまやほったらかしです。人形たちの輝かしい世界を知ったからですよ。バービー人形が千種類もあって、そのひとつずつが車と飛行機と山のような靴を持ってるって、知ってました？」

十分後、三人は〈ルーサーズ・ビッグ・バイト〉に落ち着き、ふたりはコーヒー、サビッチは紅茶を注文した。ボウイはありがたそうにひと口コーヒーを飲んでから、言った。

「シーファー・ハートウィンの全女性従業員の証明写真を確認してみます。そのなかに見込みのありそうな女性、つまりすらりとした長身で茶色の髪をした女性がいたら、トールマン氏に見てもらいましょう。警察の似顔絵担当捜査官を使っても、いま以上に有力な情報が引きだせるとは思えません」

シャーロックもコーヒーに口をつけた。食堂にしては悪くないが、コーヒー豆の申し子であるディロンの淹《い》れるコーヒーにはかなわない。「わたしが印象的だったのは、ジョギングの習慣のある目撃者が、彼女の走り方を優雅だと称した点よ。怖がっている様子ではあったけれど、流れるような動きだったと言ってたでしょう？　おもしろい表現よね」

三人ともそれについて考えてみた。

ボウイがコーヒーを飲んだ。「優雅な動きが身についた人物かも。たとえば、モデルをしていたことがあるとか、ダンサーとか」

「ありうる」サビッチが言った。

ボウイは続けた。「うちの捜査官のひとりが探りだしたんですが、ブラウベルトの航空運賃は会社の口座ではなく、彼個人の口座から引き落とされていたそうです。それにドイツ連邦情報局《BND》によると、シーファー・ハートウィンの出張担当者はブラウベルトがアメリカに来ていることすら知らなかったそうです。彼はＪＦＫで車を借りてます。ダークブルーのフォード・トーラスで、ナンバーはＲＷＩ４７４９。どこからも目撃情報は入ってません。宿泊先についてもまだですが、偽名を使って、現金で払ったのかもしれない」

「ハイウェイ沿いのモーテルかなにかだろう」サビッチは言った。「そういう場所なら、客の素性を問わない。反面、彼が犯人といっしょだった可能性もある」

ボウイが応じた。「ブルーのトーラスがないかどうか、うちの連中がシーファー・ハートウィンの管理者全員の自宅を訪れて、近所の聞きこみを実施しましたが、いまのところ発見に至っていません。そうそう、今朝一番のニュースを伝えるのを忘れてました。われらが所轄署のクリフォード・エイモス署長が取り調べのために会議室を使うことを許可してくれましたよ。もちろん、わたしたちを早々に追いだしたい気持ちに変わりはないようですが。カスキー・ロイヤルには十一時に署へ出頭するよう、連絡しました」

シャーロックはボウイに向かってカップを掲げた。「よく彼を安全地帯から引きずりだしたわね」

「留置場が近かったら、それだけで話す内容が変わるんじゃないか?」サビッチはほくそ笑んだ。署内でロイヤルに会うのが待ち遠しかった。

シャーロックが言った。「あの男はどのファイルが盗みだされたか知ってるわ。それが外に出るのが怖いから、人が殺されたというのに、協力を拒んでる。鍵を握るのは持ちだされた情報の中身ね。トールマン氏の目撃証言によれば、それは彼女の腹回りが太く見える程度の分量があった。

どんな内容だかわからないけれど、シーファー・ハートウィンがおおやけになるのを避けたがっているものであることはまちがいない。とびきりの情報であることに、わたしのスニーカーを賭けてもいい。問題は侵入犯がそれをどう使うつもりか」

ボウイが言った。「自分もそれを考えてみました。ゆすりたかりから、スパイ行為、あるいは製薬会社の不正を暴くべく、善良なるサマリア人《びと》たらんとする試みか」

「問題は――」サビッチが言った。「ブラウベルトが殺されたとほぼ同時刻に入手した情報を、侵入犯がどうするか、だ。たとえ殺人に無関係だとしても、彼女は怯えている。早く殺人犯が見つかって、自由に動けることを願っているはずだ」

ボウイが言った。「情報を入手する前もしくはあとに、彼女がブラウベルトを殺した可能性もあります」

サビッチは慎重に語を継いだ。「侵入犯の女には、はっきりとした目的があった。漫然とファイルをあさるだけなら、侵入まではしない。すでにドイツ本社の上層部にもなにが奪われたかわかっているはずだが、殺人事件に直接つながる証拠がないかぎり、令状を取って話を聞くことはできない」カップの底に溜《た》まった茶葉を揺すり、深刻な顔つきでのぞきこんだ。

シャーロックは夫の表情を見て、ほほ笑んだ。「早く彼女を見つけて、住居侵入罪で逮捕する前になにを入手したのか突きとめないと。それがわかれば、ブラウベルトがここにいた理由も明らかになると思うの」

ボウイは窓の外を見やった。ピンク色の古いキャデラックがハイストリートを走っている。

「そうでしょうか。まだつながりがあると決まったわけじゃありませんよ」

「そうね」シャーロックは言った。「でも、関係があると考えたほうが、おさまりがいいような気がするの。それぞれが全体の一部になっているというか」腕時計を見おろした。「ボウイ、ドイツの警官はどうなったの？　ほら、ドイツの捜査機関のアンドレアス・ケッセルリングとかいう。そろそろJFKに到着するころじゃない？」

「ええ、そうです」ボウイはにやりとした。「ドロレス・クリフ捜査官を出迎えにやりました。彼女は話を聞きだすのが、めっぽううまいんです。牡蠣を渡したら、そこから真珠を取りだすような女性でしてね。彼がここに連れてこられるころには、下着の色から、妻への誕生日プレゼントまで、洗いざらい探りだしてるでしょうね」

それから五分後、ストーンブリッジ警察署の駐車場に車を入れたボウイは、期待に手をこすりあわせた。「警官の巣窟《そうくつ》に正式に招待されたんです。カスキー・ロイヤルのやつ、さぞかしびびってるでしょうね」

「そりゃそうよね。侵入者の手には、彼を含むシーファー・ハートウィン社の上層部をまとめて吹き飛ばせるだけの材料があるんだから」シャーロックが言った。「でも、重要なのはブラウベルトよ。彼と、彼がここへ来た目的がすべての鍵を握ってるわ」

17

コネチカット州ストーンブリッジ
火曜日の午前中

　サビッチは会議室に入ってくるカスキー・ロイヤルを見ていた。シーファー・ハートウィン社のお抱え弁護士ふたりがすぐあとに続く。年配のほうの弁護士は、長いマントを着せて顎ひげをたくわえさせたら、中世の錬金術師にでも見えそうな顔つきをしている。目つきは鋭く、みずから悪魔退治に乗りだしそうな、決然とした顔つきだ。こちらがベンダー・ザ・エルダーだ、とサビッチは思った。もう片方の若いほうは、地味なスーツに蛍光イエローのタイという奇抜な服装で、下っ端弁護士らしい雰囲気をかもしている。ロイヤルは実際そうであるとおり、大企業のCEO然としていた。薄手のグレイのスーツに、目の覚めるような白いシャツ、先の尖《とが》ったイタリア製のローファー。控えめでいながらお金のかかった身なりからは、食物連鎖の下位にいるものたちを威圧する意図が透けて見える。怒りと焦りの両方が感じられた。

　錬金術師はポケットから金属フレームに色つきガラスのはまった眼鏡を取りだし、細くて長い鼻にかけた。IQがいっきに五十ぐらい上がって見える。彼は白い手をロイヤルの肩にかけ、耳元になにごとかささやいた。ロイヤルはぴくりとしたものの、うかがうような目つきで弁護士を見ると、ゆっくりとうなずいた。

誰も握手を交わさなかった。そっけない会釈ののち、最低限の社交性を保つべく、紹介が行われた。ハロルド・ベンダーとアンドルー・トムスはそろって席につき、革のブリーフケースから黄色い法律用箋《リーガルパッド》と高そうなペンを取りだした。

ボウイは焦ることなく、ゆっくりとブリーフケースから用紙を取りだした。たっぷり待たせたのち、笑顔でロイヤルと弁護士ふたりを見あげた。「わざわざご足労いただいて、感謝いたします」前のめりになり、笑みを消した。「ご存じのとおり、わたしどもは現在、日曜の夜のヘルムート・ブラウベルト氏の殺人事件について捜査を進めています。そして、この殺人事件が同夜、御社に対して行われた侵入事件に関係があると推察しています。御社に侵入した女を見つけだせれば、ミスター・ロイヤル、ブラウベルト氏を殺した犯人とその動機が明らかになると考えるに足る材料が、こちらにはあるのです。

どうやら侵入者は、パスワードで保護されて機密扱いになっていたあなたのファイルをコピーしようとしたようです。つまり御社内の何者かがあなたのパスワードをなんらかの方法で探りだしたか、容易に推察のきくパスワードを使っていらしたかのどちらかということになります。どんなパスワードをお使いですか、ミスター・ロイヤル？」

「うちの犬だ、アドラーという。だが、上級秘書ですらわたしのパスワードは知らない」

ボウイは丁寧に説明した。「意図を持った侵入者は、パスワードに使われることが多い単語や日付の一覧を持参するもの。ペットの名前は、かならずリストに載ります」

ロイヤルが言い返した。「その点、わたしがうかつだったことを認めるのはやぶさかではないが、すでにパスワードは変更してある。再三伝えているとおり、ミズ・アルバレスとわたしは、侵入者にコンピュータ内のデータにアクセスされる前にオフィスに入った。ひょっとすると侵入者はアクセスを試みていたかもしれないが、パスワードのリストをたどるまでの時間はなかったはずだ」

ベンダーが言った。「容易に推察のつくパスワードをロイヤル氏が使っていたという事実には、意味がありません。IT部門がハードディスクを取りだす前にトムス氏がくだんのコンピュータをチェックしましたが、重要なファイルにアクセスが試みられた痕跡は皆無でしたよ」

トムスの蛍光色のネクタイが会議室の窓から差しこむ鋭い日差しを反射している。ボウイには彼が色彩音痴なのかおしゃれなのか判断がつかなかった。「そのとおりです」トムスは言い、ペンでテーブルを叩いた。

ボウイはさらりと言った。「わたしが言いたかったのは、ミスター・ロイヤル、あなたのパスワードが単純なために、侵入者が会社内部の人間もしくは頻繁にあなたのオフィスに出入りできる人間にはかぎられない、ということです。内部告発者の可能性もありますので」

「内部告発者ですと、リチャーズ捜査官?」ベンダーがたっぷり三センチは片方の眉を吊りあげた。「なにか証拠でもあるのですか?」

ボウイは身を乗りだした。「教えてください、ミスター・ロイヤル、日曜の夜、あなたのオフィスに侵入したのは誰だとお考えですか?」

「当然ながら、わたしもさんざん考えてみた」ロイヤルはいかにも誠実そうに答えた。「だが、まったく思いつかなかった。うちの社員にも、仕事以外の関係でも。サビッチ捜査官にも言ったとおり、わけがわからない。そして、これもくり返しになるが、わたしのデスクトップパソコンにはたいしたファイルはなかった。サーバーのほうがはるかに重要な情報が入っているが、こちらは厳重に管理されている」

ボウイは言った。「そろそろ弁護士の書いた筋書きから外れて、光のなかに出てきたらどうですか、ミスター・ロイヤル。あなたのコンピュータは不正にアクセスされていた。そのことをあなたは知っているし、わたしたちも知っている。コピーされたファイルの中身はなんだったんですか?」

下っ端のトムスが言った。「ロイヤル氏は真実を語っておられるのですよ、リチャーズ捜査官。そしてあなたが捜査している殺人事件とは無関係です」

トムスは若くして、老練の司祭代理のような弁舌に恵まれていた。そこを見込まれて錬金術師の見習いになれたのかもしれない。ボウイは活力のある美しい声に臆することなく、先に進んだ。「お気づきでしょうが、あなたはまだ問題のとば口に立たされたところです、ミスター・ロイヤル。その侵入者は、あなたのコンピュータからファイルをコピーした。飼い犬の名前でアクセスできたことを考えると、そのファイルは本来、あなたのパソコンにあってはならないものだった。ドイツにいるあなたのご主人さまたちがお喜びになるとはとても思えない。大西洋の向こうでなにが起きているか、ベンダー氏が細大漏らさず伝えておられるにちがいありませんからね」

「リチャーズ捜査官」トムスが言った。「ロイヤル氏がここにおられるのは、侮蔑されるためではありません。ドイツ本社の重役を〝ご主人さま〟と呼ぶに至っては、嫌がらせとしか思えませんし、あえてつけ加えさせていただければ、その発言にはあなたの排他性が露呈しています」

ボウイはロイヤルから目をそらさなかった。「わたしの偏見がどうあろうと、あなたには関係のないことです。現実はこうです、ミスター・ロイヤル。犯人の女がなにを盗んだにしろ、それがブラウベルト氏殺害に関係があろうとなかろうと、あなたの未来はその女の手の内にある。もしこのふたつの犯罪につながりがあり、あなたが捜査を妨害するなら、殺人の事後共犯として起訴される可能性があります」

ロイヤルが錬金術師に視線を投げつつも口を割らないのを見て、ボウイは殴ってやりたくなった。

ベンダーが咳払いをした。この貴族的な弁護士がシーファー・ハートウィンのお抱えになって十年。カスキー・ロイヤルのCEO歴より、五年長い。弁護士が再度咳払いをすると、それまで知らんぷりをしていたサビッチがMAXから顔を上げた。弁護士は眼鏡をかけなおした。「一度しか申しあげないのでよく聞いていただきたい、リチャーズ捜査官。ロイヤル氏は侵入者が誰か、またなにを狙っていたかを、ご存じない。事件当夜、ロイヤル氏のパソコンにあったファイルにはなんの意味もありません。侵入事件とブラウベルト氏の不幸な殺人事件とを結びつけることはできず、きみは執拗にそうしようとしているが、そこにはなんの根拠もないのです。

さて、捜査官、ほかに尋ねたいことは？　ロイヤル氏をいまにもゴキブリの出そうな、ここ所轄署の会議室に呼びつけるに足るだけの質問はありますか？」広々とした会議室には、機能重視のテーブルがひとつと、座り心地の悪い椅子が十脚ほど置いてある。

ここではじめてシャーロックが口を開き、ロイヤルの顔をひたと見すえた。「じつは、侵入犯を特定できそうなんですよ、ミスター・ロイヤル。彼女を見たという目撃者が出てきたんです。犯人を逮捕できれば、あなたやあなたの会社にもうお手間をかけさせることもないでしょう。あなたのためにはならないでしょうが、ミスター・ロイヤル。

わたしどもも、あなたやミズ・アルバレスがブラウベルト氏を殺したとは思っていません。

どちらも人を殺すようには見えませんので。ですが、ブラウベルト氏は亡くなり、彼は昨日、あなたと会う約束をしてらした」

「嘘だ！ 言っただろう、わたしは彼がアメリカにいることすら知らなかった！」

「ミスター・ロイヤル、日曜の夜、〈シェ・ピエール〉のウエイターがブラウベルト氏が携帯電話で話すのを立ち聞きしていたんです。彼は月曜日の昼前にあなたと会う約束をしていた。さあ、これでいかがですか、ミスター・ロイヤル。さっき言ったとおり、あなたが彼を殺したとは思っていません。ですが、だったら、なぜ真実を語ってくださらないのでしょう？ ブラウベルト氏を殺した犯人を逮捕させたくないのですか？」

シャーロックがすらすらとついた嘘を聞いて、ボウイは息を詰めた。

ベンダーは口を開いたが、ロイヤルがどなるほうが早かった。「わかった！ どうせ関係ないんだ。そうだ、わたしはブラウベルトが来るのを知っていた。だが、知ったのは来る前日で、電話してきたのもドイツの重役ではなく本人だった。彼は出張の目的を告げず、わたしが尋ねても、会ってから話すの一点張りだった。彼の評判は聞いていたので、まったく警戒しなかったと言ったら嘘になる。結局、会うことなく彼は死んだ。嘘じゃない。これがわたしの知っているすべてだ。彼が死んだいまとなっては、なんの役にも立たないが」

「侵入者の目的は不明ながら、ブラウベルト氏がこちらにいらしたのはそうした状況もしくは関連のある人物に対処するためでは？」シャーロックは尋ねた。

「わたしにはわからない」

「彼が殺されたのは、何者かが崖っぷちに立たされた結果とも考えられます。つぎはご自分の番かもしれないとは、思われませんか？」

18

ベンダーは見習いのトムスと言葉を交わすと、地の底から轟《とどろ》くような大声を出した。息を荒らげてテーブルを叩き、シャーロックを喜ばせた。「ロイヤル氏をひっかけましたね！いたずらに不安を煽《あお》るやり口はいただけませんぞ、シャーロック捜査官。ロイヤル氏ならびにシーファー・ハートウィンに対する冒瀆《ぼうとく》です。しかもその名前――シャーロックとは！自分でつけたんでしょうが、ばかばかしい。冗談のつもりですか？」

シャーロックはとろけるような笑顔を向けた。「たしかに笑う人もいるかもしれませんね。でも、人によってはこの名前を聞くとうろたえるんですよ、ミスター・ベンダー。あなたもそうですか？」

「わたしを悪党扱いするとは、不届きな！」

「まさか、名誉ある立派な方だと思っています。ですが、ロイヤル氏はついに嘘をついていたことを認められた。ブラウベルト氏がアメリカにいて、会いにくることをご存じだったんです。その点は認められたんですよね、ミスター・ロイヤル？」

ロイヤルは無言でうなずいた。

シャーロックが見ると、サビッチは下を向いてMAXをいじっていた。シャーロックがなにを尋ね、どうはったりをかませてロイヤルに真実を言わせたか、サビッチにはわかっている。口元のほほ笑みがそれを示していた。

シャーロックがベンダーに目を戻すと、彼はわざとらしい態度で上着の袖口からシャツを引っぱった。平静を取り戻しつつある。ふたたびいつもの気むずかしい口調になり、そこに権威と、いささかの皮肉を滲《にじ》ませた。「謝罪する、シャーロック捜査官。名前のことをとやかく言って申し訳なかった。いくら——珍しいからといって」

顔を上げたサビッチは、ベンダーの顎を見た。割れないのが不思議なくらい、緊張にこわばっている。シャーロックは一流弁護士を爆発寸前まで追いつめた。カスキー・ロイヤルを見ると、こちらはゆったりと椅子に身をあずけて、のんびりとくつろいだふうを装おうとしているが、とてもそうは見えなかった。まだ隠していることがあるのか？　ブラウベルトが彼に会いたがっていた理由を知っているのか？　ブラウベルトがなぜ殺されたかを？

サビッチはMAXのキーボードで最後のキーを押すと、しばらく黙って画面を読んだ。やがて顔を上げ、弁護士とロイヤルをまんべんなく見て、首を振った。「こんな単純なことだったとは。あまりに単純すぎる」

「なにが単純なんです？」トムスが眉をひそめて、ペンで二度、卓面を叩いた。

サビッチは答えた。「誰にでも見られるインターネットの、〈ウォール・ストリート・ジャーナル〉と〈ニューヨーク・タイムズ〉の記事に答えがありました」

「なんの話ですか、捜査官？」

サビッチはMAXを閉じて、全員の目を引きつけた。「ミスター・ロイヤル、わたしの誤解かもしれませんが、いまこの記事をざっと読んだ印象だと、可能性はきわめて高いと思われます」

ロイヤルが顔をしかめ、椅子に座ったまま体を動かした。

「キュロボルトという薬のことです。この薬を製造しているのはシーファー・ハートウィン社のみで、製造地はミズーリ州バートンビルのカートライト・ラボと、スペインのマドリッド。その薬が最近不足気味で、この三月、その原因が取り沙汰されました」

答えたのはベンダーだった。「その薬の件はまったく無関係だ」

「では、キュロボルトの件に関してはご存じなんですね？」サビッチは三人の顔をひとつずつ確認した。「とうのむかしに特許が切れているので、シーファー・ハートウィンの売上にはたいして貢献しません。ところが、がんに関する医薬品関係のブログや結腸がんのサポートグループのあいだである噂が広がった。その声が会社としても無視できないほど高まったので、ヘルムート・ブラウベルトの興味を引いたのでは？」

トムスがおもむきのある重々しい声で言った。「サビッチ捜査官、バートンビルで製造ラインに問題があったのは事実です。世界的な供給に与える影響を考慮せずに、ラインを拡張したためです。

現在、シーファー・ハートウィンではその問題に取り組み、キュロボルトの供給を需要に応じられるレベルまで戻そうと努力しています。これまでも、またこれからも、非難されるような行為とは無縁です」

ベンダーの顔がまたもや紅潮して、涼やかな眼鏡の奥の目が険しくなった。

サビッチはなにかを想像するだけでもベンダーを怒らせそうなので、彼を無視して、ロイヤルに話しかけた。「わたしが興味深いと思ったのはですね、ミスター・ロイヤル、スペインにおけるキュロボルトの製造も停止していることです」

凍《い》てついたような沈黙をはさんで、ロイヤルがふいに口を開いた。「わたしは――」

弁護士ふたりが立ちあがった。「きみの発言は名誉毀損ぎりぎりですぞ、サビッチ捜査官。ロイヤル氏がお答えすべきことはひとつもない」

そのあいだ、ロイヤルは黙って座っていた。顔を伏せつつ、テーブルに載せた両手を関節が白く見えるほど強く握りしめている。泰然自若としたふりなど、とうに投げだしていた。

サビッチはロイヤルから目をそらさずに続けた。「あなたはわたしたちに助けを求めるしかないんですよ、ミスター・ロイヤル。ここにいる弁護士先生たちは、シーファー・ハートウィンから報酬を支払われている。そんな人たちがあなたのために親身になってくれると思いますか？　報酬の出どころをご存じなら、そうのんきではいられないはずです」

ベンダーがどなった。「いいかげんにしたまえ、捜査官！　わたしたちはこれで失礼させていただく。もはや取り調べの域を超えている」

ベンダーはロイヤルの腕に手をやり、小声で耳元にささやいて、立たせようとした。だが、ロイヤルは動かなかった。

サビッチが言った。「そうです、ミスター・ロイヤル、会社があなたを馘《くび》にしたり、別のミスター・片付け屋を送りつけてあなたを処分したりする前に、真実を語っていただきたい。あなたやあなたのご家族が心配です。この機会をのがしたら、わたしたちにはどうして差しあげることもできないかもしれません」

トムスとベンダーはいまやロイヤルを両側からはさんでいた。ベンダーの声が轟く。「身の安全を心配する理由などどこにもありませんよ、ミスター・ロイヤル！」ふたりがかりでロイヤルを椅子から引っぱりあげた。

「あなたご自身の命の問題です、ミスター・ロイヤル」サビッチは言った。「弁護士おふたりのではありません。それを忘れるほど、あなたは愚かではない。ブラウベルト氏を殺した犯人は、あなたが何者で、なにを知っていて、どんな危険を彼にもたらすか、わかっています。それはあなたもお気づきでしょう？」

カスキー・ロイヤルはいまにも口を割りそうだった。死体のように青ざめ、口をぱくつかせて、旧約聖書に登場するヨナを呑みこんだ巨大クジラを思わせた。

ロイヤルは弁護士の手を振りほどこうとしたが、その程度では放してもらえなかった。

「聞いてくれ、こんなことは想定外だった。それもこれもブラウベルトが殺されて、いまいましい女がわたしのオフィスに侵入したせいだ！　知らなかったんだ、そんなことになっていたとは——」

そのとき、会議室のドアが開いた。神の子のごとき男がずかずかと入ってきた。あとに続いたのは、ハート型の顔に美しい黒髪をした背が低くて小太りの女性——ドロレス・クリフ捜査官だった。

掛け値なしに美しい男だ、とシャーロックは思った。少なくとも、完璧に整った目鼻立ちと、くっきりと突きでた頬骨、ふさふさとした茶色の髪、刈ったばかりの夏草よりも濃い緑色の瞳が好みの人にとっては。年のころは三十代半ば。長い手足と引き締まった体を仕立てのいいライトブルーのスーツに包み、尊大さが波となって放たれているようだった。クリフ捜査官は、JFK空港からの車中だけでは目の保養が足りなかったらしく、魂を奪われたようになっている。

「申し訳ありません、みなさん」クリフ捜査官は言った。「ケッセルリング捜査官がどうしても入るとおっしゃられて」もしいま拳銃を携帯していたら、彼を撃っていたかもしれない、とシャーロックは思った。彼を追いだしておけなかったクリフ捜査官も道連れにして。あともう一歩で白状させられたのに、ロイヤルはケッセルリングを見るなり、会社の操り人形に戻った。

19

では、これがドイツ連邦情報局《BND》のアンドレアス・ケッセルリング捜査官か。サビッチはその男を見て、窓から蹴りだしてやりたくなった。ケッセルリングが乱入してこなければ、カスキー・ロイヤルはすべてを吐きだしていたはずだ。そのことは弁護士たちにもわかっている。弁護士ふたりはケッセルリングのことを、町に乗りこんできて悪党を撃ち殺す保安官でも見るような目つきで見ていた。

ケッセルリングは醒めた目つきでひとりずつを見ると、小さく会釈してから、流暢《りゅうちょう》な英語で話しだした。「クリフ捜査官とわたしは、廊下を歩きながら話を聞いていました。あなたが連邦捜査局のディロン・サビッチ特別捜査官ですね？」

サビッチはうなずいた。とんでもないことをしでかしたケッセルリングの高慢な鼻をへし折ってやりたいのは山々だが、ロイヤルと弁護士がまだそこにいる。

ベンダーは相変わらずロイヤルの腕を強く握っていた。「ケッセルリング捜査官、ブラウベルト氏が殺された事件の捜査を手伝うために来られたのですね。こちらの用件はもう終わったので、これで失礼します。ごきげんよう」ベンダーとトムスは両脇からロイヤルを抱えて、二秒とかけずに部屋を出ていった。

サビッチは穏やかな声を出すのに苦労した。「きみのおかげで台無しだ、ケッセルリング。ロイヤルがいよいよ自白しようとしたとき、きみたちが飛びこんできた」

ロイヤルと弁護士が立ち去るのを見ていたケッセルリングが、サビッチを見た。「ええ、そのようですね。突然登場したことをお詫《わ》びしなければならないようだ。重大な局面にあることを、知らなかったので。わたしはドイツ連邦情報局のアンドレアス・ケッセルリング捜査官です」

ボウイはひとこと言わずにいられなかった。「ケッセルリング捜査官、きみの登場のタイミングは最悪だった。ロイヤルはあともう一歩で——」と、指を鳴らした。「胸の内をさらけだした。これでまた弁護士に管理されて、二度とこんなチャンスはないかもしれない」

ケッセルリングが表情をこわばらせ、ボウイにぎこちなく頭を下げた。「お詫びします、リチャーズ捜査官。これがわたしの誠意です。では、あなたがニューヘイブン支局を率いるボウイ・リチャーズ捜査官ですね？」

「ああ、そうだ」鼻っ柱の強いことで有名なドロレス・クリフが、クリスピー・クリーム・ドーナツを見るような目つきで男を見ていることに、ボウイは気づいた。そうだろうとも。たしかにこいつはハンサムだが、ドロレスは並大抵の女じゃない。彼女がたちの悪いドラッグの売人を逮捕して、あくびをするのを見たことがある。ところがいまはホルモンに脳を乗っ取られたような顔を人目にさらしている。もしジョージィがこんな顔で男を見たら、クローゼットに閉じこめて三十歳になるまで出してやらない。ホルモンの異常を正すため、これから一週間、ドロレスに男子トイレの掃除を命ずるべきかもしれない。

ボウイは身ぶりでふたりに椅子を指し示したが、ケッセルリングは座ろうとしなかった。ドロレス・クリフに笑いかけ、彼女の椅子を引いて、わざわざうなずきかけた。

「ケッセルリング、きみはノックすらしなかった——」サビッチはそこで口を閉ざし、非難したい気持ちをぐっとこらえた。ケッセルリングは直立不動で、表情を消し、両手を握りしめている。こちらが腹を立てているのを知っている。ボウイが念入りに抗議したのだから、これ以上の説教は時間の無駄だ。「いいだろう、ケッセルリング捜査官。謝罪を受け入れる。キュロボルトという薬の生産量が落ちていることについて、きみが知っていることを教えてもらいたい」

ケッセルリングはおもむろに答えた。「キュロボルトという薬が今回の事件で重要だとはまったく思っていませんでした」

「可能性はある」サビッチはそっけなく答えた。

「その点についてもお詫びしなければなりません、サビッチ捜査官。キュロボルトの生産問題についてはほとんど知識がありません。たぶん、あなたのほうが詳しいでしょうが、どうやらここアメリカとスペインの両方で、ほぼ同時期に問題が発生したようですね。わたしには運の悪い偶然としか思えませんが、スペイン工場の状況は若干ことは異なります。妨害工作の疑いがあるとかで、スペイン警察が捜査に乗りだしています」

「スペイン工場も、製造再開のめどが立っていないのを知っていたか？」サビッチは尋ねた。

ケッセルリングが絶句したが、それも一瞬のことだった。「いいえ。それが事実なら、決まったのはごく最近ですね」

「いや、そうでもないぞ」サビッチは片方の眉を吊りあげた。「どうしてスペイン工場で製造が妨害されなきゃならないのか、きみの意見を聞かせてくれ」

「あなたも日々つきあっておられるでしょうが、世の中には愚かな人間がいます、サビッチ捜査官。さしたる動機もなくなにかをしでかすのも、珍しいことではありません。

スペイン工場に関しては、警察が疑っているとおり、わたしも妨害工作ではないかと考えます。スペイン工場での薬品製造を快く思わない人物の可能性もあるし、薬剤によって愛する人間を傷つけられた人物のしわざという線も考えられます。世の中、なにがあるかわかったものではありませんからね。ただ、会社による作為的なものでないことは、まちがいありません」

サビッチは言った。「異なる国にある製造施設の両方で、同時期に問題が生じた。たしかにきみの言うとおり、妨害工作だとすれば話は通る、ケッセルリング捜査官。同時に、巧妙に仕組まれたようでもある。偶然がふたつ重なる？　そんなことがそうそう起きるものだろうか？」

「猜疑心《さいぎしん》がお強いんですね、サビッチ捜査官」

「おれたちのような仕事の場合、たっぷりの猜疑心なくして地に足をつけることはできない。そう思わないか？」

ケッセルリングはしげしげとサビッチを見ていた。なんと器用な男だろう、とサビッチは思った。一瞬にして表情を消して、胸の内をいっさい表に出さない。

「疑ってしかるべき状況に見えるかもしれませんが、わたしの場合はたまたまシーファー・ハートウィンの重役に何人も知りあいがいるものですから。みな善良な方々で、疑う理由がありません。ご存じのとおり、わが国ドイツでも、合衆国と同じように製薬会社が適切に経営されているかどうかに関心が集まっています。シーファー・ハートウィンは一流の製薬会社であり、管理もうまく行われてきました。

世界的な企業であり、百年以上の歴史があります。キュロボルトの製造問題は、運悪く時期が重なっただけで、それ以上のなにかがあるとは思えません。とはいえ、今回の殺人事件があったわけですから、キュロボルトと関係があるかどうか、再度、突っこんで捜査してみましょう」

「いまインターネットで読んだところなんだが」サビッチは言った。「薬を求める声が高まったために、シーファー・ハートウィンはがん専門医に対して抽選方式を導入したそうだ。医者の運がよければ、その患者はキュロボルトを手に入れられるし、医者が不運なら、その患者もそのあおりをくう。結腸がんと診断されたうえに、そんな目に遭わされたら、泣くに泣けない」

ケッセルリングが言った。「もしわたしなり、わたしの愛する人間なりが結腸がんだったら、その苦しみたるや半端なものではないでしょうね。たぶんわめき散らすでしょう。それでも、暴力に訴えることはないと思います」

彼は背筋を伸ばして胸を張り、一同を高みから見おろすようにしていた。「とはいえサビッチ捜査官、まず取りかかるべき仕事、わたしがこちらに来た目的は、ヘルムート・ブラウベルト氏の殺人事件の捜査をお手伝いすることです」

ボウイは拍手を送りたくなった。「だったら、まずはヘルムート・ブラウベルトがここへ送られた理由と、誰に会うことになっていたのかを教えてもらいましょう」

ケッセルリングがうっすらとほほ笑んだ。「では、ブラウベルト氏の芳しくない評判をご存じなのですね。それはそれとして、シーファー・ハートウィンの重役に聞いたところ、今回ブラウベルト氏がこちらに来たのは個人的な用件だったそうです。アメリカに来ること自体を知らなかったと、重役たちは言っていました」

シャーロックが応じた。「個人的な用件ですって？　あんなむごたらしい殺され方をするとは、ずいぶんと物騒な用件だったんでしょうね。だったら、ケッセルリング捜査官、どうやってわたしたちの手伝いをして事件を解決するつもりなのか、教えていただけるかしら?」

20

「明確にお答えできたらいいのですが、捜査官。この殺人事件を調べることがわたしの任務であり、あなたの任務でもある。こちらからお送りしたファイルをご覧になればわかるとおり、ヘルムート・ブラウベルト氏には逮捕歴がありません。いかなる犯罪組織ともつきあいがなく、不正行為を教唆《きょうさ》したこともありません。とはいえ、当然ご存じのとおり、彼にはある噂がつきまとっており、それはわたしも聞いています。興味深い噂ではありますが、根拠のないものと言わざるを得ません。したがって今回の事件についても、ドイツ国民が外国で殺害された事件として虚心で捜査にあたらなければなりません。

会社によると、ブラウベルト氏は特別な才能を持つ特使であり、信頼できる社員として、情報の収集ならびに、調査によって明らかになった問題の本質を報告することが仕事でした。一部で行われている不正の証拠をつかんだことも、何度かありました。組織的なものもあれば、個人によるものもありましたが、彼にはその個人を懲罰する権限は与えられていません。それは彼の仕事の範疇《はんちゅう》ではなかったのです。

シーファー・ハートウィンは彼の痛ましい死に対してひとかたならぬ関心をいだいているため、わたしを派遣して事実解明にあたらせるよう、直々に申し入れがありました」シャーロックが言った。「わたしには自己紹介してくださらなかったわね、ケッセルリング捜査官。シャーロック特別捜査官です」

「存じあげていますよ、シャーロック捜査官」一瞬、ケッセルリングが彼女を直視し、険悪な目つきになった。どういうことだ？　サビッチは警戒した。と、ケッセルリングがまばたきをして、うなずいた。穏やかな目つきに戻って、シャーロックを見ている。

「具体的に教えて、ケッセルリング捜査官。ブラウベルト氏がわざわざ出向かなければならないどんな問題が、ここ合衆国のコネチカット州ストーンブリッジにあったの？　まさかシーファー・ハートウィン社の言い分を真に受けて、個人的な用件だったとは思ってないでしょう？」

ケッセルリングは教授が学生を教え諭すような口調になった。「わたしがここへ派遣されたのは、ブラウベルト氏を殺した犯人の逮捕を応援するためです。彼がここにいた理由については、その仕事の性質もあって、シーファー・ハートウィンの重役たちから聞かされた以上のことはわかりかねます。ロイヤル氏から有力な情報は得られませんでしたか？」

「ブラウベルト氏と会う約束になっていたことだけだ」ボウイが答えた。「それについて、なにか思いつくことはないかい、ケッセルリング捜査官？」

「アメリカ人の物盗りに殺害された可能性は考慮されましたか？　その可能性のほうが高いとわたしは思いますが。着衣と財布を奪われていますからね。間の悪いときに間の悪い場所にいただけ、ということも考えられます。ドイツでもよくあることで、誰にとっても悲しく、悔しいことです」

ボウイは答えた。「では、そのアメリカ人の強盗がブラウベルト氏の顔を徹底的に叩きつぶし、指を切り落とした理由も、教えてもらえるんだろうね、ケッセルリング捜査官？　盗みだけが目的だとしたら、つじつまが合わない」

ケッセルリングが押し黙って、考えた。「残酷ですね、そこまでして被害者の身元を隠そうとするとは。強盗が同時にサイコパスであることも、ままあります。その場合はひどく残酷な暴力が伴う。犯人はそういう人物かもしれませんよ、紳士のみなさん――いや、女性のおふたりも。手口からして、貴国の犯罪情報センター《NCIC》に合致する記録がある可能性もある。これがはじめての殺人とは思えないし、やはりおぞましい手口で殺害しているはずです」

シャーロックが尋ねた。「ブラウベルト氏の死体が、シーファー・ハートウィンの裏にあるバンウィー公園に遺棄されていたのは、なぜだと思います？　これも偶然かしら？」

ケッセルリングが彼女を見た。こんどもきつい目つきになった。「たしかに興味深い点であることは、わたしも認めます。わたしたちの生を悩ましいものにする謎です」

ふざけているの？　いや、シャーロックにはそうは思えなかった。ケッセルリングの口調はそっけなく、淡々としていた。自分を見る彼の目つき——美しい瞳の奥になにがあるのか、シャーロックには見当もつかなかった。

そのときだった。ボウイはドロレス・クリフのため息をしかと聞いた。彼女の頭が一時的に麻痺していることを思いだし、彼自身、ため息をつきそうになった。立ちあがって、ケッセルリングに近づいた。「補佐役としてグラハム・ペインター捜査官をあなたにつけよう。地元のB&Bへも、彼が案内します」不満そうなクリフの声を耳にしつつ、ボウイは聞こえないふりをした。できるかぎりドロレス・クリフをケッセルリングから引き離しておきたい。リトルロック出身の善良なグラハムは、態度も言葉つきも軽薄で、彼が食べているハンバーガー程度のIQしかなさそうに見える。彼なら完璧な引き立て役を演じてくれるだろう。だが実際は賢くて安定感があり、クリフのように取りこまれる心配がなく、必要とあらばゴジラとだってうまくやれる男だ。ケッセルリングのことをおもしろがる余裕すらあるかもしれない。そしてなにより、ケッセルリングを遠ざけておいてくれる。

ボウイは一同に言った。「ケッセルリング捜査官をペインター捜査官に紹介したら、すぐに戻ります。そのサイコパスの強盗を見つけるためになにをどうしたいかは、ペインター捜査官に伝えてくれたらいい。クリフ捜査官、きみはここに残るように」

クリフは物言いたげな顔になったが、ボウイから冷ややかな目を向けられると、しぶしぶうなずいた。

ボウイとケッセルリングが部屋を出ると、シャーロックが小声で言った。「なんだか変だわ、ディロン。ケッセルリングがシーファー・ハートウィンの言いなりってことはない？ ここへ来たのも、都合の悪いことを隠すためだったりして」

「そんな」クリフが身を乗りだした。「アンドレアスは今回の事件を深刻に受けとめています。そんなことをする人じゃないのは、わたしが――」

「しっかりして、クリフ捜査官。しゃんとしないと殴るわよ」

クリフがさっと身を引いた。「そんなことをあなたに言われる筋合いはないと思います」

驚きから侮蔑、そして純粋な意地悪へと移った。「だいたい、あなた、そんなに強そうじゃないわ。そんなことができるようには見えないけど」

シャーロックは思わず笑ってしまった。「その調子よ、クリフ捜査官。とくにケッセルリングの近くにいるときは、そうしてて」

「簡単に言わないでください。あなたは結婚していらっしゃるから」

シャーロックも相づちを打った。「たしかに、それはわかるけど」

ふたたびMAXに没頭していたサビッチが、顔を上げた。「フランスのラボラトワーズ・アンコンドルという製薬会社がエロキシウムという経口の抗がん剤の特許を持っている。5―FUとキュロボルトという、通常の組みあわせとは違う副作用があるらしい。副作用のなかにはたいして支障のないものもある。

だが大きな問題点があって、それは経口薬に切り替えた場合、その後キュロボルトが入手できるようになっても、元に戻すことができないことだ。少なくとも、おれが読んだ範囲ではそう書いてあった。しかも経口薬は、キュロボルトのように特許切れじゃないんで、目の玉が飛びだすほど高いときてる」

「なるほど」シャーロックは言った。「その二社が結託してるんじゃないかと、勘ぐりたくなるわね。キュロボルトの製造を中止して、患者さんたちにエロキシウムを使わせる。カーラ・アルバレスが、思いの外、高い利益が上がっていると言ったのを覚えてる？　ひょっとすると——」

「まだわからないが」サビッチは言った。「メートランド副長官に電話を入れて、ダイスに調査を依頼してもらおう。彼女がなにかを探りだしてくれるかもしれない」

クリフが言った。「製薬会社がろくでもないことをするのは知ってますけど、命にかかわるがんの薬の製造をやめて、もっと高い薬を買わせるなんて、おぞましすぎます」

「まったくもって、そのとおりだ、ドロレス」サビッチは言った。「だから、頼むよ、目をしっかり開いててくれ。今後の方針を探らなきゃならない。今朝聞いた話やＭＡＸで収集した情報からして、見とおしは決して明るくない」

クリフは無言のまま、風船ガムを破裂させて、ガムをもぐもぐ噛んだ。

21

火曜日の午後

エリンは姪《めい》からもらったデイグロ社のオレンジ色の時計を見おろした。ジョージィのお迎えまで、まだ一時間ある。帰宅したらアパートのなかを片付け、自分もジョージィも身繕いをしなければならない。ボウイが夕食の中華料理といっしょに、ワシントンDCから来ているFBIの捜査官をふたり連れてくるからだ。このアパートにFBIの捜査官が三人。そこに住んでいるのは、できたてほやほやの犯罪者。いったいどうして、三人の捜査官と夕食の席を囲むはめになってしまったの？

ジョージィを預かったのが運の尽き。レモンを与えられたら、ウォッカを加えろ。いや、お酒はやめて、レモネードにしておいたほうが無難だ。

切り抜けるしかない。うまくすれば、三人をメジャーリーグ級の情報源にできる。

明日の昼、会うことになっているケンダー博士にどう話すかも、決めなければならない。カスキー・ロイヤルのパソコンから取りだした情報の取り扱いについては、彼の許可を得なければならない。詰まるところ、依頼者は彼であり、情報をおおやけにした場合、彼の名前を隠しとおせる保証はない。FBIはヘルムート・ブラウベルト殺しの件で、総力を挙げてエリンを探すだろう。

この世の終わりとばかりに押し寄せてくる津波が、目に見えるようだ。

呼び鈴が鳴った。シャツのポケットに携帯をしまって、のぞき窓に目を寄せると、見ず知らずの女性が立っていた。メッシュになったブロンドの髪に、大きな茶色の瞳。男なら誰でも思わず息を呑みそうな女性だ。新しいお客さんかしら？

「はい」エリンは言いながら、ドアを開けた。

「ちょっといいかしら、ミズ・プラスキ？」

ハチミツのように甘くてねっとりとした小声。

「ええ、どうぞ。オフィスのほうにお電話いただいたんですか？」

「オフィス？　いいえ」

客ではない。「それで、ご用件は？」

「あたし、ボウイの友人で、ジョージィに会いたくて来たの」

見るからにおいしそうな女性だった。黄色いキンポウゲ色のサンドレスに、ハイヒールのサンダル、きれいなフレンチペディキュア。鼻筋は通っている。けれど、アパートのなかに入って、あたりを見まわすと、愛想笑いが消えた。

「わたしはエリンですけど、あなたは……？」

女はふり返ってエリンを見た。「クリッシー・カンターよ。言ったとおり、ボウイとはお友だちなの」

「ああ、そう」よくわかった。いまここにいる女性は、恋人同士の片割れというわけだ。だったらなぜボウイは、ジョージィの世話をこの女に頼まなかったの？

「じつは、あたし、ジョージィを連れにきたの。うちのアパートで預かろうと思って」

「ボウイには伝えてあるんですか？」

「あたりまえじゃない。そうね、ちゃんと話したわけじゃないけど、ジョージィはあたしといたがるでしょうから、ボウイだって、それでいいはずよ」

「ジョージィはまだ学校です」

クリッシーが腕時計を見て、眉をひそめた。「学校が何時までだか、忘れちゃった。あたしが迎えにいって、うちに連れて帰るわ」

「ボウイからわたしに指示がないかぎり、お渡しできません、ミズ・カンター。父親である彼が決めることです」

この一件を境にして、すべてが悪いほうに転がりはじめた。

ボウイが夫婦者のFBI捜査官ふたりを引き連れ、中華料理のおいしそうなにおいが立ちのぼる〈フェン・ニアン〉というロゴの入った大きな茶色の紙袋ふたつを持って訪ねてきたとき、エリンは上等な黒のスラックスとお気に入りの淡いブルーのカシミヤセーター、ならんで立つジョージィは洗いたてのジーンズにピンク色のポロシャツという恰好だった。

さいわいクリッシー・カンターは、携帯電話でボウイと短いやりとりをしたあと、帰っていった。電話を終えた彼女はエリンに向かって、「ボウイとこの件で話がついたら、あらためてジョージィを連れにくるから」そう言い置いて、足取りも荒くアパートを出ていった。美しいサンダルをはいた泥レスリングの選手のようにつんけんしていた。

ボウイはエリンをさっと見た。「すてきだよ、エリン。おれたちを歓迎してくれて、ありがとう。こちらはサビッチとシャーロック――」つぎの言葉が出なかった。娘が腕に飛びこんできたからだ。ボウイは笑い声をあげながら娘を抱きしめ、耳にキスしてから、下におろした。「さあ、もういいだろ。お行儀よく頼むぞ。シャーロック捜査官と、サビッチ捜査官を紹介させてくれ」

シャーロックは膝をついて、少女の小さな手を両手で包みこんだ。「シャーロックと呼んで。こちらの大男はディロン。わたしたち夫婦なの。うちにはあなたよりも小さな男の子がいるのよ。ショーンっていう名前でね。あなたみたいにバレエは踊れないけれど」

もしわだかまりがあったとしても、これで消えた。エリンは一歩引いて、四人を見ていた。ボウイが顔を上げて、エリンの目を見た。

「クリッシーのことで迷惑かけたね。あと二、三日は戻ってこないと思ってたんだ。彼女とは、彼女がいるときに、たまにデートするんだが、ジョージィの面倒を見てくれたことはなかった。だからジョージィのことを尋ねられて、考えなしに答えてしまった。今回はきみにお願いしてあるからと言っておいた」

「クリッシーったらすごくぷんぷんしてたんだよ」報告するジョージィがあまりに楽しそうなので、ボウイは眉をひそめた。「エリンが迎えにきてくれたとき、クリッシーも学校に来てたの。あたしをぎゅっと抱きしめて、すぐにいっしょにいられるようになるからって。あたしがエリンと帰るのを見て、めちゃむかついてたみたい。エリンをにらんでたもん」

エリンは一同に声をかけた。「みなさん、テーブルにどうぞ。ワインを持ってきて、料理を温めてきます」

「クリッシーはまた父さんと話すって言ってたよ。これから三日はここにいて、そのあとまたロンドンに飛ぶんだって」

ボウイは探りを入れた。「彼女といっしょにいたいって、クリッシーに言ったのか？」

ジョージィはかぶりを振った。「エリンはあたしのバレエの先生で、お気に入りになりたいからって言っといた」エリンを見て、にかっと笑った。「それにエリンは服にアイロンまでかけてくれるのよって」

「アイロンなんてかけてないでしょ。軽く押しをしただけで。もう、悪知恵が働くんだから

――まだ七歳半だっていうのに」

「わかった」ボウイは言った。「クリッシーに電話して、バレエの先生のご機嫌取りをするために、ここにいたほうがいいと、あらためて伝えておくよ」

エリンはテーブルの向かいに座る夫婦者のFBI捜査官を見た。黒っぽい髪と目をしたいかめしい男に、ヒナギクのように可憐な、鮮やかな赤毛の女。このふたりの息子だというショーンがふたりに似ているとしたら、いずれ女の子たちのあこがれの的になるだろう。このふたりから情報を聞きだすには、用心に用心を重ねなければならない。会話にまぎれこませるのはむずかしい。ふたりは早くもショーンと、その親友にしてショーンよりもフリースローがじょうずな少女マーティのことを、話題にしている。ジョージィのほうも、学校で自分のランチを盗もうとするアーロンという間抜けな少年の話をしていた。ジョージィは言った。「今日だって、アーロンが遠くから嗅ぎつけてくるから、エリンが作ってくれたピーナッツバターとバナナのサンドイッチを大急ぎで食べなきゃならなかったのよ」そのあとバレエのクラスの話に移り、エリンが主役級の扱いを受けた。エリンの言ったことや、やったことなど、こまかな部分までよく覚えている。あなどれない少女だ。

「……そしたらね、エリンがモリー・ヘックラーにスニーカーから棒つきキャンディを取りだして、窓に立てかけなさいって言ったの」

大人たちから視線を向けられて、エリンは言った。「結局、ハッピーエンドとはならなかったのよ。わたしが窓にへばりついたキャンディをはがさなきゃならなかったんだから。そこを言ってくれなきゃ、ジョージィ。豚肉炒めのパンケーキ包みをもうひとつ食べる？」

「父さんはパンケーキじゃなくて、ブリトーっていうのよ。自分で巻いていい、エリン？」

シャーロックはふたりの和やかなやりとりを見て、言った。「ふたりはむかしからの知りあいなんでしょう？」

「そう、うんとむかし」ジョージィが答えた。「エリンに教わるようになったのは、あたしが五歳になる前だもん。でも、父さんには昨日はじめて会ったのよ」

興味深い、とシャーロックは思った。「バレエの先生とは、はじめて知りあいになったわ」

「踊ることと教えることは、血筋なの」エリンは言いながら、ジョージィに豚肉炒めを巻いたのを渡した。「祖母も母もすてきなバレリーナだし、どちらもまだバレエを教えてるわ。祖母はフロリダ州のセント・ピーターズバーグで、母はミシガン州のグランド・ヘブンで」

シャーロックも豚肉炒めを皮で巻いた。「お父さまも芸術畑なの？」

「いいえ。父は三年前にがんで死んだんだけど、アーサー・マレーのダンスレッスンを母といっしょに十数回受けてもステップひとつ踏めなくて、さすがにあきらめたって母が言ってたわ。父は海軍の特殊部隊にいたの」しかも解錠と、立ち入り禁止の場所に忍びこむ計画を立てるのが得意で、知っていることのすべてを教えてくれた。「わたしの話はこれくらいにしない？」

ボウイは春巻きにかぶりついた。「エリンの本業は私立探偵なんだ」

「へえ」サビッチが言った。「珍しい組みあわせだね。どうして探偵をすることになったんだい、エリン？」

「わたしは探し物が得意なの」エリンは答えた。「むかしからよ。子どものころは、キャンディバーとかテレビゲームとか教科書とか、友だちから頼まれていっしょに探しているうちに、ますます得意になって。父もよくコツを助言してくれたし。そのうち、友だちの親がなにかをなくしたり、学校での喧嘩《けんか》とかなんとか、子どものことで悩んだりすると、わたしのところへ来るようになった。実際にあったことを知りたかったのね。つねに期待に応えてたら、そのうち報酬をもらえるようになった。母は困惑しきりだったけれど」

「お父さまは？」シャーロックは尋ねた。

エリンはからからと笑った。これが笑わずにいられるだろうか。「父は鼻高々で、大学の学費を自分で稼いで偉いぞと言ってくれたわ」

「お父さまはなにをしてらしたの？」

「セキュリティ・コンサルタント」エリンは言った。「その影響もあって、大学入学時には進むべき道がわかってた。専攻は犯罪科学で、自由に選べる余地が多かったわ。ストーンブリッジに引っ越してきたのは、五年前よ。免許を取って、探偵業をはじめた。少なくとも開業して二年かそこらは、本業以外のことでうまく儲けてたわ。厳しい時期、主たる収入源になったのが、バレエ教師としての給料だったの。いまではそれも趣味になって、楽しみながら、手慰みにやってる感じだけど。いえ、足慰みね」最後にそう言い足して、にっこりした。

ジョージィが言った。「エリンがうちの鍵を見つけてくれたのよ。あたしが一生懸命に探して、でも見つからないから、父さんに電話しかけたの」

「たいしたことじゃないわ」エリンが言った。「靴下のなかに突っこんだまま、それに穴が開いたからって、ゴミ箱に捨ててあっただけ。父はなくした鍵がありそうな場所を残らず教えてくれてたの」

ボウイが彼女に向かってグラスを掲げた。「ありがとう」

エリンは笑顔を返すと、ひと息おいて、好奇心をあらわに捜査官たちを見た。「わたしの話はこれくらいにして。ボウイから聞いたんだけど、あなた方はヘルムート・ブラウベルトの殺人事件の捜査を支援するためにいらしたんですって？」

シャーロックはボウイに視線を投げた。彼は娘が豚肉炒めを皮に包むのを手伝っていて、気づいていない。問題ないとシャーロックは判断した。エリンは探偵だし、理解力があって、勘も鋭いようだ。ボウイもそう考えたのだろう。そんな彼女の知恵を借りてなにが悪い？

シャーロックは言った。「カスキー・ロイヤルのバスルームの窓から女性が出てくるのを見た人がいるの。下の茂みに着地すると、すぐに立ちあがって、森に走り去ったそうよ」

22

エリンはあやうく椅子から転げ落ちそうになった。咳払いをして、言った。「目撃者からどんな女性だったか、聞いたの？」

「ええ。長い髪が野球帽の後ろではずんでたって。たぶん、茶色、あなたと同じね、エリン。背が高くて、手足が長くて、ほっそりした体つき。ランナーには見えなかったけれど、動きの優雅さが目を引いたそうよ。流れるような、スムーズな動きだったって。おもしろい表現でしょう？」と、シャーロックはエリンの目を見た。

落ち着け、落ち着け、彼女が知るわけがない——エリンは恐怖を押し隠して、笑い声をあげた。「おかしな言い方をするのね。その女は誰なのかしら」

ボウイが言った。「誰にしたって、カスキー・ロイヤルの運命はその女の手中にあって、彼もそれに気づいてる。彼の弁護士も、もちろんわかってるし、ドイツのお偉方にもわかってる。ばかな男だよ。びびっているのに、まだ見栄を張って、おれたちに助けを求めない」

シャーロックが補足した。「そんななかに今日、ドイツからぴかぴかの捜査官が捜査に加わったのよ。ボウイの部下のドロレス・クリフの目には、神話に登場する美青年アドニスに見えてるみたい。ディロンほどじゃないけど、ここで嘘をついてもしかたないわね――ディロンにも負けず劣らずのいい男よ」

ボウイはジョージィに話しかけた。「クリフ捜査官を覚えてるか？」

「うん、覚えてる。あたしのサッカーボールを蹴って、グラウンドの外に出しちゃった人でしょう？ コーチとみんなのお母さんやお父さんがいっしょになって探したよね。開脚のしかたを見せてくれたこともあるけど、エリンの開脚は誰にも負けないんだよ」

「おべっかはいいから」ボウイが言った。「そう、そのクリフ捜査官だ。人一倍、鼻っ柱が強いんだが、その彼女がおまえが十三歳になったときには決してまねしてほしくないふるまいに出て、Y染色体を見つけてしまった」

「Y染色体ってなに？」

「父親に悪夢をもたらすもの」娘の髪をくしゃくしゃっとかき混ぜた。「男の子さ」

エリンが言った。「彼女がそのアドニスにめろめろになったってこと？」

「ああ。だから、そいつには、外見に惑わされない男性捜査官をつけてやった」

「どんな人がアドニスみたいなの？」ジョージィが尋ねた。

そこでケッセルリングの姿形を説明するためシャーロックが登場し、彼のことを正当に評価した。

ジョージィは中華料理を口に運びながら考えた。「クリッシーが好きそうな人だね」

ボウイは目をぱちくりした。「なんでそのよその国から来た捜査官をクリッシーが気に入ると思うんだ?」

「父さんのお腹の筋肉が大好きって、父さんに言ってたから。きっとその人も父さんみたいに、すてきな筋肉の持ち主よ」

ボウイは度肝を抜かれたようだった。エリンから見ると、心臓が止まりかけたような顔をしていた。

サビッチが軽い調子で言った。「電話の会話をショーンが聞いていて、それを人に話したらと思うと、怖くならないか、シャーロック?」

シャーロックは笑いながら、ジョージィのほうに身を乗りだした。「あのね、同じことがディロンにも言えるかもしれない。たしかに、ケッセルリング捜査官は正真正銘のいい男よ。でも、大切なのは外見じゃないの。チョコレートサンデーみたいにいい男でも、わたしは好きになれない。ディロンやあなたのお父さんみたいにまじめで正直じゃないからよ。肝心なのはそこ。それに、彼には女性に対する敬意が足りない」

「正直でなきゃいけないのは、女性もいっしょだ」ボウイが言った。「それがたとえ子どもでも」ジョージィを見ながら、つけ加えた。

ジョージィはパンケーキにスプーンでソースをかけて、もうひと口食べた。「父さんはいつも正直だけど、クリッシーには嘘をつくよね」

またもや爆弾発言。ボウイは心臓が止まりそうになった。

ボウイは娘を見た。「クリッシーに嘘をついたことなんかないぞ。なんでそんなことを言うんだ？」ああ、なぜそんな質問をしたのだろう？　経験豊富なＦＢＩ捜査官にはあるまじき愚行。

大人全員の視線を浴びながら、ジョージィは口のなかのものを咀嚼《そしゃく》して胃のなかにおさめ、水を飲んだ。「前に仕事が忙しくて身動き取れないから会えないって彼女に言ったのに、そのあとあたしを映画とピザに連れてってくれたわ」

「そうか、でもそれは嘘じゃないぞ」ボウイは反論した。「おまえがベッドに入ってから、仕事をしたんだ」なんとも苦しい言い訳。たしかに、電子メールをチェックしたが。

「だったら、あのときは？　クリッシーがあたしのためにバービー・バースデー・パーティを開いてくれようとしたら、父さんは、あたしの誕生日パーティはおばあちゃんちでやるからって言ったでしょう？」

「ありがたい申し出だったが、用があったんだ。それに、パーティは父さんが開いてやっただろ？」

ジョージィはシャーロックに言った。「あたし、ワンダーウーマンになったんだよ。お友だちみんなに黄金の投げ縄《ラッソ・オブ・トゥルース》をかけて、手のなかのカードに書いてある質問に正直に答えるように言ったの。質問カードは父さんが書いてくれて――それがほんとか嘘か、みんなは答えなきゃいけないわ。輪投げはうまくいかなかったけど、すごく楽しかったんだよ。たとえばビリー・ベネットはね、あたしのバースデーケーキの飾りに指を突っこんだって、白状したの」

「それを聞いてワンダーウーマンはどうしたの？」シャーロックは尋ねた。

「ビリーに手伝ってもらって父さんがケーキを隠してる場所までよじのぼって、クリームをすくったわ」

ボウイはしげしげと娘を見た。みんなの注目を一身に浴びて、生き生きと話をしている。

「クリームがやけにこすれてるなと思ったら、そういうことだったのか」

「ビリーとあたしで、全体をならそうとしたの」ジョージィは言った。「指を使って」

夕食後、小さなキッチンに立ったシャーロックは、洗い物をするエリンの隣でグラスを拭いていた。「男ふたりでジョージィを寝かしつけてる図を想像してよ」

シャーロックは磨きあげた皿を、カップボードにしまった。「ディロンは女の子だとどんな反応をするか、楽しみにしてたわ。寝るときに本を読んで聞かせるのがじょうずなの」

エリンは洗った皿を手渡した。「歳のわりに大人びてるから、いまは少女探偵ナンシー・シリーズの『ライラック・ホテルの怪事件』を読んでるところよ」

「わたしも枕の下には、つねに少女探偵ナンシーがあった」シャーロックは少しして、つけ加えた。「ボウイの奥さんは交通事故で亡くなったそうね。なにがあったか知ってる?」

「ううん、詳しくは。ジョージィから前に一度、ママは天国にいるって聞いたけど、尋ねるのは酷な気がして。ボウイに会ったのは、昨日がはじめてだし」

「あなたたち三人を見てると、もっとずっと長いつきあいみたいよ。三人ともちっとも無理がなくて。いま、なにかおもしろい案件を担当してるの、エリン?」

「ええ」フォークを洗っていたエリンは、うっかり答えたあと、さっとシャーロックを見た。

「でも、たいした依頼じゃないのよ」

シャーロックは表情を変えなかった。「浮気夫の追跡調査じゃないといいけど」

「ええ、ちがうわ。そういう調査はやらないの。少なくともいまはね。開業当初は背に腹は変えられなくて何件か受けたけど。今回のは病気の父親を抱えた男性からの依頼で――薬に関する金銭的な問題を調べてるの」

シャーロックの眉が片側、持ちあがった。

しゃべっちゃだめ、黙りなさい、頭に穴でも開いてるの? ここにいるのはプロ中のプロで、隣国で起きた問題にも鼻がきく人なのよ。

「今回の殺人事件のこと、どう思うか聞かせて」

エリンはほっとして、フォークを力任せにこするのをやめた。「ボウイから聞いた話によると、ブラウベルトっていう人はシーファァー・ハートウィンのために世界じゅうを飛びまわって難問を片付け、問題の元凶となった人たちを黙らせてきたんでしょう?」

シャーロックがうなずいた。

「だとしたら、ここストーンブリッジのシーファー・ハートウィンのCEOが、保身のために彼を殺した可能性はあるわね。名前は忘れちゃったけど」

「カスキー・ロイヤルよ。あるいは、ブラウベルトを殺した犯人は、カスキー・ロイヤルも亡き者にしようとしてるのかもしれない」

エリンは言った。「そうね、わたしだったら彼の奥さんから話を聞くかな。妻というのはあらゆる秘密、あらゆる罪に通じているものだから」

「ジェーン・アン・ロイヤルっていうのよ。明日、会うことになってるの」シャーロックは言った。「カスキー・ロイヤルは重役のひとりと寝ていたわ。侵入者があった夜は、ソファまでたどり着けなかったみたいだけど」

そうね、わたしがふたりのお楽しみを邪魔してやったもの。エリンは言った。「わたしの亭主だったら、シラミを撃ちこんでやる。奥さんはどうしてそんな屈辱に耐えてるの?」

「明日、尋ねてみなくちゃ」シャーロックは言った。「それより、薬がらみの案件を扱ってるなんて、興味深いわね。どんな内容なの?」

しっかり脳を使って。「それが、ほら、守秘義務があって話せないのよ」

折よく小さなキッチンに入ってきた男ふたりに救われた。サビッチは言った。「彼女、ナンシー・ドルーの本を暗記してるよ」

ボウイが笑った。「たしかに。サビッチの読み方も悪くないけど、きみの声のほうが好きだってさ、エリン。きみはハリウッドに行けばいい、と言ってたよ。なにがなんでもきみにアイロンをかけてもらいたいらしい」

その日の真夜中過ぎ、エリンはジョージィの寝息を隣に聞きながら、まんじりともできないまま、静まり返ったアパートで、シャーロックから案件のことを尋ねられたときのことを考えていた。やましい表情をしなかっただろうか？　いや、したに決まっている。いいえ、だいじょうぶ、あれこれ考えすぎて、疑心暗鬼になっているだけ。カスキー・ロイヤルのバスルームの窓から飛び降りたのがエリンだと、誰が思うだろう。同じように動きが優雅だろうと、髪が長くて茶色だろうと、エリンとはまったく関係のない知りあい方をしているので、疑う理由がない。エリンはまだどんなレーダーにも捕捉されていないはずだ。

明日にはニューヘイブンまで飛ばして、エドワード・ケンダー博士とバークレー校の食堂でランチを取ることになっている。

そういえば、依頼者とニューヘイブンのイェール大学で食事をすることをシャーロックに話した。けれどなにげなく口にしただけだから、シャーロックも聞き流しているだろう。

やっとのことで眠りに落ちたエリンは、体重四百キロのゴリラがリビングのまん中にある赤いビーズクッションに座っている夢を見た。

23

コネチカット州ニューヘイブン
バークレー校の食堂
水曜日

エリンは焦げ茶色の板を張りめぐらせた広大な空間を見まわしながら、豚のスペアリブに囓《かじ》りついた。やわらかな肉がほろりと骨からはがれる。骨で大きなカウンターを指し示した。

「ひとつの場所にこんなにおいしそうな料理がならんでいるのをはじめて見たわ。これが大学の食堂だなんて、驚いちゃう」

「褒めるのは、ガーリック・マッシュド・ポテトを食べてからにしたほうがいい。父はここでわたしと食事をするたびに、罪深いごちそうだと言っているよ。最後に来てから、もうずいぶんになるがね」

ケンダー博士はしばし口をつぐんで、唾を呑みこんだ。

「出力した紙を持ってきたわ。喜んでもらえると思う。ええ、ほんとに。知りたいと思っていたことがすべて書かれているから、読みたければ、いますぐにでも――」

ケンダー博士はミネラルウォーターのグラスを持ちあげて、エリンのグラスに軽く当てた。

「よくやってくれたね、エリン。そこまでしてもらえるとは思わなかった。危険な橋を渡らせてしまった」

「さっき話したとおり、ほかに方法が見つからなかったの。法律を破ったことで褒めてもらうわけにはいかないけど、今回ばかりは、その甲斐があったかも。それに、さいわいわたしも疑われてないし」

「じゃあ、きみが疑われていないことを祝って」彼はふたたびグラスを重ねた。「血も涙もない卑劣漢に関する証拠が見つかって、口では言い表せないほど嬉しいよ。きみが持ってきてくれた証拠を子細に検討したいのは山々だが、わたしはきみをランチに招いたんだからね。まずは食事にしよう」彼は広大な食堂を見渡した。長い食卓とベンチがならび、学生が何人かずつ集まって食事をしている。いまエリンと彼がいるのは、教職員専用の小さなテーブルのひとつだった。「学生時代、ここでどれだけ楽しい時間を過ごさせてもらったか。はるかむかしのことのようだよ。人生は流れる川のごとし」

「そうね」

彼はため息をつき、インゲンの最後のひと口を食べると、ゆっくりと皿にフォークを置いた。「最後にきみと話をしてから、なにかがあったようだね。情報の中身に分け入る前に、話してくれないか」

エリンは包み隠さず答えた。「あなたのことを考えると、怖いの。ヘルムート・ブラウベルト殺しには関係ないのよね？」

一瞬、彼の顔をよぎった恐怖をエリンは見のがさなかった。そのあと怒りが表れた。エリンに対する強い怒り。そしてつぎに目に浮かんだ表情は、人の表情を読むのを得意とするエリンにも不可解だった。彼はふたたびフォークを手にし、サラダ皿のチェリートマトをフォークでいじった。そして彼女を見て、すらすらとしゃべりだした。「きみがまじめに訊いているようだから、わたしもまじめに答える。いや、わたしはヘルムート・ブラウベルトを殺していない。きみから彼の話を聞いて、新聞やテレビのニュースに注意を払うようになった。わたしがたまたま銃を持った状態で彼に暗い路地で出くわして、それでも殺意が湧かないかと言われたら、それはわからないが」

「ありがとう、よくわかりました、ケンダー博士。正直に言うと、なんらかの方法であなたが彼に接触して、彼がここで会う人たちの一覧にあなたが載っていたらどうしようかと思ってたの。もしあなたが殺してたら、それはそれで正当防衛だったはずだけど」ただし、顔は潰され、指は切り取られていた。そのことは彼には伝えない。FBIもそうした細部は公表していない。たぶん、大陪審のときまで伏せられたままになるだろう。

「行動力のある男だと思ってもらって、光栄だよ」

「誰だってぎりぎりまで追いつめられたら、行動に駆り立てられるわ。たとえば、愛する人が危険な目に遭わされていたら」

ケンダー博士はひたとエリンを見すえた。「その男がここまでわたしに会いにきたかもしれないと、本気で思っているのかい？　イェール大学の考古学教授で、いかにも学者然としたツイードのジャケットを着たこのわたしのところへ？」

「そのうえ不屈の精神の持ち主でもある。シーファー・ハートウィンに対してどのくらい苦情を申し立てて、質問をしたか、詳しく教えてください。ここアメリカとドイツの両方について」

「父の主治医からキュロボルトが予期しない不足状態に陥ったと聞かされたときから、先週きみに会うまで、ほぼ毎日抗議した。郵便局のお得意さんになり、書留郵便をつぎからつぎへと出したよ。ドイツのシーファー・ハートウィンの重役の面々を数えたらわかるが、数十通にはなっている。電話したことをきみに話したかどうかは覚えていない。最初の何回かは、アシスタントが組織全体のトップであるアドラー・ディフェンドルフにつなげてくれた。ただ、心温まる会話にはならなかった。キュロボルトの減産は犯罪だ、父はおまえたちに殺されかけている、とわたしが言ったあとはよけいだった。キュロボルトを必要としているのが自分の妻子でも同じことができるのか、とわたしは尋ねた。もっと儲かる薬なら早急に製造を元に戻すだろう、まもなく証拠が入手できるから、事実の裏付けが取れたらマスコミに行くつもりだ、とも言った。彼のメルセデスを傷つけてやる、そのうち平常心を失って弁護士集団を雇いたくなるぞ、とも言ったかもしれない。そうしたら電話が切れた」

「どこで証拠を手に入れるつもりだか、彼に話したの?」

　ケンダー博士は長くて形のいい指を見おろした。「そうだね、ストーンブリッジにあるアメリカ支社のことを言ったかもしれない」

なんとまあ。よくぞ言ってくれたものだ。「アメリカ支社の従業員から内部告発があったことをほのめかしたとか?」

「考えつくかぎりの脅し文句を口にした。だから、ああ、何者かがやつらを踏みつけにしたかもしれないとほのめかした。内部告発者の話を出したら、彼が鼻を鳴らしたのを覚えている。残念ながら、信じてもらえなかったようだ。

そのあとは肩書きのある人物につなげてもらうのがむずかしくなった。それでも、何人かの重役につながった。みな英語が達者で、ほんとうに助かったよ。ドイツ語だと、思考速度が落ちるのでね」

彼はとびきり魅力的な皮肉っぽい笑みを浮かべたが、エリンは笑みを返さなかった。「会社にとってあなたは鬱陶《うっとう》しい存在だったってことね」

「そうあろうとしたのは確かだ。電子メールも送ったし、ネット上のいくつかのブログやフォーラムに書きこみもした。あまたある声のひとつにすぎなかったが」

「そうね、わたしの考えを言わせて。仮に誰かが、あなたの言った証拠を入手しようとしている、そしてアメリカ支社の従業員の誰かが内部告発をしようとしているという脅し文句を信じたとするわ。その人物は恐怖から行動を起こし、ヘルムート・ブラウベルトをこちらへ派遣して、あなたがなにを知っていて、シーファー・ハートウィンの誰と話をしているか、突きとめようとしたのではないかしら」

ケンダー博士は身を乗りだし、エリンの手に手を重ねた。「いいかい、エリン、シーファー・ハートウィンにしてみたら、わたしなど鬱陶しい虫けらでしかないよ。注目には値しない。実際、わたしにできたことといったら、大声を出すことと、手紙を書くことだけだ。彼らが脅威とみなすわけがない」

「いいから、わたしの話を聞いて。ブラウベルトの死によって、状況が変わってしまったの。それもひどい殺され方だった。シーファー・ハートウィン社の何者かが、越えてはならない一線を踏み越えたのよ。わたしが思うに、今回は本物の犯罪を犯していて、それだと不正行為による罰金ではすまず、禁固刑を科せられるからよ」

「エリン、誰がわたしを住居侵入事件と結びつけられるというのかね？　そんなことは考えもつかないだろう？　シーファー・ハートウィンには患者から怒りに満ちた苦情がごまんと送り届けられているはずだよ」

エリンは彼に顔を寄せて、声を落とした。「じつは、いまやロイヤルのオフィスに侵入したのが女性であることを知らない人はいないわ。少なくともいまのところはまだ、誰もわたしだと気づいていないけれど、わたしだとわかれば、つぎはあなたが引っぱりだされるわ。殺人事件の解決が遅れれば、ＦＢＩは会社に対して激しく抗議していた人たちを捜査するでしょうから」

エリンはまっ向から彼を見た。「ヘルムート・ブラウベルトから接触はなかった？」

ケンダー博士は首を振った。「いいや、なかったよ。ブラウベルトとも、シーファー・ハートウィン社のほかの誰とも、なんのやりとりもなかった」

とはいえ、噛みつく前に獲物に警告するヘビなどいるだろうか？「まだわかってくれないのね。これはそんなに甘い話ではないの。これまでに製薬会社がしてきたことのなかには、むかむかするようなこともあるわ。特許期間を延長しようと大騒ぎしたり、新薬を承認させるために食品医薬品局《FDA》に提出するデータをいじったり、副作用について誤解を招くような説明をしたり。そしてそれについて問いただされると、大金がかかってるから、弁解の余地のないことを強弁する。お金儲けのためなら、ほとんど手段を選ばずといった具合よ。それでも、人を殺すことはないわ、ケンダー博士。そこまでいったら、もはや別次元なの」

「きみはまちがっているよ、エリン。たとえば抗うつ剤のパキシルだが、グラクソ・スミスクライン社は子どもがパキシルを摂取しても効果がないばかりか、ときには危険ですらあることを明らかにしなかった。そうした嘘と隠蔽《いんぺい》のおかげで、どれだけの子が自殺をしかけ、また実際に命を絶ったことか。それもやはり殺人ではないかね？」

エリンは首を振った。「製薬会社の誰ひとりとして、人が死ぬことを望んではいなかったはずよ、ケンダー博士」

「これでは堂々めぐりだ、エリン。事実として人が死んだ。それでどうなった？　起訴されたものの、刑務所に送られたものも、ひとりとしていない。製薬会社は巨額の罰金を払って、なにくわぬ顔で業務を続ける。ファイザーもしかりだ。あまりに大胆な不正行為だったために二十三億ドルの罰金を科せられたが、責任を追及されて禁固刑をくらった人間はいない。事態の改善につながることは、なにも起こらなかった。わたしたち人間は種として欠陥があるんじゃないかと、ときに思わずにいられないよ」

ケンダー博士は首を振った。「この巨額の罰金をめぐって裁判が行われているあいだ、ファイザーがナイジェリアで数百人の子どもに対して違法な薬剤実験を実施したとして訴えられていたのを知っているかね？　親たちに内緒で子どもたちを実験台にしてたとか、ファイザーが依拠するナイジェリア政府による許可はいんちきだったとか、言われていたのを？　賭けてもいいが、おそらく彼らは家族や政府の高官に五億ぐらい払って、この苦境を切り抜ける。そのお金の出どころが株主であることは、言わずもがなだろう」

エリンは手を伸ばして、そっと彼の手に重ねた。「あなたの言うとおりかもしれない。でも重要なのは、いまわたしたちの目の前にあって、対処しなければならないことよ。シーファー・ハートウィンは自分たちが大問題を抱えている自覚があるし、シーファー・ハートウィンとFBIの両方が会社に侵入した女、つまりわたしを探してるわ。いまこの瞬間にも、わたしたちを見張っているかもしれない」ふたりそろって、食堂を見まわした。

「全員が教師か、二十二歳以下の学生だ」ケンダー博士は言った。「きみがそう心配することはないよ。心配しなければならないとしたら、それはカスキー・ロイヤルのほうだ。とんでもない情報をコンピュータに入れてあったものだ。そろそろ読ませてもらっていいかな？」

エリンは手を下に伸ばし、古びた黒い革製のブリーフケースから書類を取りだした。「まず読んでもらって、話はそれから」

読み終わって、顔を上げたケンダー博士は、破顔一笑、目をぎらつかせた。「よくぞ手に入れてくれた！　これがあれば、彼らの看破できない無責任さを明らかにできる。連中は大金を失って、ふたたびキュロボルトを製造するしかなくなる。これをマスコミに持ちこむと同時に、司法省に送ろう。匿名の誰かからわたしに送られてきたことにすればいい。それならきみも安全だ」

「せいぜい三十分ね」エリンは言った。「わたしたちは透明人間じゃないのよ、ケンダー博士。それに、わたしの胸には標的が描かれてる。たとえFBIがしばらくのあいだわたしの正体を伏せておいたとしても、いずれシーファー・ハートウィンに突きとめられるわ。住居侵入の件もあるし。わたしたちどちらも分のいい立場とは言いがたいのよ。犯人のあてがなくて、わたしたちがブラウベルト殺しの参考人になるであろうことも、忘れないで。だから、たとえ匿名だとしても、まだこの書類をおおやけにしないで、FBIに殺人事件解決のチャンスを与えたいの」

ケンダー博士はぬるくなったお茶をひと口飲むと、皮肉っぽい笑顔でエリンを見て、ナプキンで口を押さえた。「わたしはこれまで警官というのはファシストだと考えてきた。だが、いまわたしたちを助けてくれるのはFBIかもしれないな」

エリンはさも当然そうに応じた。「東海岸の大学で教壇に立っているあなたが警官をファシストとみなすのは、ごくふつうのことよ。この大学の壁にはそうした考えが染みついているもの。でも、彼らはちがう。あの三人は犯罪者を捕まえることしか考えてないの」

「犯罪者とはすなわち、わたしたちのことかね？」

24

ワシントンDC
水曜日の午後早い時間

百戦錬磨のロビイスト、ダナ・フロビッシャーは巨大なエビフライを切り分けて、愛おしそうに舌のうえに載せた。大のエビ好きというわけではないけれど、このエビはスパイスがよくきいてからりと揚がっているし、じつは、揚げてあれば靴の革でも食べられそうなほどの揚げ物好きだった。ぞんぶんにおいしさを味わって、もう一尾食べると、目を開いて、デビッド・ホフマン上院議員に笑いかけた。歳出委員会の議長をつとめるホフマンは、長きにわたって国会で精力的に活動してきた。この数年で彼と顔を合わせたのは五、六度だが、ふたりきりで向かいあわせに座るのははじめてだし、しかもあろうことか、彼からの招待だった。ホフマンの主席補佐官のコーリス・リドルから、デビッド・ホフマン上院議員がランチにお誘いしたいと申しておりますと電話があったとダナの上級秘書のジェレミー・フリンに聞かされたときは、耳を疑った。それから一週間もしないうちに、いまここで、偉大なる男とエビフライを食べている。ホフマンは健康そうで、見た目もいい。ダナが知っている実年齢には見えないが、ジェレミーによると、支援者などに手を出してまわらないそうなので、ややこしいことにはならない。重要なのは、上院議員には小指ひとつで人を動かす力があって、うまくすればその影響力のおこぼれにあずかれることだ。

「〈フォギー・ボトム・グリル〉で食事をするのは、はじめてなんです」と、ダナはもうひとロエビを食べ、水のグラスを掲げてみせた。ランチの席ではワインを飲まない。十五年前、ワシントンにやってきたときに立てた誓いだった。嬉しいことに、彼のほうも飲んでいるのは炭酸水で、レモンのスライスがグラスの端に添えられていた。

ホフマンもグラスを掲げて、笑顔になった。「エビが好きなようだね。いつもなら天文学的な脂肪分を無視して、わたしもエビを注文するんだが。週に一度くらい、脂まみれのエビを口いっぱいにほおばったところで、動脈を詰まらせることはないだろう。気に入ってもらえてよかったよ」

「ええ、ほんとうに、この世のものとは思えないおいしさです」もう一尾食べると、ナプキンで口を拭いて、椅子の背にもたれた。社交辞令の時間は終わった。エビをおいしくいただいたあとは、彼の胸の内を聞かせてもらう番だ。心づもりはできている。ダナはやさしくほほ笑んで、好奇心を抑えて尋ねた。「それで、わたしにできることがありましたら、上院議員、どうぞおっしゃってください。あるいは、わたしのほうから、議員が興味をお持ちになりそうなお話を――」

「じつは、妻のニッキィのことなんだよ。きみは妻と組んで働いていたことがあったね？」

亡くなった奥さんの話がしたいの？　どういうこと？「ええ、ほんとうにいい方で。亡くなったときは、みんなが大きな喪失感にみまわれました」うまく返事ができた。それに、実際に当時はそのとおりだった。一瞬、上院議員の顔が苦しげにゆがんだ。まだ奥さんの死を悼《いた》んでいるの？　ダナは彼が話すのを待とうと、サラダを口に運んだ。オーガニック野菜のはずなのに、ビネグレットソースをかけても、テレビのリモコンのように味気がない。ランチに誘ったのは、亡き妻を偲《しの》んで記憶の小道をたどるため？　委員会でいま討議されている、病気の児童に対するあまりに少ない財源について、助言を求めたいんじゃないの？

「家内ときみとは、家内が力を入れていたチャリティのひとつでいっしょだったんだね？　たしか脊髄膜炎の。わたしの記憶では、当時のきみは意欲に満ちた駆けだしのロビイストで、ロビー活動専門会社のなかで出世しようとはりきっていた。当時はたしかパットン・アンド・アソシエイツにいたんじゃなかったかね？　ニッキィはパットンの働きぶりにいたく感心していた」

ダナは機械的にうなずいた。信じられない、死んだ奥さんの、しかもチャリティの話をしろと言うの？　がっかりだし、欺瞞《ぎまん》的な気がして、腹立たしくもあった。

ホフマンがふいに身を乗りだした。彼が注文したスモールサイズのコブサラダは、手つかずのまま前にあった。「家内のことがまだ頭から離れないんだ、ダナ。家内から話しかけられているような気がすることもある」

死者から話しかけられるって、頭がおかしいんじゃないの？

「きみに尋ねたいことがある。家内から聞いた、きみたちふたりに関することなんだが——」

ダナは低くなめらかな彼の声を耳にしていた。言葉が重なりあって聞こえる。上に立つ人の声。でも、おかしい、言われていることがよく理解できない。それでも、なんときれいな声だろう、聞き惚れてしまう。皿にエビが二尾残っていたので、フォークで片方を口に運んだが、サラダ同様、フライのうまさを感じない。ダナはエビを嚙むのをやめた。右目の上のあたりが激しく脈打ちだした。ああ、頭痛はかんべんして。ワシントン屈指の有力者と食卓を囲んでいるときに頭痛だなんて、絶対に避けたい。でも、これは頭痛とちがう。そんな生やさしいものではない、もっと激烈で、耐えがたいなにかだ。ふいに吐き気が襲ってきたので、ダナは目をつぶって唾を呑んだ。

「ダナ？」

目を開けて、しっかり見ようとしたけれど、焦点が合わなかった。唾が呑みこめなくなって、喉の奥から自分の呼吸の音が聞こえてきた。手で首をこすって、筋肉を動かそうとしたけれど、すべてが逆に押し戻されそうになっている。大切な呼吸だけでなく、苦くてまがまがしいなにかが込みあげてくる。自分には理解不能なことが起きようとしている恐怖に、悲鳴をあげようとしたが、口からはなにも出てこない。床に倒れこみ、肩を波打たせて嘔吐《おうと》した。そしてつぎの瞬間には、激しく痙攣《けいれん》しだした。周囲でどなり声がして、自分に触れる手を感じる。淡く滲んだホフマン上院議員の顔が上にあって、「どうしたんだ、ダナ。話してくれ。どうしたらいい？」と、繰り言のように言っている。

どうしたらいいかって？　胃がずたずたになりそうなのに、どうしたらいいか話せと言うの？　彼はいまも肩を揺すりながら、話しかけている。けれど、もうどうでもいい。名状しようのない恐ろしい痛みに心がかき乱されている。そのとき、脳のなかでなにかがはじけた。もはやダナには自分が痙攣していないことも、口から泡を吐きだしていることも、わからなかった。

そして午後一時三十分ちょうどに心臓が止まった。

25

水曜日の午後

サビッチが午後五時ちょうどに、ＦＢＩの黒いベルヘリコプターを降りると、デーン・カーバー特別捜査官がジープから手を振ってよこした。アンドルーズ空軍基地から車を出しながら、デーンは言った。「まだ蜂の巣をつついたような騒ぎだ。〈フォギー・ボトム・グリル〉で毒殺されたロビイストの死体は、クワンティコのドクター・ブラニツキのラボへ搬送した。被害者が死亡した直後に到着した救命士たちが疑っていたとおり、死因はヒ素だったことがすでにわかってる。もちろん店は閉めさせたが、早くもありとあらゆるニュースに取りあげられてるよ」

サビッチは言った。「ホフマン上院議員はどこに？」

「メートランド副長官に連れられて、チェビーチェイスの自宅に戻った。想像つくだろ、ひどい動揺ぶりでさ。なあ、サビッチ、副長官から聞いたが、おまえ、上院議員から頼まれごとをして、彼の奥さんが彼に警告を与えようとしていると言ったらしいな。本来の標的は上院議員だったのか？　ダナ・フロビッシャーはまちがって、毒を盛られたのか？」

サビッチはジープの窓から外を見た。日差しに焼かれる歩道から陽炎《かげろう》が立ちのぼって、見ているだけで汗が出てくる。九月半ばだというのに、ゆうに三十度はあった。いまだ観光客があたりをうろつき、疲れた子どもを従えた家族連れもいる。学校はもうはじまってるんじゃないのか？　と、サビッチはデーンに質問されたのを思いだした。「他人を狙って盛った毒をあやまって食べさせられたんだとしたら、目もあてられないな、デーン」

デーンは角を折れて、Kストリートに入った。仕事を終えた職員たちが外に溜まっている。地元の酒場に行くか、家に帰るかするのだろう。デーンはＦＢＩ本部ビルの地下駐車場の一角にジープを停めた。

「ホフマン上院議員によると、被害者はサラダは数口しか食べてなかったが、エビフライには食らいついていた。どうもエビフライの衣があやしい。こうして話してるあいだにも、成分分析が進んでるはずだ」

ふたりはセキュリティゲートを抜けて、エレベーターで五階にのぼると、むやみに広い廊下を進んで、サビッチが率いる犯罪分析課《CAU》まで行った。

サビッチの右腕であるオイリー・ヘイミッシュが、いつもの癖で身ぶり手ぶりを交えて、ルース・ワーネッキに話をし、この課に配属になってまだ三カ月のクーパー・マクナイト捜査官が、そばに立って熱心に耳を傾けていた。ＣＡＵのアシスタントであるシャーリーも、デーンのデスクに腰かけて、リンゴを囓りながら聞いていた。

サビッチとデーンが広い部屋に入ると、全員の目が集まった。オイリーが声を張った。「メートランド副長官からさっき電話がありました。エビはヒ素まみれで、衣に入ってたそうです。彼女は出された六尾のうち五尾を食べて、急死したようです。ヒ素そのものではなく、ヒ素化合物、正確を期すれば三酸化ヒ素。しかも、驚くなかれ、三酸化ヒ素は純粋なヒ素のざっと五百倍の毒性があるそうです。純粋なヒ素の摂取致死量はおよそ百ミリグラム。被害女性は三酸化ヒ素を四百ミリグラムほど摂取していました。ドクター・ブラニツキによれば、エビ一尾でも死んでいただろうとのことです。

文字どおりそれが彼女を内側から爆破し、わずか数分、場合によっては一分とかけずに死に追いやった。上院議員はショックを受けています。ウエイターにはルースが話を聞きました。ルース、話してくれ」

ルース・ワーネッキが言った。「担当していたのはグレーブスといって、〈フォギー・ボトム・グリル〉に勤めて二十年になるベテランウエイターでした。彼によると、上院議員は毎週店を訪れては、そのたびにエビフライを注文するんだそうです。けれど、今回はしなかった。驚くグレーブスに上院議員は、腹回りがサラダだけにしておけと言っている、と笑ったので、コブサラダの小さいのを勧めたんだとか。上院議員は連れの女性にエビフライがどんなにおいしいかを伝え、それで彼女が注文したそうです。

料理を運んだグレーブスは、うっかりエビフライの皿を上院議員の前に置き、注文したのはミズ・フロビッシャーだと指摘されました。そのとき、許されるまちがいだ、とグレーブスは思ったそうです。いつもなら上院議員にエビフライを出し、小さなサラダを注文するのは連れの女性のほうですから」

サビッチは言った。「ご苦労さん、ルース。おれからもグレーブスに話を聞きたい」

オイリーがにんまりした。「そうだろうとルースも自分も思ったんで、グレーブスにはルーシーをつけて会議室で待機してもらってます」

サビッチが廊下を会議室まで行くと、ルーシー・カーライル捜査官が年配の男性とならんで座っていた。コークの缶をぎゅっと握りしめた男は、プラズマテレビのように薄くて長い胴体をしていた。ひげをたくわえるつもりなのだろうが、いまのところは顎や頰に飛び地のように毛が生えているだけだ。ルーシーが顔を上げ、サビッチに笑顔を見せた。「オイリーはあなたが来るまでに二十分で、ルースは十分と言っていたんです。ルースの勝ちですね」

隣の男を見て、話しかけた。「グレーブスさん、こちらはわたしの上司のディロン・サビッチ特別捜査官です。あなたと話をしたいそうです」

グレーブスは疲れた目でサビッチを見た。右目がひくついている。ついにコークの缶を握りつぶすと、それでテーブルをこつこつ叩きだした。気持ちの整理がつかずにいるのだろう。

サビッチは彼の向かいに座った。「グレーブスさん、お待ちいただいて、ありがとうございました」彼を落ち着かせてやりたいと思いながら、握手を交わした。「ディロン・サビッチ捜査官です。今回のことであなたがどれほどショックを受け、つらい思いをされているか、わかっているつもりです。少なくとも五回は事情を話されたと思いますが、わたしにもお話しいただけますか。ゆっくりとお願いします」

「……エビの皿は最初見たとき、保温ライトの下にあって、皿の下にテーブル番号と注文を書いた紙がはさんで敷いてありました。コブサラダはその隣の、ライトから外れた場所です。サラダは保温ライトには絶対あてないので」目をしばたたいて、咳払いをした。「両方の皿をホフマン上院議員のテーブルに運び、なにも考えずにエビフライの皿を上院議員の前に置きました。上院議員は笑い声をあげると、少し腹回りがきついから今日は食べられない、だが、こちらのレディはバイオリンのようにスタイルがいいから、彼女にならら楽しんでもらえる、と言われたんです。上院議員相手にそんなミスを犯して、そのときは正直に言って、とまどいました。ですが、上院議員は笑うだけで、いつもどおり、気分を害したふうも怒ったふうもありませんでした。上院議員がうちの店にいらっしゃるようになって十年くらいになりますが、判で押したように毎週、通ってみえて、いつもエビを注文された――」彼はサビッチを見て、またもや目をひくつかせた。「あの女性、お気の毒に、ほんとに恐ろしくて、サビッチ捜査官。見習いウエイターのひとりに腕を引っぱられて、顔を上げたら、彼女が首をつかんでいたんです。ひどく困惑してるようだと思ったのを覚えてます。なにが起きてるか、本人もわかってないみたいで。なにせあっという間のできごとでしたから、あまり覚えてないんですが、彼女は椅子から床に転げ落ちると、身もだえしながら吐きだして、そのうち動かなくなりました。で、白い泡を口から吐いたんです。大量の白い泡が溢れでてるのが、はっきり見えました。そのあと、完全に動かなくなって、亡くなったのがわかりました。

ホフマン上院議員は彼女の傍らにおられました。どうしたんだと言って、体を揺さぶってみえましたが、どうすることもできず、女性は亡くなられました。なんと恐ろしい」

グレーブスはテーブルに置いた両腕に顔を伏せた。肩が震えている。ルーシーが手を伸ばして、その肩を軽く叩いた。

と、グレーブスが顔を上げた。血の気を失って、引きつっている。その目はやはりひくついていた。「もしホフマン上院議員がエビを注文されて、わたしがあの皿を運んでたら？亡くなったのは上院議員だったかも」自分の発言に恐れをなしたように、たじろいだ。「でも、そういう問題じゃないんですよね。わたしがどこに皿を置こうと、ふたりのうちのひとりは亡くなっていた」

「お気持ち、お察しします、グレーブスさん。エビフライの衣にどうやって毒が入ったか、わかりますか？　新入りの従業員はいませんか？」

「ええ、ヘイミッシュ捜査官にお伝えしたとおり、厨房には若い子がふたりいて、ウエイターの補助をしたり皿を洗ったりといった、雑用をしています。給料は安いですが、高校生の小遣い稼ぎにはなる。わたしを含む接客係は全員、年単位で勤めています。いい仕事ですし、それぞれ担当している常連客がいましてね。ええ、そうです、お客さまのほうから指名があるんですよ」

「思い起こしてもらいたいんです、グレーブスさん。ホフマン上院議員のランチの注文を通したあとの、厨房の様子を頭に思い描いてください。いいですね、その状態で、肩の力を抜いて。さあ、なにが見えるか、教えてください」

　グレーブスはゆっくりと話しだした。「副料理長のひとり、ゴメスが見えます。胸くその悪い小男ですよ。炒めたマッシュルームの鍋を床に落としたせいで、新人がぼろくそに言われています。そのマッシュルームは、レインワルド上院議員が注文したフィレミニョンに載せることになっていたので、それはもう、てんやわんやでした。料理長が静かにしろとどなるわ、焦るわで、みなぴりぴりしてました」ひと呼吸ついて、首を振ると、目を開いた。

「すみません、サビッチ捜査官、思いだせるのはこれだけです。ひどい有様でした。誰かがわざとマッシュルームをこぼさせたんでしょうか？　その子は誰かがぶつかってきた、見てないけれど、自分のせいじゃないと言っていた。それが厨房にこっそり入ってきた何者かで、エビの衣にヒ素を混ぜたんでしょうか？」グレーブスはふたたび目をつぶった。

「ふだんはどなたが衣の準備をするんですか？」

「ふたりの副料理長のどちらかです。料理長がみずからということもありますが。今日はどうだったかな……覚えてなくて」

「ありがとうございました。グレーブスさん」サビッチは彼の肩に手を置いた。「ご無理をお願いしました。おかげでとても助かりました」

26

コネチカット州ストーンブリッジ
水曜日の午後

シャーロックとエリンは午後二時、メイプルローン・ドライブにあるロイヤルの自宅に到着した。円弧状のドライブウェイは三車線ある立派なものだった。カスキー・ロイヤルが会社にいることは確認済み。当初の予定どおり黙っているようにと、会社お抱えの弁護士から締めあげられていることだろう。

ロイヤル邸は控えめに見積もっても七百五十平方メートルはありそうな白いコロニアル様式のお屋敷で、車四台分のガレージがあり、塗りなおされたばかりのガレージの白い扉が九月の日差しを明るく照り返している。手入れが行き届いた庭には、こんもりした茂みがあり、カエデやオークが余裕をもって植えられている。

ドライブウェイに黒いアウディのクーペの新車が停まっていた。その横にはバイクがあり、さらに自転車がガレージに立てかけてあった。

エリンがびくついていることは、シャーロックにもわかっていた。いまにも跳びあがりそうだが、それを表に出すまいと努力している。シャーロックはディロンがワシントンに向かった直後にエリンに電話をして、ミセス・ロイヤルの事情聴取に同行しないかと誘った。FBIの公務だけれど、もうひとり同性がいると助かることがあるかもしれないから、と。その実、シャーロックはエリンがなにかを抱えこんでいるのを感じ取っていた。エリンが知っていて、自分にはまだわからないなにかを。この事件に寄せるエリンの関心は度を越している。だからこそ私立探偵エリン・プラスキのことをもっと知りたかった。ミセス・ロイヤル訪問は絶好の機会に思われた。この件はボウイには伝えていない。

エリンが念を押した。「ロイヤル氏はほんとにいないの?」

シャーロックはポンティアックからキーを抜いた。「ええ、ロイヤルは会社よ。会社お抱えの弁護士にこづかれてるか、カーラ・アルバレスと身を寄せるかしてるわ。すてきな展開だと思わない?」

エリンは日曜日の夜、何度かロイヤルの自宅まで車を走らせたことがあった。うなずいて、答えた。「薬って儲かるのね」

シャーロックがにこりとした。「まったくよ」

玄関に応対に出てきたのは、艶やかな髪が美しい若いヒスパニック系の女性だった。いかにもメイドらしい制服姿だ。シャーロックは彼女に満面の笑みを向け、FBIの身分証明書を出した。じっくりとそれを見た若い女性は、探るような調子で、奥さまはテニスの最中ですがと応じた。テニスコートぐらいあるでしょうとも、とシャーロックは思った。

メイドは身分証明書を返すと、ふたりの先頭に立って広大な玄関ホールを抜けた。やはりだだっ広いファミリールームを突っ切り、ガラスの両扉を抜けて、屋根付きの大きなパティオに出た。頭上の梁《はり》に絡みついたジャスミンがあたりに甘く香り、パティオの周囲に置かれたイタリア製の鉢からこぼれだした花々の香りがそれに重なっていた。シャーロックはエリンに言った。「きれいだわ。ショーンはプールが大好きなの」

「ジョージィもよ」エリンは片手で日差しをさえぎりながら、二十メートルほど先のテニスコートを見てから、成人男子ほどの背丈のある石塀とその奥の森を見た。かつては敷地全体を囲んでいたであろう石塀だが、いまでは一部が崩れて小さな石の山になっている。おもむきを重視して、わざとそのままにしてあるのだろう。「実を言うとわたしも」と、エリンがにやりとした。

「わたしもです」メイドは笑顔で言うと、ふたりを残して立ち去った。ふたりはプールをまわりこんで、石畳の小道をテニスコートに向かった。コートは一面でなく、二面あった。ひとつが家族用、もうひとつが友人用。

「元の所有者はどうして周囲を塀で囲んだのかしらね」シャーロックは疑問を口にした。

「これじゃ刑務所よ。あの裏の塀の高さを見て」

エリンが言った。「わたしにはいまも残してあるのが不思議。防犯のためじゃないのは、確かよ。裏にまわりこんだら、なかに入れるんだから」

「たぶん森に侵食させないためでしょうね。いかめしい風景だけれど、きれい」

エリンがうなずいた。「そして塀のあった部分にはアラームがぐるっと設置されてる」

「よく気がついたわね、エリン」

「まあね。家の裏手にセキュリティボックスがあったの。それより、彼女の動きを見てよ。みごとなバックハンドだわ」

ふたりはコートの脇にならんで立ち、ジェーン・アン・ロイヤルがインストラクターとおぼしきセクシーな若い男と激しい攻防をくり広げるのを見守った。サービスエースを取ったミセス・ロイヤルはラケットを投げだして、勝利のダンスを踊った。日焼けした体を白いテニスウェアに包んだ若い男が声を張った。「いいゲームでしたよ、ジェーン・アン。最後のサーブには魂がこもってて、しかもひねりがきいてた」

「さすが、友だちじゃなくて先生ね」シャーロックが言った。「友だちなら、負けて悔しがるもの」

「恋人も兼ねてたりして」エリンが疑いを口にした。

「じきにわかるわ。彼女のあの満足そうな顔。試合に勝ったのが嬉しくて、なんの憂いもない顔をしてる。困ったことになりつつあるのを夫から聞いてないとしか思えないわね」

ミセス・ロイヤルがふたりを見た。手を振って、小走りにやってくる。短いブロンドの髪が日差しを受けて煌《きら》めき、長く引き締まって日焼けした脚が機敏に動く。勝利に輝く笑顔には、曇りがなかった。「こんにちは、どなたかしら？　アラナがお連れしたからには、宝石泥棒じゃないんでしょうけど」

　シャーロックは身分証明書を差しだした。

　ミセス・ロイヤルはメイドのアラナよりもさらに入念に身分証明書を確認した。顔を上げ、眉をひそめる。「FBI？　ああ、そういえば、カスキーが言っていたわね。ドイツ人男性が殺された事件で、あなたたちが捜査をしてるって」

　シャーロックは眉をひそめつつ、身分証明書をポケットに戻した。「そのドイツ人男性が何者か、ご主人からお聞きになっていないんですか？」

「いいえ、あの人忙しくて。会議があるって、出かけていくところだったから。亡くなった方がシーファー・ハートウィンの社員だったことはテレビで知ったのよ。それで翌日の朝、知りあいだったのとカスキーに訊いたんだけど、彼のことは話にしか聞いたことがない、なぜこちらにいたのかまったくわからない、と言っていたわ。それで、どうかしたの？」

「わたしはシャーロック捜査官、こちらはエリン・プラスキです。あなたにお話をうかがいたくてまいりました、ミセス・ロイヤル」

「嘘でしょう、シャーロックってあの名探偵の名前？　かっこいいわね」

「ありがとうございます」シャーロックはほほ笑んだ。ジェーン・アン・ロイヤルのことが好きになってきた。

「パティオに移動しましょう。あそこなら座れるし、アラナにアイスティーを運んでもらいましょう」ミセス・ロイヤルはふり返ってインストラクターに手を振った。彼は手の代わりにラケットを振ってよこし、家の玄関側に向かった。しばらくすると、バイクのエンジンがかかる音がした。

「インストラクターですか？」

「ええ。ミック・ハーガティっていうんだけど、かわいいでしょ？　プロにはなれなかったから、ミルストーンの〈グレニス・スプリングス・カントリークラブ〉で教えてるの。夢はハリウッドに出て有名になることよ。ほんと、ばかなんだから。ベルソン大学の夏期公演で舞台に立ったのを観たけど、悪い役者じゃないわ。ただ、ご存じのとおりロスじゃツテがすべてだもの。それと、あらかじめお答えしておくけど、彼とは寝てないわよ」彼女はにこっとした。「少なくともいまのところはね。まだ決めてないの。テニスコートでのフォームは完璧だし、ユーモアのセンスも悪くないから、先のことはわからないけど」

シャーロックは言った。「殺人事件以降、ご主人はＦＢＩに包囲されてますから、ご夫婦の時間はないでしょうね。じつは、ミセス・ロイヤル、ご主人は殺害されたヘルムート・ブラウベルトのことをご存じでした」

「カスキーは誰に対しても時間を使う人ではないのよ。とりわけ息子たちにはね。殺された方と知りあいだったなんて、おもしろいわね。事件に関しては、昨日あなたたちに地元警察署のみすぼらしい――と、彼が言ったのよ――会議室で会って、被害者について知っていることを話したってことしか聞いていない。知ってることはほとんどない、とわたしには言っていたのよ。たしかに、機嫌はよくなかったわね。それで、主人の尻尾をつかんだの？　どうやって？　あの人のお尻をフライにしてやった？」

「いえ、焦がした程度です」シャーロックが答えた。「軽く」

エリンが言った。「あなたに話したとき、なにか心配そうな様子でしたか？」

ミセス・ロイヤルは肩をすくめた。エリンのことをやはりFBIだと思っている。「カスキーの心配症はいまにはじまったことじゃないわ。特技といっていいくらい。そういえば忘れてたけど、主人はずるいくらいに頭が切れて、計画の立案と市場を読むのが得意なの。大儲けできたのはそのおかげ。ボーナスの金額もすごいのよ」屋敷や庭に向かって、手をひらひらさせた。

「数百平方メートルに値する賢さってことですね」エリンが言った。

「正確には八百四十平方メートルよ」ミセス・ロイヤルが言った。「家だけでね」

お茶が運ばれて、エリンとシャーロックは砂糖を断った。ミセス・ロイヤルは人工甘味料を三袋入れると、グラスを掲げて乾杯のしぐさをした。「美しき九月の一日に。それで、捜査官のおふたり、カスキーの痣《あざ》の位置をお教えする以外にわたしになにができるのかしら？

左のお尻に小さなタツノオトシゴのような痣があるのよ。ほんと、びっくりするくらいそれらしいの。結婚した当初は、それを舐《な》めるのが楽しみだったんだけど」

「いまは？」シャーロックは尋ねた。またしても、ミセス・ロイヤルに対して好ましい感情が湧いてきた。鮮烈なトパーズ色の瞳をしているが、たぶんカラーコンタクトなのだろう。

「むかしほどじゃないわ。わたしが知っていることはなんでもお話しするけれど、たいしてないのよ。主人は仕事のことをほとんど話さない人なの」

シャーロックは快活に応じた。「ご主人がカーラ・アルバレスと寝ていらっしゃることについて、どうお考えか、教えていただけますか」

27

ミセス・ロイヤルはまばたきひとつしなかった。紅茶をごくりと飲むと、天を仰いで大笑いした。朗々とした、健康な笑い声だった。やがて真顔に戻り、シャーロックとエリンの両方にグラスを掲げた。「わたしがどう考えているかですって？　たいして考えちゃいないわ。カーラがはじめてじゃないし。ええそうなの、主人の女はみんな知っているわ。カスキーは不実なの。ずっとそう。最初の浮気は、わたしがチャドを身ごもっているときだったのよ」

「どうして耐えてるんですか？」エリンは尋ねた。

「あら、非難するつもりなの、捜査官？　哀れでか弱い女に対する、ちょっとしたさげすみかしら？　わたしのことに首を突っこまないでちょうだい。あいにくだけど、わたしは自分の人生が気に入ってる。子どもたちも、アラナもそうだし、主人はドンファンを気取るのが好きなの。わたしのテニスのインストラクターに会ったでしょ。ミック・ハーガティ、アイルランド系の麗しい青年よ。若くて、ぺたんこのお腹で、きれいに割れた筋肉の持ち主。嫌いになる材料がないわ」

シャーロックはグラスの縁越しにミセス・ロイヤルを観察した。「ミック・ハーガティがはじめてのテニスのインストラクターなんですか？」

ミセス・ロイヤルの眉が吊りあがった。「まさか本気で尋ねてるわけじゃないわよね、シャーロック捜査官？　四人めか五人めよ、数えてはないけど。いつも若い人、二十五歳以下の人をお願いするわ。主人とはちがうの。あの人はふつうとは逆で年の近い女が好みなのよ、おわかりだと思うけど。十五年近く毎晩彼の裸を見てきて、ごぶさたの時期を我慢したはてに、これ見よがしに歩く二十二歳のテニスのインストラクターという、尽きることのない喜びを見いだしたの。わかってもらえるわよね、捜査官」

「いえ、それが、わからなくて」シャーロックは言った。「ご主人は仕事の話をされないとおっしゃいましたね？」

「そうよ。だから、申し訳ないけど、お手伝いできることがあるとは思えないわ。でも、ちょっと待って、あなたの質問はこういうことだったのかしら？　ひょっとすると、あなた、愛する伴侶がほかの女と寝ていると聞かされたわたしが取り乱して、胸の内を吐露することを期待してたの？」

エリンが言った。「ミセス・ロイヤル、ご主人は、悪事にはまりこんでるんです。お願いです、ご主人はなにか漏らしてるはずです。その材料で、わたしたちにあなたを助けさせてください」

ミセス・ロイヤルは笑顔を浮かべると、きれいなフレンチネイルの指先を見つめて、ゆっくりと首を振った。

シャーロックの声がいくぶん刺々しくなった。「ご主人は大変な苦境に立たされておられるんですよ、ジェーン・アン。エリンが言ったとおり、このままでは危険に巻きこまれる可能性があります。ご主人は勝つためなら手段を選ばない人たちを相手に真剣勝負を挑んでおられます。すでにひとり死者が出ました。どうぞお力を貸してください。ご自身とご家族を守るために。シーファー・ハートウィンでなにが起きているか、ご存じのことを教えてください」

「危険ですって？　わたしや子どもたちが？　よしてよ、どうしたらそんなことがありうるの？　だってそうでしょう？　主人はドイツに本社がある製薬会社に勤めていて、さっき言ったとおり、多額の賞与をもらって厚遇されてるのよ。それが会社のせいで危険にさらされるですって？　主人が会社になにをしたっていうの？　薬を売って、新しいマーケット戦略を立てた、それだけよ」

「わたしたちはシーファー・ハートウィン社の誰かが違法行為に走ったとみています、ジェーン・アン」シャーロックは言った。「しかも世界的な規模で。ご主人は日曜の夜、彼のオフィスに侵入者があったことを、あなたに話しておられないんじゃありませんか？　侵入者はご主人のコンピュータにあった情報を盗んでいった。彼と会社が承知のうえで不正な、ことによると違法な行為に走っていたことを裏付ける情報をです」

「わたしを信じさせたかったら、もっと具体的に話してくれないと」

「わかりました」百パーセントの確証はないが、真実である確率は高い。シャーロックは続けた。「キュロボルトという薬に絡む話です。この薬は通常5―FUと組みあわせて、がんの特効薬として使われています。そのキュロボルトがいま大幅に不足していて、わたしたちはシーファー・ハートウィン社が生産調整しているのではないかとにらんでいます」

椅子に腰かけたままのミセス・ロイヤルは、背筋を伸ばし、胸を張って、シャーロックを見すえた。声を低めて話しだした。「いいこと、わたしはそのキュロボルトが不足していることについてなにも知らないのよ。そうなの、カスキーの仕事のことはほとんど知らないの。彼は元々、仕事の話を家に持ちこまないタイプよ。だから会社がどうのこうのって、わたしには知りようがないわ」

シャーロックは少し待ってから、落ち着き払って言った。「カスキーはこの件に首まで浸かって、立ちゆかなくなってるんですよ、ジェーン・アン。盗まれた文書はまもなく公開されて、すべてが明るみに出るでしょう。その中心にいるのがご主人です。本社が遠くドイツにあるとはいえ、ここ合衆国のシーファー・ハートウィン社のトップはご主人ですから。彼が刑務所に放りこまれるか、シーファー・ハートウィンから派遣された誰かに黙らされるかは、時間の問題でしょう。ご存じですか、殺されたヘルムート・ブラウベルトがシーファー・ハートウィンの主たる用心棒役だったことを？」

ミセス・ロイヤルの目に一瞬、動揺が走り、そのあとはじめて、恐怖が浮かんだ。しかし、こんども彼女は首を振って否定した。「いいえ、知らなかったわ。そのブラウベルトという人が、カスキーを黙らせるために派遣されてきたってこと？　でも、そんな話、なにをどうしたら理屈が通るの？」

「ええ、そうです、通らないんです」シャーロックは相づちを打った。「カスキーの文書はまだ盗まれていなかったので。では、ブラウベルトがここへ来た理由は？　誰に会いにきたんでしょう？　誰を黙らせるために？　そこがまだわからずにいます」

　エリンが言った。「わかっているのは、シーファー・ハートウィンが対応しなければならないことです。お話ししたとおり、会社付きの弁護士たちがご主人に張りついて、ご主人を黙らせておこうとしているんです」

　シャーロックは石英のように硬い声になった。「ご主人は沈黙を守ると思いますか？」

　ミセス・ロイヤルはゆっくりとかぶりを振った。「わたしには想像もつかないわね。主人には独立独歩なところがあるの。独自な道を行き、それが会社のほかの人たちの計画した道とはまったく反対なこともあったわ。ほかの人にはない閃《ひらめ》きのある人だから。その自負もあるのよ」彼女がこぶしで目をこするのを見て、シャーロックは、トパーズ色のコンタクトが外れないことを祈った。「今回の件に関しても、わたしには見当がつかないわ」

シャーロックは言った。「それが真実であったらどんなにいいか、ジェーン・アン。でも、そうは思えません。昨日のご主人は、なにからなにまで嘘で固めて、それはもううんざりするほどでした。いいえ、もう否定しないで、よけいに腹が立つだけですから。さあ、真剣に考えてください。この前の日曜の夜、あなたはどこにいましたか？　午後十時から午前三時のあいだです」

　ミセス・ロイヤルはさっと立ちあがると、美しく日焼けした両手を卓面についた。震えているのがわかった。「そのドイツ人の死にわたしが関係あるとでも？　そんなわけないでしょう、冗談じゃないわ」

「どこにいたか教えてください」シャーロックは容赦なく問いつめた。「教えてもらえないなら、地元警察署の、例のみすぼらしい会議室に引き立てて、そのみごとな日焼けが色あせてテニスウェアみたいにまっ白になるまで絞りあげますよ」

「めちゃくちゃよ、どうかしてるわ」と言いつつ、ミセス・ロイヤルは腰かけた。ようやく顔に恐怖が表れている。そろそろだ、とエリンは思いながら、ひそかにシャーロックをうかがった。なんてたくみな話術だろう。惚れぼれする。

　エリンは身を乗りだした。「話してください、ミセス・ロイヤル。いいですか、相手は力のある連中なんですよ」

「なんなのよ、あなたたち！　なにも知らないと言ってるでしょ！　二日前の夜なら、ベッドに入って、テレビでくだらない映画を観てたわよ。寝たのは十二時くらいね」

エリンは言った。「ご主人がいらっしゃらなかったのなら、アリバイはないんですよね？」

「あの人がカーラといたと言ったのは、あなたたちよ」ミセス・ロイヤルは、気をまぎらわせるようにかぶりを振った。「あんな男につかまっちゃって、哀れな女。ろくでなしの亭主と別れて、いままた別のろくでなしと寝てる。ところで、そりゃわたしにはアリバイはないけど、子どもだけ置いていくようなことをするわけないでしょ！　子どものいる自宅に男を連れこむこともよ。カスキーならしてもおかしくないけど、そんな機会がなかったのよね。少なくともわたしが知るかぎりは」

ミセス・ロイヤルがなにかを知っていて、まだ話すことがあったとしても、それ以上は聞きだせそうになかった。シャーロックにはそれがわかった。ただ、呼び水はじゅうぶんに与えた。シャーロックは立ちあがり、エリンがそれに続いた。シャーロックは言った。「高性能のセキュリティシステムを設置されていることを祈ります、ジェーン・アン。この件に関しては、是非、ご主人と本音で話しあってください。お子さんたちの安全をどう守るつもりなのか、聞いておかれたいでしょうから。ご主人はいまワニの群れのなかにいます。わたしたちに真実を話して助けを求めるよう、あなたからも言ってください。あなた自身、知っていることを話すかどうか、じっくり考えられることですね。ではこれで」

シャーロックはいったん歩きだしてから、ふり返った。「お子さんを連れて、ご実家に身を寄せたほうがいいかもしれません」

シャーロックとエリンは、いまも錬鉄製の白いカフェテーブルでアイスティーを手にしているジェーン・アン・ロイヤルに会釈すると、さっきテニスのインストラクターがしたように、家の表側にまわった。

ミセス・ロイヤルが叫ぶ声がした。「アラナ、来て！　いますぐよ」

「あなたの揺さぶりがきいたみたい」エリンはたっぷりの満足感を滲ませた。「彼女、うっかり口をすべらせて、矛盾することを言ってたわ。でも、正直に言うと、わたしには嘘と真実の区別がつかなかった」

「今夜、彼女のほうから電話してくるかもしれない。この時点では失敗と決まってないのよ、エリン。大切なのは、動揺させるという当初の目的を達成できたこと」

一瞬口をつぐんで、車のドアを開け、ルーフをはさんでエリンを見た。「奥さんは知ってるものだとあなたは言ってたけど、彼女はあまりにあからさま、受け入れすぎよ。それにジェーン・アンは斜に構えすぎね。

ディロンなら、もしよその女と寝たら、わたしがその女じゃなくて彼を撃ち殺すと、心得てるわ。わたし、彼女に対して少し喧嘩腰だったかも」シャーロックは首を振った。「たいした理由もなしに誓いを破って、しかも家には自分を尊敬してる子どもがいるなんて、あんまりよ」ため息をつきながらドアを開け、座席にすべりこんだ。「ありふれた話なんでしょうけど」

エリンも助手席に座った。「はっきり言って、わたしにも理解できない。でも、その手の経験がないわけじゃないのよ。まだ大学生だった二十二のとき、トータルで二カ月と二十七日結婚してたことがあるから。夫は経済学専攻の大学院生だった。わたしの友だちに手を出したとか、そういうことじゃなかったけれど、食事の後片付けや洗濯を分担するのをいやがって。それはおまえの仕事だろう、おれにはそんなつまらない雑事じゃなくて、もっと大切なことがあると言ったの。びっくりでしょう？」

「お願いだから、鞭《むち》で打ったと言って」

「ほんとよ、でも打ってないんだけど。八週間もしたらすっかり幻滅して、なにを言われたっていいから、ただ追いだしたくなっちゃった。でも、ジェーン・アンはちがう」

「ええ。カスキーは彼女が歴代のテニスの先生と寝ているのを知ってるのかしら？」


二時間後、シャーロックの携帯電話が鳴りだした。彼女は発信者を確認して、車を路肩に寄せた。「ディロンからだわ、エリン。向こうの状況を聞いてみるわね」

耳を傾けながらシートベルトを外し、体をほぐした。「もうホフマン上院議員の家に向かってるの？　大荒れ《ワイルド》ね、ディロン。亡くなった奥さんが遠いどこかから、あなたを介して警告を送ってきているのに、当の上院議員がそれをまともに取りあおうとしないなんて。でも、そうじゃなくて、公衆の集まるレストランで死んでいたのが自分かもしれないと自覚できないだけかもしれないけど。

いまごろ、震えあがってるはずよ。ええ、またあとで電話して。そのときジェーン・アン・ロイヤルの話をするわ」

28

メリーランド州チェビーチェイス
水曜日の午後遅く

サビッチは愛車のポルシェで、デビッド・ホフマン上院議員の自宅がある由緒正しい住宅街を進んでいた。助手席のルースが言った。「長くロビイストとして活動してきた人が合衆国の上院議員の向かいに座っていて毒殺され、ほんとうは上院議員のほうがヒ素を盛られたのかもしれないんですよね。これは大荒れ《ワイルド》になりますよ、ディロン。よかったですよ、うちの課のミドルネームが〝大荒れ〟で」

「実際のミドルネームは分析《アプリヘンジョン》だけどな」

ルースは彼の腕をこづいた。

「さっきシャーロックに電話したら、彼女も、大荒れという言葉を使ってたよ」

「崇高なる魂はつねに併走する。離れてても似たようなことを考えるもんですね」

サビッチはにやにやしながら、ホフマン上院議員のドライブウェイにポルシェを入れた。テレビ局のバンが通りの向こうに停まっている。「連中のすばやいこと。急がないとな」

ルースとならんで小走りで石畳の小道を玄関まで行った。

捜査官が応対に出てきた。「おふたりとも、連中がイナゴみたいに庭に入りこんでくる前に、なかに入ってください。ほら、もうカメラマンを引き連れて追ってきてる。ぼくが対応しておきます」

サビッチはなかに入ってしっかりとドアを閉めると、広々としたエントランスホールを見まわした。がらんとして、静まり返っている。しばらく待ったが、誰も来ない。人がいないようだった。家のなかを知っているサビッチは、ルースを連れてホフマン上院議員の書斎に向かった。ホールを奥へ進み、右に折れる。さっきとは別の捜査官がドアの脇に立っていて、ふたりに会釈した。

上院議員はデスクにつき、心地よさそうなヘッドレストに頭をもたせかけて、目をつぶっていた。デスクをはさんだ向かいには、番犬よろしく、主任補佐官のコーリス・リドルが腕組みをして座っていた。ここへ来るまでにＦＢＩの捜査官ふたりに会った。上院議員を守るためにメートランド副長官はいったい何人の捜査官を配置したのだろう？　コーリス・リドルが厳しい目つきでこちらを見ている。なるほど、とサビッチは思った。偉大な男に取り次いでもらうには、まずきみの許可がいるってことか。ただし、彼女の場合、番犬といっても、プードルのようなものだ。小柄で、目いっぱい背伸びしても百五十五センチあるかないか。髪は黒くて短く、肌は褐色。先祖のなかに地中海沿岸の出身者がいたのだろう。漆黒のスーツに白いブラウスを合わせ、煌めくパールのネックレスをしている。その恰好で、いまにもうなり声をあげそうだった。

ホフマン上院議員が目を開き、体を起こした。「いいんだ、コーリス」どこか、おもしろがっているような声だった。「こちらはサビッチ捜査官といって——重要人物だ」

サビッチは自分とルースをコーリス・リドルに紹介した。彼女がわずかに警戒をゆるめるのを感じつつ、部屋から出ていってくれるように頼んだ。

コーリスはその場に踏んばったまま、上司である上院議員に黒い瞳を向けた。上院議員が静かに告げた。「いいんだ、コーリス。彼らといっしょにいて安全でないのなら、辞職したほうがましだ。さあ、行って、わたしの声明の原稿をしあげてくれ。足踏みしているわけにはいかないから、サビッチ捜査官に最新の捜査状況を教わったら、先に進む」

三人きりになると、ホフマン上院議員はルースを見て尋ねた。「シャーロック捜査官は？」

サビッチは答えた。「シャーロックはコネチカットでドイツ人男性が殺された事件の捜査をしています」

「ああ、その事件についてはわたしも聞いている。いったいあそこでなにが起きてるんだ？」と、言葉を切って、首を振った。「なにを口走っているんだか。ダナ・フロビッシャーが亡くなったというのに。わたしがランチに誘い、彼女はわたしのお気に入りの料理を食べた。そう、エビフライを食べて、わたしの目の前で亡くなった。床で硬直して、泡を吹きながら」ぶるっと身を震わせ、唾を呑みこむと、ささやき声になった。「標的はわたしだったのだろう、サビッチ捜査官？」

「ありえます」サビッチはさらりと言った。「可能性のひとつとして、検討することになるかと思います」

サビッチを見る上院議員は、奇異なものでも見るような目つきになった。「では、なにかね、きみは、たまたまロビイストとして働いていた中年期の女性に、〈フォギー・ボトム・グリル〉で毒殺するという、とてつもない危険を冒すほど彼女を憎んでいた敵がいると、そう言いたいのかね？」

「上院議員でも同じことです。たまたま合衆国上院議員として働いている中年期の男性に、その命を奪おうという、とてつもない危険を冒す敵がいることになりますからね。どこかちがいがありますか？」

「一本取られたよ、サビッチ捜査官。だが、ロビイストを殺すことと合衆国上院議員の暗殺未遂のあいだには、大きなちがいがある。

死んだ家内からきみに警告があったのに、わたしはそれを深刻に受けとめようとしなかった。たとえ深刻に受けとめていたとしても、お気に入りのレストランでランチを取ることはやめなかっただろう。だが、事件はそこで起きた。それできみは、ダナ・フロビッシャーの元夫が厨房の誰かに金を握らせて、昼食に毒を盛らせたと言うつもりじゃないだろうね？

彼女は裕福じゃない、いや、なかった。とりたてて辣腕だったわけでもなくカリスマ性があったわけでもなく、さしたる影響力もなかったから、個人的な動機以外に殺される理由があったとは思えない」

ルースが言った。「それが、上院議員、ダナ・フロビッシャーは金銭的にはたいそう恵まれてまして。豊富な経験と人脈によって相応の影響力と威信を持っていたと言っていいでしょう。非常に優秀なロビイストだと聞きました。

これまでのところ、これといって手がかりは見つかっていません。彼女をストーキングしていた人物や、もめていた隣人、怒りに駆られて殺人を依頼するような人は、いないんです。彼女の元夫はニューメキシコで農業をしていて、こちらから連絡をすると、動揺していました。彼女には、ブラウン大学の三年生になった娘と親戚がひとりいて、どちらもショックを受けています。ですがもちろん、彼女が標的だった可能性を考慮して、引きつづき周辺を探っています」

サビッチが言った。「少し確認させてください、上院議員。どうしてロビイストをランチに誘ったのですか?」

「家内はかつて彼女と仕事をしたことがあって、彼女の旺盛なエネルギーや、病気の子どもたちのための資金集めに対する熱心さを高く買っていた。それでわたしとしては、その分野における彼女の経験を活用させてもらいたかったんだ。というのも、ニッキィの手がけていたチャリティを引き継ごうと思ってね。とくに脊髄膜炎に関するチャリティについては、実の妹が六歳のときその病で亡くなったせいもあって、家内はとても大事にしていた。その家内が、ダナ・フロビッシャーは意義を認めた活動には全身全霊をかけると褒めていたので、是非とも力を借りたかった」

サビッチは言った。「上院議員、さっきルースにも話していたんですが、わたしはある有力筋から――つまり、奥さまのニッキィですが――上院議員に危険が迫りつつあると聞いていました。ですから、標的は上院議員であった可能性が高いと、わたしも思います。暗殺の企てだったかどうかまではわかりませんが、わたしはその点については否定的です」

上院議員は応じた。「長年こんな仕事をしていると、選挙遊説や議会でたいがいのことは経験する。経歴詐称、事実の歪曲《わいきょく》、影響力を得るための偽装工作まがいの行為、ときには強請《ゆす》りまで行われる――だが、私利私欲のために上院議員を殺そうとするだろうか？　わたしにはそこが引っかかる。暗殺未遂だとしか思えない」

ホフマン上院議員はゆっくりと立ちあがり、マホガニーのデスクに両手をついた。「きみの見解には賛成できない。それと、死んだ家内がきみを介してわたしに警告しようとしたという話は、外に漏らさないでくれ。いいかね、そんなことをマスコミに嗅ぎつけられたら、国じゅうのテレビにまぬけ扱いされたわたしが映しだされる。政治生命にかかわる問題だ」

「奥さまのことについて知っているのは、わたしとシャーロックを除いて、三人だけです。

いずれもＦＢＩの捜査官ですので、外に漏れる心配はありません。議員が相談された方はいかがですか？　コーリス・リドルと、息子さんふたりと。ほかにも相談されましたか？」

「政界とは関係のない友人、セキュリティ会社を経営しているゲイブ・ヒリヤードのことは話しただろう？　彼は知っているが、彼にはなんの恨みもない。わたしに対して殺意はなく、ゴルフで勝ちたいだけだ。彼を信用できなければ、信用できる人間などひとりもいなくなる」上院議員は目を伏せて、腕時計を見た。「コーリスによると、まもなくゲイブが来る。マスコミにたかられるかもしれないと、言ってあるそうだ。よかったら、彼と会ってくれ」

いい考えかもしれない、とサビッチは思った。「コーリス補佐官とミスター・ヒリヤードは、個人的にお知りあいですか？」

「ああ、そうだよ、仲のいい友人同士だ。この家の使用人の誰かが立ち聞きした可能性はなきにしもあらずだが、あとは誰も知らない。わかるよ、きみが言いたいことは。リークサイトは無数にある」

「あなたの補佐官のコーリス・リドルは、爪をはがされても口を割りそうにありません。息子さんたちには、余計なことを口外したら膝から下を切り落とすと言ってあるのでは？」

「いや、首を刎《は》ねると言ってある」

サビッチはさらに尋ねた。「調査を頼んだ私立探偵が奥さまと結びつけていないのは、確かですね？」

「ああ。コーリスはその探偵に幽霊ではなく、ストーカーの心配だと伝えた。マスコミへの漏洩《ろうえい》がいまのわたしの心配の種だ、サビッチ」

「わたしが案じているのはマスコミではありません。幽霊の件を知っている人物は全員、罪のあるなしにかかわらず、今回の事件につながりがあります。再度、同じことが起きる前に、これが個人的なことなのか、あなたの言われるとおり、暗殺未遂なのかを見きわめなければなりません。さあ、〈フォギー・ボトム・グリル〉に足を踏み入れた瞬間から、ダナ・フロビッシャーが救命士に運びだされるまでのことを、ひとつ残らずすべてお聞かせください」

29

ホフマン上院議員は頭を抱え、とまどいと恥辱の両方を滲ませた。「わたし自身のこと、そしてこの件がわたしにどう影響するかを考えずにいられない。気の毒なことに、彼女はわたしが昼食に誘ったがために亡くなってしまった。

ああ、わかった、話そう。彼女が到着すると、とくになにということもない世間話をした。こういうときすぐには本題に入らないものだ……」しばし口をつぐんだ。「そのあと料理を頼んだ。食事に誘った用件を切りだそうとしたとき、彼女が苦しみだして――亡くなった」

ルースが尋ねた。「議員のオフィスから、彼女のオフィスに電話を入れられたんですか?」

「ああ。わたしから電話する用件があるときは、いつもコーリスがかけてくれる」

「コーリスはランチに誘う理由を伝えたんですか?」

ホフマン上院議員は握りあわせていた両手を見おろした。「いや、言っていないと思う。ダナ・フロビッシャーはきたる選挙に備えてわたしの動きを追っていたし、わたしはさらなる情報を必要としていたから、彼女が誘いを受けてくれたら、それでよしとしたと思う」

サビッチは言った。「予約は上院議員のオフィスから？　いつでした？」

「ああ、そうだ。わたしは毎週欠かすことなく、いつもは同僚を連れてあの店に行ってるんだが、うちのアル・ポープはそれでもかならず事前に連絡を入れていた。何人で来店するか知らせるのが礼儀だろう。おそらく五日か六日前に予約を入れたんだと思う」

「どちらが先に来店されましたか、上院議員？」

「わたしだ。いつも先に着くようにしている。店内の全員に声をかけて、客のなかに見知った顔があれば握手をする。ダナ・フロビッシャーは確か、十分ほどしてやってきた。なんなら担当してくれたウエイターに確認してみてくれ。グレーブス君といって、長年担当してくれている」

「彼女を待つあいだ、飲み物を注文されましたか？」

「ああ、レモンのスライスを添えたミネラルウォーターを。頼まなくても、グレーブス君が運んできてくれる」

サビッチは言った。「彼女にエビを勧められましたか、上院議員？」

こんどもホフマン上院議員は口をつぐみ、表側に面した横長の窓をおおったカーテンに視線を向けた。「わたしかグレーブス君が勧めたかもしれない。おかしいだろう？　グレーブス君のファーストネームを思いだせないんだ。使ったことがないせいだな。それはさておき、グレーブス君がその料理がおいしいこと、いつもわたしが注文していることを言ったかもしれない。あるいは、わたしが。彼女は〈フォギー・ボトム・グリル〉に来たのははじめてだと言っていた。

くり返しになるが、わたしは毎回エビフライを注文する。それが週に一度の罪深い食事だった。あの店の従業員は全員そのことを知っていて、ちょっとした冗談のようになっていた。わたしのためにとくに衣を厚くして、六センチの揚げ油を入れた鍋でフライにするのだと。だが、今朝測ったら体重が増えていたんで、軽いものにしたかった。それでグレーブス君に勧められるまま、スモールサイズのコブサラダを頼んだ。信じられるかね？　昨晩、ディナーで好き放題に食べたおかげで、命拾いをした。そんなささやかな偶然に左右されるものなのか？　わたしにはなにがなんだかわからない、サビッチ捜査官」

ルースが尋ねた。「議員がいつもその料理を注文されると言ったのがミスター・グレーブスなのは、確かなんですね？」

「ああ、たぶんそうだ。それでわたしもメニューのなかで一番のお勧めだと言ったように思う。揚げ物はおいしいとふたりで笑いあった。脳が混乱しているようで、あとのことはなにも思いだせない。

エビフライを食べたときの、彼女の顔は思いだせる。至福の表情だった。この世のものとは思えないおいしさだとか言っていた。わたしは笑い声をあげて、ダイエットは翌日からにしてわたしも注文すればよかったと切り返した」口を閉じ、唾を呑んで、首筋をさすった。

「どうされましたか？」サビッチが声をかけた。

「彼女がこうして、喉元をさすっていたんだ。あのときは理由がわからず、考えてみようともしなかったが、いまになればはっきりわかる。毒がききはじめて、呑みこみにくくなっていたんだろう。

わたしは彼女にニッキィと働いたことがあっただろうと水を向け、本題に移ろうとした。いまふり返ってみると、彼女はなにも言わなかった。そうなんだよ、サビッチ捜査官、すべてが一瞬のできごとだった。エビを食べる彼女と話をしていたと思ったら、彼女がふと黙りこんで喉をさすり、つぎの瞬間には椅子から床に転げ落ちて嘔吐し、痙攣しだしていた」上院議員がぶるっと体を震わせる。口から泡を吐きながら死んだのが自分であったのかもしれない。そんな場面がありありと浮かんでいるのだろう、とサビッチは思った。

「そして彼女は死んだ。そのまま逝ってしまった」

ルースが言った。「では、議員がランチに誘われた理由を知らないままなんですね？」

上院議員は少し引いて、いらだたしげにルースを見た。「ああ、だと思うが」顔の前で手をひらひらさせる。「それがなんだと言うのかね？」

サビッチが言った。「ミスター・グレーブスは最初、上院議員の前にエビ料理の皿を置いたそうですね」

「そう、そうだった。それで今日はわたしではないと伝えると、彼は謝って、ダナの前に皿を移動した。彼がなにを言ったか、覚えていない。彼と話したようだが、なんと言っていたかね？」

サビッチはそれに答えず、ただほほ笑んだ。「被害者の具合が悪くなる前に、サラダを食べる時間はありましたか？」

「たぶんひと口、ふた口は。なにせ急なことだった」

ルースが言った。「監察医は彼女がエビを五尾食べたと言っています。それなのに、議員はサラダをひと口、ふた口ですか？」疑いを滲ませた、多少きつい口調だった。サビッチはいっさい表情を変えずに、ホフマン上院議員を見ていた。議員は窓からルースを叩きだしそうな顔をしている。それでも口を開くと、自分を卑下するような調子で、あっさり言った。

「時間がなかったからだろう。わたしがもっぱら話していた」疲れた笑顔をふたりに向けた。「サビッチ捜査官は、わたしが話し好きなのを知っている」と、ルースに向かって言い、額を撫でた。「もっと食べたかもしれないが、思いだせない。目をつぶると、床に転がって死んでいる彼女と、立ったまま恐怖の面持ちでそれを見ている人たちの姿が浮かんできて、エビフライを食べたのはダナ・フロビッシャーじゃなくて自分だったかもしれないということで頭がいっぱいになってしまう。床で死んでいたのはわたしかもしれない。サビッチ捜査官、きみがニッキィのことを話してくれたときに、きちんと耳を傾けるべきだった」

サビッチがダナ・フロビッシャーとニッキィが組んで手がけたというプロジェクトについ

て尋ねかけたとき、書斎のドアをノックする音がして、コーリス・リドルが顔を突きだした。

「ゲイブがいらっしゃいました、先生」

「通してくれ、コーリス」上院議員は立ちあがってデスクの奥から出た。「ゲイブ、来てくれてありがとう」

サビッチとルースはその男、ゲイブ・ヒリヤードがコーリスの手をぎゅっと握るのを見ていた。彼はホフマンに近づいて抱擁しあうと、後ろに下がった。「肝を冷やしたよ、デビッド。だいじょうぶなのか?」

「ああ、元気だ、動揺しただけで」

「そりゃそうだ」ゲイブ・ヒリヤードがこちらを見たので、サビッチはゆっくりと立ちあがった。

まるでブロックのようだ、とサビッチは思った。縦と同じくらい横幅がある。上院議員とほぼ同年齢で、つるつるに禿《は》げていた。洗練された上院議員に対して、がさつな印象だった。

「ゲイブ、こちらはFBIのサビッチ捜査官とワーネッキ捜査官だ。こちらはわたしの古い友人のゲイブ・ヒリヤード。偶然なんだが、彼の息子のデレクとコーリスが知りあいでね」

ヒリヤードはにこりとした。「ふたりからまもなく発表があるかもしれない」

全員が握手を交わした。自分にも握手を求めたヒリヤードに、ルースは感心しつつ、しっかりと握り返した。ヒリヤードのほうが背が低かった。

「さあ、座ってくれ、ゲイブ。いま、今日あったこと、あの亡くなった女性のことを話していたところだ」

ヒリヤードはルースの隣に椅子を引いてくると、腰をおろして、脚を組んだ。「よかったら、全部話してくれ。わたしにも脳みそがあるから、役に立てるかもしれない」

「その願いが神に聞き届けられることを祈るよ」

30

携帯電話を使うルースを助手席に乗せて、サビッチは渋滞する道をワシントンに向かいながら、シャーロックのことを考えていた。いまなにをしているんだろう？　無事ならいいが。

ルースが携帯を切った。「オイリーから取り調べの様子を聞かせてもらいました。今日のランチタイムに厨房で料理を扱っていたスタッフ全員から参考人調書を取ったそうです」

「聞かせてくれ」

ルースはほんの一瞬、結婚して一カ月の夫ディックスと、息子たちのことを思った。金曜の夜、息子のロブが出場するハイスクールのフットボールの試合には、応援に行けそうにない。まだシーズンがはじまったばかりとはいえ……。「今日、〈フォギー・ボトム・グリル〉の厨房には、十一人の従業員がいました。料理長に、副料理長がふたり、皿洗いが三人、ウエイター補助がふたり、それに三人のウエイター。その全員が容易に出入りできたんです。オーナーのラウル・ミンスカーも厨房を出入りしていたひとりですが、エビの衣に毒物を混入できたであろう時間帯には、厨房にいなかったということです——といっても、自己申告ですので、除外はできませんが。オイリーが料理長から話を聞くときには、わたしも同席しました。料理長はカーライル、カーライル・ボイドというんですが、彼が言うには、ホフマン上院議員のエビフライはいつもみずから調理する、今日もそうだったとのことです。そしてエビフライは議員の注文だと思ったそうです。衣は副料理長のひとり、ジェイ・ルッコフが、料理長が知るかぎりふだんどおりの材料を使って用意したそうです。ルッコフは、並行して三つの料理を担当していたため、衣を置きっぱなしにしてたと証言してますから、誰かがなにかを混入することは可能でした。

オイリーによると、ルッコフの背景を探ったところ、なにも出てこなかったそうです。ほかの厨房スタッフについてはエリオットが調べてます。ウエイター補助の片方は未成年ながらいくつか犯罪歴がありましたが、盗難車で遊びまわったとか、マリファナを吸ったといった、ささいなものでした。オイリーから話を聞かれると、震えあがり、その様子からして今回のようなことはできそうにないと思ったそうです。

はっきり言って、ディロン、被疑者を絞りこめる状態ではありません。オイリーは全員に嘘発見器を使用しての取り調べを準備してます」

「それでわかれば苦労はないがな」

「少しは明るい見込みを持ちましょうよ、ボス」

「そうだな、明日までに犯人を突きとめられることを祈るよ」そう言いながら、サビッチは大きくて黒いSUVをよけて前に出た。

ルースは風が髪を吹き抜けるのを感じた。「ほんとですね」笑い声を響かせた。「それにしても、いい気分。ディックスにも味わわせてやりたいんですけど、乗せてやってもらえませんか？」

サビッチはちらっと笑顔を向けた。「やつがなんと言うか、楽しみだよ」

「コネチカットに戻られるんですか？」

「メートランド副長官から許可が出たら、明日にでも。嘘発見器の結果が知りたい。厨房のどこに誰がいたか、彼らの発言から再現するんだ」サビッチは肩をすくめた。「おれにもひとつ、考えがある」

オフィスに戻ったサビッチは、ドアを閉め、携帯の電源を切って、タイを外した。椅子に腰かけ、目をつぶって、集中した。ニッキィ、今日ご主人が死にかけました。どうしてもあなたの助けが必要なんです。

サビッチは、ホフマン上院議員から見せてもらった写真を参考に、彼女を思い描いた。がっしりした体つきに、思慮深そうな茶色の目をした、〝ハンサム〟という形容詞が似合う女性だ。引き締まった体をしていたのは、せっせとジムに通っていたからだろう。軽く日焼けして、きれいに整った髪は、夕日のように赤かった。そして人目を惹く笑顔。少なくとも写真のなかではそうだった。ひとり立つその背後には、テイカカズラを這わせた大きなトレリスがあり、それをおおいつくさんばかりに白い花が咲きほこっていた。サビッチは彼女を浮かびあがらせよう、そして感じようとした。ニッキィ、頼むから出てきてください。困ったことになっています。あなたになら助けられる。

サビッチは待った。緊張をゆるめようと、デスクの上で手を開いた。彼女がすぐそこにいると思って心のなかでできるだけ鮮明に彼女の顔を思い描いた。

最初はなにも感じなかった。やがて、彼女の顔が漂いだした。けれど、鮮明ではなくなった。冷たくて灰色の霧のようなものに呑みこまれ、それがサビッチの前でふいに渦を巻きだした。実体があるようでいて、手を差しだせばすり抜けるであろうことがわかる。湿り気は感じるだろうが、手をつかまれることはない。彼女はそこにいない。ニッキィ、姿を見せてください。

渦巻く霧が薄くなって、ぼんやりと輪郭が現れた。だんだんとはっきりしてくるが、いつまでたってもくっきりとはせず、厚いベールのなかに閉じこめられ、そこから出てこられないかのようだ。彼女の顔を見ようと懸命に集中したものの、曖昧な輪郭以上のものは見えてこない。と、彼女の声を聞いた気がした。はかなくうつろで、なにを言っているかはっきりせず、しだいに遠ざかっていくようだった。

サビッチはゆっくりと目を開いた。戸口にいるデーン・カーバー特別捜査官が目に入った。

石のように立ちつくして、こちらを見ている。デーンは穏やかに尋ねた。「奥さんからなにか聞きだせたか？」

おそらくデーンのノックに気づかなかったのだろう。サビッチはほほ笑まずにいられなかった。もはや課の全員が、ホフマン上院議員の亡くなった奥さんのことを知っているにちがいなかった。外部に漏れる心配がないことも、サビッチにはわかっていた。「いや、それが、姿を現せないようでね。妙な感じだったよ。どうかしたのか、デーン？」

「コネチカットの事件に頭を切り替えなきゃならないらしいぞ。いま副長官に言われたんだ。シーファー・ハートウィンの最高責任者であるアドラー・ディフェンドルフが、営業部長のベルナー・ゲルラッハを引き連れてお出ましになるそうだ。すでにドイツからこちらに向かっている」

「それは嬉しい驚きだな。弁護士に任せておけないとなると、そうとう重要なことなんだろう。こちらにはいつ？」

「明日の午後JFKだ」

サビッチはデスクにあった携帯を手に取った。「さて、シャーロックとボウイに知らせておくか。これでいっきに動きだすぞ」

31

コネチカット州ストーンブリッジ
水曜日の夜

「やったわね」シャーロックは言った。「山のほうが動いてくれるなんて、信じられないわ。ここにボウイがいるから、わたしから伝えておく」電話を切って、満面の笑みでボウイを見た。「なんだと思う？　ディロンから電話で、大物がわざわざドイツ本社からこちらへ来てくれるって。最高責任者のドクトール・アドラー・ディフェンドルフと、営業部長のベルナー・ゲルラッハよ」

ボウイは〝よし〟とばかりにこぶしを握りしめた。「こちらからドイツに乗りこんだところを想像してたんです。目の前で扉を閉められて、ドイツの警察から体よく追いはらわれるだけだろうとね。それが、向こうから飛びこんできてくれるとは」

タコスの具の肉をフライパンからテーブルのボウルに移していたエリンは、心臓の鼓動が大きくなるのを感じながら、好奇心がむきだしにならないよう注意した。平然としていなければならない。このふた組の鋭い目と、それよりさらに鋭い頭脳から、この興奮を隠さなければ。「よかったわね。もっとよかったのは、ふたりが英語を話すことよ」

シャーロックが笑顔でエリンを見た。「どうしてそれを知ってるの、エリン？」

スプーンに載っていた挽肉《ひきにく》がテーブルに散らばった。「ああ、もう、なにしてんだろ？ふたりが英語を話すのをなぜ知ってるかって、そりゃ、ヨーロッパの大企業の重役は全員英語を話すのよ。義務付けられてるんじゃなかった？みんな知ってると思ってたわ」

「おれは知らなかった」ボウイは挽肉をすくいあげるのを手伝った。「テーブル、きれいなのか？」

「ええ。それに、五秒ルールを忘れないで」エリンは声を張った。「ジョージィ、食事の支度ができたわよ」

「わたしも知らなかった」シャーロックも言った。エリンはなにか知っている。あの赤いペディキュアに賭けても。

エリンはふたりの気をそらそうと晴れやかな笑みを浮かべた。「これからは私立探偵を見くびらないでよ。いろいろ知ってるんだから」ジョージィのほうを向いた。ジーンズにワンダーウーマンの紋章《エンブレム》が入った赤地に白と青のTシャツを着たジョージィは、シャーロックの目にも愛らしく映った。

「ジョージィ、手はきれい？」エリンは尋ねた。

ジョージィは手のひらを外側に向けて、両手を上げた。

「いいわ。今晩はタコスよ、ジョージィ。わたしに負けないぐらい食べるって言ってたけど、見せてもらおうじゃないの。ほんとに一ダースも食べられる?」

ジョージィはスキップしながら狭いダイニングに入ってきた。「十二個は無理だよ、エリン。父さんだってそんなには食べられないもん」

「いまになって賭けをなかったことにするつもり?」

ボウイはふたりの顔を見くらべた。「タコスを十二個食べられるかどうかで賭けをしたのか?」

「数までは決めてないけど」エリンは手ぶりで椅子に座れとジョージィに指示した。「宿題は終わったの?」

ボウイはまじまじとふたりを見た。娘が椅子に腰かけ、エリンに首を振っている。「いちいちうるさいなあ。ほとんど終わってるよ。でも、文法の問題だけは父さんに手伝ってもらわないとできないの。コンマとピリオドを打つ問題なんだけど、夕食のあと、手伝ってくれる、父さん?」

ボウイはうなずいた。エリンはジョージィと住んでまだ二日めなのに、まるで親子のようだ。そう思ったら、頭がまっ白になった。早くこの事件を解決して、娘をエリンから引き離さなければ。エリン・プラスキが賢くてやさしくて娘を本気でかわいがってくれることや、自分によくしてくれることは、この際、問題にならない。ベス亡きあと、ふたたび同じ道をたどるわけにはいかない。ベスのことを考えると思考が停止する。気がつくと暗い穴の縁に立たされて、あわてて後ずさりするような感覚だ。それでも最近では、よみがえった記憶のせいで夢が悪夢に変わるようなことはなくなった。と、こんどは不思議とクリッシーのことが浮かんできた。クリッシーとは、お互い得るところがある友人同士としてつきあうようになって四カ月になる。確認したことはないけれど、どちらもそれ以上は求めていない。ボウイは娘になにげない調子で話しかけた。「今日クリッシーから電話があって、おまえによろしくと言ってたぞ。ロンドンの〈ハロッズ〉でおまえにお土産を買ってきたいから、なにが欲しいか訊いてくれと言われたよ」

「〈ハロッズ〉ってなに?」

「大きくて高級なデパートよ」エリンは答えた。「想像もできないようなすてきなものがいっぱいあるの。食べ物だけを売ってるだだっ広いフロアがあって、キャンディからフィレミニョンまでいろいろ売ってるのよ。あそこのスタッフド・オリーブ、おいしいのよね」

「ふうん。だったら、クリッシーにオリーブを頼んどいて。スタッフとかなんとかはよくわかんないけど」

ボウイは眉を吊りあげた。「なに言ってるんだ、ジョージィ。イングランドから瓶詰めを運んでもらうつもりか? エリンはちゃんと食べさせてくれてるだろ? それに、ここにはそう長くいないんだぞ。グリンがよくなったら、うちに帰るんだからな。エリンには大事な依頼者がいることを忘れるなよ。そうだろ、エリン？」

シャーロックだけじゃなくて、彼もなにかを疑っているの？　エリンはタコスを見おろした。舌が口の天井に張りついて、動かない。

返事をしないエリンに代わって、シャーロックが言った。「ほら、エリン、薬がらみの案件だと言ってたわよね？」

エリンは言った。「クリッシーにはキャンディでも頼んだら、ジョージィ。キャンディのほうがスタッフド・オリーブより軽いから。ハロッズで買ってくれたお土産ならなんだって、天井で踊りたくなるくらいすてきなものよ。そうそう、大事な案件の話ね。そう大事でもないのよ、薬がらみでもないし」

あらら。シャーロックは耳をそばだてているジョージィに言った。「ところで、ひょっとすると夕食の前にわたしたちが話してるのを聞いた？」

「そうだね、聞いたかもしれない、シャーロックおばちゃん」

ボウイはタコスに載せようとしていたレタスを取り落としそうになった。シャーロックおばちゃん、だと？

ジョージィの話は続く。「うーんと、ドアに近づいたときに、なにか聞こえちゃったかもしれない。ほら、ここの壁ってあんまり厚くないでしょ？　父さんがアパートは造りが安っぽいからって」

ボウイが反論した。

「そういうことを言うもんじゃないぞ、ジョージィ」

「父さんが言ってたんだよ」

「それでもだ」

ジョージィは父親に無邪気な笑みを向けて、続けた。「エリンはすごいこと、いっぱい知ってるんだよ。ヨーロッパではみんなが英語を話すって、ずうっとむかしから知ってたんだから。たぶんあたしも知ってた」

このお利口さんに幸あれ。そう思いながら、エリンはトルティーヤの皮に挽肉を載せ、それをこぼさないようにジョージィに手渡すと、手を振ってレタスやトマトやチーズのボウルを示した。「好きなものを足して。ずっとむかしからって、それじゃわたしが百歳みたいじゃない」

「ちがうよ、百歳じゃおばあちゃんだよ」ジョージィはタコスにチーズを振りかけた。

疑わしげなボウイの視線を感じながら、エリンはすらすらと嘘をついた。「そんなにむかしからじゃないわよ。二十歳のとき、一年間ヨーロッパを放浪して、実業界の人たち、とくに国際的な企業に勤めてる人たちは、三、四カ国語を話せるのも珍しくないことに気づいたの。そのなかに英語も入ってた。出世するには必要な要件なんでしょうね」タコスに目を据えたまま、顔を上げなかった。「ただし、フランスは例外。フランスで英語をしゃべったら、背徳者としてギロチンにかけられるかも」

狙いどおり、ボウイは話に釣りこまれて、笑いだした。「シャーロック、明日のことだけど、シーファァー・ハートウィンの重役を迎えるにあたって、ドロレス・クリフをJFKまでやったほうがいいかな？」

シャーロックが答えた。「でも、向こうはわたしたちの接触を制限するつもりみたいよ。ディロンが言ってたんだけど、空港からストーンブリッジまで、五メートル半はある本物の大型リムジンで移動するって。弁護士を乗りこませておいて、ここまでの道中に事情を説明するつもりかもしれないわ」

ボウイが言った。「できることならリムジンに同乗したいよ。アメリカまでみずから事態の収拾に乗りこんでくるぐらいだから、心配のほどがわかるってもんさ」

シャーロックが軽い調子で続けた。「本気でびびってるといいんだけど。ディロンは司法省に電話をして、キュロボルトの不足について調べるよう申し入れたわ。彼らが考えているよりも早く、もっと悲惨な事態になる可能性があるからよ」

「ジェーン・アンに電話をして、ロイヤルが弁護士たちといっしょにリムジンに乗るかどうか探ってみたらどうかしら。彼女、教えてくれるかしら？」エリンが言った。

どうしてロイヤルの奥さんのことを持ちだすんだ？　ボウイは思いつつ、「彼女に会ったときのことを聞かせてください、シャーロック」と言って、ちらっとエリンを見た。

「今日の午後、エリンと会いにいってきたわ。食事がすんだら、詳しく話すわね、ボウイ。

あなたがジョージィの宿題にコンマとピリオドを打つのを手伝ってから」シャーロックは続けた。「あの弁護士たちは、わたしたちとの面談を控えて、ディフェンドルフとゲルラッハにどう準備をさせるつもりかしら」

ジョージィが言った。「弁護士ってクソったれなんだよね」

「いまなんと言った?」ボウイが言った。ふたつめのタコスを口に運ぶところだった。

「父さんが言ってたんだよ。何回も。すごい怒ってた」

「いいか、ジョージィ、おまえはそんな言葉は使っちゃいけない。お行儀のいい言葉じゃないし、子どもはとくにいけない。十八になるまで禁止だ」

「学校じゅうの子が言ってるんだよ。ほかにもいろいろ。担任のリーム先生だって廊下で元の旦那さんに〝失せろ〟ってどなったんだよ。みんな聞いてたし、元の旦那さんがぷりぷりしながらすごい足音を立てて帰ってって、それもみんなが聞いてた。教室に戻ってきた先生は、まっ赤っかだった」

ボウイは笑ったものやら、叫んだものやらわからない顔になった。

エリンはジョージィの顔を両手で包みこんだ。「いいこと、おちびさん、この件に関してはお父さんが正しいわ。十八っていうのはあなたの未来に輝く魔法の数字なの。十八歳になるまでは、ストーンブリッジ一、お行儀のいい口の持ち主になるよう、心がけなきゃ」

「でも、みんな言ってるんだよ、エリン、べつにいいでしょう?」

こんどはボウイだった。「ジョージィ、おまえがそんな口をきいてると、父さんがだめな親だと思われる」

ジョージィは不服げな顔になった。

「みんなって言った、ジョージィ？」シャーロックが口をはさんだ。「それはないわ。ショーンも、ショーンの友だちも言わないわよ」この説得が功を奏しますように、とシャーロックは祈った。ショーンはジョージィより二歳下だ。

ジョージィは力強くうなずいた。

ボウイが厳《おごそ》かに言葉を継ぐ。「ジョージィ・ロヨラ・リチャーズ、これからは悪い言葉を使わないこと」口をつぐんで娘の目を見た。

ジョージィはタコスにかぶりつき、もぐもぐ口を動かしていた。

「彼女のミドルネームはロヨラなの？」シャーロックはジョージィに向かって笑いかけた。「すてきね」

「祖父のショーン・オグレーディにちなんでつけた名前でね、祖父はロヨラ大学で学び、卒業生総代をつとめた。その話には続きがあって、アイリッシュ・ウイスキーを六杯飲んだ祖父は、クローゼットで気絶してた」

エリンは言った。「わたしがジョージィぐらいのころ、オグレーディさんという人がいたわ。一本横の通りに住んでたんだけど、その人はギャンブラーで困った人だった。父は、星のめぐりが悪い、という言い方をしてたけど。奥さんの結婚指輪を質屋に入れちゃって、指輪をなくしたと思った奥さんは、わたしを雇って探させたの。彼のタンスの引き出しから質札が見つかって、わたしの記憶によると、奥さんは何カ月も彼と口をきかなかったわ」

一同大笑いで、場が和んだ。

シャーロックがワシントンDCでの事件について話しだした。

ジョージィは耳をそばだてながら、タコスを三つ平らげた。

32

その夜はシャーロックがジョージィをベッドまで連れていき、『少女探偵ナンシー・ドルー』のつぎの章を読んで聞かせた。エリンとボウイはエリンのアパートの小さなキッチンで後片付けをした。

エリンは耳に手をあてがった。

「どうした？」ボウイが尋ねた。

「シャーロックが本を読む声は聞こえないみたいね。安っぽいアパートの壁一枚はさんだ向こうがジョージィの寝室なんだけど」

ボウイはせわしげにカップを拭いた。「悪かったよ。でも、一般的にそうだろう」

「ええ、わかってるわよ。他意はなかったのよね」彼に乾いた布巾《ふきん》を投げた。

ボウイは濡れたグラスを見つめた。「ジェーン・アン・ロイヤルの話を聞くのに、きみを連れていくとは、シャーロックもなにを考えてるんだか」

エリンは笑顔を返した。「いまのは批判かしら。シャーロックがわたしを連れていったことが、なぜあなたの気にさわるの?」

「きみはＦＢＩの捜査官じゃなくて一民間人だからね、エリン。捜査にかかわる場に同行するべきじゃないし、今回の面談は捜査の一環だった」

エリンは石けん水を手ですくって、彼にかけた。

「おい!」ボウイは顔をぬぐって、エリンをにらんだ。

「ごめんなさい。でも、あなたが悪いのよ、ボウイ・リチャーズ。わたしは優秀よ。あなたは、必要に応じて優秀な人材を使えるようになるべきなの。あなたと、あなたの愛するＦＢＩだけど——クリフ捜査官はアンドレアス・ケッセルリングからどのくらい情報を引きだせたの?」

なぜエリンが知ってるんだ? すぐには気のきいた返事ができなかったが、ばかではないので、ボウイは黙ってつぎのグラスを拭いた。「おれはほぼ一日、ケッセルリング捜査官といっしょにいた」

「もしわたしがロイヤルの奥さんとの面談の様子を話したら、ケッセルリング捜査官とあなたがどんなだったか、教えてくれる?」

ボウイは返事をするまでに、皿を二枚拭くだけの時間をかけた。

まずエリンが、ボウイからたくさんの質問を投げかけられながら、ジェーン・アン・ロイヤルの印象と、彼女が言ったことを話した。ボウイはうなずいた。「じゃあ、きみもシャーロックも、彼女は夫の悪事をかなり知っていながら、知らぬ存ぜぬを押しとおしていると思ったんだな。たまにいるよな、そういう奥さん」

「ジェーン・アンが実際にどの程度のことを知ってるかわからないけど、演技がうまいとは言えるわね。率直で開けっぴろげに見せて、かなりのことを知ってるわ。プロ中のプロであるシャーロックも、同意見よ」

「わかった、わかったよ。前言は撤回させてくれ。テニスのインストラクターだが、そいつとも話したのか？」

「ううん。手を振って、帰っていったから。ジェーン・アンは彼と寝るかどうか迷ってるそうよ。明らかにベッドに誘うのは彼がはじめてじゃないわね。彼女には若さと激しさが魅力なんだって。ロイヤルのほうは同年配の女性を好む。ほら、カーラ・アルバレスみたいに。ほんとかどうかわかったものじゃないけど、ふつうとは逆なのがおもしろいわ。インストラクターはミック・ハーガティといって、本気で役者を目指してるそうよ。そのとおりなら、彼はたいして知らないかもね」

「きみもシャーロックも彼女を信じてないんだな。いずれわかるさ。インストラクターについてはこちらで調べてみる」

「ミック・ハーガティ、この道を行った先にある〈グレニス・スプリングス・カントリークラブ〉所属のインストラクターよ」

ボウイはうなずき、グラスを食器棚にしまった。グラスが兵隊よろしく整列している。

エリンは言った。「ジョージィが言ってたわよ。父さんは遠くまで通ってるから、夜、疲れきって帰ってくることが多いって。ストーンブリッジからニューヘイブンへの引っ越しを考えてるんですって？」

「通勤はたいしたことないんだが、娘の言うとおり、うちを売りに出そうかと思ってる」口をつぐんで、眉根を寄せた。「なんでジョージィが知ってるんだろうな」

「あの子は大人びていて、人の顔色を読むわ。あなたについてはとくによ。それに立ち聞きの名人でもある。でも、よく考えると、わたしも早くからそんなふうだった。ジョージィの歳にはもういっぱしで、人の話には片っぱしから耳をそばだてたもんよ」

「じゃあ、将来おれは、家にいるあいだじゅう、小声で話さなきゃならないってことかい？そもそもストーンブリッジに住んじゃいけなかったのかもな。でも、いまの不動産市場からして、選択肢は限られてた。ロサンゼルスに住む友だちからジョージィの学校はあそこがいいと強く勧められたんで、対象をここに絞った。実際、ジョージィは学校も友だちも気に入ってるし、バレエスクールもその先生も大のお気に入りだ」

「むずかしい選択ね」エリンは布巾で手を拭いた。気がつくと、布巾をねじっていた。「でも、まあ、たいした距離じゃないかも。今日ニューヘイブンに出かけて、依頼者に会ってきたんだけど、五十分もかからなかったわ」

「どんな依頼者?」

しまった、また口をすべらせた。だが、たいしたことじゃない。「イェール大学の教授で、父の古い友人なの。彼が三十年前に通ってたバークレーの食堂で食事したけど、いいところだったわ」

「その人からなにを頼まれてるんだい?」

この先はしゃべっちゃだめ。「世の中には守秘義務っていうものがあるのよ、リチャーズ捜査官。爪をはがされたって、口は割れない。それより、ケッセルリングのことを話して」

なんで教えてくれないんだ? 怪訝《けげん》に思いながら、ボウイは話しだした。「ケッセルリングが今日、ブラウベルトの死体を見たがってたんで、おれが対応することにしたんだ。エラ・フランクス先生に電話をかけて、死体保管所で落ちあった。ストーンブリッジ記念病院の地下にある。ケッセルリングは彼女に的を射た質問をしたし、犯人が顔を破壊したのは特定を避けるためではないと思うと早くに口にした。こちらでも懸案になっていた点だ」

ボウイは滅菌された寒い部屋を思い返した。ブラウベルトの死体を載せた解剖台の向かいに陣取って、ケッセルリングが原型を失ったブラウベルトの顔を見分するのを見ていた。

「フランクス先生、被害者は六度にわたって犯人から顔を殴打されたとおっしゃいましたね?」

フランクス医師はうなずいた。「ええ、数えていたかのように、きっかり半ダース、殺害後にね。あなたは犯人がなぜそんなことをしたと思う？」

ケッセルリングはブラウベルトの顔から目をそらすことなく、絶対の確信を込めて言った。「怒り、猟奇的な怒りによるものです。自分を完全に見失い、止めることができなかったのでしょう。犯人は——どう言ったものか——そう、被害者を消し去りたかった。そして、そのとおりにした」

ボウイはそのとき彼に言った。「身元の特定を避けるためでないなら、被害者の指を切り落とした理由はなんだ？　足も切り落とされていた」

ケッセルリングは黙考した末、たしかにおかしいと認めた。「猟奇的な怒りが燃えつきたところに、人の物音を聞いたとか。戻ってきてブラウベルトを焼くつもりだったのに、それができない事情ができたのではないでしょうか」

それなら説明がつく。ボウイは内心、悪態をついた。

そしていまいましいことに、フランクス医師がケッセルリングに感心し、彼の説を尊重していることがわかった。ケッセルリングを見つめる医師の顔には、ドロレス・クリフの顔にあったと同じ表情が浮かんでおり、それがボウイの神経を逆撫でした。

ボウイは首を振って、脳裏に浮かんでいた記憶をふり払った。エリンに言った。「続いてケッセルリングは、シーファー・ハートウィンを訪れたいと言いだした。弁護士が待ちかまえていた。カスキー・ロイヤルはおれたちとの面談を突っぱねて、弁護士と話せと言ってきた。ケッセルリングとおれはベンダー・ザ・エルダーに会った。ベンダーはケッセルリングに対して愛想がよかったが、協力はいっさい得られなかった。

そのあとケッセルリングはカーラ・アルバレスと話したがった。彼女から会うと言われたときはふたりとも驚いたが、いざ会ってみると彼女は、なにも言わないように弁護士から助言されていると言ってほほ笑んだ。それきり、頑として口を割らなかった。ただＦＢＩの心証を悪くしたくなかっただけなんだろう」

エリンは尋ねた。「経理部長のターリー・ドレクセルとかいう男は？」

「ターリー・ドレクセルをなぜ知ってる？」

「シャーロックから聞かなかった？　ブラウベルトの死体が発見された朝、シャーロックがアルバレスのオフィスに入っていったら、アルバレスとターリー・ドレクセルが口汚く罵りあってたって。理由はわからなかったみたいだけど、なにかあやしいでしょ？」

「それも調べてみよう」頭に指を差し入れたせいで、ボウイの髪が立った。「これだから、ひとつの事件にはひとつのチームがあたらなきゃいけないんだ。いまの情報なんかは重要性があるのに、おれは知らなかった」

「こういうのを任務報告っていうのよ、ボウイ。あなただってシャーロックにケッセルリングのことをすべて話してないんでしょ？」

「それとこれとは話がちがう――いや、おれの頭をぶってくれ。ああ、きみの言うとおりだ。

もうやめにしてくれないか」

「なにを？」ボウイは一メートルほど離れたところから、エリンを見つめていた。

「たとえ正論だとしても、大口を叩くことをさ。いらいらしてくる」

エリンはにっこりとほほ笑んだ。なにも考えることなく彼に一歩近づき、伸びあがってキスをした。ささやかで、さりげなくて、軽いキス。そして、すっと身を引いて、笑い声をあげた。「しっかりしてよ、リチャーズ捜査官」と、布巾で彼の太腿を叩いた。

「ジョージィはもう寝るわ」シャーロックが入り口のところで言った。「アパートの壁があんまり薄いもんだから、あなたたちの話がほとんど聞こえちゃったわ」片方の眉を持ちあげて、ボウイとエリンを交互に見た。「おもしろいわね」

「なにがです？」ボウイは尋ねて、唇を引き結んだ。

「あなたがケッセルリングに関して言ったことよ。今夜は彼はどこにいるの？」

「〈シェ・ピエール〉で食事してますよ。ブラウベルトが最後に食事をした場所を見たいそうで。ほかに目撃者が見つかるかどうか、エスタファンと話をしてみると言ってました。オーナーのポール・レミエールが彼のことをどう思うか、聞いてみたいもんです」

シャーロックは眉をひそめた。「わたしには時間の無駄にしか思えないんだけど。捜査報告書に詳しく書いてあるんだから、それを読めばいいのに、なぜわざわざわたしたちの通った跡をたどるのかしら？」

「ＦＢＩの捜査は生ぬるいと思ってるのかも」エリンが言った。「でもたぶん、あなたたちに隠しごとをされてると思ってるんでしょうね」

ボウイが思案顔になった。「あるいは、ケッセルリングが本人の申告以上に事情を知って て、ほかにもそういう人物がいないかどうか探っているのかもしれない」

33

コネチカット州ストーンブリッジ
木曜日の午前中

ケンダー博士はなぜ電話をしてこない？　考える時間はじゅうぶんにあったのに。エリンは暖炉を見やった。レンガをふたつ外して、その奥にキュロボルトに関する文書の出力紙を押しこんである。今日は朝、起きるなり、焦燥感が押し寄せてきた。なんらかの進展が欲しい。いや、それだけじゃないかもしれない。自分でも理由のわからないまま、そわそわして、集中できずにいる。悪いことが起きそうな予感で、頭がどうかなりそうだった。

それから十五分後、エリンは辛抱できずにケンダー博士に電話をかけた。留守番音声が流れた。彼から教わっていたスケジュールを確認すると、大学院の講義がある時間帯だった。講義要旨によれば、今日の内容は第十八王朝の創始者にして、エジプトから異民族のヒクソス王朝を追放したアフメス一世とわかった。もし彼のほうから昼までに電話がなければ、もう一度かけてみるしかない。つぎの段階に進めて、結果を恐れず情報を公表しよう、と早く説得したかった。彼はなにを足踏みしているのだろう？

美しき愛車ハマーのキーをつかんで、直接会いにいくことにした。ストーンブリッジ郊外にあるシーファー・ハートウィンの社屋に続き、丹精された花壇に国旗がはためく警察署を通りすぎた。ボウイの姿を探したけれど、きびきびとした足取りでパトカーに向かう制服警官がふたりいただけだった。エイモス署長がFBIの存在を不快に思っているであろうことは、想像にかたくない。

右に折れて、マンソン大通りに入った。ここから高速道路までは五分の距離だ。五、六メートル後ろで右に折れてついてくる車がバックミラーで確認できた。

見たことのある車が、アパートを出てからずっとついてきている。

ナンバープレートは見えなかった。祖父も父も偶然を信じなかった。その遺伝子を継いでいるエリンも、信じやすいたちとは言えなかった。

テストしてみよう。エリンはアクセルを踏みこんだ。右に急ハンドルを切り、タイヤをきしませながら、マープル・ドライブに入った。

背後の車もタイヤをきしませてついてきた。あろうことかスピードを上げて、迫ってきた。偶然だったらよかったのに。これはまずい。

運転者の顔と何人乗っているか確認しようとしたが、濃いスモークガラスのせいで車内が見えなかった。誰だか知らないが、正直者でないことは確かだ。ハマーH3には苦手な動作だけれど、ここらでUターンをして大急ぎで警察署まで戻ったほうがよさそうだ。

いや、もうひとがんばり。追っ手を突きとめたい。エリンは速度を上げて急左折を二度くり返して、マンソン大通りに戻った。警察署まであと一キロもないので、車を引きつけたくて速度を落とした。そのとき、ガスストーブが点火するような音がして、左側の後部ドアの外側で炎が上がるのが視界の隅に入った。エリンはシートベルトを外して急ブレーキを踏み、ドアを開けるなり、車から飛び降りた。アスファルトで肩を強打する。そして車から転がりだした瞬間、ハマーが爆発してルーフと窓が吹き飛ばされた。砕け散ったガラスがあたり一面に散り、熱風が波となって放たれて、炎が空を焦がす。体を丸めたエリンは腕で頭をおおって、祈った。耳には爆発音が残り、喉を焼く悪臭でさらに体を丸めた。空気を取りこもうにも、爆発のせいで酸素がなくなっている。背中になにかが当たるのを感じて、体を揺すった。シートの一部が隣で燃えさかっている。火傷の程度はわからず、痛みもない。感覚そのものが麻痺《まひ》していた。

よろよろと立ちあがり、よその前庭を囲っているオークの木立の奥に走りこみ、火のついた車の残骸が落ちてくるのを見た。いつしか追跡車は消えている。だが、愛車ハマーはたいまつと化し、空気はさらに熱くなって、うだるようだ。なにが起きたの？　悪夢としか思えない光景ながら、これがいま中流階級の人たちの住む閑静な住宅街で起きているまさに現実だった。あたりに人がいないのがせめてもの救いだ。

わが子同然にかわいがってきたハマーＨ３。この車を手に入れたのは三年前、バーモント州カボットの紳士が前の所有者で、チーズ嫌いの婚約者のいるチーズ生産者だった。目にあざやかなライトブルーの車体が人の羨望《せんぼう》を誘ったのに、それがいまや通りのまん中で、フレームこそ残っているものの、悪臭をまき散らしながら炎をあげ、煙に包まれた金属の塊になろうとしている。

何者かがエリンもろとも炎上させようとしたのだ。

そのとき女の悲鳴が聞こえた。

男のどなり声が続く。「おまえたち、うちに入れ。ほら、入るんだ、ジェニファー、トッド、急いで！」

エリンはいまだ炎に包まれているシートの残骸を見た。さっき背中に当たったときは衝撃があったけれど、まだ痛みを感じない。だが、遠くにサイレンが聞こえた瞬間、車と同じように突然、痛みが爆発して、背骨を通じて全身に広がった。痛みに息を呑んで膝をつき、四つん這いになった。叫びだすまいと、体を波打たせて息を吸った。

誰かが自分のうえにかがみこむのが、影でわかった。「きみ、だいじょうぶか？」

脳は鋭い痛みに疼《うず》いて、消耗している。

「だいじょうぶなわけないじゃない、リック。救急車を呼ばなきゃ。なんで車が爆発したのかしら？」

「ただの車じゃない、でっかいハマーだぞ。うちのまん前で爆発するとは。いや、ひどいにおいだな」

「この人、なんでハマーなんて運転してたのかしらね」

「ともかく911に電話だ」

ふたりの話し声が漠然と流れていく。エリンは背中の激痛に向きあうしかなかった。

34

ストーンブリッジ記念病院

ヘンリー・アーチ医師が言った。「あなたがあまり外見を気にしない人だといいんだが、ミズ……？」

長い沈黙。エリンは答えた。「外見にこだわらないかどうか、覚えてないんですけど」

「背中の上の、右肩に近いほうに傷が残りそうでしてね、ミズ……？」

エリンは腹ばいになり、モルヒネの雲に乗って漂っていた。医師に笑いかけた。「いまのこの感じだったら、きっと気にならないわ」

治療室の外から男の声がした。ボウイが女性と言い争っている。かなりの額が入っている銀行の預金全部を賭けてもいい、女性には勝ち目がない。と、つぎに気がつくと、ボウイがそこにいて、アーチ医師が尋ねていた。「ご主人ですか？」

「いえ、ＦＢＩのボウイ・リチャーズ捜査官です。彼女は娘のバレエの先生です」

「子どもにドゥミプリエを教えるのが、そんなに危険だとは知りませんでしたよ。親御さんたちが彼女に腹を立てたわけじゃあるまいし」

ボウイはエリンの背中を見おろして、顔をしかめた。ひどい火傷で、まっ赤になっている。炎症を起こして出血しているが、さいわい、傷口はあまり大きくなかった。ボウイは深く息を吸いこんで、尋ねた。「火傷の程度は?」

アーチ医師が答えた。「ふだんあおむけで寝ているんなら、何日かはちがう寝方をしてもらわなきゃならない。火傷の大半は第二度だが、そうとう悲惨な見た目なのは確かだね。運のいいことに、身につけていたジャケットのおかげで深刻な火傷を負わずにすんだ。表面的な火傷がほとんどだから、皮膚移植するまでもなく治るだろう。ところで、彼女の名前は?ここへ運びこまれたとき、バッグを持っていなかった」

「エリン・プラスキです」

「アイルランド系ポーランド系アメリカ人よ」

「わたしはロシア系スウェーデン系アメリカ人だよ」アーチ医師は大笑いすると、手袋をはめた手の指先で背中をさわった。

エリンはエビのようにそり返った。「そんなに痛くないけど、モルヒネがなかったら叫んでそう」

「すまない」

ボウイは軽くエリンの肩を押し、かがんで顔を合わせた。「がんばれよ、お嬢ちゃん。おれはここにいる。どこにも行かない」

「なにがあったの、ボウイ？　この星からいなくなりかけたら、救命士が助けてくれたわ」

「救命士は現場に急行して、きみをここへ運んだ。この事故の911通報が何件もあったんで、すぐに警察署じゅうに伝わったよ。『エリンのハマーの哀れなこと、まだ燃えてますよ』と、巡査が言うのを聞くまでは、きみだとわからなかった。なにが起きたか説明できるかい？」

エリンは思いだしたくなかった。考えるのもいや。モルヒネが心安らぐバスを奏でるなか、「いつまでも若く《フォーエバー・ヤング》」のすてきなコーラスに合わせて鼻歌を口ずさむのはいいかもしれないけれど。エリンは目をつぶった。ハマーから飛びだして、縁石にぶつかる自分が見えた。「ほかにもケガしてるの？」

アーチ医師は言った。「時間がなくて、まだ全身をチェックできてなくてね。背中の手当がすんだらあらためて診るが、ざっと見た感じだと打ち身と擦り傷ぐらいで、たぶん縫う必要もないだろう」

頭がぼんやりしている。異様でもあるし、それが心地よくもある。エリンは言った。「こんなことをした異常者は、まだ捕まってないのよね？」

「ああ、まだだ」ボウイは言った。「話を聞かせてくれ、エリン」

「……火のついた車は転がる爆弾と同じだと父に言われたのを思いだして、十億分の一秒も迷わなかった。ブレーキを踏み、運転席から飛びだした。そしたら、ボウイ、わたしの大事なハマーが爆発したのよ。たぶん三秒とかからずに」

さあ、これでおしまい。ボウイに指先で頬をぬぐわれるまで、エリンは自分が汚れた顔を涙に濡らしていることに気がつかなかった。

「すまない。アーチ先生が言ったとおり、きみはよくなる。おれがうかつだった。ろくに考えもしないできみを捜査に巻きこんだせいで、こんな目に遭わせて――」

「わたしは元気よ、ボウイ。被害に遭ったのはわたしじゃなくて、ハマーのほう。どっかの誰かに吹き飛ばされちゃった。ロックスターみたいに街じゅうを走りまわって、赤信号で停車するたびに羨望のまなざしを浴びていたのに。クリーニング屋さんに入って出てくると、男どもが彼女に群がってたけど、あの子はわたしのものだった」

「命あっての物種だよ、ミズ・プラスキ」アーチ医師は背中に軟膏《なんこう》を塗った。「ぐちぐち言わないことだね」

「先生にはわからないのよ。わたしのハマーを見たことも、乗ったこともないから。ストーンブリッジじゅうの男たちがあの子に憧れてたんだから。そうじゃないふりしてますけど、ボウイだってそうなんです」

「ああ、ああ、そうだろうとも」アーチ医師は言いながら背中の手当をしている。なにをされているか、知らないほうがいいのだろうとエリンは思った。医師は続けた。「うちにも持てあましている車がある。なんの変哲もない三年物のフェラーリF430で、車体は鮮やかでつまらないレーシングレッド、米国仕様だと発進から三・六秒で百キロに達するんだが、わたしは小心者なんでハイウェイでもつい抑えてしまう。いまじゃ息子のほうがうずうずしてるが、運転できるようになるにはあと二十年はいるだろうと言って聞かせてるよ。さあ、じっとして。もう少しモルヒネをあげよう」

ボウイは言った。「きみの命は無事だったんだ、エリン。ハマーには代わりがある。探すのを手伝うから、車のために涙を流してるだなんて、頼むから言ってくれるな」

「そうね、わかった」ふたたび目を閉じたエリンは、気がつくとふいに体が浮きあがって、二メートル上を漂っているのを感じた。天井の点検口に手が届きそうだ。照明器具のすぐ近くにいると、悪いことなど起きそうになくて、穏やかでいい気分だった。

アーチ医師が思案顔になった。「考えてみると、わたしのフェラーリが爆破されて木っ端《こば》微塵《みじん》になったら、バケツに何杯分も涙を流すかもしれない。いままで言ったことはすべて撤回するよ、ミズ・プラスキ、好きなだけ泣いてくれ」手当は肩に移っていたが、うっすらと指の感触を感じるだけだった。医師がボウイに言っているのがなんとなく聞こえる。「ほら、その青痣。大きな目で見たら、些細《ささい》なことだがね。骨はどこも折れていないようだが、いちおうレントゲンを撮ってみよう。ところで、何者かが彼女を吹き飛ばそうとしたんなら、連邦捜査官であるきみが守ってやったらどうだね?」

「そのつもりです」ボウイが答えて、エリンの手を取った。ぬくもりが心地よいけれど、彼の手の感触で中空から引き戻された。はたして戻るだけの価値があるかどうか、エリンにはわからなかった。

35

ふだんはうつぶせで寝るのが嫌いなエリンだったが、ありがたいモルヒネのおかげで、逆立ちしていても上機嫌でいられそうだった。「薄茶色のセダンで、たぶん三菱、あまり年数はいってないわ。レンタカーかも——特徴がなくて、同じような後ろ姿だったから。そもそもなんであんな車を作るんだろう。だって、あんな車、誰が欲しがるの？　ナンバープレートは汚してあって、見えなかった」

これから数日は痛みがある、だがそれも痛み止めのバイコディンがあれば怖くない、とボウイはアーチ医師から聞かされていた。彼女の髪は多少乱れたとはいえ、まだ太い三つ編みのままになっており、顔や体の見える部分は拭いてあった。顔を横に向けて腹ばいになった彼女は、世に憂うことなどないような泰平ぶりだ。

ボウイは彼女の顔に垂れた髪を撫でつけて、三つ編みにたくしこんだ。「助かったよ、エリン。スモークガラスは捜査の手がかりになる」

エリンがつと目を上げて、ボウイを見た。「いま思ったんだけど、あなたってキュートね、ボウイ——心配して、おろおろしてるところが」

「うん？　ああ、そうかな、ありがとう。でも、モルヒネに言わされてるのさ」

「ちがうわ、わたしが言ってるのよ」

「実際、おれは心配して、おろおろしてる」

「それに、いいこと教えてあげよっか？」

「せっかくだから教えてもらおうか」

「笑顔がとってもすてき。お尻と同じくらい」

「はあ？　そうか、ありがとな。だが、エリン、やっぱりモルヒネに言わされてるぞ」

「そう？　モルヒネの効果がなくなったら、あなたのいい部分をすてきだと思わなくなるってこと？」

「ああ、たぶん、よくわからないけど」

「そうかもね。でも、効果が切れてもまだ、そのまっ白できれいな歯とおっきな足が好きだったらどうするの？」

「コーヒーテーブルに裸足の足を載っけて、できるかぎりきみに向かって笑って見せるよ」

「あなたってやさしいのね、ボウイ」エリンは目を閉じた。「すばらしい父親よね。ジョージィは口を開けばあなたのことばかりよ。わたしがそのへんに転がってる一般的な父親のひとりだと口を酸っぱくして言っても、聞きやしないんだから。名誉なことよね」

「ああ、そうだね。そう聞いて、嬉しいよ」ボウイはしばし黙って、彼女の口からとんでもない発言が飛びだすのを待ったが、彼女は静かなままだった。「さあ、エリン、まだ黙りこむなよ。車のなかの人物を見たかどうか、思いだしてもらいたいんだ」

「いいえ。ううん、ちょっと待って。フロントガラスはふつうの車より黒かったけれど、助手席には誰もいなかった、それは確かよ。運転席の男だけだったけど、その男がよく見えなくて。レンタカーにはスモークガラスなんて入ってないわよね？」

「たぶんな。調べればわかる」一分後、携帯電話を切ったボウイは、エリンに言った。「その点はクリフ捜査官に調べさせよう。それで、つぎに――」

「ジョージィが、あなたはクリッシーが好きなんだけど、キープしたい相手とは思ってないって言ってたわ。うんと愛してた母さんが死んで、心がまっぷたつになっちゃったから、そんな気にならないって。そうなの？」

「ええ？　あいつそんなことまで言ったのか？」どうやら娘は、思ったことを洗いざらいエリンに打ち明けずにいられないらしい。

このまま答えを渋っていれば、ずっと抱えている根深い抵抗感がエリンにも伝わるかもしれない。だが、ボウイは言った。「いや、そうじゃない」

「モルヒネって最高。なんでもずけずけ言えるし、わたしが弱ってぶっ倒れてるからあなたも怒るに怒れないし」

ボウイは笑い声をあげた。

「ジョージィには才能があるわ。あなたの親戚にダンサーがいるの？　それとも、奥さんがそうだった？」

「いや、遺伝子的に言ったら、誇れるのは足の速さだけだ」

シャーロックが部屋に駆けこんできた。「エリン、ハマーが爆発したんですって？　あなたは無事だと聞かされたんだけど、顔を見るまで安心できなくて」

「ほんと、わたしは平気よ、シャーロック。しばらくは横になってなきゃならないけど。背中に火傷しちゃったの。でも、傷の治りは早いほうだから、二日もしたらまた動けるようになるわ。心配しないで」

「彼女、モルヒネで頭がぶっ飛んでるんで、あなたの髪は神々しいと言われても、真に受けないでくださいよ」

「もちろん真に受けるわよ」シャーロックはエリンの腕を軽く叩いた。「ディロンが言ってたのよ。あなたのハマー好きのほうが、彼のポルシェ好きより上だって。わたしに言わせたら、そんなの不可能なのに」

「あのハマーにぞっこんだったの」エリンはぎゅっと目をつぶった。顔が青ざめ、薬のせいで目にいつもの輝きがない。シャーロックはゆっくりとうなずいた。「だったら引き分けってことにしてあげるから、なにがあったか話して。ひとつ残らずよ」

エリンが話を終えて、目をつぶるまで、シャーロックはいっさい口をはさまなかった。エリンは疲れはてて、ぐったりしていた。「母に感謝しなきゃ。母に三カ月ものあいだうるさく言われて、去年いい医療保険に入ったの。ハマーにもいい保険をかけてた」

ボウイが言った。「母親ってのはありがたいもんさ。医療保険も車両保険も、保険会社を教えてくれたら、おれが処理しておくよ」

エリンがため息をつく。「ボウイが新しいハマーを探すのを手伝ってくれると言うんだけど、たとえ同じライトブルーの車体でも、やっぱり同じじゃないわ」

「あなたのハマーと同じように、ディロンのポルシェも少し前に吹っ飛ばされたのよ。彼は前のとそっくりな新しいポルシェを手に入れたけど、その車を見てたまにもどかしげな顔をしてる。むかしのベイビーのことを考えてるのと尋ねてみたら、時が癒やしてくれると言ってたわ」

「そう祈るしかないわよね」エリンは言った。

シャーロックと入れ替わりに、ペンとノートを持ったボウイが前に出て、エリンが記憶しているかぎりの保険情報を書き留めた。ぼんやりとしたエリンの目を見おろしながら、シャーロックはこれまでいだいてきた疑念をこれ以上放置できないことに気づいた。無作為にしか見えなかった点の数々がつながりだしている。ボウイもエリンがなにげなく漏らした言葉の端々を関連付けているだろうか？

病院の管理課に向かうボウイを、シャーロックは笑顔で見送った。

「あなたほどすてきな髪の人っていないわ、シャーロック。ボウイの言うとおり、神々しいくらい。オリンピアの炎の色よね」

「ありがと」

エリンがにこっとした。「全体の巻き毛の感じもすてき。ディロンはあなたのこと食べられると思ってるんじゃない？」

「食べられる？　おもしろいこと言うわね、エリン。ミズ・モルヒネに褒めてもらうのは嬉しいんだけど、そうばっかりもいかないわ。まじめな話もしないとね」ベッドに椅子を引き、エリンの顔に顔を寄せて、言い聞かせるように話した。「あなたが今回の件に深くかかわってるのはわかってるのよ、エリン。あなたが今日殺されかけたことで、はっきりした。そろそろ真実を打ち明けて。これ以上、背後にいる何者かにあなたを狙わせたくないの」

エリンはやわらかなその言葉の奥に、譲れないものがあるのを感じた。小声で応じた。

「あなたにわかるはずないのに」

シャーロックは淡々と応じた。「あなたはわたしと会ってから今日までに、たくさんのことを漏らしてきた。あなたには考える前にしゃべる癖があるみたいよ。だからちゃんと聞いていれば、おのずと答えが浮かびあがってくるの」

エリンは目を閉じた。「そうね、わたし、口が軽くて。むかしからそうだった。父にもよく注意されてたの。おれにしゃべってるうちはいいが、いまに痛い目に遭うぞって」

「ポーカーをやったら、ジョージィにも負けるんじゃない？　思ってることがそのまま顔に出るから」

「まだあの子とはポーカーをしてないの。大学時代に一度、ボーイフレンドに嘘をついたことがあるんだけど、彼、どうしたと思う？　むかつくことに面と向かって大笑いしたのよ。ほんと、うんざりしたわ」

シャーロックは黙って待っている。

エリンは全身に疲れがまわるのを感じた。疲れと、重い失意の感覚が。しくじった。「話せないのよ、シャーロック。相手は依頼者なの。守秘義務がある。まず彼に話して、返事を聞いてからでないと」

「あなたが殺されかけたのよ。依頼者の返事は聞くまでもないわ。ただし、その人自身がこの騒ぎにどっぷり浸かってるか、あなたの命を狙った犯人を知ってるか、彼自身があなたを殺そうとしたのなら、話はべつだけど」

「すごくいい人なんだけど、ややこしいことになってて。首まで浸かってるわたしは、たぶん刑務所送りよ」

シャーロックは青ざめたエリンの頬をそっと撫でた。「大げさね、だいじょうぶよ。真実こそが王道よ。わたしを信用して、話して。ふたりで対処しましょう」

「だめよ、シャーロック、そうはいかない、まだ――」

「まだイェール大学の教授をしている依頼者に話してないから？」

「ほらね。わたしの口の軽さが実証されてる。でも、まずは彼に話をさせて」

「ほんとはいますぐ話したほうがいいのよ、エリン。そうするうちに殺されるかもしれない。そんなことにならないよう、わたしたちに任せて」

モルヒネで意識が飛べばいいのに。だが、エリンの願いは叶わなかった。それどころか、わずかとはいえ背中がずきずきしてきた。あんまりだ。「もっとモルヒネをもらっていい？」

「ええ」シャーロックは答え、エリンは看護師に話しかけた。

それから三十分後、ならんで座ったシャーロックとボウイは、薬で安眠するエリンの寝顔を見ていた。

「なにやってんだか」ボウイは言った。「すぐにでもしゃべらせないと、シャーロック」

「目を覚ましたら聞きだすわ。意識のある状態で進んで打ち明けさせたいのよ」

とはいえ、エリンがなにを知っているというのだろう。どうせつまらないことに決まっている、とボウイは思った。「あなたがなにを疑ってるか、聞かせてもらえますか？」

「いいえ。あとにしましょう」

36

メリット・パークウェイのパーキングエリア
木曜日の午後

カスキー・ロイヤルはズボンのファスナーを上げて、錆《さ》びた洗面台に向かった。曇ったガラスに映る、面《おも》変わりした自分の顔を見つめた。わずか四日のうちに、恐怖のせいで皮膚が色を失い、青ざめて、顎はたるんでいる。病人の顔、しかも末期の。そんなことを思うと、薄気味の悪い笑みが浮かんだ。

カスキーは恐怖にとらわれていた。日曜の夜、オフィスに女が侵入してからずっと、自分でも信じられないほど怯えている。なぜあの女はキュロボルトに関する文書があることを知っていたのだろう？　何度もくり返し自問したが、なぜ彼女が文書の存在を知ったのか、コピーされたかどうか、そして女が何者なのか、わからないままだった。だが、それを言ったら、以来自分につきまとって離れないあの捜査官たちも同じことだ。女自身、あるいはあの女の夫ががんを患っているのか？　キュロボルトが不足しだしてから、シーファー・ハートウィン社やそのＣＥＯである自分に強い不満をいだく患者はおおぜいいるが、どうもそれとはちがう気がする。あの文書をおおやけにすることが目的なら、もう新聞社やFBIに渡っていていいし、ゆすりたかりが目的なら、電話がかかってこなければおかしい。カスキーは鏡のなかの他人に向かって首を振った。筋の通った説明が見つからない。侵入した女がブラウベルト殺しの犯人かどうかは、気にならなかった。

カスキーは手を洗いだした。湯の蛇口をひねったが、出てきたのは水だった。長年の習慣で、なにも考えずにポンプを押して、石けんを泡立てる。結婚したその日から、ジェーン・アンにしつこく言われてきたのだ。そう、妻の。彼女のことは案じていないものの、息子のチャドとマークとなると話はちがってくる。どうやってふたりを守ったらいいのか？　息子たちの未来を？　腹部に差しこみがあった。消化不良ではなく、悲しみがもたらした鋭い痛みだった。

カスキーには、自分が腹を減らしたワニたちの待ち受ける沼地に呑みこまれつつあることがわかっていた。巧妙に立ちまわらないと刑務所にぶちこまれるか、さもなくば死ぬはめになる。最悪でも会社が罰金を科せられる程度、さらに面倒なことになったとしても、早期にCEOを辞するだけのことだと、たかをくくっていた。刑務所に入れられる可能性があるとわかっていれば、話には乗っていなかったかもしれない。いや、乗っているはずがない。一族に刑務所に入った人間はいない。それにもう若くはないから、刑務所内の強者から身を守れないかもしれない。強者がいるのはわかっている、みんなが知っていることだ。

鏡を見ながら、首をゆっくりと左右に振り、いや、それはない、と思った。刑務所に入れられると怯える必要はない。金はたっぷり、グランド・ケイマン島の個人口座に入っている。

それに自分のやったことは、そこまで悪いことだろうか。ファイザーの道化師どもを見るがいい。いよいよ逮捕された彼らには、多額の罰金に加えて禁固刑もやむなしと思われたが、いざ蓋を開けてみれば、犯罪行為に対して科せられたのは罰金だけだった。なんとも興奮する話じゃないか？

パーティは終わりだ、とカスキーは死人のように青ざめた顔にささやきかけた。棺の蓋は無情にも閉まりつつある。カスキーはサービスエリアのトイレにつかの間の逃げ場を求めた。最初はトムスがいっしょだったが、彼は鼻歌交じりに小便を終えると、さっさと行ってしまった。手も洗わずに。戻ってくるだろうか？ トイレの外で待っているのか？ いまいましいことに、トムスはなにも見のがさない。

カスキーは車に乗るとき、ベンダーとディフェンドルフとゲルラッハの向かいに若輩弁護士のトムスとならんで座るよう、否も応もなく指示された。それでも有能なCEOとして、威厳を失うまいと心がけた。

ディフェンドルフはその努力を無視した。ディフェンドルフのことはむかしからいけ好かない男だと思っていたが、いまはゲルラッハのほうがいやだった。見られるたびに、ぞっとする。いまここで彼らの信用を勝ち取りそこねたら死が待ち受けている、と思わせる目つきだ。ゲルラッハにとって自分がチェスの駒、しかも歩兵《ポーン》にすぎないことは、骨身に染みてわかっている。杓子定規なゲルラッハは小男で、底上げの靴をはいても百六十五センチほどしかない。そんな男がお色気むんむんの若い妻、レイザの自慢が止まらないのだから、哀れな話だ。娘よりも年下の女と結婚するなど、まともな男のすることだろうか。女からニキビの話を聞かされているんじゃないか？　盛り場に出かけて、ゲルラッハが嫌悪する音楽を聴いている話とか。ひょっとすると、彼女のメンテナンスに大金がかかるせいで、新手の稼ぎ方を考案しなければならないのかもしれない。レイザに次々と新しい靴を買い与えるために。底無しに貪欲なゲルラッハは、市場戦略を立てることと、法律の抜け道を探すのがうまい。

五年前に彼女と会ったとき、カスキーは彼のなかに自分自身と同じにおいを感じた。

ゲルラッハとディフェンドルフのつきあいは、カスキーから見ると永遠にも等しく、ほぼ二十年にわたりふたりでシーファー・ハートウィンを経営し、ふたりで共同戦線を張って世間に対峙《たいじ》していた。いまも同じように、ゲルラッハが副司令官として、直近の闘いに向きあうディフェンドルフを補佐している。

それでいて、これほど正反対のふたりも珍しい。

そのおかしさにカスキーはあらためて気づいた。だが、ディフェンドルフのこともゲルラッハと同じぐらい怖かった。問題を解決させていた番犬のブラウベルトがいなくなったいまも、それは変わらなかった。

いまもディフェンドルフの計算高くて無機質な目が、鏡の向こうから自分を見ているようだ。ドイツ語訛りのある彼の声が聞こえる。「ヘルムートをここへ派遣したのは、きみがひと役買っているキュロボルトの品切れ問題の真相を探らせるためだった。きみから説明を聞くために派遣したのに、きみは会っていないとあくまでしらを切るつもりかね、ミスター・ロイヤル?」

「はい」カスキーは答えた。震えひとつない澄んだ声に嘘偽りはなかった。「彼には会っておりません。彼が殺されたのは日曜の夜、会う約束をしていたのは月曜の午前中でした」

ゲルラッハが言った。「しかも日曜の夜のきみは忙しかったようだね? お相手はいまの恋人ということになるのかな。だからブラウベルトは殺せなかったときみは言うわけだ。この厳しい監視状況できみの家族が持ちこたえていることを祈らずにいられない。息子さんたちにはさぞかしこたえるだろう。チャドとマークだったかな?」

「はい。ふたりともよくやってくれています。なにも知らないんです。それが一番だと思いまして」言いたいことはわかった、とカスキーは思った。はっきりと、まちがいようもなく。

カスキーは、膝で握りあわされているゲルラッハの小さな手を見た。皮膚が硬くかさついていて、握手するのがいやになる手だ。その手は、彼の顔と同じように、さらに言えば魂と同じように、干からびている。ゲルラッハは脚を左右組み替えて、身長を六センチ近く上乗せするイタリア製のローファーを見せつけた。

リムジンがなめらかに左に折れて、メリット・パークウェイに入るなか、ディフェンドルフが言った。「あえて言わせてもらうが、ミスター・ロイヤル、わたしに事前の相談なくきみがミズーリ州におけるキュロボルトの製造を中止させたと聞いたとき、わたしはいい気分がしなかったが、さりとて、さしたる関心も持たなかった。それほど利益をあげている薬品ではなかったからだ。しかしながら、最近になってスペイン工場が稼働停止するに至って――まあ、妨害工作なわけだが――当社のキュロボルトの供給が世界規模で完全に止まったことが明らかになると、突如、きみのやったことに新たな意味が出てきた。その点に異論はないかね？」

「最悪のめぐりあわせでした。いや、悲劇です。ですが、誰にも予測のつかないことでした、ミスター・ディフェンドルフ」

「なにも知らないのであれば、ミスター・ロイヤル、なぜきみのコンピュータにキュロボルト不足による米国での影響を詳細に記した文書が残されていたのか、説明してもらおうか？きみを雇ったのはまちがいだったんだろうか？」

カスキーは身を乗りだし、膝のあいだで両手を組むと、感じのいい声に適度の真摯《しんし》さを含ませた。「わたしがどれだけ悔やんでいるか、口では説明できないほどです。ですが、わたしの部屋に入ることが許されているのは秘書だけで、彼女にしても、パソコンのパスワードは知らないのです。ところがあの女、なにをどうやったか――」

ディフェンドルフはカスキーの言い訳など取るに足らないもののように、平然とさえぎった。「まだきみのオフィスに侵入した女の手がかりは見つからないのかね？」

カスキーは首を振った。「ＦＢＩが鋭意、追跡につとめています」

「こんなときヘルムートなら、とうに居所を突きとめているだろう」ディフェンドルフはため息をついた。「惜しい男を亡くした。ひどく残虐な方法で殺されたと聞かされても、誰がそんなことをしたのか、わたしには見当がつかない。きみにはわかるかね、ミスター・ロイヤル？」

「いえ、まったく。わかればいいのですが。オフィスに女が侵入したのとほぼ同時刻の犯行だったようで、女がかかわっている可能性もあります。先ほども言いましたとおり、ＦＢＩが捜査中です」

ディフェンドルフが嚙みしめるように言った。「果たして、その女がアメリカのＦＢＩに捕まったほうがいいものやらどうやら。なにをしゃべるかわからない。わたしがここまで来たのは、きみの不注意によって当社が損害をこうむらないようにするためだ。真相を突きとめて問題を片付けてくると、一族の方々に約束してきた。わたしの言いたいことがわかるかね、ミスター・ロイヤル？」

ゲルラッハが言った。「実際はですね、アドラー、ＦＢＩが女を見つけなくても、当社が断罪に処される可能性があります。女がマスコミに情報を流した場合です。それよりわたしたちを脅迫してもらいたいものです。スペイン工場の妨害工作という運の悪いできごとが重なっているから、貪欲なマスコミはわが社を磔《はりつけ》にするでしょう。そうは思わないかね、ミスター・ロイヤル？」

カスキーはむっつりとうなずいた。南米行きの飛行機に乗って、パタゴニアで行方をくらませたい。

ディフェンドルフが言った。「ミスター・ベンダーから聞いたが、きみは腹を割ってFBIと話をしたいと思っているそうだね、ミスター・ロイヤル。なにを話すつもりか、教えてくれるかね？」

口のなかがからからになった。カスキーは首を左右に振った。「いいえ、ミスター・ベンダーの誤解です。そんなつもりは毛頭ありません」

カスキーは目の隅でベンダーが口を開きかけたのを見た。だが、ディフェンドルフが手を挙げて、弁護士を黙らせた。

「彼らに話をするとしたら、なにを言うつもりなのか、おおいに興味がある」

カスキーは乾いた唇を舌で湿らせた。「あの、聞いてください。スペイン工場が閉鎖になって、誰よりもショックを受けているのはこのわたしです。ご存じのとおり、会社には恩義がありますし、生活の糧でもあります。お世話になって五年めになりますが、恵まれた五年間でした」

「つらつら考えてみるに、わたしが疑問なのは、キュロボルトのように単純な薬が大幅に不足して、誰が得をするかだ。それで浮かんできたのが、ラボラトワーズ・アンコンドルのCEO、クロード・レナードだ。この倫理観に欠けたケチな偽善者は、がんの経口薬エロキシウムを製造している。きみはムッシュー・レナードと知りあいかね？　彼と取引したということはないのか？　株式と現金を受け取る見返りとして、キュロボルトの製造を停止し、わが社の薬剤を使っている人たちを高価な経口薬へ強引に誘導したんじゃあるまいな？」

「ムッシュー・レナードには会ったこともありません」真実にもかかわらず、腋《わき》の下が汗ばんだ。汗のにおいがするだろうか？

「今後、きみが嘘をついていることがわかったら、ミスター・ロイヤル、こちらから連絡する。きみはヘルムート・ブラウベルトの慈悲深さを懐かしむことになるだろう。なにが言いたいか、わかるな？」

「わかります」ささやくような小声で、カスキーは答えた。「運が悪かっただけで、わたしにはなんの罪もありません。ミズーリの当社工場にしても、製造ラインに関する問題が解決したらこれまで以上に生産性がアップします。コンピュータに入れてあった文書にしても、頭のなかにあることを整理するためにいったん書いてみたまでのことで、それ以上の意味はありません」

ディフェンドルフはゆっくりとうなずいた。「今後のことは社のほうで面倒をみる、ミスター・ロイヤル」そのときカスキーは、最後にいま一度、ゲルラッハの目をのぞいた。カスキーはふたたび手を洗いながら、古びた洗面台の上に掲げられた古い鏡のなかに映る自分を見つめた。たしかに自分がここにいて、間もなく死を迎える幽霊ではないということを、確かめたかったのかもしれない。

すべきことはわかっている。家に立ち寄ってパスポートとある程度の現金、それに預金通帳を持ったら、その足で姿をくらますしかない。いまいる休憩所はコネチカット州西部の僻《へき》地《ち》にある。鬱蒼《うっそう》とした森に囲まれた、ひとけのない地域だ。ここなら逃げられるが、トムスとベンダーが見張っているかもしれないので、トイレの入り口は使えない。ほかの手を探らなければならない。カスキーは窓を見あげた。ありがたいことに、オフィスのバスルームの窓ほど小さくない。床からの高さを見て、体を引きあげられるかどうか考えた。

生き延びたければ、やるしかない。いまはひとりきりだが、いつトムスなり、小用がしたくなった誰かが入ってきてもおかしくない。与えられた時間はせいぜい一分。深呼吸をして、洗面台の上によじのぼると、どうにか窓の下枠がつかめた。

さあ、体を引きあげろ――

腕に力を込めて、息を詰めた。汗で手がすべり、筋肉がぶるぶる震える。ここでしくじったら、ゲルラッハとディフェンドルフのどちらかに殺される。合衆国の刑務所で暮らすぐらいなら、南米で暮らすほうがましだ。カスキーがいなくなってしまえば、息子たちは母親の庇護《ひご》のもと安全に暮らせる。ＦＢＩはすべての罪をカスキーになすりつけ、それはまちがいなくディフェンドルフの望むところでもある。

カスキーはどうにか開いた窓をくぐり抜けた。地面までは一・五メートルほどしかない。体をひねって、地面に転がった。背中に激痛が走ったが、気にしてはいられない。

よし、これで命がつながった。

カスキーは森へと逃げこんだ。

37

ストーンブリッジ記念病院
木曜日の午後

サビッチはエリンの手の甲に軽く触れた。テネシー州ジェスボローでバンが爆発して、火のついたシートに背中をやられたときの焼けつくような痛みは、いまも記憶に刻まれている。エリンは横向きになり、薬のおかげか、こんこんと眠っている。自分もこんなふうだった。

サビッチはボウイを見あげた。「なにがあったか、教えてくれ」

ボウイは説明して、最後に言い添えた。「彼女の反応が早くなかったら、死んでいたこともじゅうぶんに考えられます。運転席から飛びだして、地面に転がったんです」

サビッチが尋ねた。「これにも答えてくれ、ボウイ。なぜ彼女の命が狙われた？」

ボウイが髪をかきあげた。髪が突っ立つ。「彼女がやっかいごとに巻きこまれているからです。ぼくには見当もつきませんが、それを探りださないと。シャーロックは知ってるようですが、モルヒネの影響のないときに彼女から直接、聞くべきだと。あなたはご存じですか？」

「じゃあ、シャーロックは探りだしたんだな?」

ボウイはいらだたしげな顔でサビッチを見た。「ええ、そうです」サビッチが言った。「カスキー・ロイヤルはいまどこに?」

「クライブ・ポーリー捜査官といま話したんですが、彼とマーティ・トレス捜査官でリムジンを追尾してるそうです。いまコネチカット州のメリット・パークウェイです」

ボウイの携帯電話からビング・クロスビーの「クリスマスらしくなってきた」が流れだした。ボウイはポケットに手を突っこんでしかめっ面になってから、エリンのベッドサイドテーブルに置いてあった携帯に気づいた。

携帯に耳を傾けながら、サビッチに伝えた。「ポーリーが言うには、サービスエリアでリムジンが止まり、ロイヤルとトムスは男子トイレに行って、トムスがひとりで出てきたところだそうです。トムスのネクタイは、ライムグリーンのストライプだから、いやでも目につくと言ってますよ」

「周囲に人はいるのか?」

ボウイがその質問を携帯で伝えた。「ガソリンスタンドに五、六人と、店の外の駐車場にふたり。それだけだそうです。いや、ちょっと待って。トムスが男子トイレのドアを開けるや、裏手に走りだしたそうです。リムジンの運転手が全員を乗せたとポーリーが言ってます。全員リムジンに戻って、サービスエリアから出ました」ボウイはサビッチの顔を見あげた。

「カスキー・ロイヤルの姿がないそうです。とりあえず、逃げだしたようですね」

サビッチが言った。「そうだろうとも。おれがやつなら、やっぱり逃げる。ロイヤルがまだ近場にいるかもしれないから、彼から見える駐車場に車を入れろと、ポーリーに伝えてくれ。それと、森を捜索するように。いまならロイヤルも口を割るかもしれない」

ボウイはそれを伝えて、またサビッチを見た。「まずはかくまってやって、それから道理をわきまえさせるんですね」

シャーロックがせわしげに病室に入ってきた。「紅茶を買ってきたわよ、ディロン。まだエリンは目を覚まさないの？」

「ああ、まだ眠ってるよ」ボウイが答えた。「薬が効きやすい体質なんだろうね。シャーロック、カスキー・ロイヤルがメリット・パークウェイのサービスエリアで、シーファー・ハートウィンの重役と弁護士のもとから逃げだしたそうだ。なんて場所を選ぶんだろうな。いまうちの連中が森のなかを捜索してる」

エリンが小さくうめいた。

シャーロックがかがみこんで、顔にかかった髪をそっと撫でつけてやった。「目を覚まして、エリン。あなたの心配ごとをママに話してちょうだい」

だが、エリンはまだ応じなかった。

ボウイが言った。「本社の重役たちは『サイコ』のB&Bに泊まるんだろうか？」

「いや、それはないでしょう」その声とともに、アンドレアス・ケッセルリングが病室に入ってきて、居合わせたおのおのにすばやく会釈した。あとは音を立てて踵を合わせれば、完璧な登場の場面になる、とサビッチは思った。雑誌『GQ』のドイツ版から飛びだしてきたようなスタイルだった。

ケッセルリングはエリンを手で示した。「まだご存命のようだ。どの程度のケガなんですか？」

ボウイが答えた。「青痣や打撲がいくらか、背中に火傷を負ってるが、命にかかわるケガじゃない。ほんとうに運がよかった」

「車が爆発したと看護師から聞きました。その前に飛びだせたとは、奇跡ですね」

「ただの車じゃない」ボウイはエリンに笑顔を向けた。「ハマーだからね。それに奇跡でもない。彼女の敏捷《びんしょう》さが身を助けた。それより、ここでなにをしてるんだい、ケッセルリング捜査官？」

ケッセルリングは案じ顔で、ひとりひとりを順番に見た。「彼女はあなたの娘さんのバレエの先生です。その人の病室になぜあなた方全員が集まっているのか、ふと疑問に思いましてね。そうしてみると、バレエの先生を吹き飛ばそうとする人間がいることが疑問になった。捜査に関係があるにちがいないと結論するに至りました。そうではありませんか？」

「まだわからないのよ」シャーロックが言った。「彼女が目を覚まして、話してくれるのを待ってるの」

ケッセルリングは部屋にひとつきりの窓の前にある、一脚きりの椅子に近づいた。「わたしも待たせてもらいます」椅子に腰かけて足を組み、バターのようにやわらかそうな、ダークグレイのイタリア製ローファーをはいた足をぶらぶらさせた。スーツとぴったり同じ色合いだ。

「いい靴だな」言いながら、ボウイは内心、窓から投げ飛ばしてやりたいと思った。三階なので、地面までそこそこの距離はある。「はき心地はいいのかい？」

「それほどでも」ケッセルリングは言った。「けれど、このスーツにはよく合うので、責め苦として受け入れています。国外にいるときは、最大限身だしなみに気をつけなければ」

シャーロックが言った。「今日はなにをしてたの、捜査官？」

ケッセルリングがほほ笑んだ。このときも、サビッチはシャーロックを見る彼の目に暴力性を認めた。けれど、ようやく話しだした彼の声には、おもしろがっているような調子があった。「よくぞ尋ねてくださった、シャーロック捜査官。シーファァー・ハートウィン社に出かけてきたのですが、収穫らしきものはありませんでした。カーラ・アルバレスが多少は実のあることを話してくれると思っていたのですが」

ボウイが言った。「いまシャーロック捜査官に話してたところなんだが、カスキー・ロイヤルがシーファァー・ハートウィンの重役たちとＪＦＫ空港からここへ来るまでのあいだのサービスエリアで、逃走をはかったそうだ。うちの捜査官が捜してるが、まだ見つかっていない」

ケッセルリングが目をみはった。「サービスエリアで彼らから逃げたんですか？　なんと興味深い。なぜそんな妙なことを実行しなければならなかったのか、わたしの理解を超えている。ドクトール・ディフェンドルフとヘル・ゲルラッハになにがあったか事情聴取の必要性がありますね。こうなるとロイヤル氏は罪を犯しているがゆえに逃げたという結論に飛びつきたくなる。今回の殺人も含めて」

ボウイが言った。「じゃあ、ブラウベルト氏を殺したのは猟奇的な路上強盗だったという説を捨てて、カスキー・ロイヤルに乗り換えたんだな？　どうしてだ？」

軽い揶揄《やゆ》が通じていたとしても、それを示す手がかりはまったくなかった。ただ、シャーロックはケッセルリングの美しい緑の目が一瞬輝いたのを見のがさなかった。「では、リチャーズ捜査官、それ以外にカスキー・ロイヤルが逃走するどんな理由があると？」

ボウイは答えた。「すぐにわかるんじゃないか」

ケッセルリングはエレガントなピアジェの腕時計を見た。「いずれにせよ、あと一時間かそこらで重役たちが到着しますね。お疲れにちがいない。フランクフルトからニューヨークは長い道のりだし、おふたりとももう若くはない。リムジンの運転手がホテルに直行しても、文句は言えませんね。今夜はお休みになりたいでしょう。そのときは、明朝、シーファー・

ハートウィンの社屋のほうにみなさんをお連れしましょう」

「弁護士も忘れずに呼んでね、ケッセルリング捜査官」シャーロックはさりげなく言葉をはさんだ。「弁護士さんたちなら、カスキー・ロイヤルが命惜しさに逃げだした理由をご存じかもしれないわ」

38

ケッセルリングはうまみたっぷりの餌にも、食いついてはこなかった。足をぶらつかせ、突きあわせた両手の指で顎をつつきながら、にこやかな笑みをシャーロックに向けた。けれど、目は笑っていなかった。「今回のケースは魅惑的すぎて、引きこまれますね。そこへきてロイヤル氏の突然の失踪という、解決しなければならない問題がまたひとつ増えました。わたしがここにいるのは、捜査をお手伝いするためです。その点を、どうぞお忘れなく」居合わせたひとりひとりを、時間をかけて見つめた。

そのとき、エリンが小さなうめき声とともに目を開き、サビッチを見て笑顔になった。

「帰ってきたのね。また会えて嬉しい」

「やあ、エリン。きみの笑顔が見られて嬉しいよ。調子はどう？」

エリンは体に尋ねてみて、うなずいた。「ええ、生きられそう」頭を少し動かして、ひとつきりの椅子に座っている知らない男を見た。目の保養だわ。形のいい足にはいたイタリア製ローファーの上品なこと。あれならわたしもはきたい、とエリンは思った。父はイタリア製のローファー、とくにタッセル付きのものをこよなく愛していた。エリンはその男には笑顔を向けずに尋ねた。「どなた？」

ケッセルリングは立ちあがってベッドに近づき、足元にいるサビッチの隣にならぶと、短く会釈した。「アンドレアス・ケッセルリング捜査官です。ブラウベルト殺人事件の捜査をお手伝いするため、ドイツから派遣されました。あなたはバレエの教師で、名前はエリン・プラスキ。どうしてみなカスキー・ロイヤルを追わずに、ここであなたを取り囲んでいるのでしょう？」

「とても重要なバレエの教師だからよ。リチャーズ捜査官の娘さんもわたしの生徒なの」

「娘さんが？　知りませんでしたが、それが問題になるとは思えない。あなたが重要視されるのはなぜですか？」

エリンの背中にはわずかな痛みが残っていた。ただ、気に病むほどではないし、モルヒネもほぼ抜けて、薬にしゃべらされている状態でもない。注意深さや力が戻り、自分が身に余るほどの幸運に恵まれたことに気づいた。ありがとう、お父さん。そろそろと体を転がしてあおむけになり、差しだされたシャーロックの手を無視して起きあがった。背中がかすかに疼くけれど、かまうものか。声を落として、ひっそりと言った。「わたしが重要視されるのは、わたしがあることを知ってるからよ」

「知っているために吹き飛ばされそうになるほど重要なこととは、なんですか？」

この美男子を激怒させるのを知っていて、エリンはシャーロックに尋ねた。「この人に話してもだいじょうぶなの?」

「遠慮なくどうぞ」シャーロックはエリンの手を軽く叩いた。

ケッセルリングが硬い声で言った。「さあ、わたしたちに話してください。あなたがそこまでの脅威となったなにを知っているかを。そして、誰にとっての脅威なのか」

「わたしが知ってるのは、この部屋にいるみんなが知ってることよ。カスキー・ロイヤルはいかさま師で、シーファー・ハートウィン社はいかさま師で、ブラウベルトは殺されたってこと。それもひどい殺され方。そんな彼もやっぱりいかさま師だった」

「ずいぶんとはすっぱな物言いですね、ミズ・プラスキ。そして、事実無根であることを願います。ブラウベルト氏は死んだが、それ以外——」

「単純な話よ」エリンは平然とさえぎった。「堕落した製薬会社はありとあらゆる金儲けの方法を探っていて、誰が傷つこうとおかまいなし。すべては利益のためにある」

「どこでそんな考えを仕入れてきたんですか、ミズ・プラスキ? 製薬会社は世の中に貢献しています。病を根絶させる薬を製造しているんですからね」

「彼らの高邁《こうまい》な目標がいまでは二次的なものにしか思えないわ。彼らの本来の目標は、飽くなき利益の追求にある」

「ではうかがいますが、それがバレエの教師にどんな関係があるのでしょう?」

エリンは彼の目をひたと見すえた。「ケッセルリング捜査官、あなたもいかさま師なの？」

ケッセルリングはそんなエリンの顔を見つめた。あげく、言葉を選んで答えた。「わたしはドイツの連邦捜査局、通称BNDに勤務して十年のベテラン捜査官です。たくさんの賞をもらい、表彰も受けている。それを踏まえて、あらためてお尋ねします。何者かに命を狙われるほどのなにをご存じなのでしょう？」

「わたしはあなたのことをなにも知らないのよ、ケッセルリング捜査官」エリンはボウイに顔を向け、その動きでかすかに顔をしかめた。「だいじょうぶだから、あなたには嘘をつかない。とにかく腹が立ってしかたがない。殺されそうになったんだから。そいつはわたしのハマーを爆破した。わたしをここから出して。車を借りて、うちに帰りたい」

「お供していいですか？」ケッセルリングが尋ねた。

「さっきも言ったとおり、ケッセルリング捜査官、わたしはあなたを知らないの。でも、とりあえず急いでつけ加えさせてもらうと、どうしてクリフ捜査官が喜んであなたをニューヨークから運んだのかわかったわ」

彼は鼻を鳴らした。それがなんとも魅力的で、エリンは笑みを嚙み殺した。「彼女は趣味のいい、立派な女性です。都合の悪いことを知ってしまったバレエの教師であるあなたが傷つくのを見たい人などいませんよ、ミズ・プラスキ。ですからどうぞ、ご存じのことを教えてください」

エリンは病院のベッドの脇にゆっくりと脚を垂らした。「わたしがいま考えているのは、ここから踊りながら出ていくことだけよ」

39

メリアン・バートレット・ホテル
コネチカット州ストーンブリッジ
木曜日の夜

「言わずもがなでしょうが、あなたがどう決断されようと、わたしはそれを支えます」ベルナー・ゲルラッハはライトブルーの地にライトグレーの極細のストライプが入ったお気に入りのスーツを持ちあげながら、アドラー・ディフェンドルフに話しかけた。とてもやわらかなウール生地で、いまでは気心の知れた友人のようだ。使っている言葉はドイツ語だった。このがさつで尊大な国では英語以外を話そうとする人がいないので、ドイツ語で話せば安全だからだ。しばらく生地を撫でてから、布でおおわれたハンガーにかけ、小さすぎるクローゼットに吊《つる》した。

ディフェンドルフが窓からふり向いた。「きみがバスルームに行っているあいだに、ケッセルリング捜査官に電話をして、カスキー・ロイヤルが逃げたことを伝えた。もう知っていたがね。ケッセルリングも、いまの状態だと、CEOという、わたしたちが信頼する会社側の人間がヘルムートを殺したように見える、と言っていた。ショッキングなできごとではあるが、そう考えなければつじつまが合わない――もしそうでないとしたら、なぜ彼は逃げたのか、という疑問が残る」

応じるゲルラッハは、まだクローゼットに頭を突っこんでいた。「ロイヤルがヘルムートを殺したのは、ラボラトワーズ・アンコンドルのレナードと関係していることをヘルムートに嗅ぎつけられたからでしょう。スペイン工場の妨害工作も、ロイヤルがレナードと組んで計画したのでしょう」ゲルラッハは肩をすくめた。「ふたりで争ったんでしょう。そして、信じがたいことだがロイヤルが勝って、ヘルムートを殺した。信じたくもありませんが、それ以外に説明がつきません」

ゲルラッハは狭苦しい自分の部屋を見まわした。ディフェンドルフが使っているワンベッドルームのスイートは隣で、直接この部屋と行き来できるようになっている。〈メリアン・バートレット・ホテル〉は、ネイティブアメリカンが経営するカジノ近辺にあるギャンブラー向けの宿泊施設のなかで、唯一の高級ホテルだった。ディフェンドルフの寝室のほうがはるかに広い。

ディフェンドルフはクリーム色の生地に緑のストライプの入ったウィングチェアに座り、窓から広大な森を見おろしながら、両方の手の指先を小刻みに叩きあわせていた。「ロイヤルがレナードと共謀していたということだな？　ロイヤルとレナードのどちらから声をかけたのか。ロイヤルひとりでスペイン工場の妨害工作を起こせるとは思えないし、第一、そんなことをする必要があるかね？　レナードの存在がなければ、儲けはない。いかにもレナードらしいとは思わんか？」

ゲルラッハは肩をすくめつつ、シューキーパーをそっと靴にセットした。「わたしにもわかりませんよ、アドラー」

「創業者一族にどう伝えたらいいものだろう。スキャンダルをよせつけないのがわたしの仕事だと言うのに、こんなことになってしまった」

ゲルラッハは、ディフェンドルフがつねにシーファー一族をあがめ奉っていることを知っていた。一族側には、最高責任者につくのは医学博士でなければならないという信念があり、アドラーには内分泌学の博士号がある。だが、ゲルラッハにしてみると、アドラーの真骨頂は善意ある賢者に見えることだった。ディフェンドルフがその場に居合わせたなかでもっとも容赦のない人間であることを知る者はきわめて少ない。ディフェンドルフが平伏するシーファー一族は、自分たちが雇った有能な最高責任者がさりげなくデータを改ざんしていることに気づいているのだろうか。その薬を効果的、あるいは安全に見せて、許可されやすくしていることに。

ディフェンドルフによるその手の改ざんは実際にはよく知られており、医師の名前で米国内の主要医学雑誌に発表する評価記事を書かせるために雇うゴーストライターたちをもうならせていた。製薬会社では長らく行われてきた慣行ながら、最近になって問題視されるようになり、医学雑誌の審査委員会に屈辱を味わわせている。嘆かわしいことではあるが、ひとつの扉が閉まれば、別の扉が開くもの。たとえばアメリカの食品医薬品局《FDA》は最近、製薬会社がほぼやりたい放題に等しい国外でも治験の実施を許可した。その抜け道に気がつかない人間などいるだろうか。製薬会社は経費を切りつめることができ、その分地元の役人への賄賂は飛躍的に増える。後進国でその国の住民相手に違法な試験をしたところで、誰も問題にはしない。ゲルラッハにはなにかが変わるとは思えなかった。ディフェンドルフとヘルムート・ブラウベルトによって問題の言い訳が立つようにしておきさえすれば、一族は道義心に悩まされる以上にその結果に喜んだだろう。だが、ブラウベルトは死んだ。どうせディフェンドルフは第二のブラウベルトを探しだしてくる。この世界には人が想像するよりはるかに多くのブラウベルトがいる。ゲルラッハは言った。「ヘルムートが殺されたことを、ほんとうに悔やんでおられるんですか？」

「意外なことかね？ ヘルムートと知りあって十年、信頼できる男だった。もちろん代わりはいるし、そういう連中に頼るしかないんだが、ヘルムートのように信じて頼った男はいなかった」

「ええ、わたしもそれは残念です」ゲルラッハは二十年以上にわたって仕えてきた男、王座に座りつづけてきた悪党を見た。だが、自分のほうが優位な分野もある、とゲルラッハは刃《やいば》を準備した。ディフェンドルフに笑いかけて、彼が嫌っている満足げな声で言った。「妻が恋しくてかないません」

「わたしもクレアが恋しいよ」ディフェンドルフは窓の外に目をやり、足をぶらぶら振りはじめた。ゲルラッハは蹴ってやりたくなった。「胸の痛みが取れない」ディフェンドルフの妻は六年前に乳がんで亡くなった。まだ治験段階の薬も二種類使ったが、彼の妻には効かなかった。

「わかりますよ」ゲルラッハはクローゼットのほうを向き、いずれもロンドンの高級仕立屋であつらえた白いドレスシャツ三枚を吊した。

ディフェンドルフがこちらを向き、沈んだ声で言った。「去年、きみの前妻のマチルダがバイクにひき逃げされたのは、ほんとうにショックだった。葬儀の席で、きみがずっと泣いていたのを思いだすよ」

「ええ、つらい事故でした。友人たちがそろってわたしを支えてくれて、助かりました」

ディフェンドルフはふと間を置いて、つけ加えた。若干の辛辣さを交えて。「きみの妻になって八カ月のレイザは、きみの息子と同じ歳だ」朗々とした低い声には非難がましい響きがある。だが、彼が妬ましさを隠していることをゲルラッハは知っていた。

そして妬まれることこそを、ゲルラッハは願った。「いえ、実際はレイザのほうがクラウスより一年近く年下です」満足げに応じると、茶目っ気のある笑みを浮かべた。「以前にお話ししたとおり、レイザにはとてもきれいで、教養のある妹がいます。たしかまだ二十五になったばかりの」

「子どもたちを刺激したくない。全員、その妹さんよりも年上だからね」ディフェンドルフは椅子から立ちあがった。ほかの部分と同じように、年々動きがにぶくなっている。十五年もしたら、動かないところだらけになっているかもしれない。そしてすべてが動かなくなったら、転がって、そのまま頓死《とんし》するのではないか。がんよりもそのほうがいい、とディフェンドルは思った。

「なぜふたりしてきみの妻の話をしているんだろうな。それより、ベルナー、明日はＦＢＩの捜査官たちと会って話をしなければならない。心づもりをしておかなければな」

ゲルラッハは肩をすくめた。「一部は真実を話すしかないでしょうね。彼らもそう思っているであろうことを。すなわち、合衆国でキュロボルトが不足したのはカスキー・ブラウベルトのせいで、みずからの地位を利用してことを推し進めた、と。ヘルムート・ロイヤル殺害についても責任があるかもしれない。ＦＢＩの連中はレナードのことを知りません。教えてやって悪い理由はありません。

彼らがロイヤルを見つけられれば自供に持ちこんで、キュロボルトを不足させた理由を聞きだし、彼が独自に行動したこともわかるでしょう。達人のあなたなら、アドラー、会社の関与を疑わせることなく彼らを追っ払えます。事件は決着して、わたしたちは母国に帰り、わたしはレイザに会える」ゲルラッハは四枚めのシャツを吊した。

ディフェンドルフは小さくうなずくと、自室に向かって歩きだした。スイートにつながるドアの前でふり返った。「キュロボルトに関する文書は会社に結びつけられる。あれが表に出たら、そう簡単には収束しないぞ」

40

エリンのアパートメント
木曜日の夜

「ジョージィは眠ったかい?」

シャーロックはサビッチにうなずき返しながら、ボウイからアスピリン二錠と水のコップを受け取っているエリンを見た。錠剤をのみ終わるのを待って、シャーロックは言った。

「運のいいことに、ナンシー・ドルーを二ページ読んだら、眠っちゃったわ」エリンとボウイのほうを向いた。「あなたたちふたりに代わりにキスしてって言われたけど、よかったら、今回は省略させてもらうわね」

シャーロックはディロンの隣に座り、ボウイもそちらに移った。気がつくとエリンはひとりで、固唾《かたず》を呑んで待つ三人と向きあっていた。エリンがいるのは被告席。尋問の時間だ。

シャーロックが言った。「ジョージィは眠って、お皿は洗って棚にしまい、あなたはアスピリンをのんだわ。さあ、時間よ、エリン。なぜカスキー・ロイヤルのオフィスに侵入して、キュロボルトに関する情報を持ちだしたのか、話して」

ボウイが硬直した。彼もエリンの秘密を察しているのではないかとシャーロックは思っていたが、エリンを見つめる驚きの表情から、気づいていなかったことが明らかになった。

シャーロックはそっとボウイの腕に手を置いた。「これ以上は放置しておけないわ、エリン。あなたが殺されるのは見たくないし、あなたが握ってるのは捜査の要となる情報よ」

ボウイは腕に置かれたシャーロックの手を見おろした。エリンをどなりつけたり、彼女に飛びかかって、首を絞めるとでも思っているのか？　そんなことは考えもつかなかった。

「そうとも」誰が聞いても、感じのいい声で言った。「なにもかも話してくれ」

エリンはボウイを見なかった。見れば、裏切られたという感覚の芽生えを目撃することになる。そんなことは耐えられない。シャーロックの言うとおり、複雑になりすぎて、これ以上は放置しておけない。「ええ、もう話さなきゃね。わたしがオフィスへの侵入犯だって、いつから気づいてたの、シャーロック？」

「あなたの関心の持ち方が尋常じゃないから、あやしいと思ってたの。あなたはわたしたちが言うことをいちいち集中して聞いてて、それが度を越してた。目撃情報が決め手になったわ。あなたにぴったり一致してたもの」

サビッチが身を乗りだして、膝のあいだで両手を組んだ。「きみは親切で魅力的だったよ、エリン、でも、おれたち三人といるとなんとなく落ち着きがなかった。とくにボウイに対してね」

「どんなふうに？　ボウイに対して挙動不審だったってこと？」

「挙動不審とまでは言わないが」サビッチは答えた。「どことなくそわそわしてた。ボウイもふだんなら気づいたんだろうが、ブラウベルト殺人事件と、娘さんの心配で、頭がいっぱいだったんだろう。もちろんきみのことは調べさせてもらったよ」サビッチは続けた。「きみのおやじさんに行き着いた。亡くなる前の二十年ぐらいは捜査機関のコンサルタントをしてたときみは言ってたが、彼が教えていた技術──たとえば新世紀に適したセキュリティの構築方法、状況に応じた戦略的計画立案──といった具体的な話はなかった。いてはならない場所──敵陣の中やＣＥＯのオフィス──にいるところを見つかったらどう振るまうべきかとかね。そうそう、きみのおやじさんは解錠の名人としても有名だった。それはさておき、バスルームの窓の下に茂みがあって、落ちたときの衝撃を受けとめてくれてよかったよ」

シャーロックが言った。「なにもかもお父さまから教わったのね。解錠のしかたも。すべてを明らかにするときよ、エリン。わたしたちに一部始終話して」

ボウイは押し黙っている。エリンは彼を叩いて、なんでもいいから、なにか言わせたかった。「刑務所送りにはなりたくないの、シャーロック。弁護士を呼んだほうがいい？」

ボウイが自制心のきいた、穏やかすぎる声で言った。「コネチカット州で一番、環境保全にうるさい公選弁護士をつけてやるよ」

「おれに言えることがあるとしたら、協力するのがきみ自身のためだということだ」サビッチは言った。「きみはヘルムート・ブラウベルトを殺してないんだろう？　彼の殺害については、なにも知らないんだよな？」

「ええ、翌日の朝、テレビで観てはじめて知ったわ」

「じゃあ、キュロボルトがらみの情報のことだけだ、エリン。誰に頼まれたんだ？」

エリンは立ちあがって暖炉まで行くと、レンガを外して、隠しておいた書類の束を取りだした。「あなたにはわかってることばかりよね、ディロン。あなたは自力でキュロボルトが不足している問題を突きとめたもの。ここに書いてあるのは、カスキー・ロイヤルがミズーリ工場の出荷を停止するために、どう段取りを踏んだかってことだけよ。それによって収益を増大させるようなことを書いてるけど、あなたならその先も、もうわかってるかもしれない。フランスのラボラトワーズ・アンコンドルという製薬会社と結託しないかぎり、彼の懐にはたいして入ってこないの。がん患者がエロキシウムという高価な経口の抗がん剤に切り替えて、その儲けの分け前にあずかるわけだから。

どんな形で見返りを受け取ってたのかは、わからない。文書のなかにも書いてなかったし。でも、たぶんストックオプションの形でもらうか、大金が転がりこんできたらアンコンドル社のCEOから袖の下を受け取ることになってるのよ。金融に関しては門外漢なんだけど、利益を生みだす方法はいろいろあるんでしょうね。

シーファー・ハートウィンには、ほかにも関与してる人がいるはずよ。スペイン工場の妨害工作を引き起こした人とか。読んでもらえばわかるけど、スペイン工場に関する言及はないわ。ロイヤルは綿密な計画を立ててた。わたしの依頼人は、シーファー・ハートウィンにキュロボルトをふたたび製造させるために、その文書をマスコミに持ちこんで圧力をかける必要があったの」

「依頼人は誰なの、エリン？」

「言えないわ、シャーロック。彼を守りたいから。彼には結腸がんの父親がいて、キュロボルトがどうしても必要なの。それなのに主治医からキュロボルトが手に入らない――」

ボウイがさえぎった。有無を言わさぬ口調だった。「だからそいつには罪がないとでも言うのか？　きみにそこまで圧力をかけたんだぞ。きみが法律を犯したのは、そいつにそそのかされたからだぞ」

「いいえ、彼はわたしの計画を知らなかった。圧力をかけられたわけじゃないの」

ボウイがゆっくりと立ちあがった。「きみがバスルームに行っているあいだに、きみの携帯に電話があって、おれが出た。向こうは名乗らず、伝言も残さなかった。おれが尋ねたのにだ。あれがきみの依頼人なんだろう、エリン？」

「ええ、そうよ。わかった、こうしましょう。わたしは彼に電話をして、あなたたちがすべてを知ったことを伝える。あなたたちが彼を見つけだすのは、時間の問題だもの」

「電話したいんなら、いますぐここでかけたらいい。きみの携帯はどこだ？」

「あなたたちに取り囲まれた状態で話すなんて、いやよ。彼はわたしの依頼人よ。脅かされてると感じさせたくないわ」

「いいから、きみの携帯をよこせ」一語ずつ区切るようにボウイは言った。

エリンは彼の顔から目を外すことなく、後ずさりをした。

「サビッチ、申し訳ないんだが、牛一頭使ったぐらい大きな彼女のバッグを取って、携帯電話を出してもらえませんか?」

ビング・クロスビーが「ジングルベル」を歌いだした。ボウイはクロスビーの闊達《かったつ》な声を頼りに携帯を探そうと、まずズボンを、続いてジャケットを叩いた。

エリンが言った。「テーブルの隅に置いてある紙の山の下よ」

ボウイの携帯が鳴りやんだ。

エリンは自分のバッグをつかみ、バスルームに駆けこむと、乱暴にドアを閉めた。錠前のかかる音がした。

「さあ、ボウイ」シャーロックが言った。「ドアを蹴破るか、彼女にひとりで電話をかけさせるかどっちかね」

ボウイは黙ってソファに戻り、腰をおろした。サビッチは悠然とキュロボルトに関する文書を読みだした。

数分後、エリンがリビングに戻り、きっぱりと言った。「依頼人のケンダー博士はイェール大学の考古学の教授よ。わたしのハマーが木っ端微塵にされたことを伝えたら、あなたたちの介入を受け入れることに同意してくれた。いつでも話に応じるって」ぐっと息を吸いこむ。「キュロボルト文書を明日マスコミに発表していいかどうか、知りたいと言ってるわ」

シャーロックはディロンが書類をブリーフケースにしまうのを見ながら、答えた。「司法省が興味を示すから、まずは彼らに見せて、どう処理するのがいいか助言をあおぎましょう。そのうえで明日あらためて連絡すると伝えて、エリン」

シャーロックはちらっとボウイを見たが、とくになにも言わなかった。サビッチの腕を軽くパンチして、立ちあがった。「わたしとディロンはそろそろ失礼するわね。あとはふたりで納得いくまでやりあって」

ふたりは一分としないうちに玄関のドアから出ていった。

玄関のドアが閉まると、ボウイはリビングの中央に立った。いまだ石のように黙りこくっている。もしいま彼が石を持っていたら、投げつけられるだろう、とエリンは思った。

「ごめんなさい、ボウイ。ほんとにごめん」

「ほんとうに悪かったと思ってるのか？　きみの家の玄関におれが現れて、ジョージィを預かってくれと頼んだときは、宝くじに当たったとでも思ったんだろう？」

「あの子を預かったのは、力になりたかったからよ。あの子が大好きだから。でも、そう、事件のことを詳しく知りたかったのも事実。ボウイ、ほんとうに悪かったと思ってる」

「でも、同じことがあったら、きみはまたやる」

「どうかしら。そうね、たぶん。選択肢がほかになければ。たぶんあなたにはわたしが裏切ったように見えてるでしょうね」

「ように見える？」ボウイは言いながら、遠ざかった。赤いビーズクッションにつまずいて転びかけながらも、両手をまわしてバランスを取ると、窓辺に移動した。彼のこわばった背中を見ながら、エリンはその瞬間、彼が怒りを抑えていることに気づいた。彼は背を向けたまま言った。「なんできみが誰かに殺されかけたか、おれには一生解明できなかったと思う。ブラウベルト殺しに関係があることはわかってたが、迷路に入りこんで抜けられなかった」

さっとこちらを向くと、こんどはビーズクッションをじょうずに避けた。手綱が解かれて怒りを爆発させた。「きみは実際、おれを裏切った。おれたちをもてあそんだんだ。きみを仲間に誘い入れて、きみの前でみんなに腹を割って話をさせたおれは、いい笑いもんさ。おれたちはきみが知りたがっていることを、ひとつ残らずしゃべった。シャーロックなんかジェーン・アン・ロイヤルの事情聴取にきみを同行したんだぞ」

エリンの腕をつかんで、一度揺さぶった。傷つけるためではなく、注意を引くための軽い揺さぶりだった。「なんて女だ、エリン・プラスキ、おれを裏切りやがって！」

エリンは涙が湧いてくるのを感じて、唾を呑みこんだ。「ボウイ、ごめんなさい。ほんとうに悪かったと思ってる。どうしたらいいかわからなかった――」

「いや、きみには自分がどうしたらいいか、わかってたはずだ」

「そうね、でもほかに選択肢があるとは思えなかった。それにハマーを吹き飛ばした人がなぜわたしが関与してることを知ってたのか、わからない」

「賭けてもいい。それが誰にしろ、そいつはケンダー博士との昼食に出かけるきみをつけてたんだ。水曜日のランチは、教授だったんだろ?」

エリンはうなずいた。「ええ。でも、誰がわたしをつけたの?」

「カスキー・ロイヤルだろうな」

「カーラ・アルバレスかも。オフィスに入ろうとする彼女とロイヤルの話が聞こえたけど、ロイヤルは彼女も仲間に引き入れてた」

「それもおれたちは知らなかった。とりあえず一度座って、じっくり話をする必要がありそうだ」彼はソファに腰かけて、腕組みをした。いまだ猛烈に腹を立てたまま、エリンにも座るよう前の席を示した。そしてエリンを見すえ、厳しく言い渡した。「もう一度最初から、話を聞かせてもらうぞ。いっさい省略はなしだ」

二十分後、ボウイはソファの背にもたれた。「それですべてなんだな?」

「そう尋ねるのは三度めよ」

「そうか?」

「ええ、なにもかも話したわ」

「おれはきみに生きててもらいたい。娘が危険に巻きこまれるのもごめんだ。きみの身を守る方法がひとつだけある。通りの向かいの車に捜査官がふたりいるが、おれがここに泊まりこむ」ボウイは顎でソファのほうを示した。

「この件が片付いたら、きみを刑務所に送りこまなきゃならないかもしれない」

そのときボウイは、ジョージィがしゃくりあげるのを聞いた。夢を見ていて、たまにそんな声をあげる。いや、ベッドでぐっすり眠っているとしたら、ここまで聞こえるはずがない。

ボウイはゆっくりと腕組みをほどいて、ふり返った。ジョージィはベッドにいなかった。リビングの入り口で、指をくわえていた。半分だけ目を覚まして、怯えたような顔をしている。そしてまたしゃくりあげた。

41

ノーマン・ベイツ・イン
木曜日の夜

スケートボードに乗ったシャーロックが、背後にショーンを従えて、笑いながらハーフパイプを滑走していると、携帯電話が鳴った。夢から引きずりだされたのは、明け方三時ちょうどだった。「はい？」

「シャーロック捜査官？　助けて、わたしを助けて！」

「ジェーン・アン？　どうしたの？　お願いだから、落ち着いて話して」

「うちのなかに誰かがいるの。音がする――」

「ご主人？　カスキーが帰ってきたの？」

「カスキー？　いいえ、カスキーならわたしに声をかけるもの。ただいまって言うはずよ。そうじゃなくて、誰かがわたしを襲いにきたのよ。助けて！」

「拳銃はある？」

「え？　ええ、カスキーのベッドサイドテーブルに」

「それを持ちだしたら、あなたはクローゼットに隠れて、ドアを閉めるのよ。すぐに行くから、わたしを撃たないでね！　ご主人だった場合も、撃っちゃだめよ。落ち着いて、ジェーン・アン。さあ、動いて！」

鋭く息を吸う音がして、それきり声がしなくなった。電話は切れていた。

サビッチは早くもベッドを出て、ズボンをはいていた。その背中を見ながら、シャーロックも服を手に取った。

ふたりで〈ノーマン・ベイツ・イン〉の裏手にある小さな駐車場へと走りながら、シャーロックは叫んだ。「わたしに運転させて。家を知ってるから。応援を呼んだほうがいいかしら？」

「いや、まだだ。状況を把握してからにしよう」

駐車場から車を出しながら、シャーロックが言った。「わたしのせいよ。わたしが考えなしに訪ねたせいで、彼女をこんな目に遭わせてしまった。彼女の背中に的を描いたようなものだわ。わたしが彼女の自宅に行ったことを知ってる人がいて、その同じ人物がジェーン・アン・ロイヤルを恐れてる。わたしになにかをしゃべったか、これからしゃべると思って」

ハンドルをこぶしで叩き、急カーブを切った。「侵入者はカスキーなの？　隠れてて、ジェーン・アンも気づかなかったのかも。彼女が聞いたのは、彼の物音？」

サビッチはそっと彼女の脚に触れた。「いいかげんに自分を責めるのをやめないと、怒るぞ。それより、家のことを思いだせるかぎり話してくれ。やみくもに飛びこみたくない」

シャーロックは息をする間を惜しんで、ロイヤル家の様子をしゃべりつづけた。そうしながらも、広大な敷地に優雅なお屋敷が立ちならぶ瀟洒《しょうしゃ》な住宅街に向かって、暗い夜道を飛ばしていく。わかっていても、自分を責めずにいられなかった。「彼女になにかあったら、わたしのせいよ。あなたがなんと言おうと」

サビッチはぴしゃりと言った。「いや、やめてもらう。きみは上司であるおれの指示に従う義務がある。いますぐつまらない後悔をやめろ」

シャーロックはタイヤをきしませつつ、広々としたドライブウェイに車を入れた。屋敷は闇に包まれ、明かりひとつついていなかった。

セキュリティシステムは作動していなかった。シャーロックは荒い息をつきながら、一心に祈った。サビッチがドアノブをまわす。鍵はかかっていなかった。

サビッチが音を立てないように、ゆっくりとドアを引いた。サビッチが上を警戒し、シャーロックがかがんで下を警戒する。クワンティコで訓練を重ねてきただけあって、きびきびした動きだった。

サビッチは明かりのスイッチを入れかけて、そこでぴたりと止まった。右手からなにかを引っかくような音がしたからだ。

ジャケットのポケットからペンライトを取りだす。ペンライトを振って前方を照らしながら、足音を忍ばせてリビングへ向かった。六歩進むと立ち止まり、耳をすませた。しんとして、なにも聞こえない。サビッチのうなずきを受けて、シャーロックは叫んだ。

「ジェーン・アン！　どこにいるの？」

返事はなかった。と、すすり泣くような音が二階から聞こえてきた。

腰を深く折って、幅の広い階段を駆けあがった。

踊り場から何者かが撃ってきた。一発。ひと息して、立てつづけに銃弾が襲ってきた。サビッチはシャーロックを階段に伏せさせ、自分の体で最大限おおった。頭から五十センチほど上の壁が蜂の巣状になり、砕かれた石膏《せっこう》がサビッチの後頭部に降りかかった。かかっていた絵画が外れて、尖った角の部分から階段に落ちた。一番下まで落ちてタイルに当たり、エントランスホールをすべる。

もう一発、こんどはさっきより右側から聞こえた。サビッチはのけぞって、銃声のした方向に向かってシグの引き金を引いた。

シャーロックもどうにか腕を突きだした。つぎの一発がマホガニー材の美しい手すりをかすめると、ふたりして銃声のしたほうを狙って撃った。

と、かさこそと音がした。銃声とはまったく別の、人がすばやく動く音だった。そう、廊下を走り去る音だ。

サビッチは即座に立ちあがると、シャーロックの腕をつかんで引き起こした。ふたたびペンライトのスイッチを入れ、黒インクを流したような闇に細い光を向けた。シャーロックの耳にささやきかける。「ここからはじっくり行くぞ。先の見とおせないまま上に向かう。相手が戻ってきて、おれたちを待ち伏せしてる可能性もある」

ふたりは階段の端と端に広がった。腰をかがめて、二階まで上がった。

立ち止まって、耳をすませる。走り去る足音はもう聞こえない。とうに去ったようだ。

「主寝室はどっちだ？」

シャーロックは首を振った。「右手から行きましょう」

どこがジェーン・アン・ロイヤルの寝室で、どこが子どもたちのものか、わからなかった。シャーロックは縮みあがった。男の子がふたり。その子たちが殺されていたらどうしよう？ ああ、どうか子どもたちが無事でありますように。

サビッチは近づくたびに、ひと部屋ごと、ドアを開けていった。最初の部屋は小ぶりの居間で、窓辺にハープが置いてあった。ジェーン・アンがハープを演奏するのか？

つぎはひと目見て、思春期前の少年の部屋とわかった。壁にはデビッド・ベッカムのポスターが二枚、部屋の隅にはサッカーボールが転がっていて、汚れたスニーカーが置いてあった。ありがたいことに、部屋の主はいない。クローゼットの扉を開けたシャーロックは、こぼれてきた衣類の山にあやうく埋まりそうになった。そのなかにも少年はいなかった。目をつぶって、感謝の祈りを捧げた。

そしてふたつめの寝室のドアを開けたとき、シャーロックは気を失いそうになった。ベッドになにか、実体のあるもの、そして動かないものが載っていたのだ。少年の片方が死んでいるの？　シャーロックはベッドに走り、それが雑然とした衣類の山だとわかると、胸を撫でおろした。壁の一面はほぼ机で埋められている。この部屋にはサッカーに関するものはないが、たくさんのコンピュータ機器がずらりとならび、大量の漫画本が積んである。シャーロックはクローゼットの扉を開いた。ここにも子どもの姿はなく、たくさんの靴とスニーカーと、バットとミットがいくつかあるだけだった。

「よかった、ジェーン・アンは子どもたちをよそへやったみたい」

「賢明だな」サビッチは言った。「よし、彼女の寝室に行こう」

もうひとつドアがあった。開くとこぢんまりとした書斎になっていて、小さなクローゼットがひとつあった。サビッチが開けると、コピー用紙や封筒といった事務用品が出てきた。人はいない。

廊下のつきあたりは、白く塗られた両開きの扉になっていた。閉じられている。サビッチは胸騒ぎを覚えながら、ドアノブをまわし、軽く押した。ドアが音もなく内側に開いた。

シャーロックが声を張った。「ジェーン・アン、いるの？」

しんと静まり返っている。

「ジェーン・アン、もう心配いらないわ。出てきてだいじょうぶよ」

唾を呑む音に続いて、すすり泣きが聞こえた。「あなたなの、シャーロック捜査官？」

「そうよ」シャーロックは声のほうに走った。クローゼットの扉がゆっくりと開く。サビッチが部屋の明かりをつけた。

ジェーン・アン・ロイヤルはクローゼットの床にへたりこみ、冬用の厚地のコートをまとっていた。死人のように青ざめ、手には拳銃がある。ひどく震えるその手から、シャーロックは急いで拳銃を奪った。

「だいじょうぶ？」

「ええ、わたし――」ぶるっと身を震わせ、両手に顔をうずめて体を揺さぶりだした。

サビッチが低く穏やかな声で尋ねた。「息子さんたちはいまどちらに？」

彼女が男の声を聞いて、びくりとする。シャーロックが説明した。「心配いらないわ、サビッチ捜査官よ」

ジェーン・アンは怯えた目で彼を見あげた。「昨日、フィラデルフィアの姉の家にやったから、心配いらないわ」

「もうだいじょうぶよ、ジェーン・アン。深呼吸して、なにがあったか話して」

「ああ――無理かも。こんなに怖かったことないから」

「わかるけど、もう心配いらないのよ。なにがあったか話してもらわないと」

ジェーン・アンはぐっと空気を吸いこむと、呼吸を整えて、なんとか平静を取り戻した。

「あなたへの電話を切ったあと、あなたに言われたとおり、ベッドサイドテーブルからカスキーの拳銃を持ちだして、このクローゼットに隠れたのよ。人が寝室に入ってきたらわかるように、ドアをほんの少し開けておいた。複数の男たちがいるのがわかったわ。人数はわからなかったけど、すごくゆっくりと階段を上がってきた。音を立てないようにしてたみたい。男たちは廊下まで来たわ。わたしを殺しにくると思った」言葉が途切れ、呼吸が荒くなった。

シャーロックは彼女の腕をやさしく撫でて、話の続きを待った。長い沈黙の末ジェーン・アンが顔を上げて、シャーロックを見た。「それからしばらく音がしなくて。二分ぐらいかしら。それでわたしが立ちあがろうとしたとき、寝室のドアのすぐ外から音がしたの。わたしは縮こまって、コートをかぶった。拳銃を突きだして、クローゼットの扉のまん中に狙いをつけた。

でも、誰も入ってこなかった。男たちの話し声がして、銃声が一発聞こえた。音がくぐもっていたから、廊下のつきあたりの洗濯室からかなと思った。男が『くそったれをやったぞ！』と叫ぶ声がしたけど、なんのことだか、わからなかった。とにかく怖かった。誰がどうして撃ったかわからないし――ここにはわたししかいないのに。

そのあと寝室のドアが開く音がして、もう死ぬんだって思った。息の音がして、誰かがなかをのぞいているのがわかった。でも、なかには入ってこなかった。『さあ、ここから出よう』っていう声のあと、寝室のドアが閉まった。そのあと銃声がしたの。たくさんの銃声がして、そのうちそれも鳴りやんだ。あなただってわかっていたから、手を貸したかったのよ。なにかしなきゃと思って、ドアまで走って、少しだけ開けてみた。廊下を遠ざかっていく男たちの後ろ姿が見えた。きっと廊下のつきあたりの、洗濯室の窓から逃げたのよ。窓の外にヒマラヤスギの巨木があるから、それを伝っておりたんだと思う。そのあとよ、あなたの声が聞こえたのは。あなただと思ったけど、はっきりしなかった。あなたたちがすべての部屋を見てまわってるのがわかった。彼らが残っている人間がいないかどうか、確かめに戻ってくるのが怖くて、わたしはまたクローゼットに隠れた。そしたら、あなたが入ってきて、わたしの名前を呼んだのよ、シャーロック捜査官」涙の跡の残る顔をシャーロックに向けた。「あいつらが誰を殺したか、わたしにはわかる」引き寄せた両膝に顔を伏せると、激しく泣きじゃくりだした。

サビッチがそっと尋ねた。「ああ、神さま。わたしには誰が殺されたかわかっているの」

「カスキーよ」涙の合間にささやいた。「誰が殺されたんですか、ミセス・ロイヤル?」「カスキーに決まってる。うちに帰ってきていたのよ。そして、わたしから身を隠していなきゃならなかった。あなたが思っていたとおりよ、シャーロック捜査官。あいつらはわたしの坊やたちの父親を、わたしの夫を殺したの」

サビッチとシャーロックは、廊下のつきあたりにある広い洗濯室でカスキー・ロイヤルの死体を発見した。まだ洗っていないシーツとタオルの山の上に、頭を撃ち抜かれて倒れこんでいた。乾燥機の上にある大きな窓は開けっぱなしで、白いカーテンが夜風で内側に吹きこまれていた。

あたり一面に血が飛び散っていた。

42

金曜日の明け方

ボウイが言った。「ミセス・ロイヤルのスミス・アンド・ウェッソンは使われてませんでした。それに、鑑識が現場で見つけた薬莢《やっきょう》も、スミス・アンド・ウェッソンで使用できるものではありませんでした」

シャーロックが言った。「クローゼットのなかで怯えていた彼女を見つけたのがあなたなら、彼女のスミス・アンド・ウェッソンを調べようなんて、そもそも思わないわよ」と、シャーロックは言って、エリンを見た。エリンはレンタルしたトーラスの側面に寄りかかり、少し前かがみになっている。背中に火傷の痛みを感じているのだろう。ロイヤル家の表玄関のすぐ近くまで車を寄せ、憔悴《しょうすい》しきった様子だった。シャーロックは言った。「エリンには来ないでと言ったんだけど、やっぱり来たのね」言葉を切り、ボウイの目が血走っているのを見て、言い足した。「強い人ね。ひどい痛みのはずなのに」

エリンはほとんどなにも感じていなかった。つい先ほど夜が明けたので、巨大なスポットライトのまぶしい明かりのなかでも、ロイヤル家に出入りする人たちを見ることができるようになった。監察医のバンは家の正面に停まったままだが、それももう長くはない。ふたりの男がカスキー・ロイヤルの死体が入った大きな緑色の袋を運びだしてきたからだ。死んだのね、とエリンは思った。あっけなく。さっきまで息をしていた人が死んだ。自分もこうなっていたかもしれない。ハマーから飛びだすのが遅ければ、死んで緑色の袋に入れられていた。ほんの数秒の差で、死をまぬかれた。エリンは自分が震えているのに気づいて、ゆっくりと深呼吸した。私服の捜査員が屋敷周辺の地面を調べている。足跡でも探しているのだろう。そしてシャーロックはボウイと話していた。

こちらを見るボウイの顔つきから、十メートル離れていても彼が機嫌をそこねているのがわかる。静かなアパートで三時半に「ジングルベル」が鳴りだしたときは、もちろん目を覚ました。ベッドから飛びだしてなにがあったか知りたかったが、じっと横たわったまま、彼が携帯電話を探す物音を聞いていた。もう少しその状態が続いていたら、新聞のスポーツ欄の下だと彼に大声で教えていたかもしれない。

曲が終わりかけたとき、ようやく彼は携帯を見つけ、「ジングルベル」が唐突に途絶えた。電話の相手はシャーロックのようだった。小声が聞こえなくなると、ごそごそ音がして、数分後には玄関のドアが静かに閉まった。エリンはベッドの脇に脚を垂らし、立ちあがろうとして、うっかり転びかけた。ベッドの柱をつかんで体を支え、深くかがんだ。バイコディンを一錠のみ、しばらくすると、このすばらしき魔法の薬によって持ちなおすことができた。そのあとシャーロックに電話をかけた。安全運転ができるようになるのを待ち、その間ずっと痛む背中を罵りながらジョージィを車に乗せて、ロイヤルの家に向かった。

腰に両手をあててこちらを見ていたボウイが、小走りにやってきた。「ばかか」走りながら、二メートルほど先で彼は言った。「夜明けにベッドから出られたこと自体、信じられない。しかもここまでトラックを転がしてくるとは」

「トラックじゃないわ、トーラスよ」借りた車を指さして、笑顔になろうとした。

「おれのご機嫌を取ろうと思ってるんなら、あいにくだな。ルイス捜査官からきみがこちらに向かったと連絡があった。彼とタッカー捜査官が危険がないようにきみについてる、ジョージィはぐっすり眠っているから心配いらないと、わざわざつけ加えてくれた」

ボウイは両手を伸ばしてエリンを揺さぶろうとして、調子がよくなさそうなのに気づいて、後ろに下がった。まずいことに、黒い革のジャケットのなかで体を震わせている。早朝の外気は冷える。低く垂れこめた灰色の雲が雨の到来を告げていた。ボウイは自分の革ジャンを脱いで、彼女の肩にかけた。「いや、いいから黙ってろ。おれはだいじょうぶだ。いいか、エリン、ちゃんと答えないと承知しないぞ。いったいここでなにをしてるんだ？　ジョージィはどこへやった？」

「どならないでよ、ジョージィが起きるわ」エリンは背後の車を頭で指し示した。

ボウイが後部座席をのぞきこむと、娘が開いた手を枕にして横たわっていた。ブランケット二枚に耳までくるまれて、すやすや眠っている。父親に似て、眠りが深い。「よく行き先がわかったな」

エリンは悪びれることなく、肩をすくめた。「たいしたことじゃないわ。あなたが出ていったあと、シャーロックに電話したら、事情を教えてくれたの」手で屋敷を示した。「ジョージィのことは、悪いと思ってる。でも、どうしても来たかったし、ジョージィを置いてくるわけにはいかなかった。この子は目を覚ましそうにないわ、ボウイ。それが心配だったの。昨日の夜、わたしたちがやりあうのを見て、かなり興奮してたから」わずかに間を置いて、また笑顔を浮かべようとした。「あなたがどうしてあんなに早く反応できたんだか知らないけど、〝エリンがばかなことをしたからおまえの服にアイロンをかけさせるつもりだ〟なんて、とっさによく出てきたわね。ジョージィは見る間に落ち着いたわ」

ボウイはふたたび彼女を責めるつもりで口を開いたが、出てきたのはこんな言葉だった。

「待ってろよ。いまにジョージィからアイロンかけをさせられることになるぞ」

「ええ、そうかもね」エリンは屋敷のほうに目をやった。「ここで起きたことが信じられないわ、ボウイ。ジェーン・アンの夫が、生きてあなたから事情を訊かれてた人が、サービスエリアで逃げた瞬間までわかってるのに、こんなことになるなんて——わたしだって、同じように死んでたかもしれない。

シャーロックに連れられて、ジェーン・アン・ロイヤルと話をしたのは、水曜日よ。彼女は率直で、利発で、教養がある。夫がどんな人間であるか知ってて、それを笑い飛ばし、自分のテニスのインストラクターを自慢した。若くてたくましい、そういう人が好みだと言って。でも、彼女はお子さんを愛してるわ、ボウイ。それはすぐにわかった」

ボウイはエリンが早口でまくしたてるにまかせた。恐怖とショックでいっぱいになっているので、気持ちを吐きださせたほうがいい。

「来なきゃならなかったの、ボウイ」彼女は言った。「シャーロックにはよそから電話が入って、あらまししか教えてもらえなかった」

がたがた震えながら、ボウイのジャケットをかき寄せている。ボウイは命綱にしがみつくように、自分の怒りにしがみついた。「だったら、どうしてわか――」所轄署のパトカーのタイヤを蹴った。「おれの携帯電話の音を聞いて、話を盗み聞きしたんだな?」

「ビング・クロスビーの『ジングルベル』に叩き起こされるなんて、めったにないことよ。アパートの壁は薄いの。いやでも聞こえる。それに、あなたはたいしてしゃべってなかった。なにか問題が発生したことしかわからなかったから、シャーロックに電話したの」

ボウイは嚙みつきそうな顔になった。「おれにわからないのは、ここまで来るのになぜそんなに時間がかかったかだ。すぐに出てこなきゃだめだろ」

「痛み止めをのんで効くのを待たなきゃいけなかったし、ジョージィのことがあったから。

ほんと、もう、だいじょうぶ。ルイス捜査官とタッカー捜査官はあそこで、車にもたれかかってる。ここまでふたりがぴったりついてきてくれたのよ。わたしだってばかじゃないんだから、ボウイ。ジョージィを危険にさらしたりしないわ。怒ってばかりいないで、なにがあったか聞かせてよ。ほら、エイモス署長が来る。動揺してるみたいよ」

クリフォード・エイモス署長は、動揺などという生やさしいものではなく、マクドナルドのトラックに轢《ひ》かれたような顔をしていた。殺人事件が二件にハマーの炎上。管轄内でわずか数日のうちにそれだけのことが発生した。ボウイについて屋敷から出たら、ボウイが、よりによって殺人未遂事件の被害者であるエリン・プラスキと話しているではないか。エイモス署長は疲れと怒りに取りつかれていた。「これはまあ」彼女に声をかけた。「ここでなにをしているんだね？　民間人には帰ってもらわないと。だいたい、署の近くで爆発したきみのハマーの状態からして、歩くどころじゃないはずだ。そんなに命を粗末にしたいのかね？」

ボウイには、エリンが署長相手になまいきな口をききそうになっているのがわかった。夜明け直後の署長にそんなことをしても、ひとつの得にもならない。署長は腹を立てると同時に恐れている。ボウイ自身、怖かった。「すみません、署長。自分が来てくれと頼んだんですが、事前に許可をいただくべきでした。彼女にはコンサルタント的なことをしてもらってまして。ミセス・ロイヤルから話を聞くのも、彼女とシャーロック捜査官に頼んだので、ここにいてもらう必要があったんです」

エイモス署長はそれを聞いておもしろくなかった。しかし、吐き気をもよおす流血の殺人現場に戻るよりは、バレエ教師の皮をはいでいるほうがましだった。それでも、カスキー・ロイヤルはもうシーツの山に横たわって、洗濯機に脳みそを飛び散らせてはいない。それを思っただけで、エイモス署長の喉の奥に苦いものが込みあげてきた。ヘルムート・ブラウベルトとかいうドイツ人の死体——素っ裸で、原型を留めないほど顔を叩きつぶされ、手は指先が切り落とされて血まみれになっていた——を見たときは吐きそうになったし、ほぼ一日食欲がなかった。そこへきてこの騒ぎだ。カスキー・ロイヤルとは面識があるだけに、平静ではいられない。高慢ちきな男だったが、それがいまや死体になり、きれいな奥さんはリビングのアンティークの椅子で体を揺さぶりながら、泣いたりわめいたりしている。それなのに、自分を含めて誰にも事情がわからない。こんな血なまぐさい悪夢が自分のところで起きるとは。おかげでFBIの連中がなだれこんできた。FBIの黒いヘリコプターで颯爽《さっそう》と登場して現場を仕切り、ニューヘイブン支局の捜査官が署にまで押しかけて、あげく、どんな成果があった？　まったくのゼロだ。お偉いサビッチはコンピュータをいじり、残りは話を聞いてまわっているだけ。ただただ聞いて、行動は起こさず、そうこうするうちに、また殺人事件が起きてしまった。

加えてこのバレエ教師の問題がある。誰がこの女を殺したがるのか。なにをどう考えても帳尻が合わない。エイモス署長は誰にともなく言った。「女がハマーのような男性的な車を運転するもんじゃない。ちゃんと扱えればまだしも、きみの手には負えなかったろう、ちがうかね？」

エリンはただこちらを見ている。署長は彼女が無言でいることに感謝した。うっかり口をすべらせたのは、とても疲れているからだ。保安官助手のロレーン・ブリッグスにこんなことを言おうものなら、妻に言いつけられてしまう。想像しただけで怖じ気立つ。正気に戻って、事態を正常化しなければならない。だが、この事件にどう対処したらいいか、はっきりいって見当がつかなかった。これからどうしたらいいんだ？

署長はボウイ・リチャーズ捜査官にくってかかった。「この事件もFBIで担当すると言うつもりなんだろうな？」責任ある立場にいる人間が、脅しをかけているような印象があることは承知のうえ。あまりに強気すぎるとリチャーズが引いてしまうかもしれず、それだけはなんとしても避けたかった。心のなかで祈りを捧げながら、彼の出方を待った。家に帰ってベッドに潜りこみ、夜、テレビで『ホイール・オブ・フォーチュン』がはじまるまで眠り、妻が新ジャガで作ったポットローストを出してくれたら、これに勝る喜びはない。この事件の全容は考えたいが、渦中に入るのはごめんだった。

ボウイには署長の真意が的確に伝わっていた。責める気にはなれない。この騒動を解決するにはFBIに任せるのが一番だとわかっているのだ。エイモス署長とその部下を無駄に走りまわらせるのは、ばかげている。「すみません、エイモス署長、まことに遺憾ながら、ロイヤル氏の殺人についてはうちが担当させてもらいます。うちの捜査官が銃撃された件もありますので。お気に召さないとは思いますが、今回の諸々はすべてつながっているようです。なにとぞご理解ください」

エイモス署長は前後に体を揺すり、太いベルトに両手を差し入れた。「まあ、そうだな、わかった、協力することはできるかもしれん。だが、この事件は早急に解決してもらわんと困るぞ、リチャーズ捜査官。カスキー・ロイヤルが惨殺されたことがわかったら、この町は土台から揺さぶられて、みな大声でどなりだす——どなられるのはこのわたしだ」

「わかります、署長。引きつづきご協力いただけるとのことで、恐れ入ります。近所の聞きこみを署長のほうでお願いできると、助かります。目撃証言が入りましたら、直接わたしにご連絡ください」

「わかった、いいだろう。うちの人間に仕事を割りふってもらってかまわんよ。ほかに大きな事件でも起きればべつだが」

そうそう、クリーニング屋から服が盗まれるとか、不良高校生が目抜き通りの角にある酒場にたむろするとか、な。ボウイは内心そんなことを思いつつ、「ありがとうございます、署長」と言った。

エリンは話半分で聞いていた。彼がエイモス署長におべっかを使っているのはわかっていたが、どうでもよかった。カスキー・ロイヤルが殺されたという事実をどうしても受け入れられない。つぎは誰？　わたし以外に狙われそうな人は？　カーラ・アルバレス？

「ボウイ？」

彼はふり向かずに答えた。「なんだ？」

「カーラ・アルバレスが――」

ボウイは一秒も無駄にしなかった。「署長、カーラ・アルバレスの自宅に何人か部下を派遣して、無事を確認していただけませんか？　そしてこれから何日か、二十四時間態勢で彼女についていてもらいたいのですが。念のために警護したほうがいいように思います」

「うん、誰だね？　ああ、そういうことか」署長はズボンを引きあげると、パトカーの周囲に集まっていた男女の一団のもとへ向かった。声をひそめて彼らに指示を出し、その足で自分の車に向かう。小走りになっていた。

その姿を目で追いながら、エリンはもうカーラ・アルバレスのことを考えていなかった。ハマーごと自分を吹き飛ばそうとした人間のこともだ。ただ、車に座って、そのまま眠れたらどんなにいいかということしか頭になかった。

ボウイがエリンを見た。厳しい目つきにも、きつい声にも、ひとかけらの同情もなかった。

「倒れそうだぞ。なんなら、きみとジョージィをうちまで送り届けて、ベッドに戻してやるが、どうする？」

43

返事を待つことなく、ボウイは回れ右をして、車のドアに向かった。エリンに腕をつかまれたので、どなりつけてやるつもりで後ろをふり返った。いっきにその気が失せたのは、彼女がパニックに襲われた目をしていたからだ。誰かに吹き飛ばされそうになったのだから、パニックというのは妥当な反応なのだろう。せっぱつまった調子で、彼女が言った。「ボウイ、ここでなにが起きたか教えて。誰がやったかわかってるの?」

まだ彼女に対する腹立ちがおさまらないのは確かながら、彼女のことを案じてもいた。

「いや、まだわからない。ミセス・ロイヤルが言うには、男がふたりいたそうだ。どうやら、そのことは知ってるみたいだな。このふたりがサビッチとシャーロックに発砲したことは聞いたか?」

エリンはトーラスに倒れかかりそうになった。ただでさえ背中が悲惨な状態なので、やめておいたほうがいい。ケンダー博士も言っていたが、この事件は常軌を逸している。「ディロンとシャーロックを殺そうとしたの? いいえ、聞いてないわ」

「呼吸が荒くなってるぞ。ほら、ゆっくり深呼吸して。いや、もうしばらくその革ジャンを着てろ。いいか、奇妙に聞こえるかもしれないが、ふたりは無事だからな。深く息を吸って、ゆっくりだ、エリン。それでいい」

何秒かすると、どうにか気持ちを鎮めることができた。「ごめんなさい。私立探偵がいいざまだわ。奇妙って、どういう意味？」

「ありのままに状況を見てくれ。銃を所持した男がふたりいて、カスキー・ロイヤルが射殺された。致命傷は額中央への一発。ふたりはそのあと誰かが家に入ってくる物音を聞き、階段の上にいた。明らかにシャーロックとサビッチを待ち受けていただろうに、十数発撃ったにもかかわらず、まったく当たってない」

神さま、感謝します。エリンにはそれしか考えられなかった。ふたりならんでドロレス・クリフ捜査官と話をしているディロンとシャーロックを見やった。そしてボウイに顔を戻すと、彼は、自分が崩れ落ちるのを待つような顔でこちらを見ていた。エリンはそっと彼の腕に触れた。「ええ、たしかに奇妙ね。それよりあなた、寒そう。革ジャンを返すわ。もう必要ないから」彼に革ジャンを放った。「玄人にしてはやることがお粗末ってことよね？」

よし、いつもの彼女が戻ってきた。ボウイは言った。「そうだ、その点には一考の余地がある。サビッチとシャーロックは、主寝室のクローゼットでミセス・ロイヤルを見つけた。彼女は夫のスミス・アンド・ウェッソンを握りしめてた」

ボウイはミセス・ロイヤルから聞きだした話を伝えて、最後につけ加えた。「カスキー・ロイヤルが先に見つかって、彼女は運がよかった。彼女によると、犯人は主寝室に入ってこなかったそうだ。これもまた奇妙な点だ。なぜ入らなかったんだ？

　何十という薬莢が散らばっていて、銃器が二種類使われていたことがわかった。壁にかかっていた絵が一枚落ち、壁の石膏が崩れ、削り取られた階段の手すりの木片があちこちに飛んでいた。くり返しになるが、大変な銃撃戦だったから、サビッチもシャーロックも撃たれなかったのは奇跡だ。あのふたりが使っていたシグの薬莢をのぞくと、あとはグロック40とケル・テックの九ミリ口径のもので、これが犯人たちの銃ということになる」

「ディロンとシャーロックの撃った弾は当たったの？」

「わからない。血痕が見つかったのは、洗濯室だけだ。洗濯室の大きな窓の下に大量の足跡が残ってた。ふたりどころか、十人はいた感じだったが、それについては科学捜査班《CSI》の連中が検討してくれる。ロイヤル氏の死体が見つかった洗濯室は、ミセス・ロイヤルのいた寝室からすると、廊下をはさんで反対側にある。洗濯室のなかは、ひどい有様だった。たぶん彼はそこに隠れてたんだろう。そして階段をのぼってきた男たちは廊下を右ではなく左に進み、彼を見つけて射殺した」

「右に折れてたら、主寝室にいるミセス・ロイヤルを見つけてたってことよね。これって運の善し悪しの問題なの？」

「彼女によると、男たちは寝室の入り口まで来たが、なかには入ってこなかったそうだ」

「ロイヤル氏は拳銃を持ってたの？」

「いまのところ見つかってない」

「それって変よ、ボウイ。なんで武器を持ってないの？　自分が追われてることはわかってたはずなのに。誰だか知らないけど」

「夫人が彼の拳銃を持ってた」

「だとしても――」

「同感だね」サビッチがボウイの背後から言った。「ただし、自宅なら安全だと思って、パスポートと現金――実際、本人が持ってたんだが――を取りに立ち寄っただけで、南米に高飛びするつもりだったのかもしれないし、奥さんに合わせる顔がなかったのかもしれない。立ち去る前に自分の拳銃を持って出るつもりだった可能性もある」

エリンが言った。「あるいは、ロイヤル氏はべつに拳銃を持ってて、犯人が彼を射殺したあと奪って逃走したのかもしれない」

シャーロックが首を振った。「洗濯室で見つかった薬莢は、致命傷になった九ミリ口径のものだけだから、ロイヤル氏は撃ち返してないわ。洗濯室のドアには鍵がかかってたから、もし銃が手元にあれば、犯人たちが蹴破って入ってくるあいだに撃ってたはずよ。彼が窓から外に逃げようとしたとき、犯人たちがなだれこんできて、ふり返りざまに額を撃ち抜かれたんじゃないかしら」

ボウイが言った。「ロイヤルはわずかな時間、家に立ち寄るだけでも戦々恐々だったはずなのに、身を守る銃器を持ってなかった」

シャーロックが眉をひそめた。「ねえ、ロイヤル氏はなんで家に帰ると奥さんに言わなかったのかしら?」

「彼女に合わせる顔がなかったから」エリンが答えた。「彼は逃走中で、その先もひとりで逃げたかった。奥さんにあれこれ言われるのもいやだし、警察に通報される危険も避けたかったから」

サビッチが言った。「それに子どものことがある。彼は子どもたちがここにいないのを、知ってたのか? おれだったらそんなとき、子どものいるところへだけは行かない」

「息子さんたちはいまどこなの?」

シャーロックが答えた。「ジェーン・アンがフィラデルフィアの姉のところへやってたの。ロイヤルに父親らしいところがあったとしたら、息子たちが出かけて奥さんしかいないのを知っていて、忍びこんだのかもね」シャーロックはエリンを見た。「だいじょうぶなの? 気力は戻ってきてるみたいだけど、まだ痛いんでしょう?」

「そうね、少しは」背中がふたたび疼きだしてきたのをかすかに感じながら、エリンはうわの空で答えた。「わたしには、ジェーン・アンはロイヤルが家にいるのを知ってたとしか思えないんだけど。いくら彼が息をひそめてたって、わかるはずよ」

「そうともかぎらないさ」ボウイが言った。「長居するつもりがなかったのは確かだ」

「わたしにはほかにも気になる点があるわ。ロイヤルを殺した男たちが彼女を見のがしたことよ」シャーロックだった。「犯人たちはロイヤルが奥さんに秘密を打ち明けていると思わなかったのかしら？　口封じのために彼を追ったわけでしょう？　彼女は不確定要素、始末しなきゃいけない対象じゃないの？　だとしたら、殺さなかった理由がわからない。ひとり殺すも、ふたり殺すも、たいしてちがわないでしょう？」肩をすくめる。「そういうこともあるのかもしれないけど、わたしの第六感はあやしいと言ってるわ」

サビッチは彼女を脇に抱き寄せた。「おれのもだ。ひょっとすると、きみは疲れとカフェインに酔っぱらってるかもしれないけど」

エリンが言った。「でも、打ち明けたとしたらどんな秘密を？　ブラウベルトを殺したってこと？　もしそうなら、なぜ殺されなきゃならなかったの？　彼はみずから舞台を退場しかけてたのよ」

「犯人にしてみたら、ロイヤルがしゃべるのが怖かったのよ」シャーロックが言った。

サビッチはロイヤル家をふり返った。早朝の日差しが家全体を淡いピンク色に包みこんでいる。警官たちがうろついていなければ、のどかな風景に見えたにちがいない。

ひと眠りしてから警察署で会議を開くことが決まると、ボウイは助手席のドアを手で押さえて、エリンが乗るのを黙って待った。エリンは気が進まなかったけれど、結局は従った。シートベルトを締めて、彼を見た。運転席のボウイはまっすぐ前方を見つめていた。

「これだけいろいろあると、怒りも吹き飛んじゃったでしょう、ボウイ？」

「まさか」トーラスでロイヤル家から遠ざかりながら、ボウイはいかめしい顔でちらっとエリンを見た。「きみにはほとほとあきれたよ、エリン。法を犯し、きみを信用しているおれたちみんなを裏切り、なにより許せないことに、おれの娘を危険に巻きこんだ」

エリンは彼を見なかった。「もううんざりするほど謝ったのよ。ほかにどうしろっていうの？　それにジョージィを危険な目になんか遭わせてないわ」

ハンドルを握るボウイの手に力がこもる。それでふと、エリンにも真の問題が見えた。彼は怯えているのだ。

ボウイの手に手を置いた。「アパートに泊まってくれて、ありがとう。あなたがいてくれるおかげで、心から安心できるわ」

それでも彼はこちらを見ようとしなかった。「あの子を危険に近づけたくない」

エリンはにこっとして、彼の腕を軽く叩いた。「あなたはわたしがいままで出会ったなかで最高の警官よ。こんなこと言うなんて、信じられないけど」

彼は首を振りながらも、ふうっと音を立てて息をついた。「ああ、それが真実ならどんなにいいか。また目の前に死体が現れたんだ、そうさ、おれが最高だろうとも」

「いいかげん、自分を責めるのはやめてよ。わたしが悪かったわ、ボウイ。お願いだから、わたしを信じて、怒るのはやめて。耐えられないの。それに、うちのアパートに泊まってくれて、ほんとうに助かったのよ」

それから二ブロックのあいだ、彼は石のように押し黙っていた。そして、無感情な声で言った。「おれの妻のベサニーは、車で橋の土台に突っこんだんだ。即死だと言われてね。酔ってたんだ。別の車の運転手が一部始終を見てた。彼女の車は蛇行をくり返しながら、橋に向かってスピードを上げてたそうだ。土台にぶつかったときには百キロを軽く超えてただろうと、その人が言ってた。アルコール依存症だった。ジョージィが三歳になってすぐのことだ」

エリンは短かった自分の結婚生活を思いだした。嘘をつかれた自分が虫けらにも劣るように思えて、心はずたずただった。けれど、そんなことがあるなんて、想像もつかない。「きつかったわね」

「四年前のことだ。いまじゃ悲しみも薄れて、ずいぶん楽になった。ジョージィもしばらくは母親を恋しがったが、そのうちグリンがシッターとして来てくれるようになった。おれがいまでも妻を愛しているから再婚はできないだろうとジョージィに話して聞かせたのは、グリンなんだ」こちらを見たボウイの目元は影になっていて、エリンにはよく見えなかった。

「じつはグリンから電話があってね。日に日によくなってるから、いつから復帰したらいいか教えてくれと言ってきた」

エリンは答えた。「急ぐことないわ」

44

ストーンブリッジ警察署
金曜日の昼前

四時間寝たおかげで脳が劇的に回復した。そう思いながら、ボウイは警察署の会議机についた。明晰《めいせき》で、集中力がある。エリンも調子は悪くなさそうだ。アスピリン二錠で背中の痛みを堰《せ》き止めている。シーファー・ハートウィンの重役と会うのに頭をすっきりさせておきたいからとバイコディンはのまなかった。エリンが同席することを喜ぶ人間がいないのは承知のうえだった。これは正規の捜査の一環なのだ。だが、彼女はボウイを見て、「その場にいなければならないの、ボウイ。あなたにもわかるはずよ」と言った。

ボウイはなにも言わずに彼女の頬に触れて、うなずいた。つぎからつぎへと悪いことが降りかかってきているのに、彼女のこの気骨、この勇気は、どこから湧いてくるのか。しかも、ジョージィには気づかせないという離れ業までやってのけた。そんなことはふだんでもむずかしいのに、彼女はジョージィと声を合わせて笑い、着替えを手伝い、髪を梳《と》かして一本の編みこみ三つ編みにした。これはボウイもできる。ボウイもグレープナッツを出し、パンをトーストして、ジョージィの好きなアプリコットジャムを塗るぐらいのことはした。ふたりで学校まで送り、ジョージィにハグをして、いい一日になるようにと言って別れた。ありがたいことに、ジョージィは早朝、車で殺人現場を訪れたことなど記憶にないようだった。そして結果として、ふたりはいっさいジョージィを興奮させることなく、エリンのアパートまで戻った。

そして金曜の午前十一時、会議室に集まった四人は、アドラー・ディフェンドルフとベルナー・ゲルラッハの到着を待っていた。シャーロックはディロンを見ながら、どうしてこんなにすっきりした顔をしているのだろう、と思った。『サイコ』のポスターが張ってあるB&Bの部屋に戻ってから、一時間半ほどしか眠れなかった。目を覚ますと、シャワーを浴びながら歌う彼の美しいバリトンが聞こえてきた。ベンというカウボーイが売春宿の女主人のせいで馬を失ったことを物語る歌詞だった。

ボウイの携帯電話から「シルバーベルズ」の美しい演奏が流れでた。ボウイはズボンのポケット、つぎにジャケットのポケットを探り、音楽がコーラスへと移り変わりつつあるなか、眉をひそめて、音の出どころを突きとめようとしている。

エリンが指摘した。「ブリーフケースの下よ」

ボウイは携帯を引っぱりだし、画面を見て、困ったような顔をした。いったんは出るのをやめようとしながら、そうはいかないと思い返したようだった。顔をそむける前に、こう言うのが聞こえた。「父さん？　悪いけど、あとで電話させてもらう。いま立てこんでる——」

彼のお父さん？　エリンは電話に耳を傾けるボウイの顔を観察していた。最初は無表情だったが、やがて相づちを打つようにうなずきだした。そして、最後にこう告げた。「信じられない。時間ができたら行くよ、父さん」

携帯電話を閉じると、テーブルの中央にある筆記用具を入れるためのトレイになにげなく置き、三本の油性マーカーのあいだにおさまるのをぼんやりと眺めていた。と、頭を蹴られたようにわれに返り、一同を見まわした。

エリンはすぐに彼の隣に行って、腕に触れた。「どうしたの、ボウイ？」

「父からだ。副大統領のアレックス・バレンティが病院に搬送されて、手術中だそうだ。生還できるかどうかわからない状況だと言ってる」

エリンが言った。「どういうことなの、副大統領って、アメリカの副大統領のこと？　なにがあったの？　どうしてあなたのお父さんが電話してきたの？」

「バレンティ家のことは、生まれたときから知っててね。血縁じゃないんだが、彼とおやじが小学校時代からの親友なんだ。それで、ずっと〝アレックスおじさん〟と呼んできた。彼の息子と娘とは、いとこ同然に育てられた」

サビッチが言った。「おれたち全員、ニュースを観てないからな。なにがあったんだ？」

そのとき大声が聞こえたので、四人は会議室を駆けだし、大部屋にいた五、六人の警官たちとともに小さなテレビ画面をのぞきこんだ。警官のひとりがボリュームを上げた。

ニュースキャスターが黒いメルセデスの二十メートルほど手前に立っていた。カメラがズームして、オークの巨木に激突したフロント部分を大写しにした。蛇腹《じゃばら》状になった車体が衝撃の大きさを物語っている。キャスターは大破した車のほうに向きながらもマイクを構えた。

バレンティ副大統領は車を運転して、わたくしがいま立っている地点から北へ三十キロ行ったところにあるメリーランド州ジェサップに向かう途中でした。六歳になる孫娘パティの誕生会に出席するためでした。警察でもまだ原因を特定できていませんが、運転をあやまって樹木に衝突したものと思われます。副大統領は先ほど救急搬送されました。

ここでサイレンを鳴らしながら走り去る救急車の映像に切り替わった。カメラはいま一度事故車に移ってから、ワシントン記念病院の前に立つ女性キャスターを映しだした。彼女はどうにか興奮を抑えこんだ低い声でこう伝えた。

病院の広報担当者からバレンティ副大統領が現在手術中との発表がありました。医師団からケガの程度に関する説明は行われていません。夜を徹して待機しようと、家族ならびに友人が病院に集まってきています。大統領夫妻はホワイトハウスに留まって、報告を待つとのことです。家族からのコメントは入っていません。あ！　フロリダ州選出のカール・ブレビンス上院議員が来られました。上院議員、副大統領の事故もしくはケガについてなにかお聞かせ願えますか？

年配の上院議員は立ち止まって女性キャスターの接近を許し、カメラをのぞきこんだ。わたしにわかるのは、大変な事故があったということだけだ。これから彼の家族に合流して、バレンティ副大統領の完全復帰をともに祈らせてもらう。

そう言うと、上院議員は後ろをふり返ることなく病院へ向かった。

上院議員、ある情報筋によりますと、事故でない可能性があるとか。なにがあったかご存じですか？　副大統領は亡くなられるのでしょうか？

私服警護員が病院のドアの前に立ちはだかって女性キャスターとカメラの侵入を阻止すると、警官たちから歓声があがった。

映像はふたたびスタジオに戻った。すでに待機していたコメンテーター四人は神妙な顔をしているが、話せないほど悲しんでいる者はいなかった。一分とたたずに、アレックス・バレンティが亡くなった場合、ホリー大統領が誰を副大統領に指名するかの検討に入った。

ボウイは突っ立ったまま首を振っていた。ショックが強すぎて、事態を受けとめられないようだ。サビッチからコップを受け取って、会議室に戻り、立ったまま黙って水を飲み干した。「こんなことが起きるなんて、信じられない。二週間前にジョージィとチェビーチェイスにある両親の家を訪ねて、アレックスおじさんとエリサおばさんと食事をしたところなんだ。彼らの息子と娘、それにその家族も、みんないっしょだった。そのときいた子どものひとりから、ＦＢＩの話を聞きたいとせがまれて、二年前にロサンゼルスで捕まえた銀行強盗がストーブの火をつけるのに盗んだ紙幣を使っていた話をしてやった。罪状認否のときに判事からその件を尋ねられると、そいつは、たかが二十ドル札ですからと答えたってね。

アレックスおじさんはその話がいたく気に入って、大笑いしてくれた。そうだ、これが本物の大人さ。仕事のストレスに押しつぶされてないだけじゃない。底抜けに陽気で、十五ホールでイーグルを取れそうだったのに、地面がうねってたせいでボギーに終わったと楽しそうに話してた」誰を見るともなしに、一同を見まわした。「いや、こんなことが起こるはずがない。アレックスおじさんは運転の名人だ。むかしから車が好きで、副大統領になって忙しくなるまでは自分の車を整備してたし、息子と娘にも安全運転をみずから叩きこんでた。うちのおやじは長い運転歴のなかで三度接触事故を起こしたんで、おじさんは、おまえの息子にはおれが運転を教えてやる、と冗談を言ってた。そんな人にこの事故はありえない」

サビッチの携帯からマイケル・ジャクソンの「スリラー」が流れだした。かけてきた相手の名前を見て眉をひそめると、みんなに背を向け、会議室から廊下に出た。

「サビッチです。どうされました？」

サビッチは五分すると会議室に戻った。「メートランド副長官からだ」ひと息ついて、しかめっ面で自分の親指の爪を見おろした。「バレンティ副大統領はまだ生きてる。手術がはじまって二時間になるそうだ。医者から家族にあった説明では、骨が何本か折れてるうえに、重度の内部損傷を負っているそうだ。気の毒だな、ボウイ。メートランド副長官が言うには出血は止まったし、なんとか持ちこたえる可能性もなくはないが、見とおしは決して明るくない。関係者一同、この衝突事故を生き延びられたら奇跡だという点で見解が一致してる。副大統領はまっ向から木に衝突する直前、少なくとも百二十キロ、場合によってはもっとスピードを出していたそうだ。走っていたのは片側一車線の田舎道で、警護員以外、彼の車の前後にはほかに車がなかった。衝突を避けるために向きを変えたり、急ハンドルを切ったりしたことを示すスリップ痕もなかった。メートランド副長官によれば、みずからオークに突っこんでいった恰好だそうだ。ぶつかった木は道路から三メートルほど脇の、比較的平らな場所に立っていた。副大統領はスタッフと会議をしたあと、ジェサップでの誕生会に向かうため、ひとり車に乗った」

サビッチはここでシャーロックを見た。「それでわかったんだが、彼とデビッド・ホフマン上院議員は古い友人で、ふたりとも大の車好きだ。副大統領はホフマン上院議員から新車のメルセデス・ベンツの最高級車ブラバスE V12ビターボを借りて、それで孫の誕生会に出席するためジェサップまで出かける約束を取りつけていた。副長官がホフマン上院議員から聞いたところだと、名車という看板に偽りがないかどうか運転して確かめてみたがっていたそうだ。ホフマン上院議員がバレンティ副大統領にかけた最後の言葉は、『わたしのベイビーを潰してくれるなよ』だった」

沈黙を破って、エリンが言った。「副大統領は好きなように運転がしたくて、裏道を使ったんでしょうね。早朝でほかに車がなければぶっ飛ばせるから」

サビッチがうなずいた。「メートランド副長官が言ってたが、バレンティの警護員たちはメルセデスに二十メートル引き離されて、置いていかれまいと必死だったそうだ。彼らの証言によると、金属がはじけるような音に続いて、事故が起きたらしい。カーブを抜けたら、メルセデスがオークの木にぶつかり、煙が立ちのぼっているのが見えた。それで、大急ぎで副大統領を車から助けだした。火がついて炎上する危険性があったからだ。

この件は報道されてないし、今後もその予定はないが、副大統領が死にかけていたのに警護員が後れを取っていた点が疑問視されたら、そうもいかなくなる」

ボウイが言った。「ほかになにか見てないんですか？　近くに車がいたとか、疑わしいものとか？」

サビッチが答えた。「いや。メルセデスは分解されて、徹底検証される。大混乱に陥ってるからなるべく早くワシントンに戻ってくれと、メートランド副長官に言われたよ」

ボウイは言った。「自分はジョージィを連れて、今週末に向こうへ行くつもりですが、それは個人としてです。あなたはどうして？」

サビッチが言った。「困ったことに今回の件にはホフマン上院議員が関係してるんで、副長官もおれを戻らせたがってるんだ。問題があってね。好むと好まざるとにかかわらず、おれはもう巻きこまれてる」

エリンは背中の痛みを忘れて、サビッチを見つめた。思考をたどりながら、ゆっくりとしゃべった。「ディロン、つまりワシントンのレストランで起きたヒ素混入事件が、副大統領の衝突事故に関係してるってこと？」

シャーロックは慌ても騒ぎもしなかった。サビッチがいつも感心するように、すらすらと嘘をついた。「いいえ。でも、ディロンはホフマン上院議員から個人的に頼りにされてるから、確認のために行かなきゃならないの。ボウイ、バレンティ副大統領のこと、ほんとうにお気の毒ね。ディロンが何日かワシントンに戻っても、支障はないわ。こちらはわたしが引きつづき捜査にあたるから」

ボウイの携帯がふたたび「シルバーベルズ」を奏でだした。彼はあたふたと探しまわり、エリンは筆記用具のトレイにあった携帯を彼に手渡した。

携帯を切ると、ボウイは言った。「ケッセルリング捜査官だ。こちらに向かってる。シーファー・ハートウィンの重役ふたりも、そのあとまもなく到着するそうだ」首を振った。「ふたりのことを忘れかけてた。サビッチ、シャーロック、つきあってもらえますか？」

「もちろんよ」シャーロックは言い、サビッチは笑顔でうなずいた。

会議室のドアを軽くノックする音がした。ボウイがふり返ると、ケッセルリング捜査官がつかつかと入ってきた。

45

ケッセルリング捜査官はしゃれたペールグレーのスーツに純白のシャツ、それにグレー地に黒の細いストライプが入った控えめなタイという、例によって隙のない服装だった。会議室に入ってすぐのところで立ち止まり、全員の注意を引きつけた。機嫌の悪さを如実に伝える低い声で、ボウイに話しかけた。「なぜわたしに電話しなかったんです？　おかげでホテルのダイニングで朝食を運んできた三人のウエイトレスのおしゃべりから、事件の発生を知りました」

朝食を運ぶのに三人がかり？　彼は怒り心頭に発すると声が低くなる。シャーロックはそれをおもしろい癖だと思った。怒りをたぎらせているのに、声だけ聞くと、平静なようだ。

「あなたがわたしの担当としてつけたペインター捜査官に電話をしましたが、出なかった。携帯電話の電源が入っていないようです」

シャーロックは明るくほほ笑んだ。「ごきげんよう、ケッセルリング捜査官。正直に申しあげて――ええ、正直であることがわたしの持ち味なの――誰も思いつかなかったのよ。短期間にいろんなことがありすぎたし、それに、みんな疲れて倒れそうになってたから、少し睡眠を取らなきゃならなかったの。それも二時間ほどだから、たいした長さじゃないわ。でも、あなたはちゃんと来た」腕時計を見た。「重役のおふたりもまもなくね」

ケッセルリングが言った。「もう到着します。運転手がお連れすると聞いていましたが、内密にお話ししたいとのことで、弁護士のおふたりは呼ばれないそうです。あなた方と胸を割って話しあいたいと思っておられるのでしょう。

ロイヤル氏が亡くなられた件で、ディフェンドルフ氏もゲルラッハ氏も大変動揺しておられます。是非とも詳しい話をうかがいたい。どなたからもお電話をいただけなかったので」

ケッセルリングは会議机に近づき、両手でボウイの前の卓面を叩いた「なにがあったかいますぐ話していただきましょう。良識のあるおふたりだが、ドイツ連邦情報局《BND》から派遣された捜査官であるわたしには、彼らの力になるため、有益な情報を入手するつとめがあります。もしこの事件に協力が求められるのであれば、故意に情報を遮断することは許されません。ここで失敗すれば、情報局におけるわたしの経歴に傷がつきます」

ボウイは組んだ両手を枕にして、椅子の背にもたれ、笑顔でケッセルリングを見あげた。

「それで？」

「いま考えてる」ボウイは答えた。

ケッセルリングが悪態をついた。ドイツ語だったのではっきりしないが、悪態だとシャーロックは思った。そして彼は、さっと両手を挙げた。「あろうことか、貴国の副大統領がメルセデスに乗っていて木に衝突し、亡くなられるかもしれないそうですね。なにもかもが手に負えなくなってきているのに、あなたはここでのんきに腰かけて考えているだけですか、リチャーズ捜査官?」

ボウイが言った。「わかった、考えるのはおしまいにする。事件のことを話すよ」ロイヤル家のセキュリティシステムが切ってあったこと、ミセス・ロイヤルは目を覚まして、彼女の夫を死に導いた銃声を聞いていたことを伝えた。サビッチとシャーロックのかかわりなど、それ以外の大半は省いた。ケッセルリングに一部始終を教える義理はない。「……ロイヤル氏の殺害は大きな事件の一環と考えられるんで、地元警察ではなく、引きつづきFBIが指揮をとる」

「なんと悲惨な」しばしの沈黙のあとケッセルリングは言うと、エリンを見て、仏頂面になった。「なぜあなたがここに?」

「覚えてると思うけど、昨日誰かがわたしのハマーを爆破したのよ、ケッセルリング捜査官。わたしにはFBIの目が光ってるの」

そのとき、ドアが開いた。アドラー・ディフェンドルフが王座を求めるひとりの王のように、堂々と部屋に入ってきて、いきなり本題に入った。「ケッセルリング捜査官、こちらにいるのがFBIの捜査官の方々かね? 彼らがヘルムートを殺害した犯人を捕まえ、カスキー・ロイヤル殺害の理由を説明してくれるんだろうね？」

「そうです」ケッセルリングは平板な声で応じた。「この方たちです」

46

偉大なる王はもはやケッセルリングに注意を払わず、すかさず前に進みでて、手を差しだした。「お集まりのみなさん、わたしはシーファー・ハートウィン社の最高責任者、アドラー・ディフェンドルフと申します。こちらはうちの営業部長のベルナー・ゲルラッハです」ボウイは自分たちを紹介すると、ディフェンドルフとゲルラッハを椅子に案内した。ケッセルリングは立って腕組みしたまま、壁にもたれかかっている。

ディフェンドルフが身を乗りだした。面長の顔を曇らせ、優美な手は会議机の上で組んだ。「みなさん、昨日、長きにわたってアメリカ法人のCEOをつとめてきたロイヤルがここストーンブリッジまで来る途中に文字どおり逃げだしたことは、わたしどもにとって大変な衝撃でした。

そして今朝になり、ロイヤルが昨夜、殺されたと聞かされたのです！　人殺しが、別の人殺しに殺されたということでしょうか？　およそ信じがたい話です。誰が彼を殺さねばならなかったのでしょう？　彼は暴力犯罪に関与していたのでしょうか？

これがロイヤルがみずから命を絶ったというのなら、理解できます。おそらく自責の念から、あるいはまちがった行いに対する償いとして。ですが、ケッセルリング捜査官によれば、殺害されたにまちがいないとのこと。わたしたちの理解を超えていますよ、みなさん。ここでなにが起きているのか、わたしたちにはわかりません。ロイヤルの殺害と、わたしの良き友ヘルムート・ブラウベルトの死には、関連があるのでしょうが、それがどんな理由でどう関連しているのかがわかりません。ケッセルリング捜査官に尋ねたものの、たいして力にはなっていただけなかった。ですから、なんとしてもあなた方に助けていただかなくてはなりません」

うまい話の切りだし方だ。ボウイは思いながら、ディフェンドルフの真摯な案じ顔から、ゲルラッハの顔に目を移した。こちらも臆することなく見返してくるが、顔色が冴えず、口を一文字に引き結んでいた。

ボウイが見るところ、ディフェンドルフにはカリスマ性があった。シーファー・ハートウィンの最高責任者という現在の地位を長く保ってきたからには、なにかしらの強みがあるはずだ。現在に至るまで、さしたる失態を犯さずにきている。

そして控えめで業績をひけらかさないうえに、愛想がよく、魅力的でゆったりとしている。この流暢な独白にしても、前もって練習してきたわけではないだろう。知性があって、弁舌《べんぜつ》さわやかで、ドイツ国内に留まらず他国の業界関係者からも尊敬を集めている。そうしてみると、立派な身なりながら、ケッセルリングやゲルラッハのような派手さはない。信頼を集める男の、静謐《せいひつ》な威厳を放っている。

「事件を解決するのがわたしたちの役目です」ボウイは言った。「ほかになにか追加されたいことはありますか、ミスター・ゲルラッハ？」

ゲルラッハはまばたきをしてから、ゆっくりと首を振った。「いまのところはこれといって。当方の思いは、同僚が過不足なく述べてくれました」

ベルナー・ゲルラッハは小柄で、おしゃれだった。スーツにしても、ケッセルリングよりもさらに金がかかっていそうだ。ぴりぴりして意志だけでおのれを保っているようだった。全製品の営業を統括するという、やはりシーファァー・ハートウィンでは力のある立場にあり、ディフェンドルフ同様、長年その地位にいた。ゲルラッハは、そのディフェンドルフから長く目を離すことがなかった。

シャーロックが笑顔でゲルラッハに話しかけた。「おふたりとも、昨晩はよくお休みになれましたか？　時差に悩まされませんでしたか？」

ゲルラッハの言葉にはかすかな訛りがあった。「そう心がけてはおりますが、先行きの見えない状態でこちらへ来ましたので、よく眠れませんでした。国外に出ると、だいたいそうなのですが」

ディフェンドルフはサビッチを見た。「あなたのお噂はかねがね」

サビッチは黒っぽい眉を吊りあげた。

ディフェンドルフが続ける。「あなただけでなく、シャーロック捜査官のことも。クインシー・アボット夫妻に会ったことがありましてね。彼らの父親と知りあいでしたので、彼らのしたとされることを聞いたときは、衝撃を受けました」

シャーロックが言った。「わたしとしては、ふたりに長期刑が下されることを願っています。彼らの名前を冠した刑務所ができるほどに」

「しゃれたことを言われますね、シャーロック捜査官。実際に罪を犯したのであれば、そうなるでしょう」

ボウイが言った。「おふたりとも流暢に英語を操られますね」

ディフェンドルフが慇懃《いんぎん》に答えた。「ありがとうございます。ですが、お聞きのとおり、ふたりとも若干の訛りがありましてね。他言語は若いうちに習得しないと、どうしてもそうなりがちです。ベルナーもわたしも七〇年代の初頭にコロンビア大学ビジネススクールで学びました」

ボウイが身を乗りだした。「ミスター・ディフェンドルフ、ミスター・ゲルラッハ、お気づきのことと思いますが、おふたりと御社の弁護士おふたりが、生きているロイヤル氏に会った最後の方々です。彼があなた方といて逃げだしたことを認めておられる以上、あなた方を恐れていたことも、また明らかだと思うのですが」

「そんなことはありえません！」ディフェンドルフはすぐさま落ち着きを取り戻した。体を引いて、深呼吸する。「ばかげています、リチャーズ捜査官。ロイヤルがわたしたちを恐れるなど」

「では、なぜ逃げたのでしょう？　そのとき彼となにを話しておられたか、教えていただけますか」

「盗まれた文書について真実を聞きたいと伝えました。ミズーリ工場に対してなにをしたかを説明する義務があると。彼はいわゆるキュロボルト文書なるものは存在しないと断言し、CEOである自分が故意に製造を停止させるなどありえない、と答えました。彼の説明によると、元々計画していたミズーリ工場の拡張中に、計算ちがいがあって、かえって生産量が減ってしまったのだそうです。マドリッドの減産問題については、なにも知らない、予測できたはずがないと、言っていました。

ブラウベルトが殺された件についても同様です。みんなと同じように、多大なるショックを受けていると。ところがこの男、こともあろうに当社のアメリカ法人のCEOが、話しあいの最中にふいに逃げだしまして――それも、サービスエリアのトイレで！　わたしの職業人生において、立場のある人間が起こしたもっとも驚くべきふるまいです。これではまるで叱責《しっせき》を恐れて逃げる学生、恥ずべき見苦しい行為です」

「では、彼はなぜ逃げたのですが、ミスター・ディフェンドルフ？　あなたからどうされると思ったのでしょうか？」

「なにを恐れるというのでしょう？　わたしは具体的な脅威など与えていません。そんなことをする理由がどこにあるでしょう。いいですが、彼が嘘をついているのはわかっていました。ですが、そのことでわたしが責めてもなお、彼は不正行為はないと突っぱねた。わたしが思うに、彼にはわかっていたのでしょう。アメリカ流の言い方をすれば、ケツが割れたことが。そして警察に突きだされるのが怖くて、逃げたのでしょう。刑務所には入りたくなかったから。国外逃亡を企てていたにちがいありません」

「そうなれば会社にとってもスキャンダルです」ボウイが言った。「シーファー・ハートウィンは必要とされる抗がん剤の製造を故意に抑えた会社として社会にさらされます。それはあなたも避けたいのでは？」

「どんなスキャンダルもわが社には抑えこめます。ロイヤルに会社の名を汚させるわけにはいきません」

サビッチが言った。「あなたにとって会社の評判は最重要事項であることは理解できます。今朝の二時ごろ、おふたりはどちらにおられましたか？」

ディフェンドルフの白い眉が吊りあがった。驚きとまどった様子でケッセルリングを見ると、ケッセルリングがうなずきとともに言った。「ＦＢＩとしては適切な質問です、アドラー。侮蔑的ではあるにしろ」

ディフェンドルフはサビッチに顔を戻した。「ゲルラッハとわたしが自社のCEOを殺したとお考えですか?」短く笑い声をあげた。「よほど追いつめられておられるらしい、サビッチ捜査官。笑止千万な質問と言わざるをえない」そして、さげすむような視線をサビッチに投げた。「聞いたかね、ベルナー、サビッチ捜査官はわたしたちを容疑者扱いしているのだよ。予想だにしていなかった展開だ」

「そうでしょうか」ボウイは言った。「サビッチ捜査官は率直にお話ししているだけです。意味のある会話を成立させることは、彼の仕事のうちです。あなたにとっても悪いことではないはずですよ、ミスター・ディフェンドルフ。疑いをすべて晴らすことになります」

ディフェンドルフは肩をすくめた。「いずれにせよ、関係ないが。わたしたちはふたりともホテルの部屋を離れることなく、眠ろうとしていました。こんどはわたしから尋ねさせてもらいましょう。わたしにどんな動機があるというのです?」

サビッチは楽々と答えた。「会社のスキャンダルを防ぐ以外にですか? たとえば、あなた自身がロイヤル氏にキュロボルトの製造停止を命令された場合です、ミスター・ディフェンドルフ。そして、キュロボルトに関する文書が盗まれたことによって、ロイヤル氏が、アメリカ流の言い方をすると、当局にちくるのを恐れられたか」

「ナンセンスにもほどがある!」いまや立ちあがったディフェンドルフは、怒りに顔を紅潮させていた。

ケッセルリングは壁にもたれたまま身じろぎしたが、口は開かなかった。

ボウイが言った。「お気づきでしょうが、あなた方おふたりにはロイヤル氏を殺す動機も、機会もありました」

ディフェンドルフの重くて早い息遣いだけが、会議室に響いていた。数秒後、彼はゆっくりとうなずいた。「そうだな、たしかに。きみたちとしては尋ねるしかあるまい」

ボウイがうなずいた。「ヘルムート・ブラウベルトが殺された件でなにか知っているかどうか、ロイヤル氏にお尋ねになりましたか？」

「彼はなにも知らないと言っていた」言葉を切り、両手の指先と突きあわせた。「ほかのことで嘘をついていたのだから、ブラウベルトの件も嘘の可能性があるとは思われないか？彼はわたしたちから、会社の同僚であるわたしたちから——」ディフェンドルフは肩を持ちあげた。「逃げだしたのです。そのことにわたしは傷つくと同時に、ある結論を導かざるをえなくなりました。だが、たとえ彼がブラウベルトを殺したのだとしても、動機の問題が残るが」

ボウイが言った。「ヘルムート・ブラウベルトがこちらに来た目的は？」

「どうでしょうか、リチャーズ捜査官。当然、わたしも考えました。個人的な用件だったのかもしれない。わたしは派遣していませんから。彼の死がロイヤルの殺害や、侵入事件に関係があるかどうかも、わからない。はっきり言って、あったとしても驚きはしないが、現時点で、わたしがその件について直接知っていることはないのです。それより、あなたたち自身、ヘルムート・ブラウベルト殺しの捜査で進展はあったのですか?」

ボウイがうなずいた。「ほどなくすべてがいっせいに片付くと考えています。スペイン工場での妨害工作についてお聞かせください」

ディフェンドルフが言った。「何者かによって、薬品製造用のタンクやチューブが汚染されました。工場全体を閉鎖して、徹底的に洗浄しなければなりませんでした。そのためにすでに大金を投じ、その行為によって得をする人間はわが社にはいません。そしてこれまでのところ、わたしたちもスペイン警察も、被疑者すら特定できずにいます。もし当社の人間がかかわっているのであれば、全力を挙げて捜査に協力することをお約束します」

サビッチが言った。「答えは明らかではないでしょうか、ミスター・ディフェンドルフ。キュロボルトの製造がわが国だけでなく、スペインでも中断された。ほかに工場はないため、世界的にキュロボルト不足が起きています。それによって、フランスの製薬会社が棚ぼた式に儲けを得ているのは、わたしも承知しています」

「ラボラトワーズ・アンコンドルとエロキシウムのことなら、たしかに、当社のトラブルによって彼らは大幅な利益をあげ、そのことは周知の事実でもあります。当社にはなんら得るところがありません。彼らの関与を示す証拠はありませんが、背後になんらかの陰謀があったとすれば、彼らがそこから利益を得るのは確かです」

サビッチは軽い調子で言った。「ご存じのとおり、ミスター・ディフェンドルフ、金銭の授受や接触があれば、いずれは明るみに出ます。ロイヤル氏が海外の口座に五十万ドル近い預金があったと聞いたら、驚かれますか？」

ディフェンドルフは平然としていた。「CEOという立場を考えたら、たいした金額ではありませんね。しかし、不法に入手した金ならば、不幸を招く。シーファー一族がなんと言われることか。アメリカ法人のCEOがあやしげな状況で殺害されたのみならず、犯罪に加担していたかもしれないとは。むしろそちらのほうが問題です」首を振って、気持ちを鎮めようとしている。しばらくすると言った。「ロイヤルは犯罪行為に加担していたと見て、まちがいないようです。世界的なキュロボルト不足によって得をする何者かに手を貸していたのかもしれないし、彼が計画全体を立てたのかもしれない。いずれにせよ、一度ならず二度までも殺人が起きたということは、そうとう凶悪な犯罪組織がかかわっているのでしょう。さて、みなさん、わたしたちでなにかお役に立てることがほかにありますか？」

ボウイが言った。「ミスター・ディフェンドルフ、キュロボルトが厳しい減産体制に入ってから、御社が受け取られた脅迫状をすべてお送りいただけますか？」

「もちろんです。当社の地位を脅かさないかぎり、最大限の協力をいたしましょう」ディフェンドルフは控えめに肩をすくめて、つけ加えた。「世界じゅう、どこにでも不幸な人はいるものです、捜査官。自分たちの不運を薬のせいにしないではいられない人たちが」

ボウイが言った。「お送りいただく情報は、キュロボルトがないことに対して不満をいだいている人たちに関するものにかぎってください。ほかの薬についてはけっこうです」

ここではじめて、エリンが口を開いた。「キュロボルトはいつごろからフル生産される予定ですか、サー？」

「いまや最優先事項です」ディフェンドルフは答えると、小首をかしげて、エリンを見た。顔を伏せて、腕時計に目をやる。「そろそろ社に戻らなければなりません。ドイツに帰国する前に収集しておきたい情報がまだまだありますので」椅子から立ちあがり、ゲルラッハがすぐにそれにならった。「ありがとう、捜査官のみなさん。たいしてお役に立てず、申し訳ない。こまかなことまでケッセルリング捜査官にお伝えすれば、捜査の力になってもらえるのではありませんか？

そうそう、サビッチ捜査官。もしキュロボルトに関する文書をお持ちなら、ご返却願えませんか？　わが社の資産ですので」

サビッチはにこりとした。「あの文書はもはや証拠品ですので、ミスター・ディフェンドルフ。それに複製を持っているのはわれわれだけではないと理解しています。マスコミと司法省に渡るでしょうから、それに備えられたほうがよろしいでしょうね」

重役ふたりは立ち去り、残されたケッセルリングは壁にもたれたまま、サビッチたちを撃ち殺したそうな顔をしていた。「この連続殺人事件の解決に寄与できなかったら、警察人生においてはじめての黒星になり、この仕事が続けられなくなる可能性がある」そしてボウイに言った。「わたしの携帯電話の番号は知ってのとおりだ」

ケッセルリングは一同に背を向けて、会議室を出ていった。

47

ワシントンDC
FBI本部ビルの五階
金曜日の午後

ルース・ワーネッキ捜査官はホフマン上院議員の息子であるエイデンとベンソンを犯罪分析課《CAU》に案内した。広々とした室内は捜査官とスタッフでごった返し、その全員が携帯なり有線電話なりを使い、ハードディスクの羽音のような低音にコンピュータのキーボードを叩く音が重なっていた。捜査官のひとりは口笛を吹いているが、あまりにうるさいので、ほとんど聞き取れない。

ルースはふたりに笑いかけた。「騒々しくてすみません。副大統領の事故捜査のため、全員、対応に追われてまして」

長男であるエイデン・ホフマンが周囲を見まわした。「どうしてサビッチ捜査官がぼくたちを呼んだか教えてもらえますか、ワーネッキ捜査官?」

ルースはほほ笑んだ。「それについては、サビッチ捜査官の説明をお待ちいただくとして。

さあ、おふたりともこちらへ」廊下を歩いて、奥の部屋に向かった。ドアを開き、会釈してふたりを通すと、なかに入ってドアを閉めた。サビッチはテーブルの傍らに立って携帯電話をかけていたが、エイデンとベンソンを見るなり、電話を切った。

サビッチは身ぶりでふたりに椅子を勧め、自分も向かいの席についた。狭くて窓のない取調室なので、ドアが閉まると閉塞感がある。騒々しい大部屋を通ってきたあとなので、刑務所の独房のようだ。

「弁護士を呼んだほうがいいのかな?」エイデンが緊張に声をこわばらせた。

「弁護士?」それとは対照的に、サビッチは穏やかな声でなめらかに言った。「その必要がないことを願いますよ。わたしはおふたりと内々でお目にかかりたかった。それにはこの場所が最適です。突然のお願いでしたのに、ご足労いただいて、ありがとうございます」ふたりとも日焼けして艶々で、父親同様、育ちのよさが滲みでているものの、残念なことに、どちらも愉快そうな目の煌めきや鋭い知性は受け継いでいなかった。ブランド物のゆったりした服のなかで、縮みあがっているようだ。狙いどおりだ、とサビッチは思った。

長男で三十八歳になるエイデンは、前のめりになって両手を組んでいた。誠実で聡明な雰囲気がある。「なぜ呼ばれたのかわからないんです、サビッチ捜査官。バレンティ副大統領のことは、生まれたときから知ってることもあって、もちろん、心配してます。ですが、ぼくたちがここに呼ばれるのは——ぼくたちになんの関係があるんでしょう? そりゃ、副大統領が運転してたのは父の車ですが――」

ベンソンが引きつった笑い声でさえぎった。「そんじょそこらの車じゃない、ブラバスをね」三十六歳のベンソンは、身長においても風貌においても、兄ほど見るべきものがなかった。自制心についても、兄より明らかに劣っている。ベンソンのほうが高慢で、傍若無人なのがサビッチにもわかった。彼の目の奥には隠しきれない怒りが渦巻いている。うまく挑発したらいっきに噴きだすはずだ。そうあってもらいたい、とサビッチは思った。

「どんな車か知らないかもしれないけどね、サビッチ捜査官」気楽な調子を装おうとしているが、うまくいっていない。ベンソンの声からは怒りが感じられた。

「だったら教えてくれませんか？」サビッチは内心、おもしろがっていた。ベンソンの顔には、独りよがりなせせら笑いが透けて見えている。

「ベン」エイデンが急いで注意した。「サビッチ捜査官の愛車はポルシェ・カレラなんだぞ。父はポルシェを運転するのが大好きで、子どものころはいつもガレージにポルシェの新車がありました。父から聞きましたが、前のポルシェは爆破されたそうですね」

サビッチは黙ってうなずきながら、ベンソンの目が怒りに燃えるのを見た。おれに赤っ恥をかかされたと思ったか？

エイデンが言った。「あなたから電話があったとき、最初はレストランで亡くなったダナ・フロビッシャーの件かと思いましたよ。でも、あなたが副大統領のことを言われたんで、周辺情報を集めていらっしゃるのかと思ったんです。ほら、父は病院からの電話だけを待っていて、それ以外の人との話を避けてるんで。父はものすごく深刻に受けとめてます。三年前に母が亡くなって、こんどは長年の友だちが死にかけてるんですからね。しかも運転してたのは父の車です。たぶん責任を感じてるんでしょう」

ベンソンが鼻を鳴らした。「おやじはバレンティと同じくらい、車のことで悲しんでるのさ。車が保険に入ってることを祈るよ」

エイデンは傷ついたような顔になった。弟の話などなかったように言った。「それで、サビッチ捜査官、なにをお話ししたらいいんですか？」

「まずダナ・フロビッシャーのことからうかがいましょうか。彼女をご存じでしたか？」

エイデンは肩をすくめた。「うちで何度か会いました。母が彼女と組んでチャリティ活動をしてたので、母からよく彼女の話を聞きました」

「最初のころだけさ」ベンソンが言った。「なにがあったんだか、そのうち母さんは彼女のことを言わなくなった。彼女にはもう何年も会ってない。エイデン、五年ぐらいかな？」

エイデンがうなずいた。「そのくらいだな」

サビッチが言った。「副大統領のことを生まれたときからご存じと言われましたね」

「そうです」エイデンが答えた。「副大統領とうちの母はむかし、とても親しい間柄でした。ハイスクール時代の恋人だと、母から聞きました。ぼくたちが子どものころは、思春期にふたりがした冒険だとか、行った場所の話をよくしてくれました。でも、そんな話をしたあとは、決まってとまどった顔で黙りこんだんです。のちに聞いたら、アレックス・バレンティがハーバード、母がスタンフォードに進学してからは会わなくなり、父とはそのころ知りあったそうです」

ベンソンは座り心地の悪い椅子の背にもたれ、腕組みをして、ふんと鼻を鳴らした。「なんで母さんがスタンフォードに入学できたんだか、しかも奨学生として。学位に関係のあることなんか、一度もしなかったし、自分で稼いだこともないんだから。でもチャリティ活動に熱心で、手当たりしだいに参加してた。ま、古い話だけどね」

エイデンは深刻そうな目つきでサビッチを見た。「副大統領とわたしの母は友人として互いに連絡を取りあっていて、ぼくとベンが生まれたあとは、家族ぐるみのつきあいになったんです」

「そうそう」ベンソンが言った。「バレンティのとこの子がいつも、うろついててさ。おれたちが望もうと望むまいと関係なしに、母さんが歓迎するもんだから」

サビッチはなにげなく尋ねた。「リチャーズ家のみなさんのこともご存じなのでしょう?」

ベンソンが答えた。「ああ、知ってるよ、みんな会ったことがある。ボウイの家族は大金持ちだけど、彼は分け前にあずかれなくて、警察学校なんかに入ったんだよな」

エイデンが言った。「ボウイはＦＢＩの捜査官だぞ、ベン。ずいぶん出世して、去年、ニューヘイブン支局の責任者になったんだ」

ベンソンがまたもや肩をすくめた。見ていていらいらする癖だ。「へえ。あなたもそうなの、サビッチ捜査官？　おれにわかるのは彼がいやなやつだってことだけだけど。本人のせいじゃないんだろうけど、ボウイのやつかわいそうに、結局、ひどい目に遭わされてるよね？」

「どういうことですか？」サビッチが尋ねた。

ベンソンは笑顔とともにすぐに明かした。「彼の奥さんはありふれた交通事故で死んだことになってて、それだって悲劇だけど、実際はそんなんじゃなかったからさ」

それ以上知りたくないとサビッチは思った。個人的なことだし、事件にも関係がない。

「その話はまたにして、あなた方のお父上の親友であるゲイブ・ヒリヤードのことを聞かせてもらえませんか？」

「これまた強制的にあてがわれたおじさんのひとりさ」ベンソンが答えた。

「おまえが十一のとき、列車のセットをくれただろ？」エイデンがたしなめた。

「ああ。でもそのあと彼がしたことといったら、教育の価値を説教することだけだった。うっとうしいったらなかった。で、いまは彼の息子のデレクが父さんの補佐官のコーリスと結婚しようっていうんだから、びっくりだよな。コーリスはあんなでくの棒の息子のほうじゃなくて、ゲイブおじさんが好きなんだと思ってた」

エイデンが言った。「まったくね。親子ほども年がちがうけれど、ふたりでいるのを見ると、なんかばつの悪いものを感じるんです。それに、誰にも見られていないと思っているときの、ふたりがお互いを見る目つき。彼女が自分じゃなくてデレクと結婚することを、ゲイブおじさんはどう考えてるんだか」

おもしろいことになってきたぞ、とサビッチは思った。「あなた方とお父上の関係はどうですか？」

「おれたちと父さんの？」ベンソンは整えられた眉をうんと持ちあげて、横柄な顔つきになった。「なんでそんなことが知りたいんだ？」

「お父上から、深夜の奇妙な訪問者のことをあなた方に話したとうかがいました」

ベンソンがまたもや鼻を鳴らし、軽蔑を音で表現した。「ああ、あのこと。訪問者ねえ。おれにしたら、父さんしっかりしてくれよって感じかな。エイデンとおれには一生、見破れそうにない。でも、しばらくその話が出ないな。たぶん、父さんがおれたちをからかったんだろ」

エイデンが言った。「父の口からその話を聞いたのは一度きりです。なにを見たか知りませんが、よほど怖かったんでしょうね、ぼくたちのしわざじゃないかとまで疑ってましたから。もちろん、ちがいます。正直に言うと、ぼくたちはうなずいて、興味がありそうな顔をしただけなんです。それ以外にどうしたらいいかわからなかった。ひと晩、張りこんでもみたんですが、当然ながらなにも起きませんでした」

「ほんと、変なんだよね」ベンソンの目つきも声も、熱を帯びてきている。「たくさんの人が父さんを尊敬してて、この国が必要とする人材だって言う。なかには父さんのことを天才だとまで言う人がいる。天才とはね！」ベンソンは苦々しげな笑い声を漏らした。「寝室の窓の外に宇宙人がいたって言ってる人がさ。よしてくれよ。父さんが唯一得意なのは、政治家であることだけなんだ。あとはみんなと変わらない、ただの身勝手な道化師さ。今日の今日まで、父さんはほんとならおれたちのもののはずのものをよこさない。父さんからあてがわれたくだらない事務仕事を必死にこなさないという理由でさ」

エイデンが急いでつけ加えた。「証券会社なんです」

ベンソンがおおいかぶせるように言った。「おれたちの置かれた立場と同じで、なにもかもくだらないことばっかりだ。うちのクソ女房はたいした理由もなくおれを捨てやがるし。父さんは意地の悪いことに、おれの信託財産から彼女にかなりの額をやったうえで、おれたちふたりが五十になるまで信託財産に手を触れられないようにしたんだぞ。五十まで！　おかげで二十メートルある愛車のメンテナンス代にも事欠く始末さ。父さんになら、家計から現金で新車を買うことだってできるのに。もちろん、断られたよ。ずるいんだ、父さんは」

エイデンもいっしょになって父親をこきおろしたそうな顔をしていたが、弟よりは賢かった。サビッチは言った。「今回の幽霊騒動ですが、お父上に対するなんらかの嫌がらせなり、お父上を傷つけるためとは、おふたりとも、思われませんか？　お父上が危険にさらされている可能性はないでしょうか？」ふたりが目を見交わすのに気づいて、ホフマン上院議員に対する同情心が胸を刺した。気がつくと、このふたりはショーンぐらいの年齢のころ、どんな少年だったのだろうと考えていた。自己中心的な不平屋になるきざしは、すでにあったのだろうか？　それとも、ショーンのように無邪気で一生懸命で賢い少年だったのに、どこかで道をそれて、こんなふうに変わってしまったのか？

サビッチはさらにふたりに水を向けてみたが、何度か肩をすくめられただけだった。「わかりました。では、あなた方はお父上が危険にさらされているとは思っておられなかったんですね。では、バレンティ副大統領になにが起きたのか、あなた方のご意見を聞かせていただけますか」

エイデンが身を乗りだした。「ここであなたを待ってるあいだ、ベンとそのことを話してたんです。アレックスおじさんの運転のうまさはみんなが知ってます。下院に初当選する前のことですが、父とおじさんはうちでさんざん飲んでから、フランスに飛んで、ル・マンに出たんです。おじさんはプロのレーシングドライバーを目指すこともできたと、父は言ってました」

ベンソンが口をはさんだ。「たしかに、むかしはすごいドライバーだった。でも、こうなったってことは、スピードを出しすぎてカーブを曲がりそこねたってことだろ。木に激突した車がどうなったか、みんな見てるからね」

「お父上は電話で事故だとは信じられないとおっしゃっていた。怯えてもいたし、怒ってもおられた。車に細工されたと考えておられます」反応を待つ。

「え？」エイデンはあ然としていた。「副大統領の暗殺を企てた人間がいるってことですか？　それはないでしょう。なんで合衆国の副大統領を暗殺しなきゃならないんです？　とくになにかをする立場じゃないし。本気でそう考えてるんですか？」

サビッチは立ちあがって、テーブルに両手のひらをつけ、ふたりを順番に見た。どちらもサビッチより年上だが、およそ大人とは言いがたい。この先、大人になるとも思えなかった。

「ＦＢＩでは車の残骸を徹底的に見分《けんぶん》しています。なにがあったか突きとめたいと考えていますが、それまでは、無用な憶測を避けていただくと助かります」

といいますのも、お父上が副大統領にブラバスを貸す予定でいたことを知っていたのは、ごく少数でした。したがって、副大統領が標的だったとは考えにくい。そこで、あなた方以外で、誰がお父上が死ぬことによって利益を得るか、教えていただけませんか？」

ベンソンは笑い飛ばした。「おれたち以外？　たぶん、千人じゃきかないだろ。父さんは政治家なんだから」

エイデンは異議を唱えることなく、さも傷ついたふうの顔になった。

48

ジョージタウン
金曜日の夜

サビッチはショーンとバスケットボールをして、ショーンがフリースローの順番を待つあいだに眠りそうになるまでつきあった。息子の顔を湿らせたタオルで軽く拭き、トランスフォーマー柄のパジャマを着せて、ベッドに寝かせた。キスをして、明かりを消し、ドアの前でふと立ち止まって、恐竜柄の青いキルトのかかった息子のベッドをふり返った。寝室の窓から差しこむ淡い明かりに、小さな体の輪郭が浮かびあがる。そしてここでふたたび、デビッド・ホフマン上院議員のことを考えた。ホフマンも寝ている息子たちを見て、胸がいっぱいになるような思いをしたんだろうか？

自分のために紅茶を入れて、台所でＭＡＸを使って調べものをしていると、呼び鈴が鳴った。ミッキーマウスの絵入りの腕時計に目をやった。十時近い。職業柄、ドアを開ける前に声を張った。「どちらさま？」

ジミー・メートランド副長官だった。崖っぷちに追いつめられたように、焦りと疲れが顔に表れていた。

「コーヒーがないんです、副長官」と言いながら、サビッチは上司をソファに導いた。折しも大きな安楽椅子の下からアストロが出てきて、メートランドはつまずきそうになった。

副長官はかがんで犬を抱きあげると、膝に載せ、やさしく耳を撫でてアストロを大喜びさせた。「副大統領の事故が重大事件になりそうだ。ステアリング・リンケージの残骸を調べる鑑識の連中にいままでつきあってきた。きわめて巧妙な手口で、少量の爆薬がスピードメーターに連結してあった。連中はまだ追跡可能な部品を探してる。

おまえがこっちにいてくれて助かったよ、サビッチ。シャーロックはまだコネチカットにいて、いい仕事をしてくれている。シーファー・ハートウィンのふいをついて、キュロボルトの不足が計画的なものであることを突きとめたんだからな。会社は一年分の儲けを差しだすことになるだろう。ダイスに聞いたら、罰金さえ払えば、よその製薬会社もそうしてきたように、なにくわぬ顔で通常の業務に戻れるそうだ」

サビッチは膝のあいだで握りあわせた自分の手に視線を落とした。「解決したいのは殺人事件のほうです」

「おまえの気持ちはわからんでもない。自分でどうにかできることのほうに願いをかけたいんだろう？」

サビッチはうなずいた。「製薬会社より殺人犯のほうを捕まえさせてくれと、祈るような気持ちです。解決するときはすべて同時なんでしょう。シャーロックは上下の歯でがっちり端っこをくわえこんでます。ご存じのとおり、彼女はこうと決めたらまっしぐらですから」

メートランドがほほ笑んで、黙りこんだ。アストロが小さく吠《ほ》えたので、また耳を撫でてやった。

サビッチは上司を見た。「話してください」

「今夜はテレビを観てないんだな？」

サビッチは首を横に振った。「早めに夕食をすませて、ショーンとバスケットをしてました。寝かしつけてからは、MAXで仕事をしてたんで。こんどはなにがあったんです？」

「しばらくはマスコミに副大統領の交通事故に事件性があることを嗅ぎつけられたくないと言っていただろう？　それがそうもいかなくなった。早くもダナ・フロビッシャーの死と副大統領の事故を結びつけて、デビッド・ホフマン上院議員の殺害を企てたものという説が流れはじめた。関係者からの情報としてな」

「そんなもんでしょうね。時間の問題でした。その〝関係者〟に心当たりは？」

メートランドは手を止めた。と、アストロが哀れっぽく鳴いたので、ふたたび撫ではじめた。「ホフマンの事務所の人間じゃないかと思ったんだが、主任補佐官のコーリス・リドルに内々で話を聞いたら、マスコミの取材は拒否していると言っていた。ホフマン上院議員の真夜中の訪問者についても尋ねてみたが、彼女は下を向いてしまった。自分の上司ながら、きまりが悪いんだろう。彼女が頭から信じていないことは明らかだ。そして、その件については、少なくとも自分から外に漏らすことはありえないと断言した。誰がマスコミに流したかは見当がつかないと言っていたが、いずれわかる。そういうもんだ。当面は、幽霊がどうのという部分がマスコミに取りあげられる心配はないだろう」アストロを撫でる手がせわしくなった。「この先どうなるか気が気じゃないよ、サビッチ。副大統領はなんとか生きてくれているが、ワシントン記念病院の医師たちはまだ予断を許さないと言うし、テレビのコメンテーターたちは新しい副大統領の候補を挙げだすし。ホフマンの息子たちはなんと言ってた?」

「副大統領はプロドライバーになれるほどの腕前だったとかで、事故が起きたことに驚いてました。彼らの父親が標的にされていたのかもしれないとわたしが言うと、すぐに飛びついてきて、父親が傷つけられるのを望んでいる人は何千人もいると言いだす始末で。その前にはベンソンがさんざん父親をこきおろして、泣き言ばかり並べたてるんで、しまいにはテーブルの下で蹴ってやりたくなりましたよ」

「当面、会わずにすんで、ありがたいよ」

メートランドはサビッチから勧められた紅茶を断った。アストロはメートランドに背中を撫でてもらいながら、べったり腹をつけて、足を伸ばしている。サビッチは思案顔で紅茶を飲み、脚を揺すった。「大統領には長官から報告が行ったんでしょうね」

メートランドがうなずいた。「ミュラー長官が電話してきて、ホフマン上院議員が本来の標的の可能性があるという話が漏れた件について、そんなことは誰も信じたくないだろうと言っていたよ。テレビのショーみたいなもので、突飛すぎて検証もなにもあったもんじゃないからな。ホフマンの亡くなった奥さんが訪ねてきていることや、きみとやりとりがあったことは、大統領には伝えないそうだ。そうだろう？　フロビッシャーの毒殺も副大統領の事故も、ホフマン上院議員とは無関係かもしれない」

「そんなこと、一瞬たりとも信じておられないのでしょう？」サビッチが言った。

「まあな、そりゃ、そうだが。想像がつくだろうが、ホリー大統領は口ではありとあらゆる木を揺すって潜んでいるテロリストを見つけだせと言っているが、実際は事故の真相を知っているし、テロリストが関与している可能性が低いのも承知している。さらに、このことを長く隠しておけないことがわかっていて、とっくにすべてが解決済みになっていることをご希望だ。大統領がそこまで腹を立てることはめったにない、とミュラー長官が言っていた。そして、大統領から的を射た質問が飛んできたそうだ。いったいどこのどいつが合衆国の副大統領を暗殺したがるのか、とね」

サビッチは言った。「そこでまた、ホフマン上院議員標的説が浮上するわけですね」

メートランドはうなずいた。「問題はもしホフマン上院議員が標的なら、敵と呼んでいい人間がおおぜい見つかっていておかしくないんだ。国会議員になる前のホフマンは弁護士としてウォール街で精力的に活動していて、証券取引委員会による投資産業の規制にもひと役買っていた。なかなか強腕だったらしい。さらに、彼が所有する莫大な財産の問題がある——結局は金の問題になる。

だが、捜査は遅々として進んでいない。いまのところ、手がかりになる人物ひとりいない状態だ。そういえば、ゲイブ・ヒリヤードから電話があったぞ。ホフマンの親友として、いつ問題が解決するか知りたいと言ってきた」

「わたしも彼に会いました。ホフマン上院議員と毎週ゴルフをしてるとかで。息子さんがコーリス・リドルと結婚されるそうです」

「世間は狭いな」アストロが鳴き声をあげた。メートランドがサビッチのほうに身を乗りだして、押しつぶしそうになったのだ。「すまなかった、アストロ。それで、ホフマンの奥さんから、なにか聞きだせたか？」

「いいえ、残念ながら。二度めを試みたのですが、そのときは通じませんでした。一度めのときに彼女が洗いざらい吐きだしてくれれば助かったんですが、前にもお話ししたとおり、オイリーがオフィスに入ってきたとたんに消えてしまった。なぜ長居できなかったのかわかりませんが、この手のコミュニケーションには時間制限があるのかもしれませんね。上院議員の寝室の窓にも、もう現れないとか。なんというか——彼女は消えてしまったようです」

「じゃあ、彼女から一部は話を聞けたんだな。きみの言うとおり、彼女が名指ししてくれたら、こんな惨めな思いをしなくてすむんだが。わたしにとって最悪のシナリオは――」メートランドは続けた。「ホフマンが大統領と会っている最中に、また標的にされることだ」

副長官は眠りこけたアストロを大きな手で抱えると、ソファの上に置いてある青緑のクッションの上にそっと横たわらせて、立ちあがった。歩きながら、頭にあることを絶え間なくしゃべりつづけた。「もう一度、ホフマンに会ってもらう必要があるな。すでにデーンたちが寝食を忘れて努力してくれている。ホフマンがこれまでにつきあってきた人のなかに、事件に結びつけられる人物がいるはずだ。はるかむかしの復讐という線もありうる。〝復讐は冷えてからが蜜の味〟ということわざもある。そうだ、その可能性もじゅうぶんにあるぞ」

サビッチは言った。「自分には、どうしても気になる点があるんです。〈フォギー・ボトム・グリル〉の厨房で、誰一人エビにヒ素を混入したのを見てないのは、どういうことでしょう？　スタッフの誰かが嘘をついていて、その誰かは買収されたとしか考えられない。ですが、レストランの従業員は全員、事情聴取を受けたし、詳しく経歴も調べましたが、なにも出てきません。そして、デーンのことなので、事故を起こしたブラバスに手を出せた人間も突きとめようとしているはずです。あなたが言われたステアリングを吹き飛ばした少量の爆薬ですが、しかけるのがむずかしい、ひじょうに精巧な細工です。複雑な手順を踏まなければならないし、それには時間もかかります」

メートランドが言った。「ホフマン上院議員の運転手のモリー・ヒューズが言うには、ブラバスに近づいた人間はいないそうだ。嘘発見器にもかけたが、潔白だとわかった。モリーは天を仰いで、こう言った。『あの車はぼくの生涯賃金より高いんですよ。その車に人を近づかせると思いますか？　冗談じゃない。あのブラバスはクリントンの秘密の本より厳重に管理されてるんです』」

サビッチはからっぽになったティーカップを見おろし、底に残った茶殻《ちゃがら》を見つめた。茶葉が作りだす模様や形は、いつ眺めても楽しい。奇妙なことに、この日は黒いシルクハットに杖を手にしたマジシャンのような模様が見えた。

メートランドが言った。「〈フォギー・ボトム・グリル〉の従業員にも全員、嘘発見器をかけたのか？」

「全員ではありませんが、その予定です。断ったり、弁護士を要求した人間はいません」

「結果がわかったら知らせてくれ。そのときには、事件が解決していることを祈るよ」

「なにかわかったらまっ先に連絡します、副長官。少しはお休みください」

49

頭を整理すると霊感が降りてくることが多いのは、サビッチにもわかっていた。必要な事実はすべてそこにあると信じ、それが正しく組みあわされることを待つ。ジグソーパズルとたいして変わらない。

メートランド副長官が帰ると、ショーンを見にいった。雷が鳴っても夢から覚めないのではないかと思うほど、ぐっすりと眠っていた。それでリビングに戻って腰を落ち着けると、携帯電話がエルトン・ジョンを奏でだした。数分後、電話を終えたサビッチは携帯電話をポケットに戻し、椅子の背に頭をもたせかけ、目を閉じて、考えることをやめた。頭に流れこんできたのは、デーンからの電話の内容だった。

〈フォギー・ボトム・グリル〉の副料理長のひとりで、嘘発見器による一度めの検査のときに、流感にかかってベッドを出られないからと検査をパスしたエミリオ・ガスパリニは、再度予定された検査日にも出頭しなかった。レストランを欠勤したとわかったとき、デーンの直感は活発に働きはじめた。デーンは電話で、さらに捜査を進めれば薬物問題か、ギャンブルの借金が見つかるほうに、買ったばかりのカヤックを賭けてもいいと言った。事件当日、エビを調理したのはエミリオではなかったが、近づくことは可能だったし、なにより、ほかの従業員はひとり残らず嘘発見器でやましいところがないと証明されていた。

エミリオは姿をくらましている。アパートの管理人は家賃を二カ月踏み倒されたと知って、地団駄《じだんだ》を踏んだ。

デーンはエミリオが悪事に誘いこんだ人物によって殺されたのではないかと案じていた。そして、この事件の真の黒幕は、男にしろ女にしろ、いまだ謎に包まれたままだ。

サビッチは疑問の数々を頭によぎらせた。レンガの壁にぶつかるたび、後ろに下がって、ふたたび脳が働くにまかせた。エイデンとベンソンの発言に幾度となく立ち戻り、そのたびに彼らの言ったことのなかに答えがあるはずだと自分に言い聞かせた。

ふたりの供述調書を読み返してから、ベッドに入った。頭をからにしてニッキィを呼んだが、彼女は現れなかった。

その夜は訪れるもののないままに終わった。幽霊にしろ、霊感にしろ。

50

ワシントンDC
ワシントン記念病院
土曜日の朝

サビッチはうつむきながら病院に入った。マスコミに気づかれたくない。〈ワシントン・ポスト〉のジャンボ・ハーディから声をかけられたが、知らんぷりして歩きつづけた。警護にあたっている捜査官がエレベーターホールにいた。副大統領に至るまでに通り抜けなければならない最初の関門だ。サビッチはその捜査官に身分証明書を見せて、三階に停まる一台きりのエレベーターに乗った。待合室で待機しているおおぜいの家族や友人に声をかけることなく、ICUに向かった。ふたたび身分証明書を出し、立ち止まった。ICUの半分が副大統領のために使われている。警護されていることはわかっていたが、バレンティ副大統領の病室の外には六人ものシークレットサービスが立ちはだかり、三メートル以内に入る全員に厳しい目を向けていた。たぶん半分は威嚇のためだろうが、なんにしろ、多少過剰な感があった。

警護スタッフのなかにアルマ・ストーン捜査官がいた。サビッチは身分証明書を取りだし、ひとりずつにかざしながら、通り抜けた。

「アルマ、まるで要塞だな」

「そうなんです、ディロン。あなたが副大統領に会いにこられると、連絡がありました。かろうじて意識がある程度の状態ですが、副大統領はあなたに話をしたいからと、医師団から反対があったときも面会を強く要望されました。いまは医師がふたり付き添っています。どちらもにこりともしませんが、お気になさらずに」

アルマはしかつめらしい顔をした年かさの医師ふたり――ひとりは白衣、ひとりは手術着――にサビッチを紹介すると、回れ右をして、ガラス製のドアを静かに開けた。

医師ふたりはサビッチについてガラスの壁で区切られた個室に入った。カーテンのかかった室内は静かで、バレンティを生につなぎとめている機械の音しかしない。花もカードもなかった。あるのは椅子とベッドと、ロケットを打ちあげられそうなほどの機械で、それが鳴ったり、うなったり、うめいたり、気まぐれなリズムを刻んでいた。

窓辺に男と女がひとりずつ、腕組みして立っていた。サビッチが入っていくと背筋を伸ばして、体の脇にある拳銃に手を伸ばした。

サビッチは立ち止まって、待った。ふたりにうなずきかけたアルマは、サビッチの腕を軽く叩いて、小部屋を出ていった。サビッチはベッドの足元に控える医師ふたりに目配せで邪魔をしないように伝えると、バレンティのベッドに近づいた。

バレンティは十歳は老けて見えた。タカのように鋭い端整な顔が蠟《ろう》のように青ざめ、まぶたは黒ずんで、鼻腔《びこう》には酸素チューブが挿入されている。片方の脚にはギブスがはまっていた。点滴のチューブが五、六本あり、うち一本は首につながっている。呼吸はゆっくりながら、それほど苦しそうでない点は救いだった。

アレックス・バレンティの容態は深刻ながらも安定しており、そのことはすでに特別放送とテレビ下のテロップを通じて国じゅうに報じられていた。

コメンテーターたちは予測することがなくなって、途方に暮れている。

サビッチはかがんで、バレンティの腕に手を置いた。点滴のチューブの上だった。「副大統領、まいりました」

世に知られた緑の瞳がゆっくりと開いた。少し時間がかかったものの、焦点が合うと、その目にはこちらに気づいたことと、激しい知性の炎が現れた。「サビッチか。よく来てくれた。誰がわたしをこんな目に遭わせたか、わかったか？　テロリストか？　誰か名乗りでたか？　事故じゃないのはわかっているんだ」

「はい、事故ではありません。車が細工されていました。ですが、FBIでは、政治ともテロリストとも無関係だと見ています。副大統領、せっかくこうしてお目にかかれましたので、デビッド・ホフマン上院議員とどのようなご関係なのか、聞かせていただけませんか？」

バレンティがまばたきをした。「デビッドとか？　なぜだ？」一瞬、痛みに顔をゆがめ、とまどいに眉をひそめる。

片方の医師が進みでて、バレンティの傍らにあったモルヒネ投与用のボタンを押した。「これで痛みが和らぎます、副大統領。数分で効いてまいります」医師はボタンを副大統領の手に押しつけると、指を折って握らせた。

それぞれが待ちの態勢に入った。医師たちが様子を見守るなか、バレンティがふたたび落ち着きを取り戻した。「いいぞ、だいぶよくなった。わかった、デビッドと彼のしたことを話そう――やつはあのすばらしいメルセデスを手に入れて、わたしにひけらかした。わたしが運転したくてどうしようもなくなるのがわかっていてだ。わたしはブラバスを運転したことがなかった。彼の言うとおりだった。なんてすばらしい車だろうとしか思えなくなった。飛んでいるような感覚といい、あの驚くべきエンジン音といい、わたしがそれまでに運転してきたどんな車にも勝っていた」

「あなたとホフマン上院議員の関係に話を戻しましょう。おふたりはいまもいいご友人ですか？」サビッチには、バレンティが頭のギアを切り替えなければならないのがわかった。意識しないと切り替えられないのだ。

「デビッドとわたしは親友だ。千年のつきあいになる。いや、百年のほうが近いかな」

「長いおつきあいですね」すでに知っていることばかりだが、サビッチは調子を合わせた。

「そうだ。どちらも大学を卒業した直後からのつきあいだからな。いまこうしてふり返ってみると、不思議だよ。デビッドもわたしも政治の道に進みたいという、それは根深い願望があった。デビッドは最初から国会を目指したが、わたしは州政府のほうに進みたかった。わたしがバージニア州の州知事に再選されたその年、デビッドははじめて上院に選出された。それまで十四年間は下院議員だった」

「州知事になる前にはなにをされていたんですか、副大統領?」もちろん、サビッチはバレンティに関する身辺情報をすべて把握していたが、彼に頭を使わせて、集中させておきたかった。

「わたしは地方政治から入った。リッチモンドの市長をつとめたのち、州政府に移り、最後には州知事になった。世の中の役に立つことをしたくて、そう心がけた。三年前、州知事の三期めをつとめているときに、ホリー大統領から副大統領候補としてお声がかかった。わたしにはそんな気がなかったので、ろくに考えもしなかったんだが、推薦を受けろと言った人たちのなかにデビッドも入っていた。もちろん妻と子どもも選挙戦では大いに力になってくれたし、いまもそれは変わらない」

「そして、そうした日々、副大統領のご家族とホフマン家とは、よく集まられたのですか?」

こうした質問の意図を疑問に思ったにしろ、副大統領はそれをおくびにも出さなかった。

筋道だった話ができていることに喜びを感じているのだろう、とサビッチは思った。

「もちろんだとも。デビッドの奥さんのニッキィとは、高校の同窓生だ。ニッキィは奨学金をもらってスタンフォードに進んだ。賢くて、かわいい人だった。わたしは祖父の代からの習わしで、ハーバードに進んだ。ニッキィに会ったことはあるかね、サビッチ捜査官？」

「ええ、そう言えないこともありません」

「突然の死ではなかったが、誰にとっても、とりわけデビッドには受け入れるのがむずかしかった。いまでも、ふと気がつくと彼女のことを思いだして、あれこれについて彼女だったらどう言うだろうと考えていることがある。

十八歳というのは、そういう年ごろなのだろう。わたしたちは愛しあっていると思っていたが、若者にはときに人生が耐えがたいほど深刻なものに思える。ニッキィはスタンフォードに行って、デビッドに出会った。わたしはハーバードで妻となるエリサと出会った。彼女は二歳下で、ラドクリフの学生だった。わたしたち全員を結びつけたのは、ニッキィだよ。以来、わたしたちはすばらしい友情を育んできた」バレンティは努力して、小さな笑みを浮かべた。「両家は車で行き来できる距離に住むようになった」

「リチャーズ家とも親しいおつきあいですね。あなたによろしく伝えてくださいと、ボウイから言付《ことづ》かってきました」

「そうとも。わたしたちはみな、方舟《はこぶね》に近い時代からのつきあいだ。あのボウイがいまや妻腕のＦＢＩ捜査官とは。東海岸に戻ってきてくれたときは、みんな大歓迎だった」

「ホフマン上院議員のご子息を、どう思われますか？　エイデンとベンソンのことですが」

バレンティは目をつぶって、黙りこんだ。口を開くと疲れた声が漏れ、サビッチは心配になった。「どう言えばいいものやら」

「真実を、副大統領」

「問題はないのだろう、みんなが知っていることだからな。はっきり言って、エイデンにもベンソンにも失望している。ニッキィは成人した息子たちを受け入れられずにいた。父親が財産を守って出ししぶることに、ふたりは腹を立てている。三年前にニッキィが死んだとき、デビッドは息子たちから手を引いた。ふたりとも大人だから、自分にできることはない、と言っていたよ」

「ふたりが暴力的になったことは、あるんですか？」

「ああ、実際にふるったことがある。女性相手に。デビッドはふたりがつきあっていた女性たちに対する暴行事件をもみ消した。女たちに金を握らせて、告訴されないようにしたんだ。甘やかされて育ったツケがまわった」

「きょうだい両方と話をしました。あなたのことをすばらしいドライバーだと褒めてましたよ。ヨーロッパでレースにも出られたそうですね」

新たなほほ笑みが、痛みの引き金になった。副大統領はモルヒネ投与のボタンを押した。

「ああ、エリサはわたしが車にかける情熱を怖がって、嫌ってきた。いまは『ほれみたことか』と言いたくてうずうずしているだろうが、残念ながら、わたしは倒れてこのざまだ」

サビッチは言った。「ベッドの足元に立っておられる紳士ふたりが、あなたは亡くならないと言っていますよ、副大統領」

「ありがたいことだと思っているよ。大半の時間は」バレンティはふと口をつぐみ、サビッチの顔を見つめた。

「なにがあったか教えてください」

バレンティは小さくうなずいた。「きみも事件性があると思っているようだな。それでい い、ほかには説明がつかない。コーナリングを試してみたくて、激しくコーナーを攻めると、なにかが引っかかった。そして、それきりハンドルがまったく動かなくなった。押しても引いても、ぴくりともしない。そのあとはあっという間のできごとだった。ブレーキを踏んだが、速度を出しすぎていた。百二十キロ近かったと思う。前方に木が見えたと思ったその瞬間、ぶつかり、それきり意識が飛んだ。なにが起きたかわからないが、事故でないことはわかる。衝突の瞬間もそれはわかっていた」

尋ねたいことが山ほどあって爆発しそうだったが、見るとバレンティは疲れてきていた。かがんで副大統領の顔に顔を近づけ、静かに告げた。「お休みください、副大統領。またうかがいます。そして、答えを見つけてきます、お任せください」サビッチは医師ふたりと警護員にうなずきかけて、病室を出た。アルマ・ストーン捜査官がすぐに近づいてきて、ＩＣＵの出入り口まで見送った。

「この先はひとりでお帰りください、ディロン。今朝、ここまでマスコミ関係者が入りこんでましてね。どうやって忍びこんだのやら、報道の自由がうんたらと言って、答えるのを拒否したんですよ」

「副大統領をよろしく頼むよ、アルマ」

「任せてください。シャーロックとショーンにどうぞよろしく」

「おれに用があったら、アルマ、廊下の向こうでミセス・バレンティと話しているから、呼んでくれ」

51

コネチカット州ミルストーン
土曜日

〈グレニス・スプリングス・カントリークラブ〉のコースは性悪女のように意地悪なことで有名で、それをクラブ所属のゴルファーたちはさも愛おしげに語った。クラブハウスのほうは一九八一年から一度も改装されていないのに、コースのほうは毎年磨きをかけられ、練りこまれて、進化してきた。

シャーロックは赤い石とガラスでできたクラブハウスには立ち寄らず、プロショップを横目に見ながら石畳の小道を進んで、最初のティーグラウンドを目指した。遠くにテニスコートが見え、六面あるそのすべてが使われていた。よく晴れたすがすがしい日で、気温は十八度前後。ここでミック・ハーガティがインストラクターをつとめている。シャーロックはテニスコートのひとつで、彼がレッスンをつけていることを願った。昨日の早朝、自宅の洗濯室で夫を惨殺されたジェーン・アン・ロイヤルがミックとここにいるとは思えない。ミックがひとりのときにふいをつきたかった。

だが意外なことに、ミック・ハーガティはいなかった。プロショップに立ち寄ると、彼にはロイヤル家での個人レッスンの予約が入っていることがわかった。行って確かめてみるしかない。

ニューヘイブンのケンダー博士に会いに行く途上のボウイとエリンに電話をかけて、ジェーン・アンの家に向かうと伝えた。

ドライブウェイに車を入れて、FBIの鑑識のバン二台の後ろに停めた。鑑識班はまだ家のなかで作業中だった。なにか有益なものが見つかったかと尋ねようと思った矢先、携帯電話がアート・ガーファンクルの「魅惑の宵」を奏でだしたので、シャーロックは笑顔になった。ディロンがワシントンに戻る直前に設定していってくれた曲だった。

「シャーロックよ」

「おれだ」

「そっちはどんな具合?」

「リーズバーグの近くまで来てる。〈フォギー・ボトム・グリル〉で副料理長をしてたエミリオ・ガスパリニが車ごと水路にはまって死んでるのが見つかった。死体を発見したバージニアの警官が広域指名手配書を見て、電話してくれたんだ。アストロの首輪を賭けてもいいが、事故じゃないぞ」

「わたしもそっちに賭けるわ。またパズルのピースがひとつ見つかったわね、ディロン。わたしたちが追っている殺人犯は、怖がって逃げまわってるわ。すごい離れ業を見せようなんてしないで慎重に行動すると、約束して」

「それはおれのミドルネームだよ、スイートハート」

「どの言葉が？」

サビッチが笑い声をたてた。「近ごろはおれを撃とうとするやつもいなくなった。そこで相談なんだが、シャーロック、誰だったらホフマン上院議員の運転手のモリー・ヒューズの目を盗んで、彼のブラバスに細工できたと思う？」

「どれくらい時間のかかる作業なの？」

「装置の残りを組み立ててくれた連中に尋ねたら、経験豊富な人間が一心不乱に作業して二十分ぐらいだそうだ」

「モリーの休憩のときとか？」

「ありうる。それにモリーは上院議員を車に乗せて走ったり、車の手入れをしたりする以外の雑用も担当してるから、つねにガレージに張りついてるわけにはいかない。にしたって、ガレージにいる時間が長いし、それ以外の雑用は、宅配便を出しに行くとか、ほかの国会議員の自宅やオフィスに書類を届けるとか、スタッフミーティングのためにテイクアウトの弁当を受け取りに行くとか、そのつど異なるから、決まった日課があると思ったら期待外れに終わる。となると、おれたちの犯人は小型のハイテク機器を組み立てたり取りつけたりする技術をあらかじめ持ってたか、そういう才能があってやり方を教わったか？」

「あるいは、人を雇ってやらせたとか」

「ああ、おれもいまそれを考えてた。ここDCかその近辺に条件に合致した人物がいるかどうか、探りを入れさせてるところだ。解体とか爆破の仕事にかかわってきた人間かもしれない。その一方で、犯人がモリー・ヒューズがホフマン家を離れるのをひたすら待って、ガレージに潜りこみ、見つからないことを祈りつつ装置を取りつけた可能性も捨てきれない」

「かなりのリスクよ」シャーロックはゆっくりと言った。「それをやるとなると、そうとう本気か、大金が動いたかね」

「そうだな。そこでまた、ホフマン上院議員の息子たちが浮上してくる」

「この事件の答えを彼らが持ってると、本気で思ってるの？」

「奇妙に聞こえるだろうけど、わかるんだ。たんなる気のせいかもしれないが」

「いいえ、あなたの第六感がそう言うんなら、まちがいないわ。力みすぎないでね、ディロン。供述調書は何度、読んだ？」

「三、四回」

「もう読まないで。そして、そのことを考えないようにして、ただ温めておくの。そうしたら今日の真夜中にぱっと目が覚めて、そのときには答えが燦然《さんぜん》と輝いてるわ」夫の思慮深そうな顔を思い浮かべて、シャーロックはほほ笑んだ。

「気のせいといえば、コネチカットのこのあたりにも、気のせいかと思いたくなるような捜査の材料があるみたいよ。ジェーン・アン・ロイヤルを探して、これからミルストーンに向かうところなの。彼女の自宅まで行ったんだけど、ガレージにはアウディがなくて。テニスのインストラクターといっしょかもしれない。ミルストーンにはそのミック・ハーガティが住んでるの。ふたりでいるところを捕まえられたらいいんだけど。ジェーン・アンはここストーンブリッジにも友だちがいるからちがうのかもしれないわね。でも、なんかそんな気がして……」言葉を切り、つけ加えた。「結果が楽しみよ。そのあとボウイとエリンに合流するわ」

「気をつけろよ。いいな？」

「その点は任せて。だって、魅惑の宵が待ってるんでしょう？　と言っても、ショーンとピザを食べることじゃないわよ。日曜の夜はどう？　今日じゅうに、抱えてる問題を全部片付けられるかもしれない」

「いいね」サビッチの笑い声が響いた。

シャーロックはにやにやしながら、バックミラーを少し調整した。鑑識班の面々に手を振って、ロイヤル家のドライブウェイを出た。

そしてドロレス・クリフ捜査官に電話をかけてミック・ハーガティの住所を教わると、ミルストーンへの道をたどりはじめた。

52

バージニア州
リーズバーグから三キロ西
ビスマルク・ロード

サビッチとデーンは救命士ふたりが監察医のバンの後ろに押し入れようとしているストレッチャーの傍らに立った。サビッチが緑色の袋のファスナーを開いた。

エミリオ・ガスパリニはまるで眠っているようだった。いまにも目を開けて、自慢の特製オムレツはいかがと笑顔で尋ねそうだ。だが、その目が開くことはない。二度と目覚めないのだ。副料理長のエミリオ・ガスパリニはフランスの料理学校、ル・コルドン・ブルーで学んだ、まだ三十四歳だった。黒い髪に、浅黒い肌。フィレンツェ生まれ、両親ともに料理人。銀行口座に大金が振りこまれた形跡も、新しい服とか車といった、懐が豊かになったことを思わせる物証もなかった。あとは銀行の貸金庫か、恋人が現金を持って隠れているか。イタリアの両親に送金した可能性もある。サビッチはほどなく解決の糸口が見つかることにいまだ希望をつないでいた。デーンはさっそく携帯を取りだし、ＦＢＩ本部のオイリーに報告の電話をかけだした。

グレン・フェルプス保安官助手はガスパリニの顔をしげしげと見ていた。まだ二十四歳にもかかわらず、彼の額には心配皺《しんぱいじわ》ができている。「こいつが事故なら、ケガはどこにいったと言いたいですね」強い南部訛りのせいで、もったりとしたシロップのようだ。「道から外れて水路に落ちたら、それ相応の傷ってもんができるでしょう？　それなのに顔には青痣も切り傷もなければ、擦り傷ひとつない。もう死んでいたのを、運転席に押しこんだんでしょう。事故に見せかけるにしちゃあ、お手軽すぎる。あまり頭のいい犯人じゃないかもしれませんね」

「いや、頭はいい」デーンは死体の顔を眺めたまま言った。「無頓着なだけだ。犯人にはかなり強い傲慢さと、料理人を見くだす気持ちがあるのかもしれない。殺して捨てて、あとは手の埃《ほこり》を払ったら、いつもの生活に戻るのみ。これは後始末なんだろう」

デーンは救命士に声をかけた。「ここでの仕事はすんだ。あとはクワンティコで」そして、グレン・フェルプスを見た。ズボンを少したくしあげすぎだ、とデーンは思いながら笑顔になった。警察学校を卒業してどれくらいだろう？「いい線だね、フェルプス保安官助手」

フェルプスは顔をぱっと輝かせた。「ありがとうございます、カーバー捜査官。じつは水路に落ちた車を見たときは、なにが飛びだすかと戦々恐々だったし、昼めしを食べてなくてよかったと思いながら、下におりたんです。ところが実際は、眠ってるみたいにきれいで」

デーンはフェルプスと握手を交わしながら、言った。「すぐに電話してくれて助かった。おれの名刺を渡しておくから、なにか気がついたら、いつでも電話してくれ」

サビッチとデーンが見ていると、グレン・フェルプス保安官助手は受け取ったデーンの名刺をさも大切そうに財布の、アメリカンエキスプレスカードの脇にしまった。

「自分も名刺を持ってるんです」フェルプスは顔を赤らめながら、デーンに名刺を差しだした。「こしらえたばかりなんですよ、うちのおふくろが、いつ必要になるかわからないから作ってやると言ってくれて。どんな職業か伝えれば、感心してもらえると思ったんでしょうね」ふたりに向かって満面の笑みを浮かべ、監察医のバンが走りだしたときもまだ頰を赤らめていた。「ひどい事件だ。「そうだな。あなた方が解決してくださるのを祈ります」

サビッチは言った。「ありがとう、フェルプス保安官助手。車はあとで取りにこさせて、徹底的に調べるよ」

「サビッチ捜査官、よかったら自分の名刺を受け取ってもらえませんか?」

53

コネチカット州ミルストーン

ジェーン・アン・ロイヤルのアウディは赤レンガ造りのアパートの前にあった。一九三〇年代に建てられたアールデコ様式のビンテージアパートは、鬱蒼と茂ったカエデとオークに囲まれて立つおもむきのある美しい建物で、手入れが行き届き、緑が青々としていた。二十代のテニスのインストラクターにしてはいい住まいだ、とシャーロックは思った。

建物は五階建てで、各階に六戸ずつしかなかった。ミック・ハーガティは、角部屋の2Dに住んでいた。シャーロックはダークレッドの分厚い絨毯《じゅうたん》が敷かれた通路を進んだ。壁にはアールデコ様式の赤い照明器具が取りつけられ、やわらかな明かりを上向きに放っていた。

2Dの前まで来ると立ち止まって、耳をすませた。男女ひとりずつの声が聞こえるが、内容まではわからない。残念。シャーロックはドアをノックした。すぐにドアが開いて、ミック・ハーガティの顔がのぞいた。せいぜい二十四、五歳の、いい男なのはまちがいなかった。ほっそりした鼻筋、がっちりした顎のライン、高い頬骨。髪は黒っぽく、よく日焼けして、目は息を呑むほど青かった。アイルランド系のなかには、こういう黒髪に青い瞳の人たちがいる。まっ白なテニスウェアとスニーカーを身につけ、それがまた彼にはよく似合った。これでラケットを手に持てば、雑誌の表紙を飾れる。

一瞬、シャーロックを見おろしてから、彼は言った。「どなた？　なんの用かな？」

シャーロックは笑顔で彼を見あげた。ディロンと同じぐらい背が高い。身分証明書を差しだした。「ご覧のとおり、FBIのレーシー・シャーロック捜査官です。あなたとジェーン・アンにお話をうかがいたくて、まいりました」

彼がとまどうのがわかった。シャーロックは手を伸ばして彼の腕をそっと叩き、身分証明書を取り戻した。「だめよ、嘘はつかないで。下にジェーン・アンのアウディがあったし、彼女の声も聞こえたわ」彼の脇をすり抜けてなかに入ると、小さく手を振った。「ジェーン・アン？　シャーロックよ。ご機嫌いかが？　捜査の進捗状況を伝えたいんだけど」

ジェーン・アンはかなりの広さがあって、あちこちに小さなペルシア絨毯が敷いてあるリビングのまん中に立っていた。壁の二面は床から天井まで窓になっており、その奥に丹精された芝地が広がっている。天井の高さといい、凝ったモールディングといい、エレガントな部屋だった。ジェーン・アンはくつろいだ様子だった。コーヒーテーブルのトレイにはカップがふたつと、コーヒーポットが置いてある。彼女は黒のヨガパンツと、脇で結ぶように なった紫色のルーズなトップス、それに黒いバレエシューズという恰好だった。おろした髪が磨きたてた床のような艶を放っているものの、顔色は悪く、皮膚が引きつって見えた。

「くたくたに疲れてしまって」ジェーン・アンは言いながら、優美なアーチ状の出入り口をくぐってきて、シャーロックの手を取った。「昨日の夜は命を救ってくださって、ありがとう。すぐに駆けつけてくれたおかげよ。わたしにはわかるの。あのままだったら、男たちが入ってきて、殺されていたわ」

「でも、銃を持ってたでしょう、ジェーン・アン」シャーロックは言った。「生き残ったのはあなたのほうだったんじゃないかしら」

ジェーン・アンは弱々しくほほ笑んだ。「そう思う？　信任投票はありがたいけれど、どうかしら、シャーロック。あのときは怖すぎて、過呼吸になりそうだったの。あなたとサビッチ捜査官のおかげで、腕試しをせずにすんだわ。まだそのことばかり考えてしまって」

シャーロックは彼女の腕にそっと手を置いた。「実際には起きなかったんだから、考えちゃだめよ。あなたは無事だったの」

ジェーン・アンの目が涙に濡れる。「そうは言っても、あんなに怖かったのははじめてだから。その感覚がまだ残っているうえに、カスキーが殺されたのよ。あの人、銃で撃ち殺されたとき、どんな気分だったのかしら？　お願いだから、犯人たちを捕まえたと言って。シーファー・ハートウィンから雇われた人たちだったの？」

「まだ犯人が特定できないのよ。シーファー・ハートウィンの人間だと思う？　彼らが殺し屋をよこして、カスキーを殺させたと？」

「会社がカスキーに罪をかぶせたんじゃないかしら。それでカスキーを殺させたら、カスキーにはもう申し開きをすることができないわ」

「ほんと、そのとおりね。それに、あなたの言うことには一理あるわ。会社側はすべてをあなたのご主人のせいにしてる。計画的なキュロボルト不足も、バンウィー公園でブラウベルト氏が殺されたことも。最終的にどういう結果になるか、誰にもわからないわ。じつはね、ジェーン・アン、カスキーの海外口座がふたつ見つかったの。預金額はふたつ合わせて四十万ドルに満たないから、首謀者にしては少なすぎるけど」

ジェーン・アンは何度か深呼吸をして、心を鎮めた。「四十万ドルの預金ですって？」しばらく目をつぶった。「なんて人なの」

「まちがいない、逃亡するつもりだったんだ」ミック・ハーガティは玄関脇から動かずにいた。「きみと息子さんたちを見捨てて、逃げるつもりだったんだよ、ジェーン・アン」

「たぶんそうでしょうね」シャーロック・ハートウィンの差し金で送られてきた人以外に、あなたに心当たりはない？シーファー・ハーガティはジェーン・アンから目を離さずに言った。「ほかに心当たりはない？　シーファー・ハーガティ

「自分の夫が罪を犯したってことが、わたしにはまだ受け入れられない。でも、ひとつわかっているのは、人は殺していないってことよ、シャーロック」

「そうかもしれないわね」

「そうね、考えてみるわ。わたしの知るかぎり、カスキーには個人的な敵はいなかった。でも、ちょっと待って、カーラ・アルバレスは別かも。彼女は裁判とか政治とかビジネスとか、とにかく熱くなる人なの。急にキレることがあって、そんなときはみんな逃げてしまうと、カスキーが言っていたわ。カスキーから捨てられそうなことに感づいて、殺し屋を雇ったのかもしれない」

「わたしとエリン・プラスキがお宅を訪ねたあと、カスキーと話をしたの？ それで、カーラと手を切るつもりだと聞かされたの？」

「いいえ、そうじゃないけど、いつものパターンなのよ。前にも言ったとおり、カスキーは不誠実な人だけど、不誠実さのパターンが決まっているの。よその女に夢中になると、人目を避けてロマンチックなディナーを楽しみ、セックス三昧《ざんまい》の日々を送る。カスキーほどセックスのときのおしゃべりのじょうずな人はいないわ。で、魔法が解けて、ドアから外に出ていく。ああ、でもよくわからないわ、シャーロック。たぶん気持ちを整理したくてしゃべってるだけなの。でもカーラはたくましいわ。わたしよりたくましいのは確か。彼女の癇癪《かんしゃく》が怖くて、みんなが彼女の顔色をうかがっているわ」

「カーラじゃないとしたら、経理部長のターリー・ドレクセルはどう？ 確かそんな名前だったわよね」

ジェーン・アンが言った。「彼のことは考えていなかったけど、そうね、あのふたり関係があったのよ。いまでもすべてがはじまったときのことを覚えているわ。ストーンブリッジにある誰か部長さんのお宅でバーベキューがあって、その夜のターリーはカーラにべったりだったの。ひとときも彼女を放そうとしなくて、トイレにまでついていきそうだった。わたしはそんな彼を見て、よほど夜の生活がごぶさたで、おかしな雰囲気になってるんだろうと思ったわ。でも、彼が実際に彼女の役に立てるとは思えなかったし、ふたりでいてもしっくりこなかった。それでカーラは自暴自棄になってるのかもしれないと思ったのを覚えてる。たぶんカスキーがそんなカーラをターリーから奪ったのね。ターリーは悔しさに歯嚙みして、群れを率いるボス犬に復讐しようと誓ったのかもしれない。もともとカスキーを焚きつけて、カーラを意識させたのは、ターリーよ。そしてカスキーはその気になった。自分にないものを別の男が持っていると、許せない人なの。相手が部下ならなおさらよ」

シャーロックは、ディロンとはじめてシーファー・ハートウィンを訪れたときに、カーラ・アルバレスとターリー・ドレクセルが言い争いをしていたのを思いだした。彼女とカスキー・ロイヤルの不倫関係が原因だったのだろうか？

ジェーン・アンは突然くるっと向きを変えて、両手で顔をおおった。「わたしの言ったことなんかすべて忘れてちょうだい。わたしはぴかぴかの性悪女なの。よくわかりもしないことを、べらべらしゃべってるだけ。ああ、なんて恐ろしいのかしら。信じられないわ。四十万ドルですって？　わたしにはとても信じられない」

あのカスキーがお金を盗んだことが？　それとも、それを独り占めしようとしたことが？　そう思いながら、シャーロックは言った。「わかるわ。ショックでしょうね。突然の事件でご主人が亡くなり、隠してあった財産が見つかったんですもの。でも、あなたは生き延びた。乗り越えなくちゃね、ジェーン・アン。息子さんたちのためにも。二日もしたら、ご主人の遺体が戻ってくるわ。監察医の番号を教えるから、よかったら電話してみて」

ミック・ハーガティが言った。「いま思いだしたよ、シャーロック捜査官。あなたには二日前、ジェーン・アンにレッスンをつけにいったとき、会ってるね。もうひとり別の女性がいっしょだった」

シャーロックは彼を見た。さっき自分が部屋に入ったときから、一歩も動いていないようだ。「そうよ。ところで、よかったら、椅子にかけない？」

「ジェーン・アンはひとりでいたくなかったんだ」ミックは言いながら、ふたりの先に立ってリビングに入り、シャーロックに大きな安楽椅子を勧めた。彼のお気に入りの場所なのだろう。五十インチのテレビがその椅子の二メートル先にあり、サイドテーブルにリモコンが置いてあった。ぴかぴかの卓面にビール缶の丸い跡が幾重にも重なって残っている。ミックはシャーロックにためらい気味な笑みを向けながら、ジェーン・アンとならんでソファに座り、ラケットを構えているように脚を開いた。

「テニスのインストラクターになって何年なの、ミスター・ハーガティ？」

「三年だよ。いいお金になるし、自分の時間もある。ベルソンの授業料も払えるしね」

「地元の教養大学よ」ジェーン・アンが彼のほうを見ずに、説明した。

「専攻は？」

「映画で学士号を持ってる。じつはぼく、役者でね。二週間前まで、ベルソンで夏期公演に出てた。シェークスピアの『じゃじゃ馬馴らし』でペトルーキオ役だったんだ。夏期公演がハリウッドの連中の目に留まったらいいんだけど。そりゃ、ハリウッドにコネのある親戚がいればもっといいんだけどね」

ジェーン・アンは両脚をぴったりつけ、握りしめた両手を膝に置いて、前かがみになった。

〝誰があんたに興味があると思ってるの、このばか？〟とでも言いたげな顔でちらっとミックを見た。神経が高ぶっているようだ。

シャーロックに尋ねた。「どうやってわたしを見つけたの？」

シャーロックは彼女を刺激するのが怖かった。「じつはあなたの家に寄ったのよ。もちろん、鑑識の人間がまだいて、それで気がついたの。あんなことがあったあとだから、あなたには安らぎがいる。だとしたらミックだろうって」

「このあと息子たちを迎えに、フィラデルフィアの姉のところまで電車で行く予定よ。息子たちに父親が亡くなったことを伝えなければならないわ。でも、どうしたらそんなことができるの？」目が潤んで、ひと粒の大きな涙が頬を伝った。ジェーン・アンはそれをぬぐって、唾を呑みこむと、気を取りなおそうとしたが、涙はひと粒、またひと粒とこぼれ落ちた。

シャーロックはジェーン・アン・ロイヤルからミック・ハーガティに視線を移した。「大変ね。お気の毒に」言葉を切り、静かに告げた。「わたしは嘘が嫌いなの、ジェーン・アン。嘘をつく理由がわからないときは、とくによ。さあ、教えて。ミックとそういう関係になってどれくらいになるの？」

ジェーン・アンはさっと身を引いて、頬をぬぐった。「なんなの？　夫を亡くしたばかりのわたしに、なんてことを言うの？　あなたがそんな人だとは――」

「じゃあどんな人だと思ってたの、ジェーン・アン？」

「やさしい人よ。でも、あなたはむごいわ」

「というより、実際のわたしは連邦の警察官で、残酷な殺人事件の捜査中なの」シャーロックは寝室に向けて指を振った。「寝室の床にドレスが落ちてるのが見えちゃった。ミックはドアを閉めるのを忘れたまま、わたしのノックに応じたみたいね。それともほかの女性のドレスなのかしら、ミック？」

ミックは車のヘッドライトに照らしだされたシカのようになった。「そんな、まさか、ほかの女なんかいないよ。ぼくたちはそんな関係じゃない。ジェーン・アンはどうしたらいいかわからないくらい疲れはてて、ここへ来たんだ。だからベッドで寝かせてあげた。ぼくはソファで寝たよ」

シャーロックはふたりを交互に見くらべた。「あなたの給料を調べさせてもらったわ、ミック。こんなすてきなアパートを借りられるほどの額じゃなかった。あなたはまだここへ引っ越して二カ月よ。前の住まいは別の地区にあって、ごくふつうのアパートだった。お金を払ってくれる生徒さんをたくさん抱えてるの？　それとも贅沢な暮らしができるのは、もっぱらジェーン・アンのおかげ？」

ジェーン・アンはまっ赤になって、さっと立ちあがった。怒りが波動となって伝わってくる。「あなたに嘘なんてついていないわ。でも、仮についていたとしても、関係ないでしょう？　わたしが安らぎを求めてミックのところへ来たら、いけないの？　あなたからとやかく言われる筋合いはないわ。なんの関係もないんだから。

あのね、こんなとき女友だちから胸くその悪くなるような慰めは聞きたくないの。みんなばかなんだから。ミックならわかってくれる、つまらないことを言うより、ほんとに気遣ってくれるとわかっていたから、だから、ここへ来たの。夫が死んだ翌日に別の男と寝るわけがないでしょう。

もう帰ってくれないかしら、シャーロック捜査官。ここに座って、あなたのおかしな非難を聞くのはまっぴらよ。あなたたち、殺人犯を捜すために、なにかしたの？　あの男たちふたりがあなたたち夫婦も殺そうとしたのを忘れたの？」

シャーロックは穏やかな口調で尋ねた。「あなたがこのすてきなアパートの家賃を払ってるの、ジェーン・アン？　あなたが週に二回そのへんのホテルを訪れてるとは思えないの。そんなことをしたら人目につくし、カスキーもなんらかの手を打つわよね？　家計を握っていたのは彼で、あなたじゃないもの。離婚されるのが怖かった？　おしゃれなライフスタイルを維持したかったの？」

「わかったわよ、言えばいいんでしょ。テニスのレッスン料の代わりに家賃を払ってるのよ。それのどこに問題があるの？」

ミック・ハーガティが立ちあがって、大声を出した。「彼女とは寝てない。ぼくがそんな無神経な男に見える？　苦しんでるジェーン・アンに対して誰もがすることをしてるだけだ。隠れ家を提供して休ませ、ぼくにできる範囲で安らがせてあげてるんだ」

「あなたとジェーン・アンが寝るようになって、どれくらいなの？　ひょっとして三カ月？　それまでの賃貸契約を破棄して、ここに引っ越す一カ月前だったんじゃないの？」

「ちがうよ、よしてくれ！　ジェーン・アンに興味なんかあるかよ。ぼくには年上すぎる。母親と寝たい男なんて、どこにいるんだ？」

本音むきだしの発言が、静まり返ったリビングに激しい津波を引き起こした。

ミックは叫んだ。「いや、待てって！　そういう意味じゃないんだ。ジェーン・アンはテニスがじょうずだし、大好きだよ。でも、ぼくは二十四歳で、彼女はそうじゃない、母親なんだ。それに、ご主人が殺されて、ぼくは彼女の友だちだから、たんにそういうこと——」

「あきれた男ね！」ジェーン・アンはどなりつけると、彼の顎にパンチをくらわせた。ソファに倒れこんだミックは、座ったまま顎を押さえ、彼女を見つめて身動きできなくなった。「なによ、テニスしか能がないくせに。そんな人が役者？　ちゃんちゃらおかしいわ。『じゃじゃ馬馴らし』を観たけど、まるでなってなかった。あなたはただ跳ねてまわってただけで、才能がないのは誰の目にも明らかだった。ベッドでだってからきしだものね。図体がでかいだけの、退屈なうぬぼれ屋よ！」

シャーロックはさっと立ちあがって、ふたたびミックに飛びかかろうとするジェーン・アンを引き留めた。「もう殴らないでね。じゃないと逮捕しなくちゃいけなくなるわ。いいから、もうこんなことはやめて。嘘をついたり、わたしに向かって茶番を演じたり」ほんとうにそれだけのことだろうか？　シャーロックは目の隅に動くものをとらえたが、反応するのが遅すぎた。

男のこぶしがこめかみを直撃して、シャーロックは美しいペルシア絨毯に倒れこんだ。そのときコーヒーテーブルの角で頭を打った。頭部で痛みが炸裂《さくれつ》するや、意識が飛んだ。

54

痛みの靄《もや》の向こうからジェーン・アン・ロイヤルの焦った声が聞こえてくる。「ばかじゃないの、彼女はなにも知らないのよ！　もう、ただあてずっぽうにしゃべって、わたしたちがくいつくかどうか見てただけなのに！　それなのに、ＦＢＩの捜査官にこんなことをするなんて。これからどうするつもり？」

ふたりの口論を聞きながら、心の奥深くでカスキーの殺人がほんとうに大きな陰謀の一部なのかどうか、疑っていることに気づいた。ミックが演技の才能を発揮したいのなら、そのいい例がシャーロックの目と鼻の先にある。強欲なふたりの人間が抜け目なく大きな障害物を取りのぞいて、自分たちの都合のいいようにしようとしている。

シャーロックの脳裏にディロンの顔がくっきりと浮かびあがった。

そしてミックの声に意識を集中してみた。言い訳じみた怯え声で、おどおどしていた。

「ぼくはばかじゃないぞ！　彼女は知ってた、知ってたんだよ。ぼくを見る目つきでわかったんだ。だから、やるしかなかったんだ。刑務所には行かないぞ！　行ってたまるもんか。

次代のメル・ギブソンが刑務所になんか行けるか！」

「次代のメル・ギブソンになるには、背が高すぎるでしょ！　それにあなたはかわいいけど、彼はちがう。ああ、もう、なんでこんな話をしてるの？　どうしたらいいか考えなきゃいけないのに」

ミックの声が大きくなったり小さくなったりする。美しいリビングを行ったり来たりしているのだと、シャーロックは気づいた。「とにかく落ち着かないと。いまになって失敗なんて許されないよ。彼女がなにを知ってるかわかれば、彼女をどうしたらいいか決められる。ぼくを逃がしてくれなきゃ、ジェーン・アン。きみはぼくに借りがあるんだからね」

「わかってる、わかってるわよ」ジェーン・アンがゆっくりと深呼吸をして、心を鎮めようとしている。ヨガの呼吸法だ。「彼女、死んでないんでしょう？」

ミックの足音が近づいてくる。速くて荒い呼吸がもわっと頬にあたり、彼が隣に膝をついたのがわかった。かがんで首筋の脈を探る彼の汗のにおいが、鼻をつく。「けっこう強く殴ったけど、だいじょうぶみたいだな。武術のクラスで習ったきり、生身の人を殴るのははじめてだったんだ」恐怖感よりも喜びの勝った声だった。

淡々と呼吸して、耳をすませ、意識を失わないこと。それと、吐かないこと。けれど、胃がむかむかするから、吐かないでいるのはむずかしいかもしれない。シャーロックはジェーン・アンにならって、呼吸を長く軽くした。

そのジェーン・アンが自分を見おろすように立っているのがわかる。彼女からはすがすがしいジャスミンの香りがした。「この人のことが好きだったのよ。彼女もわたしを好きだとばかり思ってたけど、全部演技だったのね。なにかを嗅ぎつけてはいたけど、でもあなたのことに関しては、ほんとになにも知らなかったのよ。ああ、もう、あなたが早まったまねさえしなければ――わたしの携帯はどこ？」

ミックは怒りと敵意をむきだしにして、彼女に噛みついた。「はあ？　いいか、この女はきみを連行しようとしてたんだぞ。そんないわれのない、ぼくのこともだ！　きみなんか母親に近い年齢じゃないか！　そのきみのせいで、こんなことになったんだ。彼女は連邦捜査官だ。なんで携帯が必要なんだよ？　誰に電話するつもりだ？」

ジェーン・アンが彼の頬を平手打ちする音が聞こえた。だめよ、ジェーン・アン。ただでさえ追いつめられている彼を殴るなんて。「なんてこと言うの、わたしは三十六よ。こんど母親呼ばわりしたら、ただじゃすまないから！」

「ぼくを殴ったな！　こんどやったら承知しないからな、ジェーン・アン」

シャーロックは空気がぴりぴりするのを感じ、ジェーン・アンの荒い息遣いを聞いた。ミックがふたたび殴ろうとした彼女の手をつかんだらしき音がする。手首をひねったのだろう、ジェーン・アンがうめいた。ふたりが顔を突きあわせて、怒りをあたりに放っている。ミックの口から漏れてきたのはささやくような小声だったが、そこにも根深く濃厚な怒りがこもっていた。「こんどぼくを殴ったら、ジェーン・アン、顔を殴って、その完璧な歯を呑みこませるからな。テニスのレッスン代と同じで、そのきれいな歯の代金もカスキーが払ってくれたんだろ？　これまで自分でなにかの代金を払ったことあるのか？」

ジェーン・アンは身を引きはがし、ぶつぶつと悪態をつきながら、ミックから離れた。

シャーロックがうっすらを目を開いてみると、ジェーン・アンはしきりに手首をさすりながら、態勢を挽回するチャンスをうかがっていた。「聞いて、ミック、このままじゃふたりとも破滅よ。集中しなきゃ。くだらないことで言い争ってないで、彼女を縛りあげないと」

「うん、そうだね。はじめてきみからまともな言葉を聞いたよ」

ミックは死体のように重いシャーロックを持ちあげ、あおむけにソファに横たえた。「ぼくにもわかってたんだ。いまテープを持ってくる。この女、いつまで気を失ってるつもりなんだ？」

「顔に水をかけてやったら、目を覚ますわ」ジェーン・アンが遠ざかりながら言った。「持ってくるわ。彼女がなにを知っているか、聞きだしましょう」

ミックが近づいてくる音がした。シャーロックは低くうめいて、ゆっくりを目を開き、隣に座っている若い男を見あげた。ダクトテープを手にして、こちらの顔をのぞきこんでいた。

シャーロックはまばたきをして、彼に笑いかけた。「あら、ミック、なにがあったの？　わたし、気絶した？　ああ、よかった、ソファに寝かせてくれたのね。ありがとう」

ミックは硬直している。「気絶した？」

シャーロックはとまどい顔で彼を見た。「ちがうの？　わたしが覚えてるのは、あなたがどんな役者さんか聞いていたことだけよ。で、そのあと目を覚ましたらこのソファだったんだけれど。少し頭が痛いわ。たぶん低血糖なのよ。前にも血糖値が下がって、倒れたことがあるの。ミック、居心地のいい場所に運んでくれてありがとう」

「まだ血糖値が低いままなの？」

「ええ、そうね。ふつうは少し高くなって、そのあとまた落ちるの。できたら、ジュースを一杯もらえないかしら。ソーダ水かなにかでもいいわ。そういう飲み物なら糖分が入ってるから、いつもの状態に戻れるわ」

ミックが声を張った。「ジェーン・アン、オレンジジュースを持ってきて。シャーロック捜査官が倒れたのは低血糖のせいだと言ってるから」

「え？　倒れた？」

「ああ、倒れたんだ。だいじょうぶ、心配いらないから、オレンジジュースを頼む」

ミックに殴られたこめかみがずきずきする。この若造をこてんぱんにしてやりたくて、手が疼いた。シャーロックはささやいた。「起きあがりたいから、手を貸してもらえる、ミック？」

彼はすかさずシャーロックを引き起こした。「気分はどう？」

「少しめまいがするけど、平気よ。さっきも言ったとおり、はじめてじゃないの」

「ジェーン・アン、オレンジジュースはまだ？」

「ちょっと待って」

ジェーン・アンがシャーロックにジュースの入ったグラスを持たせるのに、さらに数分かかった。シャーロックは笑顔で彼女を見あげた。「オレンジジュースね、ありがとう、

「ジェーン・アン」ジュースを半分飲むと、ソファの背にもたれて、目をつぶった。「ふたりともありがとう。めったにないんだけど、いったんなると、倒れてからしばらくは意識がないの。オレンジジュースがあってほんとに助かったわ。ソーダ水なんかより、すぐに効果が出るのよ」

シャーロックはひと息してふたたび目を開くと、サイドテーブルにオレンジジュースを置いた。伸びをして、ふたりに笑いかけた。ふたりともまん前に突っ立って、困ったような顔をしている。まだ釈然としないようだ。激しい頭痛があるが、それを打ち明けるつもりはない。青ざめてはいてもだいじょうぶだと思わせたい。実際はひどい気分だった。

シグは取りあげられることなく、ベルトにあった。

ミックに手を差しだすと、彼が手を取って立たせてくれた。しばらく動かずに、足元がふらつかないのを確かめた。「じつは二カ月前に撃たれて、脾臓《ひぞう》を摘出したの。すっかり快復したんだけど、それでもときどきいまみたいに脾臓のあった箇所が痛くなるのよ。おかしい

でしょう?」脇腹をさすりながら、ふたりに笑顔を見せつづけた。「すっかりお世話になっちゃって。ジェーン・アン、息子さんたちが戻ったら、また話を聞かせて。ミック、あなたはすてきな人よ。きっとハリウッドで成功するわ」

アーチ状の美しい出入り口をくぐりながら、焦りを抑えて、深く安定した呼吸をくり返した。ふたりからたっぷり二メートルほど離れると、シグを抜いて、ふり返った。「さあ、いいわ、おふたりさん。カスキーのお金の使い道を決めてないといいけど。あなたたちには触れられないお金、不法に入手されたお金だもの」

ミックの顔が怒りに赤く染まった。「ぼくたちをこけにしたな! 全部嘘だったんだ! 低血糖だって? すべて演技だったのか?」

「ええ、そうよ、しかたなくね。あなたたちにはお世話になったわ。ありがとう。あのね、ミック、優位な立場にあって拳銃を二丁使えたら、人を撃つのはむずかしいことじゃない。でも、あなたはわたしたちを撃ちたくなかったんでしょう? つまりジェーン・アンに完璧なアリバイを提供するわたしたちを、殺すわけにはいかなかった。わたしたちが死んだら、役に立たないから。教えてもらえないかしら? あなたが洗濯室に入ったとき、カスキーはどうした? あなたのことを知ってたの? 彼の額を撃ち抜く前に、奥さんの恋人だって教えてあげた? 恨みがあるわけじゃない、お金が欲しいだけだと伝えたの?」

ミックはかぶりを振っていた。「いいかい、シャーロック捜査官。ぼくにはあんたがなにを言ってるかわからないよ。あんたの言ってることはすべてでたらめだ。ぼくはなにもしてない」

「ふたりとも、この大計画には大きなリスクが伴うわ。それでも、実行するだけの価値があると判断したんでしょうね。あなた、わたしたちに殺されてもおかしくなかったのよ、ミック。たかがお金のために、ばかなことをして。でも、発案者はちがう。

そうよ、この計画を思いついたのは、あなたでしょう、ジェーン・アン？　あなたが策をめぐらせ、わたしに電話することにした。アリバイを完璧にするために。あなたの顔にそう書いてあるわ。あなたは無情にも自分の夫の殺害を企てた。わたしの思いちがいで筋書きを書いたのがミックであってくれたらと思ってたけど、ありえない、ミックじゃないわ。若すぎるし、自分のことに夢中だし、それにはっきり言って、聡明さに欠けるもの。でも、あなたはそんなミックを引きずりこみ、ミックがあなたに利用されたことに気づいても、逃げられないようにした。

わたしはあなたのことが好きだったのよ、ジェーン・アン、信じてたのに。クローゼットに隠れて怯えてるかわいそうな女性、カスキーと同じように、たちの悪い殺し屋どもに見つかって殺されそうになってるんだと思ってた。役者はミックじゃなくてあなたのほうだった。でも、殺し屋たちはあなたを探しださなかった。それがわたしには引っかかったの。プロにあるまじきミスだから。

なにが決定打になったの？　カスキーはもう矢面《やおもて》に立たされてたの？　この計画ならシーファー・ハートウィンにおのずと疑いがかかって、会社を裏切ったカスキーが消されたように見える。でも、腐った会社だけど、カスキー殺しについてはシロよ。

　これはたんに欲張りなふたりの人間が欲得ずくで起こした犯罪だった。あなたたちはふたりともカスキー・ロイヤル殺しの被疑者として逮捕される。あなたたちには黙秘権が認められ――」ふたりに権利を伝えながら、シャーロックは携帯電話でボウイの番号を呼びだそうとした。だが、うまく入力できない。指の動きがおかしかった。

　ジェーン・アンが訴えるように手のひらを上にして両手を差しだし、早口でしゃべりだした。「わたしの話を聞いてくださらない、シャーロック捜査官？　お願いだから、弁解させて。ええそうなの、わたしは真実を話していなかったわ。怖くて、話せなかったのよ。カスキーがわたしに銃を向けて、おまえは用済みだから殺す、と言ったの。わたしが命乞いをしても、笑い飛ばしたのよ。カーラを連れて国外に出る、それしか方法がない、キュロボルトに関する詐欺がばれて、冷酷無比な上司からさらし者にされるから、と言っていたわ。でも、殺されるわけにはいかない、息子たちが孤児になってしまう。そのときミックが入ってきて、助けてくれた。わたしを助けるために、カスキーを撃ったの。策を講じたのはそのあとなの。わたしには息子がいるもの」

「まだ練習が足りないわね、ジェーン・アン。つじつまが合ってないわ」携帯電話の画面がよく見えなかった。ミックにこめかみを殴られたせいで、朦朧《もうろう》としているのかもしれない。

シャーロックは首を振って、どうにか電話をかけた。呼びだし音に続いて、ボウイの声がした。「はい、リチャーズ捜査官」

ジェーン・アンが縛りを解かれたように、一歩前に出た。

「動かないで、ジェーン・アン。絶対にそこから動かないで」

ジェーン・アンは一歩下がり、突っ立ったままシャーロックを見つめた。

「ボウイ、聞こえる？」

ジェーン・アンが平然とミックに話しかけた。「なんでこんなに時間がかかってるの？」

どういうこと？

携帯からボウイの声が聞こえてきた。「どなた？」

「シャーロック」それきり口がきけなくなった。床に膝をついて、横ざまに倒れた。ぴかぴかのオークの床に携帯が転がった。

55

ここはどこ?

たぶんクローゼットのなかだ。よかった、まっ暗ではない。でも、だとしたら、クローゼットじゃない。横向きに転がった状態で脳が動きだすのを待ち、薄明かりに目を慣らした。手首と足首が縛られている。たぶんミックが手にしていたダクトテープだろう。何度か引っぱってみたが、ほとんどたるみがなかった。ダクトテープが好まれるには、やはりそれだけの理由があるということだろう。

脳の働きが半分だけ戻った。パンチドランカーになったようで、疲労が重く、目が開けていられない。どういうことなの? そう、ジェーン・アンに薬を盛られたのだ。勘のいい彼女はシャーロックがミック相手に低血糖で気絶したという演技をしていることに気づき、オレンジジュースになんらかの薬物を混ぜこんだ。うまく騙せたと思っていたのに、ジェーン・アンにはお見とおしだった。こんな演技力では、ミックと同じくハリウッドには行けそうにない。

せめてもの慰めは、窮地に陥っているのがボウイに伝わっていることだ。またもや薬が効いてきた。シャーロックは意識を失うまいと、一から十までくり返し数えた。五度めに数えたとき、一度も滞ることなく十まで数えられることがわかった。口のなかが砂漠のように干上がっている。試しに手首を引っぱってみたが、やはり動かなかった。

ここはどこなの？　薄明かりのおかげで、だだっ広い部屋にいるのがわかる。衣類が、それも大量の衣類が長いポールラックにかかっている。服？　それもふだん着る服ではない――衣装、大量の衣装があるようだ。重そうな布地をふんだんに使った裾の長いドレスや、祖母が一九二〇年代に着ていたであろうシルクでできた短い丈のフラッパードレス、ハイウエストで流れるようなラインが特徴のリージェンシードレスも何着かある。

あの金色をした丸くて大きい物はなんだろう？　そうか、銅鑼《どら》だ。そして隣にぶら下がっているのは木槌。でも、どうして銅鑼なんか？　ソファがふたつあった。片方は花柄、もうひとつは重厚な革製。椅子が十脚以上。古めかしい椅子もあれば、フリルのついたもの、うんざりするほどモダンなものもある。エンドテーブルに照明器具。足元からそう離れていないところに巻いた絨毯が三枚。

屋根裏だろうか。

いや、ちがう。空気が淀んでいないし、ラベンダーの香りがする。この部屋には、幅も奥行きもある。さっきとは別のポールラックが目に入った。男物のケープやコート。それに大量の靴がある。今風の靴から、先の尖ったディスコ用、ベルベットの靴、そして各種ブーツの数々。ビニールのガーメントバッグのハンガーにかかっているのは、襟飾りだろうか？　エリザベス女王時代に男たちが首につけていた、あれ？　女性も襟飾りをつけていたかも。そんなことから頭が離れなかった。旅行カバンが積んである。一九二〇年代のビンテージ物のようだ。

床の上に置いてあるあれは、ギロチンのセットか？　ロープを引くや首が切り落とせるように、不穏な刃を吊りあげてあるのか？　シャーロックは身震いし、苦労して上体を起こした。背中にあるのは——木？　体をひねって、背後を見た。やっぱり。作り物の木だ。近くから見ると本物にはほど遠いけれど。

襟飾り……。

自分がいまどこにいるのか、それでわかった。劇場の倉庫だ。たぶんミックがシェイクスピアの『じゃじゃ馬馴らし』でペトルーキオを演じたという、ベルソン大学の夏期公演用劇場なのだろう。

処遇を決めるまでの仮の処置として、ここへ閉じこめておくことにしたのだ。

アンクルホルスターにレディコルトがあるのを感じて、シャーロックはおおいに安堵した。身体検査をされていたら、すぐに見つかっていた。この幸運を生かせるように、なんとか体の自由を取り戻さなければならない。

ずらりとならぶ武器類が見えた。拳銃、マスケット銃、マシンガン、肉切りナイフ、斧、短剣。そのすべてが四メートルほど背後のボードに留めつけてある。

シャーロックはとっさに立ちあがろうとして、横ざまに倒れた。何度もくり返したが、結局床に戻ってしまう。しかたがない、それならば——武器類が留めつけてあるボードまで身をよじらせて移動した。短剣の位置を確かめてから、ボードに背中をつけて、ゆっくりと立ちあがった。武器類がくいこむのもかまわず、ひたすら背中を押しつけて立ちあがった。ボードにもたれかかったまま、ゆっくりと向きを変える。背中で手をいましめられているので、上のほうにある短剣は取れない。シャーロックはつま先立ちになって、鋼鉄製の刃の部分を歯でくわえた。ひんやりと金属の味がする。たぶん引っこむようにできた舞台用のナイフだから、使い方には気をつけなければならない。

ふたたびボードに背中をつけ、ゆっくりと腰を沈めた。短剣を床に落としてひねり、握りの部分を手でつかんだ。まずダクトテープを突いてみたら、すぐに刃が引っこんだ。よし、わかった。突き破るのではなく、のこぎりのように挽《ひ》かなければならないということだ。最初はぎこちなかったものの、根気よく短剣を動かしつづけた。指が傷だらけになり、手が痛くなってきた。すべる柄の部分を辛抱強く何度も握りなおしながら、貴重な時間が容赦なく費やされ、それと同時にジェーン・アンとミックの訪れが近づくのを意識していた。だが、急げば短剣を取り落として、また一からやりなおしになる。

やがて切り傷を気にするのをやめた。血のせいで手がすべり、作業がよけいにむずかしくなった。それでも休まずに続けるしかない。泣き言はあとでも言える。いまは集中あるのみ。ダクトテープが切り離されたときは、われながら信じられなかった。驚きすぎて、呆気にとられてしまった。恐ろしく時間がかかったけれど、ついに切り離せた。血まみれの両手を見おろした。マクベス夫人みたい。深呼吸をして、感覚を取り戻そうと手を振り、パンツに手をこすりつけた。痛みぐらい、なんだっていうの？

短剣を拾って、足首のテープにあてがった。すぐに切れた。これで動ける。

立ちあがって足踏みをし、脚の痺《しび》れを追いやった。伸びあがって肉切りナイフをボードから外した。刃はなまくらだけれど、重さが頼もしい。なによりいいのは、突いても引っこまないことだ。演技中にこれを使って相手を突く俳優は、その点を忘れないようにしなければならない。左手に肉切りナイフ、右手にレディコルトを持った。さあ、これで出発できる。

暗がりのなかを倉庫の両扉まで急いだ。当然ながら、錠がかかっている。さあ、つぎはどうしようか？　レディコルトには弾薬が二発入っているから、錠前を撃ち壊して——

近づいてくる足音があった。重い足音。男がこちらに向かっている。

足音が止まった。自分を始末するために、ふたりが戻ったのだろう。たぶん向こうは殺す心づもりだろうが、こちらもおとなしく床に転がってはいない。あなたたちの思うとおりにはさせないわよ。

シャーロックは衣類がたっぷりかかったラックの背後に隠れた。錠前をいじる音がする。と、ドアが内側に開いた。

56

ボウイはさらなる情報を求めるように、携帯電話を振った。「シャーロックだった。なにかあったんだ。通じない」

彼から携帯を奪ったエリンは、いくつかボタンを押して、耳に押しあてた。「まだ切れてないけど、誰もいないみたいね。あなたの言うとおり、なにかあったんだわ。彼女の行き先を知ってる？」

「ジェーン・アン・ロイヤルに会いにいったはずだ。ただ、向こうには鑑識の人間がごまんといる。おれがきみについていられるので、手の空いたケルとジョエルは向こうに手伝いにやった。シャーロックはふたりに頼んで、ロイヤル家の電話の受発信記録を調べさせてた。彼女はロイヤル家にはいない、いるわけがないんだ」

「ふたりに電話して確認して」

ボウイは携帯電話を取り返して、ケル・ルイスに電話をかけた。

「ボウイだ。シャーロック捜査官に会ったか？　そうか、ミセス・ロイヤルは？　引きつづき、目を光らせててくれ。できるだけ早く合流する。うん？　わかった。番号を調べて、すぐに折り返してくれ。ケル、ジェーン・アン・ロイヤルを指名手配しろ。それと、シャーロックからミルストーンはどこかと尋ねられたんだな。そうだ、彼女はミルストーンに行ったんだ。だが――」

エリンが彼の手をつかんだ。「あと十分でジョージィの下校時間よ。待たせておくわけにはいかないわ。どうする？」

ボウイはしばし考えてから、警察署に電話した。エリンが肩をまわして、緊張をゆるめている。呼びだし音を聞きながら、エリンに言った。「背中に支障がなければ、運転を頼む。かけたい電話がまだ何本かあるんだ」クリフ捜査官に電話がつながると、さっそく尋ねた。「ドロレス、シャーロック捜査官の居所に心当たりはあるか？」

助手席に飛びこみ、携帯電話を顎で押さえてシートベルトを締めながら、クリフの返事を聞いた。「ミック・ハーガティがどうのと言って、ミルストーンの住所を訊かれました。誰ですか、ボウイ？　彼女はなにも言ってなかったんで」

「ミック・ハーガティ？」ボウイは言った。

ハンドルを握ったエリンはライトブルーのホンダの前をさえぎるようにして、メープル・アベニューに入った。「ミック・ハーガティっていうのは、ジェーン・アンがわたしとシャーロックに向かって寝ようかどうか考えてると言ってたテニスのインストラクターよ。

シャーロックは彼がなにかを握ってると思ったのね」

　ボウイはクリフに言った。「ミック・ハーガティの住所を教えてくれ。よし、わかった。それと、もうひとつ大事な用件がある――ウィンストン小学校までジョージィを迎えにいってもらえないか？　警察署に連れてきて、見ててもらいたいんだ」

「いいですとも、ボウイ」

「いまそこに誰がいる？」

「コーディとグラハムがいます。ケッセルリングは一時間ほど前に出かけました。行き先は告げませんでしたが、やることがある、手伝いはいらないと言って」

「そうか。ケッセルリングに張りついて単独行動をさせるなとグラハムに指示しておいたんだが」

「わたしに言ってくれたらよかったんです、ボウイ。もう正気に戻りましたからね。あの男もたんに容姿に恵まれてるだけです。それに堅苦しいっていうか。人を利用するためなら愛想を振りまくけれど、それも上っ面だけだし。根っこの部分ではそんなに感じのいい人じゃないんだと思います」

「ディフェンドルフとゲルラッハは？」

「彼らはシーファー・ハートウィンで弁護士と司法省の検事ふたりといっしょです。ミルストーンにあるミック・ハーガティのアパートに所轄署の警官を派遣しますか？」

「頼む。ただし、おれたちが到着するまで外で待たせておいてくれ。おれはいまエリンと現地に向かってる。シャーロック捜査官から電話があったら、すぐにおれに電話させろ。それと、シャーロック捜査官の携帯の位置情報を探ってくれ。電源は入ってる」

エリンはミルストーンに引き返す脇道に入った。五分も行くと、ボウイの携帯電話から「サンタが街にやってくる」が流れだした。

「あなたのそのクリスマスソング」エリンは首を振った。「アニメキャラのアルビンとチップマンクスね。もう何年も聞いてなかったわ」シマリスのチップマンクスの歌が流れるなか、ボウイはジャケットのポケットを無駄に探り、そのあとズボンのポケットから携帯電話を取りだした。

「ありがとう、ドロレス。いま向かってる」ボウイは首を振ると、電話を切って、エリンを見た。「シャーロックの携帯はミルストーンにあった。ハーガティのアパート付近だ」

エリンはアクセルを踏みこんだ。

57

「シャーロック捜査官？　こちらにおられるのでしょう？　だいじょうぶですか？」

アンドレアス・ケッセルリングの声。シャーロックの頭のなかで、瞬時にすべてがしかるべき場所におさまった。点と点をつなごうとさんざん頭をひねってきたが、いまのいままでしっくりこなかった。だが、彼の声を聞いたとたん、捜査官のひとりに騙されていたことに気づいた。

とはいえ、ケル・ルイスに頼んでジェーン・アンの電話の送受信記録を調べさせるだけの分別はあった。誰だかは突きとめられなかったものの、勘は働いていた。残念ながら、いまとなっては手遅れだが。

ケッセルリングはなめらかな低音でまたもや声を張った。「シャーロック捜査官、ここにいるんでしょう？　悪党どもから口にテープを張られましたか？　ふたりはわたしが捕まえました。もう安全です、出てきてください」

彼が三、四メートル先を見れば、床に転がっているダクトテープが見える。シャーロックは石のように押し黙って待った。レディコルトを構え、左手には肉切りナイフを握りしめている。彼を引きつけなければならない。こっちよ、アンドレアス。ママのところにいらっしゃい。

「おや、自分でダクトテープを外したんですね。すごいな、出てきませんか？　なぜわたしから隠れるんです？　いっしょに警察署に戻りましょう。ミセス・ロイヤルと彼女の恋人のインストラクターをご自分で取り調べられたらいい。ふたりはわたしが拘束して、外で待たせてあります。あきれたことに、お互いに相手に罪をなすりつけていますよ」

シャーロックはふたつのガーメントバッグのあいだの狭い隙間から、様子をうかがった。今日のケッセルリングはアルマーニのスーツを着ていなかった。いつものしゃれたスタイルとは一転して、野球帽にダークブルーのジャケットを着て、ジーンズにブーツを合わせていた。両腕は脇に垂らしている。脚に押しつけている右手に握っているのは拳銃だろうか？　やはり、そうだ。こちらが彼に痛手を負わせるよりも、彼の銃弾に殺される可能性のほうが、ずっと高い。レディコルトは至近距離用の拳銃で、ケッセルリングまでは少なくとも十数メートルはあった。よほど運がよくないかぎり、この遠距離で彼を倒すことはできない。そしていまこの瞬間の自分にはあまり運がないのだろう。ケッセルリングはその場に佇んで、倉庫のなかに入ってこない。そしてジェーン・アンとミック・ハーガティはたぶんドアの外でケッセルリングからの合図を待っている。ケッセルリングは彼らになにを言うだろう？

シャーロックを殺したと？　彼ら全員を突破するにはどうしたらいいのか？

別の足音が聞こえてきた。ケッセルリングが背後をふり返った。ジェーン・アン・ロイヤルは入ってくるなり、シャーロックを置き去りにした場所を見た。ケッセルリングの袖をつかんだ。「いないわ！　どこにいるかわかる？」

ケッセルリングが答えた。「わたしにはわからないが、彼女は自分でダクトテープを外した。優秀な女だ」

「そんなはずないわ！　手首も足首も確かめたけど、動けない状態だったのよ。わたしたちこれから、どうしたらいいの？　彼女がいなくなってしまって――」

ケッセルリングが焦っていらついているのが、シャーロックにはわかった。その声にはわずかに侮蔑の響きがあった。「あんなことをしておいて、きみの度胸のなさには驚かされるよ、ジェーン・アン。ドアには鍵がかかっていたから、彼女はまだここで隠れている。さて、あの武器類を留めてあるボードを見たら、なくなったものがわかるかもしれない。そうはいっても、たいした問題ではないが。どの銃器もおもちゃだし、ナイフは偽物だから、つまり彼女はなにも持っていないのと同じということだ。彼女はこの部屋のどこかにいて、攻撃をしかけようと、わたしが彼女を探して近づくのを待っているんだろう。そんなことをしても、いいことはないんだが。体格はわたしの半分で、しかも女だ。わたしになら片手で彼女の首の骨を折ることができる。

恐れることはないよ、ジェーン・アン。さあ、入っておいで。いっしょに彼女を探して、ここから連れだそう。いや、ここで終わりにしてもいいかもしれない。トランクがたくさんあるから、そのひとつに閉じこめれば、少なくともひと月は見つかるまい」

「どうかしら。劇場の公演スケジュールを知ってるのはミックだから。それにひと月あったところで、どうなるものでもないでしょう？　なにを考えているの？」

少しして、ケッセルリングが言った。「入ってきたとき彼女の名を呼んで、だいじょうぶだと伝えたが、彼女からはひとことの返事もなく、飛びだしてきて抱きついてもくれなかった。実際、入ったときは、彼女がまっすぐわたしの腕に飛びこんでくるものと思っていた。そうでなかったということは、つまり、彼女にこちらの企みがばれたということで、正直言ってそれには驚いている。優れた計画で、彼女がきみの愛人のアパートに行くまでは順調だった。きみたちが台無しにしたのだ。

彼女はわたしが見込んでいたより、利口だった。ただの捜査官が、しかも女が、既成概念にとらわれずに思考できると、誰に想像ができただろう？　ああ、そうか、わかった。きみが彼女に話したんだな？」

「話すわけないでしょ！」

「わかった、信じよう。はじめて彼女に会ったときから、危険人物になりそうだと感じていた。だから絞め殺してやりたかった。利口なことがわかったからだ。そうだ、色男のテニスコーチにすべて話してしまったきみよりも、ずっと利口だ。あげく、どうなった？」

ジェーン・アンは一瞬押し黙ったものの、冷ややかな声で言った。「そりゃ、彼女は利口でしょうとも。わたしだってよ。あの夜、わたしがミックを家に呼んでいなかったら、あなたはわたしのことも殺してたんでしょう？」

ケッセルリングが哄笑《こうしょう》した。「ああ、そうだな、ほんとうに利口だ。あの意気地なしの亭主を排除することをきみに同意させるのには十分かかり、下着を脱がせるのにまた十分かかった」

ふたたび沈黙をはさんで、ジェーン・アンは険悪な声で言った。「カスキーの件に関してはほとんど選択の余地がなかったわ。自分に説得の才能があると思ったら大まちがいよ。なにもかも息子たちのためなんだから」

「きみは立派な人間で、見あげた母親だよ」ケッセルリングの皮肉したたる声が、空気中に漂っているようにシャーロックには感じられた。

「わたしよりあなたのほうが責任が重いわ、アンディ。あなたとあの金に目がくらんだ犯罪者がカスキーを殺して埋めたがったのよ」

「気安くアンディと呼ぶな、ばか女！　おまえにあの捜査官をひとりで処理できるだけの根性があれば、わたしはここに来ることもなかった」

ジェーン・アンは叫び返した。「あら、いまさらなに言ってるの？　計画全体を立案したのはあなたなのよ。がん患者から何十億ドルというお金を巻きあげ、海外の口座に何百万ドルも貯めておいて、みんなして逃げようっていうんだから」

「わたしは何百万ドルも貯めこんでいない」ケッセルリングはぶすっと言った。むしゃくしゃしているようだ。

「はっ！　カリスマ性を備えた輝けるドイツの捜査官が聞いてあきれるわ。あなたとなんか寝るんじゃなかった。あなたはね、アンディ、ベッドじゃ豚も同然だし、衛生状態もよろしくないわ。カスキーは不誠実ではあっても、いつもいいにおいがしたもの」

「おまえたちアメリカ人は、始終、体を洗ってばかりいる。愚か者め！」

「それでも、ベッドに入って山羊みたいにあえぐまでは、あまり汗をかかないのが救いね。あのすてきなスーツを汗くさくしたら、アメリカの女は寄ってこないもの。ドイツじゃさぞかしクリーニング屋さんに愛されてるんでしょうね」

ケッセルリングは冷淡でひそやかな声で応じた。「銃を持っているわたしに向かって、そんな口をきいていいのかな？」

ジェーン・アンが黙りこんだ。

ケッセルリングは引きつづき冷ややかな小声で言った。「自慢話はもうたくさんだ、ジェーン・アン。欲深さでは、おまえもわたしに負けていない。さもなければ、まだ亭主が生きていたはずだ」言葉を切ると、しれっとした顔で彼女を見て、肩をすくめた。「なにをしてるんだか。片付けなければならないことがあるというのに。失敗するわけにはいかない。わたしはこの事態を切り抜けてみせる」

「どうやって?」

ケッセルリングはまた肩をすくめた。「いまに見ておけ。それで、手伝う気はあるか?」

ジェーン・アンはうなずいた。「彼女はここのどこかで、わたしたちの話を聞いているわ」

「彼女から拳銃を奪うだけの知恵は、きみにもあった」彼がダークブルーのジャケットの下からのぞいているベルトをちらっと見た。それで、そのベルトに自分のシグがはさまっていることにシャーロックは気づいた。

ケッセルリングはダクトテープでいましめられたシャーロックが、意識を失って転がっていた場所まで行った。「薬が切れて目を覚まし、舞台用のナイフを取り外して、テープを切ったんだ。刃の引っこむナイフでよくやったものだ。簡単ではなかったろうに」彼は声を張りあげた。「たいしたもんだ、シャーロック捜査官。そろそろ出てきたらどうだ。ミックがドアの外で見張っているから、逃げ場はないぞ」

シャーロックは一歩、また一歩と、ビニールのガーメントバッグに入った衣装の長い列をドアに向かって歩いた。まずはドアまでたどり着きたかった。外に出て、ドアを閉め、鍵をかける。素人のミックなら倒すことができても、ケッセルリングが相手では、勝ち目がない。少なくともいまのように距離が離れたままでは、瞬時に頭を撃ち抜かれるのがおちだ。

あと一歩。力を抜いて。床板がきしんだ。シャーロックは身をこわばらせてしゃがみこんだ。ガーメントバッグから出してある一八九〇年代にはやった夜会服の、長いレース袖を透かして、様子をうかがった。ケッセルリングが右手に拳銃を持って、ぐるりと回転した。だが、シャーロックから二メートルほど離れた位置に銃口を向けている。床のきしむ音は聞いたものの、場所までは特定できなかったのだ。

「出ておいで、シャーロック捜査官」やさしげな声。「きみと遊んでいる時間はないんだよ」もはやシャーロックを危険な存在とみなしていない口調。そして二発、放った。そのうちの一発がハンガーを撃ち壊して、ビクトリア朝様式の長いドレスが床に落ちた。

「武器を持ってるな。床に置いてあるのが見えるぞ。斧か？　ナイフか？　よほどの離れ業を演じないかぎり、望むような結果は得られないぞ。わたしに向かって投げつけて、たとえ届いたとしても、跳ね返って落ちるだけのことだ。だからもう出てきて、終わりにしよう。よく聞いてくれ。きみのほうから出てきてくれれば、捜査官同士のよしみで、命までは奪わない。きみを縛りあげて、バンウィー公園に連れていき、茂みのなかに放置する」

誰がそんな話を信じるものか。ケッセルリングはおもしろがっている。この肉切りナイフには人を傷つける能力がないと思っている。望むところだ。そのときシャーロックはドアまで行けないことに気づいた。ドアが開いて、そこにミックが立っていたからだ。いまにも吐きそうなほど、怯えた顔をしていた。

賢い男だ。

シャーロックにとって時間は敵だった。ミックは武器を持っていないようだが、ケッセルリングは銃を手にして撃ちたがっている。だが、かまわず行動するしかない。距離はあるけれど、レディコルトで負傷させられるかもしれない。うまくしたら動脈に命中させ、出血させられるかもしれない。気の毒がる必要のない相手だ。それよりケッセルリングを倒せないと、こちらのほうが殺される。

シャーロックがレディコルトを構えたそのとき、ケッセルリングがさっとジェーン・アンに近づいた。彼女の手首をひねりあげるや、前に抱えこんで首に腕をまわし、こめかみに拳銃を突きつけた。「ミック、入ってこい。さもないと、この口先女を殺すぞ」

ミック・ハーガティが叫んだ。「おまえを信じちゃいけなかったんだ！　ぼくがおまえはおかしい、目が死んでるって言ったのに、ジェーン・アンは自分になら操れるからって、聞き入れなかったんだ。おまえみたいな異常者に彼女を殺させてたまるか！」

ミックはケッセルリングに向かって突進した。

ケッセルリングは悠然とふり返ると、シャーロックから奪ったシグをベルトから抜いて、飛びかかりつつあるミックの額に命中させた。背後の壁に叩きつけられたミックの体は、血と脳漿《のうしょう》の跡を残しながらずるずるとすべり落ち、床に倒れるより先に絶命していた。

ジェーン・アンが悲鳴をあげた。

ケッセルリングは彼女の首に巻いた腕に力をこめて、絞めあげはじめた。ジェーン・アンが喉を詰まらせ、青ざめて、その甲斐もなく腕を引きはがそうとあがいている。「ばか女め！　わたしには計画があると言っただろうが！」

ジェーン・アンは腕を引きはがそうとするのをやめ、爪で彼の顔を引っかいて、思いきり肘鉄をくらわせた。ケッセルリングがドイツ語でわめきちらし、銃把で彼女の頭を殴る。その腕のなかでジェーン・アンは意識を失った。

時間がない。急げ。シャーロックは慎重に狙いを定めて、貴重な銃弾のひとつを放った。

58

ボウイとエリンはミック・ハーガティのアパートに飛びこみ、所轄署の警官三人がそれに続いた。三人ともひどく興奮していたので、エリンは自分やボウイが撃たれないことを祈った。

「誰もいない」ボウイはアパートのなかを駆けめぐったのち言った。「どこかに彼女を連れ去ったんだ」

「リチャーズ捜査官！」

ボウイはドアの近くでかがんでいるヘンリー・モート保安官助手のもとへ走った。「見てください、携帯です」

ボウイは最初の短縮ダイヤルを急いで押した。

間髪を入れずにサビッチが出た。「シャーロックか？　なんで電話してこなかった？　なにかあったのか？　だいじょうぶか？」

「サビッチ、ボウイです。シャーロックの携帯からかけてます。この携帯がミック・ハーガティのアパートに転がってたんです。持ち主を特定するために、短縮ダイヤルのトップを押しました。じつはシャーロックが行方不明になりました。ジェーン・アン・ロイヤルとミック・ハーガティが連れだしたことまではわかってます。

シャーロックは真実を突きとめながら、彼らに拉致《らち》されてしまった。ヘリコプターでミルストーンの警察署の近くに降ろしてもらってください」ボウイはいましばらく話を聞いてから、電話を切った。ええ、わかります。保安官助手たちを見て、言った。「これからきみたちの署長に電話をかける。いまサビッチ捜査官と話をしたんだが、所轄署を挙げてジェーン・アン・ロイヤルとミック・ハーガティ、そしてレーシー・シャーロックを捜してもらわなければならない。三人の写真と車のナンバーはまもなく手に入る」

エリンは言った。「シャーロックの車もジェーン・アンの車もないわね。ミックのはどこかしら？」

「さあ。やつの車を調べさせよう」わずか三分ほどで判明した。ミルストーン警察のブレンダ・クロッカー署長に電話をかけると、彼女がナンバーを調べて必要な手配をしてくれた。写真も送られてくることになった。

十分もすると、ボウイは考えつくかぎりの手筈を終えていた。手抜かりは？　やり残しはつねにあるものだ。

大きな安楽椅子の肘掛けに腰かけた。ミック・ハーガティがビールを飲みながらテレビで野球観戦をするのに使っていた椅子にちがいなかった。「大失態だよ、エリン」

「あなたが？　失態って？」うわの空で返事をしながら、エリンは壁にかかった額入りの写真を確認した。おそらく年配の男女はミックの両親だろう。子どもがふたり。ミックのきょうだいか？　写真以外にも額があった――金色の額に入った証明書らしきものに目を留めた。壁の中央の、特等席に飾ってある。

「慰めたって無駄だからな」ボウイの声は嫌悪に満ちていた。「彼女をひとりにしちゃいけなかったんだ。おれがニューヘイブンなんかに行かなければ」

エリンが言った。「あのふたりだってばかじゃないのよ、ボウイ。賭けてもいいけど、いまごろ彼らは愚かにも、国境を越えてカナダに入ることを考えてるわ。たぶん彼女を人質にして。そう思わない？」口から出まかせだが、かまうものか。「地球上の人を総動員してでも彼らを捜さないとね」言葉を切り、壁から証明書を外した。「見て」

立ちあがったボウイはエリンのもとへ行き、額を見おろした。「ベルソン大学夏期公演における演技に対する賞状だな」ボウイは見るからにいらだたしげに、顔を上げた。「去年ミックが演じたハムレットに対して与えられた特別賞だ」エリンに額を返した。「これがどうした？」

「ベルソン大学の夏期公演は、わたしも何度か観にいったわ。キャンパスの片隅に造られたすてきな屋外劇場で、建物が森に接してるの。人がうろついてるのはリハーサルか本番があるときだけよ。いま劇場を頭のなかに思い浮かべて、駐車場から森を抜けてそこに近づけるかどうか考えてるんだけど。舞台の背後にもいくつか建物があって、役者たちがたむろしたり、着替えたり、舞台装置を保管したり、そんなふうに使ってるわ。シャーロックをどこに連れ去ったか考えてたんだけど、ひょっとすると――」

ボウイは長いこと彼女を見つめていた。「ミックとジェーン・アンなら、ベルソン大学のキャンパスにある劇場を付属の建物を含めてよく知ってるはずだ。確かめる方法はひとつしかないぞ、エリン。道すがら電話で応援を要請しよう」

59

ケッセルリングはジェーン・アンの首筋をつかみながら引き金を二度続けて引いたが、シャーロックのほうはすでに床に伏せていた。さらに立てつづけに三発の銃弾が放たれ、いずれも頭上を通り抜けていった。立ったままでいたら、その銃弾のいずれかで命を落としていたかもしれない。

ケッセルリングは気絶したジェーン・アンを床に投げだして、旅行用カバンの背後にしゃがみこむと、大声で尋ねた。「その銃をどこで手に入れた?」

「びっくりしたでしょう、アンディ」

「シグじゃないな。もしシグがおまえの手元にあったら、わたしに向かって連射して、いまごろわたしは死んでいた。だとしたら、なんだ? 足首に隠せる小型か? 弾薬はあと一発なんだろう? それともいまの一発でおしまいか?」

シャーロックはどなり返した。「それは人生の謎にしておいてもらうしかないわね、アンディ。わかったときはもう手遅れよ」声を聞かせるのは危険とわかっていたが、活路はそこにしかなかった。

「女の大口叩きはいただけないな。おまえを見つけて内臓を撃ち抜き、殺してくれと懇願させてやるぞ、捜査官。ロイヤルにもそうさせたかったんだが、時間がなかった。あと少しでやつの肋骨に蹴りを入れてやれたのに。もしロイヤルの仕事部屋にいまいましい私立探偵が侵入していなければ――」

シャーロックは大声で彼に言った。「そのいまいましい私立探偵の名前は、エリン・プラスキよ、アンディ。じつはあなたたち全員を追いつめたのは、エリンなの。彼女の正体にずいぶん早く気づいたこと」

「わたしが気づいていなかったとでも？　連邦捜査官が三人そろって彼女に群がっておきながら、目撃情報にぴったり合致することに手遅れになるまで気づかなかったとは、距離がなさすぎたんだろう。いや、手遅れになるべきだったんだ。あのばかげたハマーごと吹き飛ぶはずだったのに、とんだ番狂わせが起きた。わたしがしかけた装置は完璧に作動したのに、あの女はなぜか爆発に気づいた。彼女が躊躇なく飛びだすのを見たときは、わが目を疑ったものだ。あと数秒留まっていたら、吹き飛ばされていた。どうやって察知したのやら」

「彼女もやっぱり利口なのよ。この世にはそういう女が溢れてると思わない？　そうよ、アンディ、あなたは女にやられるのよ」さあ、おしゃべりを続けましょう、アンドレアス。すべてを吐いてしまいなさい。

ケッセルリングがわめいた。「おまえの利口さなどロイヤルとさして変わらない。あの役立たずのナメクジか、そこで床に転がってる強欲な雌牛と同じだ！」

「あら、あなたの首を撃つ程度には利口だけど」

「その銃にはほんとうにまだ一発残っているのか、捜査官？　それともはったりか？　じつはもうないんだろう？　そうだ、だからさっきからわたしを挑発しようとしているんだな？　怒ったわたしが近づいたら、飛びかかるつもりだろう？　せいぜいあがくがいいさ、捜査官。おまえのその細い首くらい、わたしなら片手で折れる」

シャーロックはラックの端まで肘で這い、大きな声で言った。「つぎの一発は眉間に命中するかもよ、アンディ」

「アンディと呼ぶな！」ケッセルリングは本気で怒っていたが、衝動的に引き金を引くほど、自制心を失うことはなかった。だが、彼を引きつけなければならない。こちらに引き寄せて、どんどん銃を撃たせなければ。

いらつかせるのよ、もっと。シャーロックはどなった。「あなた、女が嫌いなんでしょう、アンディ？　どうして？　女たちがしばらくするとその整った顔立ちの奥に情けない負け犬がいることに気づくから？」

ケッセルリングの喉の奥から、低いうなり声が漏れてきた。それを聞いて、シャーロックは埃っぽい床板に顔をつけた。彼は二度引き金を引き、二発めはあやうく被弾しかけた。さらに五十センチほど、肘で背後に下がった。銃弾はあと何発残ってるの？　三、四発？　予備の弾倉を持っているんだろうか。どちらにしろ向こうはシャーロックのシグを持っていて、それでミックを殺している。そのときようやく、シャーロックはこの事件の全貌に気づいた。

シャーロックは大声で話しはじめた。「ジェーン・アンがパニックを起こして電話してきて、ミックとふたりでわたしをどうしたか聞いたときは、ぶち切れそうになったんじゃないの？　あなたはすべてを掌握している、うまく切り抜けられると思ってたんでしょうに、それがすっかり台無しにされたんですものね。あなたがみずから後始末に乗りだそうと決めたのは、そのときでしょう？　銃撃戦のさなかにわたしたち三人を全員始末するつもりだったの？　もう勝った気でいるんでしょう？」

「あの情けない亭主を殺したついでにジェーン・アンを片付けてもよかったんだが、彼女は勘づいたんだろう。保険として、恋人のミックを自宅に呼び寄せていた。ふたりをその場で殺すことも考えたが、そのときおまえたち夫婦がやってきた。気づくのにずいぶんと時間がかかったな、捜査官」

たしかに、とシャーロックは思った。ミックに殴られたときに脳みそを攪乱《かくらん》されたうえに、ジェーン・アンには薬入りのオレンジジュースを飲まされた。それでもひとつだけ確信の持てることがある。生き延びるには、ひたすらケッセルリングを追いつめて、崖っぷちに立たせるしかない。シャーロックはあらためて衣装のあいだからケッセルリングを見た。旅行用カバンの向こうに立って、シャーロックを見つけだそうとしている。右手の銃でラックの端から端までをカバーしつつ、左手はいまも首筋にあてがっていた。まだ距離がありすぎるので、シャーロックのほうから撃つのは無謀だ。二発めにして最後の銃弾で撃ち倒せなければ、近づいてきた彼に撃ち殺されてしまう。

彼の指のあいだから、じわじわと血が滲みだしていた。動脈に命中させられなかったのは残念ではあるけれど、これで終わりではない。残る一発を思いきって撃ってみるべきだろうか？ 射撃は得意だ、撃ってみたい。ひょっとしたら——

そのときふいにケッセルリングはぐったりしたままのジェーン・アンをつかむと、革製のソファの背後に引きずりこみ、自分の体の前に盾のように立てた。「もう一度試してみるかい、捜査官？ ほら、撃つがいい、この女がいなくなっても世界の損失にはならない」左手で傷口を押さえていないので、血がジャケットの内側へと流れこんでいる。

シャーロックはふいに、腹の底から笑った。「ねえ、アンディ、ドイツ語で男の淫売のことをなんて言うの？」

また銃弾が飛んできた。さっきより低いとはいえ、頭まではまだ距離がある。

シャーロックはふたたび彼をあざ笑った。「ずいぶん見苦しいことになったわね。そこらじゅう、血だらけじゃないの。ねえ、わかってる？ あなた、このままだと出血多量で死んじゃうかも。それこそ世界の損失にはならないけどね。でも、よかったら取引しない、アンディ？　ジェーン・アンを生かしておいてくれるなら、あなたをここから逃がしてあげるわ。今日はもう誰も死なせたくないの」

「ここから逃がすだと？　これから一生、逃亡生活を送れというのか？　それはできない。主導権を握っているのはおまえではなく、このわたしだ。おまえたちが全員死ねば、わたしの問題はなくなる。それももうわかっているんだろう？　おまえたちをそろって地獄に送ってやる。さて、いまはどこにいるのかな？」ケッセルリングは拳銃を構えて、続けて二発放った。そのうち一発は頭からわずか十五センチほどしか離れていなかった。あぶないところだった。

　ケッセルリングの低音に怒りがみなぎり、ふつふつと沸き立ってきているのがわかる。

「おまえなど、干上がったできそこない警官にすぎない！　おまえは死ぬんだ、わかったか？」ジェーン・アンの頭が彼の胸で転がった。首筋の傷口を押さえなければならないので、彼女を体の前で支えるのに苦労している。銃を持った手でジェーン・アンを抱えているので彼を標的にするのはむずかしいが、もとよりジェーン・アンを危険にさらすつもりはなかった。

「正直に言うとね、アンディ、最初はあなたのことを目の上のたんこぶぐらいに思ってたの。邪魔くさくて、とくにすることもないよそ者だと。でも、あなたにはあなた独自の意図があった。わたしたちが知っていることを探りだしたいだけだったのよ。あなたはあなたの担当になったFBIの捜査官とあまりいっしょにいなかったでしょう？　そりゃそうよね、それはそれは忙しかったんだから。訪ねる場所も会うべき人もたくさんだったし、爆弾もしかけなきゃならなかったし。

わたしと取引しましょうよ、アンディ。じゃないと、ここから生きて出られないわよ。よく考えてみて、あなたとわたしと、いまどちらが有利か。金属製の箱に入れられてドイツに送り返されたい？　それでかまわないの？　ドイツにはあなたのことを悼んでくれる人、あなたの生死を気にかけてくれる人がいないの？」

返ってきた彼の声は、残念ながら、穏やかで淡々としていた。「おまえのことはわたしがなんとかしてやるよ、シャーロック捜査官。わたしなりのやり方で」

ジェーン・アンがうめいた。

おとなしくしててね、ジェーン・アン、お願いだから、いまは口を閉じていて。

「わたしのほうから注文をつけさせて、アンディ。はっきり言っておくけど、あなたがジェーン・アン・ロイヤルを撃ったら、わたしがあなたを殺すから。わかったわね？」

ひとときの沈黙をはさんで、感情のこもらない声で彼が答えた。「試してみるがいい。その豆鉄砲みたいな小さな銃を使って」

「あなたがどうやってヘルムート・ブラウベルトを殺したか、教えてもらえないかしら？　あなたがアメリカに来たのは事件の翌日で、彼が死んだときはいなかったわ」

60

ケッセルリングの含み笑いに、シャーロックは震えあがった。そこには慢心と、たしかな狂気の響きがあった。彼の発言には、シャーロックを歯牙にもかけない傲慢さが現れていた。

「偽造パスポートでこちらに来ていた。ブラウベルトを殺したあとニューヨークにとんぼ返りし、充血した目でフランクフルトに戻った」

「あなたにはがっかりだわ、ケッセルリング捜査官。外国の捜査機関を簡単に信じすぎたようね。それに、あなたは実直な捜査官だという触れこみだった。誰がそんな人のことを冷血な殺し屋だと思うかしら」

「誰しも自分のすべきことをするだけだ」また落ち着いた声になっている。シャーロックにはそれが怖かった。明晰な思考を取り戻させたくない。

もっと追いつめなければ。「シーファー・ハートウィンは最高のふたり組を抱えていたようね。あなたとブラウベルトと。あなたたちふたりで何人殺したの？　違法な治験を実施するために、どれだけの役人を買収したことか。アフリカは絶好の治験場所だったんでしょう？ で、ブラウベルトはどうしたの？ どうして彼を殺したの？ 彼がなにをしたの？」

彼は鼻を鳴らしつつも、答えなかった。

「いまさらいいじゃない、話しなさいよ。詮索癖が知りたがってるのよ、アンディ。ブラウベルトが及び腰になったからっていう単純な理由で殺したの？ キュロボルト詐欺がいやになって、外れたがったから？

ディフェンドルフは彼が重荷になったのを知ってた？ それでブラウベルトを確実に埋葬して、問題を解消するため、あなたをこちらに送ったの、アンディ？」

彼がドイツ語でなにか言った。すごみのきいた声。シャーロックを地獄送りにしようとしているのかもしれない。爆発しかけているのだろうか。

「わたしに話すのが怖いんでしょう、アンディ？ でかい図体をアルマーニのスーツに包んだ不誠実な捜査官であるあなたが、半分の体格しかない男まさりの女性捜査官を怖がってるんでしょう？ ほかはみんな話したのに、ブラウベルトを殺した理由だけは話せないの？」

ジェーン・アンがまたうめいた。

ひっぱたく音がして、彼がジェーン・アンにびんたを張ったのがわかった。こぶしで殴るよりはましだ。

シャーロックは叫んだ。「あなたはサイコパスよ、アンディ。でも、臆病者だとは知らなかったわ」

よし、急所を突けた！　彼がわめきだした。「あの住居侵入のせいだ、ばか女！　あのちんけな小男は知りすぎたんだ。お節介なエリン・プラスキがロイヤルのコンピュータからキュロボルトに関する情報を盗んだのがわかれば、ブラウベルトは裏金の流れを止めることができる唯一の人物にそれを伝えようとする。やめろと言って聞く男ではないから、あああるしかなかった。わたしはさらし者になるところだった。ブラウベルトにとってわたしなど何者でもなかったんだ。それで、やつこそ何者でもないことを示してやった。まったくの無価値だ。だから顔を削り取った。あいつはいつも大物ぶっていた。言うなれば、大物がさらなる大物にむさぼり食われたというところか」

「身元を特定させたくなかったの？」

「あたりまえだろう。少なくとも、わたしが無事ドイツに帰り着くまでは。だが、やつの顔を潰しはじめたら、いつしか夢中になった。そのあと指を切り落とし、あとは地元の野蛮人たちに残して、身元を特定させることにした。バンウィー公園が国有地とは知らなかった。ブラウベルトが国外で歯の治療を受けていることにリチャーズ捜査官が気づいたことも計算外だった。そして、おまえたちはこんなふうに――」ケッセルリングはパチンと指を鳴らした。「あっという間に身元を割りだした。思っていたよりも帰りの飛行機は早かった。いつもそうなんだ。帰国便のほうが早い。ともあれ、これで片付いたはずだった。ただし、ロイヤルが不安材料で、いまにも寝返りそうだった」

「あなたを止められたのは誰なの？」

ケッセルリングは笑った。「うまい訊き方だな、捜査官。だが、アメリカ人流に言うと、その点はわたしの胸三寸におさめておこう」

「ぴったりの表現ね、アンディ。それで、ジェーン・アンの家を訪ねることにしたの？」

「ああ、ジェーン・アンね。正直に言って、彼女には驚かされた」ふたたび異常な含み笑いを漏らした。「これがまた、なかなかの床じょうずだった」

「夢の取りあわせね。あなたとジェーン・アンとミック・ハーガティと」

「それがあの坊やの名字か？　まったく根性のない男なのに名前負けだな。わたしがロイヤルを撃ったときは、ちびりそうなほどがたがた震えていた」

「じゃあ、あなたとミックはわたしたちが来るのを待ってて、銃弾がわたしたちに当たらないように注意してたわけね。ジェーン・アンのアリバイになるから」

貴重な二発めの銃弾をジェーン・アンの頭を避けて彼の額に命中させるという、神業のようなことができるだろうか？　時間がなくなってきている。ケッセルリングをおびきだして、自分のほうに引き寄せ、決着をつけなければならない。

「シーファー・ハートウィンはあなたの価値に見あった報酬を払わなかったんでしょう、アンディ？　ほかの人たちはちゃんと大金を手に入れてたのに、あなたにはまわってこなかった。ラボラトワーズ・アンコンドルから棚ぼた式に入ってきた儲けの分け前にあずかれなかったんでしょう？　わたしに言わせれば、実務を担当したのはあなたよ。あなたがいなかったら、あなたを使ってる人たちになにができた？　会社を挙げてかかわってたんでしょう？　首謀者は誰？　誰にならやめさせられるの？」

「いまなら彼らもわたしが求めただけ、払ってくれる。もうじゅうぶんだ、捜査官！　これ以上話をする理由はない」

「あなたを驚かせることがあるのよ、アンディ。ジェーン・アンはわたしの携帯のことをすっかり忘れてたの。わたしのポケットに入ってて、いまの会話のすべてが録音されてるうえに、鮮明な信号を放ってるの。ずいぶん長く話をしたから、たぶんＦＢＩの捜査官と所轄署の警官がいまごろこの建物のまわりで配置についてて、あなたが出てくるのを待ってるわ。だから、ジェーン・アンは生かしておいて、アンディ。彼女を殺したら、あっという間にあなたも射殺されるわ。うちの狙撃手の腕がいいのは知ってるでしょう？　額を撃ち抜いて、それでおしまいよ。ここで死にたいの、アンディ？　それともわたしと取引して、生き延びる？」

　ケッセルリングはジェーン・アンの体を投げだして、ソファを飛び越えると、シャーロックの声のするほうに突進しながら拳銃を連射した。銃弾がなくなると、ベルトのシグを抜いて、さらに発砲しながら進んできた。

61

「ケッセルリング、止まれ！　撃つぞ！」

ボウイの声だった。神さま、助かりました、感謝します。これでシャーロックにチャンスが訪れた。ケッセルリングが撃っているシャーロックのシグはそろそろ弾切れになるというのに、彼は撃つのをやめなかった。やめることができないようだった。シャーロックの顔を直視して、つぎの一発を撃った。右耳のすぐ脇を銃弾が空を切って通りすぎる。耳に刺激を感じ、火薬のにおいが鼻をついた。こうなったら立ちあがって、残り一発の銃弾で決着をつけるしかない。そのときドアから立てつづけに二発放たれ、慈悲深き神のおかげか、ケッセルリングは床に昏倒した。

一瞬、しんと静まり返った。

シャーロックは叫んだ。「ボウイ？」

「シャーロック、だいじょうぶか？」

「これこそ奇跡、だいじょうぶよ」

「シャーロック?」

エリンだった。

シャーロックは声を張った。「ケッセルリングはちゃんと倒れてる?」

エリンは喜び勇んで答えた。「ええ、そうみたいよ。ボウイに腰を撃たれたの。横向きになって荒い息をしながらうめいてるわ。首からも血を流してるけど、これはあなたがやったの?」

「ええ」シャーロックは脚に力が入るのを感謝しつつ、そろそろと立ちあがり、ボウイがケッセルリングの傍らにしゃがみこむのを見た。両手で胸ぐらをつかんで乱暴に揺さぶり、抵抗しないのを確かめてから、武器の有無を探った。

「ボウイ? なにか問題ないですか?」ドロレス・クリフ捜査官だった。

ボウイはケッセルリングから目を離さず、クリフに背中を見せたまま言った。「ああ、もう事態は収拾した。救急車を二台呼んでくれ、ドロレス。外の連中にも終わったと伝えてくれ」ミック・ハーガティを見やった。「それと、フランクス先生にも連絡を」

シャーロックはケッセルリングの汗ばんで青ざめた顔を見おろした。顎を動かしている。ひどい痛みなのだろう。傷口に触れるのを恐れるかのように、右腰の上で手を漂わせている。

そしてついに気を失った。

胸のすく光景だった。

シャーロックは言った。「ジェーン・アン、だいじょうぶ？」

「ええ」ソファの背後から弱々しいささやき声がした。「でも、脳みそが逆さまになったみたいよ」

これで彼女にも、ミックから頭を殴られたとき、シャーロックがどう感じたかわかるだろう。「おとなしく横になってて。クリフ捜査官があなたのために救急車を呼んでくれてるわ」

ボウイはケッセルリングが意識を失ったのを見ると、シャーロックに言った。「ここを見つけられたのは、エリンのおかげなんだ。エリンがミック・ハーガティのアパートで『ハムレット』の演技に対して与えられた賞状を見て、芝居を観にここまで何度か足を運んだのを思いだしたんだ。ここがほかと離れてぽつんと立っていることも」ボウイはいったん口を閉ざした。「ハーガティは死んだんだな」

「ええ、ジェーン・アンを助けようとして、ケッセルリングに撃たれたのよ。三人全員を殺して、お互いにやりあったと見せかける計画だったの」

エリンはミック・ハーガティを見おろした。「いいように利用されて、彼に勝ち目はなかった」

「ハーガティにしたって、自分がなにをしているかわかっていい年齢よ」シャーロックが言った。「にしても、ジェーン・アンが彼を引きこんで、身動きできなくしてたんだけど。さらにケッセルリングから身を守るために、ミックを保険に使ったのよ」

ジェーン・アンがささやいた。「わたしがやったことのなかで、それだけは大当たりだったわ。かわいそうなミック」

シャーロックが言った。「かわいそうなミックはケッセルリングがカスキーを撃ったときその場にいたし、階段の上からわたしたちに向かって撃ったときも彼といっしょだった。わたしたちを殺すのが目的じゃなくて、ジェーン・アンのアリバイ工作よ。つまり、ミックはこの道化者と同じく第一級殺人罪に値するってこと。ジェーン・アンもね。

わたしを見つけてくれてありがとう、エリン。これから死ぬまで、毎晩欠かさずあなたのために祈らせてもらう」

シャーロックはケッセルリングを見おろした。「彼がもう一発撃ってたら、わたしはいまごろ天使たちと歌ってたかも。ねえ、ひょっとしたらわたしの携帯を持ってない？」

「あるよ」ボウイはジャケットのポケットに手を突っこんだ。携帯が出てきたはいいが、彼のものだった。ズボンのポケットを探る。見つからない。

「ちょっと待って」エリンが自分のバッグからシャーロックの携帯電話を取りだし、軽くうなずきかけながら差しだした。

「ありがとう。ブラウベルトを殺したのがケッセルリングだとわかったのよ。あなたがカスキーのコンピュータからキュロボルトに関する情報を盗んだあとだった。ほかにもわかったことがあるけど、ここにいるアンディにすべてもう一度話してもらわなきゃね」

「アンディ？」エリンはおうむ返しに言って、眉をそびやかせた。

「彼を追いつめようと思って」シャーロックはもう一度、ケッセルリングを見おろした。

「ジェーン・アンからアンディと呼ばれて腹を立ててた。そう呼ばれるのを嫌ってたのよ」

いまや広い空間にFBIの捜査官と所轄署の警官が溢れていた。シャーロックは遠くにサイレンの音を聞いた。いつしか動悸がおさまっていた。自分が死なずにすんだことをようやく受け入れたのだろう。あとは手の震えが止まるのを待つのみだった。

ケッセルリングがうめき声とともに目を開き、彼の上に立つエリンを見あげた。エリンは言った。「あなたがわたしを吹き飛ばそうとしたのね。あなたのせいで、かわいいハマーは廃車置き場行きよ」彼の膝を蹴とばした。

ケッセルリングがびくりとして、またうめいた。肩で息をしながら言った。「邪魔をしたおまえが悪いんだ、この売女《ばいた》め。ただのばか女のくせして」

「ええ、そうよ。だったらあなたはなに、魅惑の王子さま？」

ケッセルリングは痛みにあえぎだした。「医者に診せてくれ」

エリンは笑いかけた。「わたしの質問に答えてくれてないわよ、アンディ」

ケッセルリングの目が痛みに濁る。「わたしは男、ただの男だ」

シャーロックが彼の傍らに膝をついた。「こちらを見て、アンディ」

「その呼び方はやめろ！」

「わかったわ、アンドレアス」穏やかな口調ですらすらと言った。「あなたが激痛に苦しんでるのはわかってる。でも、いいこと、捜査に協力してくれないと、死刑囚監房送りになるのよ。誰からお金を受け取っていたか、教えてちょうだい」

ケッセルリングはシャーロックの顔に唾を吐きかけようとした。

「それが答えね」シャーロックは言った。

ケッセルリングは自分に暴力をふるった女ふたりを見あげた。しくじってしまった。言葉では言い表せないくらい激しい痛みのなかにあって、アメリカのFBI捜査官に対するのに勝るとも劣らないほど、自分に対して嫌悪を感じた。酸っぱい失意の味が口に広がり、吐き気をもたらしている。

ふと、幼かったころ、かがんだ祖母から厚着をさせてもらっている自分の姿が見えた。冬のさなか、裏庭に出て雪で基地を造ろうとしていた。妹をケガさせるんじゃないよ、と祖母からくり返し注意された。

激烈な痛みが急速に襲いかかってきた。頭に靄《もや》がかかり、考えたり自分の行く末を案じたりすることがむずかしくなった。自分がなにを言い、どう行動しようと、この先二度と自由に闊歩《かっぽ》することはできない。

とてつもない痛みで魂まで揺さぶられながら、自分の上でかすんで見える複数の顔に訴えた。「わたしの祖母はいまフランクフルト郊外の施設にいる」

祖母が見えた。ケッセルリングと外で遊べるように、幼い妹のリスレにコートを二枚着せかけてやっている。興奮に胸を躍らせてそわそわしているケッセルリングは、妹となんぞ遊びたくなかった。まだ小さい妹は、そこらじゅうでつまずいて、すぐにめそめそする——そして二十八歳になったいまも、しょっちゅうめそめそしている。「おまえたちにしゃべることなどない」そう言って、彼は目をつぶった。

62

シャーロックは脇にどいて、いかめしい顔をした若いふたりの男性救命士がケッセルリングの手当をするのを見ていた。「うまいこと当てましたね、捜査官。首に一発ですか？　なんでこんなことが可能なんだか」首をひねって、シャーロックを見あげた。

「言ってみれば決闘みたいなものだったの。彼が負けてくれて、ほんとによかった」

「みごとな負けっぷりですよ」もうひとりの救命士が言いながら、同僚に圧迫包帯を手渡して、ストレッチャーのストラップを外した。「死ぬことはないでしょうが、かなり長いこと苦しめられますよ」

ドロレス・クリフ捜査官がやってきて、シャーロックの両手を取った。「あなたが無事でほっとしました。今日まで仕事をしてきて、ここまでの銃撃戦は、はじめてです。鑑識が薬《やっ》莢《きょう》をすべて見つけだすだけでも、何日もかかるでしょう。でも、あなたは無事だった」最後にまたつけ加えて、シャーロックの両腕を撫でおろした。

シャーロックは笑顔で応じた。「ありがとう、ドロレス。さいわいなことに、すべて片付いたわ」彼女にうなずきかけてから、背中を向けて電話をかけた。

彼は最初の呼びだし音で出た。「きみの無事以外は、聞きたくない」

シャーロックは澄んだ穏やかな声を保った。「こっちは問題なしよ。ケッセルリングは生きてて、病院に搬送されるところ。ボウイとわたしで彼を撃ったの。ブラウベルトを殺したのはケッセルリングだったわ。彼とジェーン・アンがカスキー殺しを共謀したの。あなたに話さなきゃならないことが山積みよ。ジェーン・アンの身柄も拘束するわ。でも、ミック・ハーガティは死んでしまった。うまくしたら、ケッセルリングかジェーン・アンから——彼女が知っていたらだけど——彼を雇っていた大物の正体をあぶりだせるわ」

ようやくサビッチの心臓が平常に戻ってきた。「ほんとにだいじょうぶなんだな?」

「ええ、嘘じゃないわ。そちらはどうなってるの?」

「ホフマン上院議員と話をしなくちゃならない。コネチカットに飛ぶのは、今晩遅くでいいかい?」

シャーロックはゆっくりと言った。「答えはわかってるでしょう、ディロン?」

「ああ」深呼吸した。「いったん切るよ、スイートハート。つぎの行動に移る前に、感謝の祈りを捧げたい」

63

土曜日の夜

サビッチはチェビーチェイスの優雅な書斎でデビッド・ホフマン上院議員に会った。

上院議員はサビッチと握手をするや、いきなり本題に入った。「バレンティ副大統領の殺人未遂の背後に誰がいたか、わかったことを教えてくれ。テロリストでないことを祈る」

サビッチは答えた。「いいえ、テロリストではないようです」

「だが、わたしを殺そうともくろむ人物がダナ・フロビッシャーを殺し、わたしの車に細工をしたことは、認めるだろう?」

「ええ、その点はまちがいないようです」

「いいだろう。だったらきみは、なんというかな、頭のいかれた人物がわたしを狙っていると考えているのかね、サビッチ捜査官? 二度にわたってわたしが殺されずにすんだのは、運がよかったからなのか?」そう言いながら上院議員はマホガニーのデスクに向かい、奥の椅子に座った。手ぶりでサビッチにデスク前の椅子を勧めた。彼に似合いのデスクだ、とサビッチは思った。

「ええ、そのようです」

「いったい誰が？　どれだけ考えたかわからない」上院議員はふいに声を落として、ささやくように言った。「息子たちではないのだろうな？」

「ご子息はさまざまな面をお持ちです、上院議員」サビッチは言った。「ですが、実の父親の殺害を企てるとは思えません。とくにベンソンについては、わたしの見立てちがいかもわかりませんが、自制心や思いやりに欠け、合理的な思考も苦手とされている。あなたもご存じのとおりです」

上院議員がうなずいた。「ベンソンはわずか六歳にして、ほかの子たちのランチを盗むようになった。しかも、自分よりも小さい子たちを狙ってだ。わたしが気がついてやめさせたころには、すっかり太っていたよ。いまだにそのころと変わらない」

サビッチは言った。「衝動的な殺人や、感情に流された犯罪なら、ベンソンにもできるでしょう。ですが、これほど考え抜かれた計画を実行するだけの頭脳があるとは思えないし、そういう人物でもありません。それに、ご子息はお互いを好いておられないようなので、ふたりでなにかを計画するとも思えません」

「だったら誰だ？　三十年以上、権力の座にいると、いやでも敵ができる。だが、誰がそんなことを？」息をついて、首を振った。「くどくて申し訳ない」一瞬、口をつぐんだ。「コーリス・リドルを疑う理由はないぞ。誰よりも献身的に仕えてきてくれた。少なくとも、わたしはそう思ってきた」

「ええ、彼女があなたに恨みをいだいているとは思えませんね、上院議員。彼女は頼りになる人物です。ゲイブ・ヒリヤードの息子さんと結婚されるとか」

「ああ、そうだよ。彼がわたしの妻に興味があるのではないかと気をもんだ時期もあったが、友情が途絶えることはなかった。いや、ゲイブにはわたしを殺す理由がない。とくにニッキィ亡きいまは」

「奥さまとミスター・ヒリヤードが？　あなたとゴルフを楽しむ以外に興味があることを示す証拠は、いっさいありませんでしたが」

「この話はもう忘れてくれ。いつだってゲイブはいい友だちだった」上院議員は手で髪をかきあげた。「あのゲイブがと思っただけで——まあ、なんだな、捜査官、殺しの標的にされるとこれまでなにげなくやりすごしてきた関係まで疑ってかかるようになる。コーリスたちスタッフが支えてくれていなかったら、とても切り抜けられないだろう」

サビッチは静かに言った。「じつは不思議に思ってることがあるんです、上院議員。あれきり奥さまが、わたしの前に現れないことです」

上院議員は言うより先に、首を振りだした。「前に言ったとおり、サビッチ捜査官、ニッキィについてきみが主張していることは、わたしにはとうてい受け入れがたい——」

サビッチはあっさり言った。「そうでしょうね、上院議員。ですが、事実です、実際に起きました。奥さまはそのときしか人につながる機会がなく、それきり去らなければならなかったのかもしれません。もう二度と戻ってこられないと思います」

「ではきみは、神が死者を動かしていると言うのかね？　生者に話をさせて、また引き返せたと？」

「知ったような口をきくつもりはありません。ただ奥さまの場合、もはやわたしには連絡が取れないか、取るつもりがないかなのでしょう」

「荒唐無稽にすぎる」

「だとしても、これまでの考えをあらためていただくしかありません」

「家内はきみにわたしの命を狙った人物の名前を言ったのかね？」

「いいえ」

上院議員はペンホルダーのペンを手に取って、デスクを小刻みに叩きはじめた。「霊能力があると主張する者たちはそんなことばかり言っている――死者は決してあからさまにしないと。死者は霊能者に決定的な場面を見せず、問題の解決につながるこれぞという事実を伝えない。ニッキィもしかり。〝事実は小説よりも奇なり〟か？」

さらに何度かペンで卓上を叩いて、眉をひそめた。「きみとしては、ニッキィが本気でわたしを心配しているのなら、きみの前に現れて必要な情報をずばり教えてくれるはずだと考えるのだろうが、彼女が協力的だったことがあるか？　おかしいとは思わないかね、サビッチ捜査官？」

サビッチは言った。「そう思っていましたが、その後、わたしのほうで頭を使って補わなければならないことに気づきました。事実、奥さまはのっけから決定的なことを教えてくださってた。わたしが理解できなかっただけで」

「彼女がなにを口走ったと言うんだね？」

サビッチにはもはや財布からメモ書きを引っぱりだす必要もなかった。「ひょっとしたらご記憶かもしれませんよ、上院議員。彼女は『デビッドがあぶないの。あの人は自分の身になにが降りかかろうとしているか、わかっていないわ。止めてちょうだい。あの人には無理だから、あなたが――』と言われたんです。おっしゃるとおり、もっと話してもらえればよかったのですが、残念なことに、邪魔が入りました。女性がひとり亡くなり、副大統領も同じように亡くなっていてもおかしくなかったからです」

書斎は暗く、静かだった。上院議員がついに口を開いた。「妻がしまいまで話して、わたしを狙っている人物の名をきみに伝えてくれたらよかったのだが」

「奥さまはあなたのことでひどく怯えておられました、上院議員。その思いがひしひしと伝わってきました」

「では、死んでも生存時の感情がぬぐい去られるわけじゃないんだな？」

「わたしが見聞きしたかぎりでは」

「家内はわたしを愛していた」

「そうです、いまもそうでしょう。わたしにあなたを救わせたがったのですから。そのために今夜、最善を尽くすつもりですよ、上院議員。もっと具体的にお話ししましょう。わたしは時間をかけてあなたとおつきあいのある人たちを調べてきました。あなたの同僚や部下、協力者、政治上の、あるいは私的なライバルを。その誰にも、ここまで手をかけてあなたを殺す動機はありませんでした。

ご子息への事情聴取を終えたあと、わたしは自分が近視眼的になっていることに気づきました。そこで、先入観や偏見をいったんすべて排除したところ、ついに真実が見えたのです、上院議員。エイデンとベンソンの発言に含まれていた鍵となる情報が浮かびあがってきて、ようやく、奥さまの意図されることがわかりました。すべてがしかるべき場所におさまったんです」

上院議員がうなずいた。「わたしも長年の経験から、わずかな視点の変化によって問題が解決することがあると学んだよ。教えてくれ、サビッチ捜査官、しかるべき場所におさまった結果、なにが見えた？」

サビッチは両手の指先を突きあわせ、指先同士を軽く叩きあわせた。「ホフマン上院議員、なぜダナ・フロビッシャーに毒を盛り、バレンティ副大統領を殺そうとしたか、教えていただけますか？」

上院議員が高笑いして、モロッコ革の美しい椅子の背にもたれた。「さんざん考えたあげくが、その結論か？　かんべんしてくれ、サビッチ捜査官。わたしにはまったく心当たりがないが、きみがほのめかしていることは、ばかばかしすぎる。なぜわたしがよく知りもしない女性をランチの最中に殺さなければならない？　それにバレンティは長きにわたる親友だぞ。きみが死んだ家内と話をしたという以上に、荒唐無稽な妄想と言わねばならない」

上院議員はゆっくりと立ちあがった。「きみには失望したよ、サビッチ捜査官。きみにはわたしを保護することも、援助することもできなかった。きみはＦＢＩの名折れだ。ミュラー長官に話をして、アンカレッジ支局に配置換えしてもらうか、ＦＢＩそのものから放逐してもらおう。プロであるきみには、行動する前に事実を徹底して確認する姿勢が求められる。そこで尋ねるが、合衆国の上院議員に対してそこまで言うからには、多少なりと根拠があるんだろうな？」

サビッチの声はどんよりと暗かった。「確たる証拠は永遠に見つけられないかもしれません。ですが、自分の発言には自信があります」

上院議員はさらに指摘した。「見つけるべき証拠などないよ。きみが言うような凶悪な犯罪は、どちらも犯しておらんからな。死んだ家内がわたしを救ってくれときみに懇願したと言ったその舌の根も乾かないうちに、よくわたしに罪があるなどと言えるな。ニッキィはわたしが危険にさらされているのを知っていた。わたしは運のいい男だ、サビッチ捜査官。こうして生きて、今日きみと話ができている。きみの助けが得られないにもかかわらずな。また運に恵まれるかどうか、誰にわかるだろう?」

「もはや被害者のふりをする必要はありません、上院議員。あなたにもわたしにも、真実はわかっている。わたしがこちらにうかがったのは、あなたを守ると奥さまに約束したからです。わたしが真実を知っていることを伝えて、あなたに人を傷つけるのをやめさせるためです。自首していただければ、それに越したことはありません」

上院議員はふたたび椅子に腰かけ、頭の後ろで手を組んだ。突然、気が大きくなったようだった。「賢い男かと思っていたが、とんだ買いかぶりだったようだ」そして腹の底から笑った。「きみのしていることは悪あがきだ、サビッチ捜査官」

「あなたはダナ・フロビッシャーのことをほとんど知らないと言われた。ですが、奥さまは彼女と四つに組んで仕事をしておられた。ミズ・フロビッシャーの古い友人のひとりが、ふたりのひどい仲たがいを覚えていましたよ。使いこみがあったとかなかったとか。追及されることなく終わったようです。フロビッシャーが奥さまに対して犯罪行為を働いたとは、お考えにならなかったんですか?」

「なんの話だか、わたしにはわからんぞ」

「チャリティの相談をするために、もう五年以上チャリティにかかわっていないフロビッシャーをランチに招くとは、おもしろいことをされますね。あなた自身、これまでチャリティに興味を示されたことはなかった」

「わたしがそんなことを知っていると思うか？　わたしにはただやりたいことがあって、彼女の名前を覚えていた。それ以上の含みはない」

「上院議員、あなたの車三台にはGPS発信機が取りつけてあります。捜査の一環として、あなたを守るためです。昨夜遅く、レンジ・ローバーはバージニア州のリーズバーグ付近にありました。〈フォギー・ボトム・グリル〉のエミリオ・ガスパリニの死体が、今朝発見されたあたりです」

「その件について、言うことはないぞ。自宅でわたしに取り調べを行うことは許さない」

「エミリオは昨夜、お金を受け取るつもりであなたに会ったのに、その場で殺されてしまった。あなたが彼と取引した証拠がいっさい見つからないと、ほんとうに思いますか？　エミリオが誰かに漏らしているかもしれない。ガールフレンドとか。あるいは、同性の恋人とか。銀行預金や、電話の記録、クレジットカードの履歴。わたしは調べますよ、上院議員。そしてあなたを逮捕する。楽しみに待っていてください」

サビッチは立ちあがって、上院議員と向きあった。「それと、ブラバスに細工をできた人間が限られていることにも気づきましてね、上院議員。それができたのは、あなたとモリー・ヒューズだけです。わたしはあなたが車への細工のしかたを調べるなり、必要な部品を注文するなりした証拠を探します。あなたに消されていようとも、掘り返します」

上院議員は首を振った。「妄想もたいがいにしたらどうだね、サビッチ捜査官。きみが思っているよりずっと頻繁にモリーは家を離れる。誰でもガレージに入って、ブラバスをいじれた」

「わたしがなにに頭を悩ませているかおわかりですか？　あなたがなぜバレンティ副大統領の殺害を企てられたか、その動機がまだつかめないのです。副大統領とあなたの奥さまが高校時代に恋愛関係にあったことは存じております。しかもエイデンとベンソンの話の端々から、奥さまがまだ彼に対してなんらかの感情を持っていらしたことが伝わってきました。奥さまはまだ小さかったエイデンとベンソンに、バレンティと共有した冒険の数々を話しておられた。純粋な嫉妬心が年月をへて燃えあがったのでしょうか、上院議員？　それともほかになにかあったのですか？」

ふたたび上院議員の笑い声が響いた。「アレックス・バレンティとわたしは、きみが生まれる前から友人だった。こんな話はもう続けられない。次回、妻と話すことがあったら——つまり、偉大なる存在が最後にもう一度、彼女をこの世に戻すことがあったら——訴える相手をまちがえたと伝えてくれ、捜査官。それは彼女の夫を破滅させようとする以外に能のない、ふざけた男だと。さあ、わたしの家を出ていきたまえ。きみとは二度と会いたくない」

64

コネチカット州ストーンブリッジ
日曜日の午前中

アドラー・ディフェンドルフとベルナー・ゲルラッハは会議室のテーブルに近づいて、ボウイとサビッチ、シャーロックに会釈すると、席についた。間髪を入れずにディフェンドルフが口を開いた。「弁護士は同席させないことにしましたが、どんな形にしろ不適切な質問があれば、弁護士を呼ばせてもらいます。よろしいですか?」

ボウイがうなずいた。「わかりました」

ディフェンドルフが言った。「いいでしょう。ご存じのとおり、ベルナーとわたしは司法省の検事たちから話を聞かれています。この件に関して」ブリーフケースから出力したキュロボルトに関する文書を取りだし、扇形に広げた。

サビッチは彼の手が少し震えているのに気づいた。だが、口調に乱れはない。ディフェンドルフはしばし目を閉じて、ふたたび居住まいを正した。「わたしには衝撃でした。誰あろう当社のCEOであるカスキー・ロイヤルが、ミズーリの自社工場でキュロボルトを製造中止に追いこむべく綿密な計画を立てていたとは。ただ、問題のある一個人による行為であることだけは、ここではっきりと申しあげておきます。当社は断じてこのような行為を許可しません。でありますから、当社首脳部に責任はなく、だからこそ、連邦検事との話にも応じています。シーファー一族にはすでにこの一件を伝えて、補償の相談に入りました。

じつは、わたしはなにかが見落とされているような気がしており、そのために真実を探りだすべくヘルムート・ブラウベルトを派遣したのです。いや、気がしていたというのでは足りない、およそ無視しがたい噂を聞いたために、無理を言って、盲腸の手術からまだ一週間とたっていないヘルムートを派遣しました。しかも、人に気づかれないよう個人旅行の体裁をとらせて。ヘルムートはブルドッグのような男です。カスキー・ロイヤルといえど長くは彼の目をごまかせなかったはずです。とはいえ、真実がこれほど破滅的だとも、これほど唾棄すべき行為が行われているとも、思っておりませんでしたが。ヘルムート・ブラウベルトはたんに当社の従業員というに留まりません。長きにわたって、わたしの友人でもありました。その彼が惨殺されたことが、わたしには信じられなかった。そして、ロイヤルも殺された。それでも、意図的に製造を中止しつつ、不運な偶然によって停止に追いこまれたと見せかけるという、ロイヤルの立案した計画を読むまでは、当社が大変な窮地に立たされていることを理解しておりませんでした。わたしは真実を探りだそうとしていて、彼をのがしてしまった。ベルナーもわたしもどう考えたものか、わからなかった。すべてがわたしたちの手を離れて飛び去ってしまったように感じておりました。

ロイヤルが個人として不正を働いていたとしたら、なぜ殺されねばならなかったのでしょう？　わたしにはどうにも理解できない。ここにある文書が会社にとって脅威であるという以外、わたしにはなにもわからないのです」書類の束をばさばさと振ってから、テーブルに投げだした。「しかし、侵入者の何者かにはロイヤルのコンピュータからこれを出力するだけの知恵があった。いったいどうなっているのでしょう？」

ボウイが言った。「ミスター・ディフェンドルフ、あなたがドイツ連邦情報局《BND》にアンドレアス・ケッセルリング捜査官の派遣を依頼されたのでしょうか？　ヘルムート・ブラウベルト殺人事件の捜査を手伝わせるために？」

ディフェンドルフは眉をひそめてボウイを見ると、かぶりを振った。「いいえ」ゆっくりと答えながら、ふたたび意識を集中させようとした。「ただ、ＢＮＤのほうから彼を送ろうかという打診がありました。喜んで受け入れました。ケッセルリングが評判のいい捜査官であることは調べてありました。なぜそのような質問を？」

「ケッセルリング捜査官がこちらに送られてきたのは、あなたがヘルムート・ブラウベルトを派遣されたのと同じ理由でした。事態を把握して収拾するためだった。捜査を支援するためではありませんでした。あなたの味方でも、わたしたちの味方でもなかったのです。ヘルムート・ブラウベルトを殺したのはケッセルリングで、ブラウベルトが事情を知りすぎたという理由でした。カスキー・ロイヤルも殺しました。ロイヤルが逃亡を企て、逮捕されるようなことがあれば、彼が保身のために洗いざらい自供すると見越したうえです。ロイヤルの殺害には、彼の妻とその恋人の助けを借りておき、そのうえで、昨日の午前中にはそのふたりとシャーロック捜査官の殺害を謀りました。さいわい失敗に終わりましたが」

ディフェンドルフはまっ青な顔で、呆然とボウイを見つめた。ボウイが話しはじめてから、十歳は老けたようだった。「いや」明快な口調で言った。「いや、それはありえない。BNDの捜査官がわたしたちを裏切ったというのか？　わたしやわが社を？」

「はい、彼は事実、あなたと御社を裏切りました。ケッセルリング捜査官の携帯に電話をかけて、彼が電話に出ないことを不審に思われたのではないですか？　病院で銃創の手当を受けているので、出られないのです」

ディフェンドルフは顔をしかめた。「ベルナー、ケッセルリングが電話に出ないと言っていたな。心配だと」

「そのとおりです。案じておりました」

ディフェンドルフはボウイに言った。「嘘偽りのない話だと、誓えるのですか？」

「ええ、真実にまちがいありません」ボウイは応じた。

ディフェンドルフはこんどはゲルラッハに尋ねた。「きみはケッセルリングがしでかしたことに、気づいていたのか？」

「とんでもない。ですが、ここにいるFBIの捜査官たちの言うことがすべて正しいとも思えません。ケッセルリングがそのようなことをしたという証拠が、どこにあるのでしょう？本人がすべて自供したんですか？」

サビッチが答えた。「ケッセルリングは依頼主の名を明かすことを拒否しています。そこでお尋ねしたいのですが、ミスター・ディフェンドルフ。カスキー・ロイヤル自身がスペイン工場の妨害工作を指示した可能性はあると思われますか？」

「わたしにはそんなことが可能とは思えないのだが」ディフェンドルフははっとして、息を吸いこんだ。「ケッセルリングが手を貸したというんだな？」

「ロイヤルの単独行動ではないということです」

ボウイはポケットから携帯電話を取りだした。「これはケッセルリングのポケットにあった携帯です。プリペイド式で、調べられるのは販売店までで、買い手を特定することはできません。この携帯にはたくさんの通話履歴が残っていました。そのなかに、あなたがよくご存じの番号がありましてね、ミスター・ディフェンドルフ」ボウイはベルナー・ゲルラッハを見た。「見つけたときは興味深いと思いましたよ、ミスター・ゲルラッハ。ケッセルリングはこの前の日曜の夜、あなたに三度電話していた。カスキー・ロイヤルの部屋に侵入者があったころ、そしてヘルムート・ブラウベルトが殺されたのと同じぐらいの時刻に。指示を求める電話ですか？　ブラウベルトを消すべきかどうか、相談したのですか？」

ベルナー・ゲルラッハは身動きひとつせず、じっと前方を見つめていた。ディフェンドルフがかがんで、彼の肩を揺さぶる。「ベルナー、どういう電話だったんだ？」

ゲルラッハがそろそろと立ちあがった。「すべて推察だよ、アドラー、おぞましすぎる。わたしはなにも知らない。うちの弁護士に電話をかけさせてくれ。こんな茶番は終わりにしてもらわなければ」

サビッチが言った。「あなたの携帯の履歴を調べさせてもらいましたよ、ミスター・ゲルラッハ。あなたからもケッセルリングにかけておられますね。昨日の朝までに六度。そのあとあなたは三件の留守番メッセージを残された」

ゲルラッハは腕組みをして、精いっぱい胸を張った。「そんなことにはなんの意味もない。ケッセルリング捜査官がこちらに来たのは答えを探るためで、犯罪を犯すためではない。捜査の進捗状況が知りたければ、当然、やりとりが発生する。それ以上の意味はない」

ディフェンドルフが言葉を選ぶように話しだした。「ベルナー・ゲルラッハと知りあって二十年以上になる。わたしにも、会社にも、忠義を尽くしてくれている。断じてこんなペテンを企てるような男ではない」

サビッチは身を乗りだし、両手を組んだ。「あなたは八カ月前に、レイザ・グエリンという二十六歳の女性と結婚されたそうですね？」

ゲルラッハが怒りを爆発させた。「それがきみになんの関係があるのかね？　妻の名前を出すな！」

「そうはいかないのです、ミスター・ゲルラッハ。あなたの奥さまは、あなたが最初の奥さまを亡くされて間がなく、あなたが隙だらけであることを知っていたある男に雇われた女です。そしてその男の指示どおり、あなたを誘惑した。つまり、その筋の玄人。あなたが結婚を申しこまれたとき、彼女を雇った男は大喜びしました。結婚するとすぐに、奥さまからその男と組むように言われませんでしたか？　あなたを説得するのに、たいして時間はかからなかった。その証拠にミズーリ工場での製造中止とスペイン工場の妨害工作は八カ月前に起きています。いくらもらう約束だったのですか？」

ゲルラッハの呼吸が荒くなり、顔が異様に赤くなった。「身に覚えのないことばかりだ。いいから、妻への中傷はやめてもらおう」

サビッチは動じなかった。「あなたが誰と組んでいるか、ミスター・ディフェンドルフにお教えしましょうか？　そうです、ラボラトワーズ・アンコンドルのCEO、クロード・レナード——あなたがキュロボルト不足を引き起こしてから、抗がん剤エロキシウムの飛躍的な売り上げ増加によって、がっぽりと儲けた男です」

サビッチはブリーフケースから一枚の写真を取りだした。「先ほどフランクフルトの警察から届きました」ひっくり返して、フルカラーの写真を見せた。

レイザ・グエリン・ゲルラッハが若い男のオートバイの後部シートに乗っている写真だっ

た。男の腰にしっかりと抱きつき、長いブロンドを風になびかせている。満面の笑みだった。「奥さまなのはおわかりですね。男はルパート・スネリングといって、あなたと出会う前からの恋人です」

ゲルラッハの顔から血の気が引いた。「嘘だ」ささやき声が漏れた。写真に手を伸ばしかけて、引っこめた。「なにかのまちがいだ」

「嘘ではありません、ミスター・ゲルラッハ」サビッチは写真を手に取り、ゲルラッハの鼻先に突きつけた。「この写真は昨日の朝撮られたものです。レナードは手にした利益のうち、どれだけをあなたに渡したんですか？　カスキー・ロイヤルも海外口座に四十万ドルあったことがわかっています。彼を引き入れたのは誰です？　レナードですか、あなたですか？」

ディフェンドルフがいきおいよく立ちあがったので、椅子が背後に倒れた。「わたしを裏切ったな！　なんと愚かで情けない男だ！　信用していたのに！　レイザがおまえとの結婚を承諾したときは、うらやみもした！」ゲルラッハの胸ぐらをつかんで引き寄せ、ネズミでも揺さぶるように激しく揺さぶった。

シャーロックが彼の腕をつかんだ。「ミスター・ディフェンドルフ、ＦＢＩの捜査官が三人いるんですよ。殺すのはやめてください。さあ、彼を放して」

「わたしを裏切りおって！」最後にもう一度揺さぶって、突き放した。ゲルラッハは運良く椅子に戻った。彼は唾を呑みこみつつも、沈黙を続けた。

サビッチが続けた。「あなたとミスター・レナードは、細心の注意を払って電信送金していた。そのため取引を追跡するのがむずかしかったのですが、あなたの奥さまのレイザはそこまで慎重ではありませんでした。彼女はレナードと共同の銀行口座を持っていたんです、ミスター・ゲルラッハ。そして何者かがその口座に定期的に大金を振りこんでいた。わたしは昨日、ドイツの捜査機関と連携して、その出所がフランスであることを突きとめました」

ゲルラッハはどんよりした目でディフェンドルフを見た。「レイザじゃない、彼女は無関係だ。わたしを愛してくれている」テーブルに突っ伏して頭を抱え、さめざめと泣きはじめた。泣き声だけが響く会議室に、ディフェンドルフの怒声が飛んだ。「なんというていたらくだ！　おまえが彼女と出会ったときのことを、覚えているぞ！　この老いぼれめ、彼女は本名すら名乗っていないはずだ！」サビッチのほうを向いた。「ちがうかね？　彼女の本名は？」

「ゲルダ・バーレンバッハ」

「やっぱり、案の定だ！　あんないい女がおまえに惚れるわけがないと思ってたんだ、この色惚けが！」

ゲルラッハは顔を上げようとせず、涙に湿った声で言った。「彼女はテニスをしていて、年老いたお金持ちのおばさんに教育費を払ってもらっていたんだ。垢抜けていて、ワーグナーが大好きで、そしてわたしを愛してくれてた！」

ディフェンドルフは彼の肩を殴った。「で、彼女はなにを求めた？　服や靴や旅行か？　その要求に応えきれなくなったら、捨てられると思ったのか？　大切な若い妻を引き留めるのに必要な金をもたらしてくれるレナードが、救い主にでも見えたんだろう？　会社からじゅうぶんな給料をもらっていなかったとは言わせないぞ」ディフェンドルフは続けた。「賞与まで合わせたら、おまえは大金持ち、たっぷり金があったはずだ！　おまえは長年わたしの補佐をつとめ、わたしとともに出世の階段をのぼり、大きな責任を負うに至った。会社やわたしへの忠誠心には、なんの意味もなかったのか？　若い女の口車に乗せられて、簡単に応じたのか？」

少し待ってから、サビッチは言った。「あなたの奥さまは結婚したその月に、少なく見積もっても二十万ドル使っています、ミスター・ゲルラッハ。旅行代理店と宝石店、衣料品店の請求書の写しを取り寄せました。あなたには、家計が破綻するのが見えていたのでは？」

ゲルラッハがさっと顔を上げて、叫んだ。「そんな話はすべてでたらめだ！　なにもかもカスキー・ロイヤルがやったことだ」怒りにゆがむディフェンドルフの顔をあえて見あげた。「だからケッセルリングをこちらに送ったんだ。真実を突きとめさせるために。わたしたちが電話でやりとりしていたのも、これで説明がつく。あなたが同じ意図でブラウベルトを派遣しているとは、夢にも思わなかった。知らなかったんだ！」

ディフェンドルフはゲルラッハをどなりつけた。「なにをどう言い訳しようと、おまえはつまるところ、上げ底の靴をはかなければならない強欲なちびにすぎない！　どうせ嬉々としてレナードと契約したんだろう？　そのあげくがどうなった？　おまえの大切なレイザとその恋人が、おまえの気取った雄鶏《おんどり》ぶりを大笑いしている姿が目に浮かぶようだ」

ディフェンドルフは彼をにらみつけ、ひと言ずつ確かめるように言った。「いや、そうじゃない。誰もおまえの頭に銃を突きつけているわけじゃないんだろう、ベルナー？　レイザにしろレナードにしろ。おまえはその金をすべて独り占めにしたかったんだろう？　レナードからいくら受け取った？」

ゲルラッハは言葉もなく、ただ涙に暮れていた。

65

ワシントン記念病院
日曜日の夜

「副大統領とふたりきりで話がしたい、ジャービス捜査官。ポール捜査官ときみと、少しのあいだ外で待っていてもらえないか？」

「申し訳ありませんが、ホフマン上院議員、副大統領をおひとりにすることはできません」

「頼むよ、ジャービス。彼とは若いころからの知りあいだ。緊急を要する私的な話があって、五分もあれば足りる」

アレックス・バレンティは目を開いて、口元に笑みをたたえた。小さな声で話しはじめたとき、その声はかすれていた。「かまわんよ、ジャービス捜査官。犯罪者よろしく身体検査もされているだろうからな。ガラスの外で待っていてくれ」

ジャービス捜査官はそれでも迷っているふうだったが、最後にはうなずいた。「わかりました、どうしてもということなら。ホフマン上院議員、副大統領はたいそう弱っておられますので、手短にお願いします。なにかありましたらコールボタンを押してください」ホフマンに軽く会釈した。「では、よろしくお願いします」

「長くはかからんよ、約束する」ホフマン上院議員が言うと、ジャービスは部屋を出て、静かにドアを閉めた。ホフマンはほぼ身動きできないアレックス・バレンティを見おろした。

彼と知りあって、かれこれ四十年近くになるだろうか。「もっと早くに会いにきたかったんだが、面会は家族だけだと言われてね。今夜会えてよかった」

バレンティの小声はやはりかすれている。「デイブ、よく来てくれたな。ようやく鼻からチューブを抜いてもらって、ほっとしたところだ」

「声がかすれているな。喉が痛いのか？」

「まあ、多少はあちこちな。生死の境をさまよったんだから、喉が痛いぐらいで文句を言ったら罰が当たる。きみが通してもらえて、よかったよ。医者たちのおかげで、退屈して死にそうだ。こんな有様とはいえ、そうそう寝てばかりもおられんからな」

「そりゃ、医者たちも治したい一心だからね。きみを救えるという、絶対の保証が欲しいのさ。逆戻りは許されない。奥さんとご家族は、医者から完全に回復すると聞いて、廊下を踊ってまわったそうじゃないか」

「らしいな。エリサは奥歯が見えるぐらい大口を開けて笑い、わたしの耳にキスの雨を降らせてたよ。エリサによると、待合室は家族と友人で溢れ返っていたそうだ。わたしは話をする気分じゃなかったんだが、わたしがそこまでの注目には値しないと言うと、エリサのやつ、あっさりとうなずきおった。

ブラバスをあんなにして、すまない、デイブ。あの美しいマシンがいまじゃがらくただ」

「ひょっとすると、トップニュースを飾った功績で、年末の賞与をもらうはじめての副大統領になるかもしれないぞ。そのときはわたしに新車を買ってくれ」

バレンティは小さな笑い声をあげた。ごくささやかな声だったのに、すぐに悔やんだ。モルヒネのボタンを押し、ゆっくりと引いていく痛みに対処できるまで一分ほど待った。「激しく抗議する世間の声が想像つかないか？　年末の賞与とは、おもしろいことを言うな、デイブ。きみがここへ来てまだ一分なのに、もう笑わされている。傷が痛むよ」

「大切なのは生き延びたことさ。ミラー先生と話をしたよ。きみの精神力や、生きる意欲に驚嘆したと言っていた。精神的にも肉体的にも、患者全員にきみのような力があればいいのに、とね」

ホフマンは黙りこみ、痛みでバレンティの額に皺が浮かぶのを見た。バレンティはいま一度モルヒネのボタンを押したが、薬が投与されるには間隔が狭すぎた。目をつぶって、さっきの薬が効いてくるのを待つほかなかった。

「いい話を聞かせてもらったよ」数分して、バレンティは言った。「たまに激痛があるんだ。いまはだいじょうぶなんだが、ときどき痛みに捕まってしまう」

「こんなことなら、目が覚めなければよかったと思うか？」

「もし死んでいたら比較のしようがないから、その質問は意味をなさないだろう？　なんにしろ、体の内側が死の行進をしているように感じようとも、いまここで息ができていて嬉しいかぎりだ。わたしにはもうわかっていたことだが、サビッチ捜査官が事故ではなかったと報告にきたよ。ステアリング・リンケージが吹き飛ぶように細工がしてあって、事故は避けられなかったそうだ。わたしを殺したがる人間を考えてみたんだがね、デイブ、正直に言って、そんな手の込んだ方法を使ってまでわたしを殺したがる人間がどうしても思いつかない。そうだろう？　誰が副大統領を暗殺したがる？　副大統領といったら、ボルボのロールバーぐらいの必要性しかないだろう？」

ホフマンは我慢できずに、笑いだした。

バレンティが眉をくねくねさせる。「これが知事時代ならわたしも忙しかった。あちこちに出かけて、法律を通し、人と敵対もした。だが、いまのわたしを殺そうとするのは、意味がない」

ホフマンはナショナル・モールを遠くに望む、大きくて美しい窓のほうを向いた。そして、バレンティに背中を見せたまま言った。「最近、ニッキィがやってきてね。最初は彼女だと気づかなかったんだが、毎晩、真夜中近くになるとわたしの寝室の前に来るようになった」

ホフマンはバレンティが息を呑む音を聞いた。痛みのせいか？　それとも自分がなにげなく話した妻のことに対する驚きだろうか。

「じつを言うと」少しして、ホフマンは言葉を継いだ。「誰かが仕組んだいたずらだと思っていた。わたしの金に手をつけたくてしかたのない、あのできそこないの息子たちが、わたしを精神的に追いつめるために企てたのだろうと。だが、すぐに気づいたのだ。エイデンにしろベンソンにしろ、そんな気の利いたことをやってのける度胸も想像力も持ちあわせてはいない」

背後からバレンティの静かな声がした。「ニッキィが亡くなって三年だ、デイブ。最期のときはふたりともその場にいて、彼女の手を握っていた。それがいまになって、なにを言ってるんだ？　ほんとうに彼女の幽霊がやってきたと思っているのか？」

「ああ、きみも居合わせて妻の手を握っていたんだったな。ディロン・サビッチ捜査官には特殊な能力があって、妻と話をしたと言っているのを知っているかね？」

「いいや、知らなかった。ホリー大統領から、きわめて聡明で直感力に優れた捜査官だとは聞いていたが。その彼に霊能力があると言うのか？」

ホフマンは手を振りながらふり返り、バレンティのベッド脇に戻った。そして、木製の手すりに載っている水の入ったグラスと氷入りの小さな器をまっすぐにならべなおしながら言った。「明らかに。実際のところは、誰にもわからないが」グラスを手に持った。「水を飲むかい、アレックス？」

「いいや、いまは遠慮しておく。正直言って、なにも喉を通りそうになくてね」

ホフマンはグラスを戻した。「だったらあとにしよう。で、サビッチの話だが、彼とその妻のシャーロック捜査官はうちでひと晩張りこみをした。そして翌日サビッチから、ニッキィが来て、わたしをなんらかの問題から助けてやってくれと頼まれたと聞かされた」

「どんな問題に巻きこまれてるんだ？　いったいどうなってる？」

ホフマンはこんども笑った。「わたしの心配なら無用だ、アレックス。ニッキィが助けたがっているのは、死んでもなお、わたしではなくきみだった」

バレンティの小声は、ささやきとさほど変わらなかったが、ショックの色がありありと出ていた。「いったいなにを言ってるんだ？　また冗談かなにかなのか、デイブ？」

「いや、冗談なものか。わたしがいつからきみのことを嫌ってきたか、知っているか？」

「わたしを嫌う？　デイブ、気は確かか？　いったいどうなってるんだ？」ガラスのドアの向こうにいるジャービス捜査官に視線を投げた。別の捜査官と話をしながら、その両方がバレンティのほうを見返していた。

ホフマンが顔を近づけた。「ニッキィとわたしがスタンフォードで出会った当時のことを思い返してくれ、アレックス。彼女は口を開けばきみの話をしていた。高校時代、恋人同士だったこと、十代にして不滅の愛を誓ったこと、けれどきみはハーバードに進学し、ロミオとジュリエットよろしく引き離されたこと。彼女はそんな話を笑いにまぎらしていたが、わたしは騙されなかった。彼女はまだきみを愛していた。きみはなぜ彼女から離れた？」

バレンティは静かに答えた。「遠いむかしの話だ。むかしすぎて、父親からどう言って説得されたかろくに覚えていない。知ってのとおり、わたしはなぜか父に頭が上がらなかった。きみも何度か、うちのおやじとやりあったことがあったな。なぜいまになってそんな話を持ちだす？　いまさらどうでもいい話だろう？　なぜわたしが嫌いなんだ？」

「きみたちふたりが再会して――そう、あれはまだニッキィとわたしが結婚して半年ぐらいのことだったな――ふたたび燃えあがったからだ。きみはニッキィと寝るようになったな、アレックス。きみとニッキィが夕日に向かって逃げ去るために、ふた組の夫婦が別れると思ったのか？

答える気はないんだろう？　いや、責めるつもりはないんだ。死にゆく彼女の手をふたりで握りながら、彼女がわたしとではなくきみと人生を送りたかったことがわかった。この世に別れを告げる、その最期の瞬間、ニッキィが見ていたのはきみだった、アレックス。わたしではなく」

バレンティは長年この事実を知らせまいとしてきた男を見つめた。だが、無駄な努力だった。彼は以前からずっと知っていたのだ。ニッキィとふたりで、ふたつの家族を近づけておこうと決めたのはずいぶん前のことだ。そのときは深く傷ついていたので、自分ではなくこの男が彼女の夫であり、彼女の名前がバレンティでなくホフマンであることを悔やまずにすむ日が来るとは、とても信じられなかった。

だが、歳月を重ねるうちに絶望が薄れ、代わって自分の妻とすばらしい子どもたちに対する揺るぎない愛情が育った。いまでは孫もいて、自分が愛されているのを感じている。自分が助かると聞いたとき、エリサは喜びを全身で表現してくれた。もうエリサしかいない、と思う。妻に対する思いが深まっている。いつから妻が一番大切な人になったのか、わからない。あの遠いむかし、ニッキィと駆け落ちしていたらどうなっていたか。あのころはふたりの情熱だけが人生で意味のある感情で、ふたりの情熱に殉《じゅん》ずることこそが正しく思えた。その痛みはいつまで続いていたのだろう？　いまとなっては思いだせず、それはニッキィも同じだった。彼女の死期が近いことがわかったとき、ふたりはそのことを話題にし、長い歳月のあいだに自然と薄らいでしまった不運な情熱をいくぶん笑いもした。〝若さとは〟彼女は言った。〝若さとは、いつかは消えてしまうすばらしい夢よ。若いときに欠かせないと思ったものは、年齢とともに輝きを失っていく。そうでしょう？〟

そのあとデビッドが病室を訪れ、その数分後に彼女は亡くなった。彼女を愛した男ふたりに手を握られながら。

デビッドはなんと言った？〝最期の瞬間、ニッキィが見ていたのはきみだった、アレックス〟と言ったのか？

「いや」バレンティは言った。「はっきりと覚えているが、亡くなる瞬間、ニッキィはきみを見ていた。最期の息で、きみにさよならと言ったんだ」

ホフマンは冷笑した。「おまえの記憶は都合がいいな、アレックス。エリサはおまえがわたしの妻に対していだいていた気持ちを、どの程度知ってるんだ？」

バレンティは深い悲しみがのしかかるのを感じた。それはエリサの悲しみであり、デビッドの悲しみだった。どちらも知っていながら、見守り、待ってきたのだ。バレンティはゆっくりと言った。「いまでは遠いむかしだが、ニッキィとわたしは最初のころに両家で仲良くしようと決めた。それ以外のことがニッキィにできたと思うかね？　彼女の誠実さと善意から出た行為だ。

そして病に倒れたとき、ニッキィは、かつてわたしを愛したよりうんと深くきみを愛するようになったと語った。きみたち夫婦のあいだの愛情は本物で、過去のファンタジーではないからだ」

「嘘をつくな！」ホフマンは背筋を伸ばして、彼を見ている警護の捜査官たちにうなずきかけた。

バレンティは尋ねた。「なぜわたしが嘘をついていると思うんだ？」

「彼女がわたしに、地獄に墜ちろと言ったからだ！　そんなことを言うつもりはなかったんだろうが、弱っていて混乱していたし、最期のころはいくぶん譫妄《せんもう》状態でもあった。彼女はエイデンがわたしの子ではなく、きみの子だと言った。わたしと結婚したのは、きみとは結婚できなかったからだと。きみはもうエリサをめとっていた。それでもなお、ニッキィはきみの子を産まずにいられなかった！」

バレンティは硬い枕の上で、ゆっくりと首を振った。「いや、いや、それはありえない」

「ニッキィと高校時代に寝ていたんだろう？　大学時代にも会っていたはずだ」

「当時は誰もが気軽に寝ていた。知っているだろう、デイブ。セックスは睡眠や食事と同じように、ふつうの行為、手軽な楽しみだったんだ。きみだってニッキィと出会う前の独身時代に大学の女の子たちと寝ていたはずだぞ」

「ああ、だがきみとニッキィの関係は、そんな浮わついたものじゃなかった！　エイデンが生まれたのは、わたしたちが結婚して一年半後だ。血液検査もしたんだ、アレックス。それで、事実としてきみがエイデンの父親であることがわかった」

66

その瞬間、デビッド・ホフマンにはバレンティが納得して受け入れたのがわかった。尊敬に値する率直な人物が不義の子をなしていたと思うと、胸がすく。バレンティが言った。「わたしは知らなかったし、疑ったこともなかった。ほんとうに、わたしが嘘をついてきたと思うのか？　ニッキィから聞いていたのに、なかったことにしたと？　彼女は一度として、ほんのひとことも、それらしいことを言わなかった。駆け落ちを望んでいた、わずかなあいだもだ。そうともデビッド、わたしはエイデンのことをずっときみ似だと思ってきた」

「いいことを教えてやろうか？　ニッキィがわたしを愛するようになったのは確かだ。だからこそ、わたしもおまえを拒否して彼女を苦しめようとはしなかった。家族ぐるみで親しくつきあい、両家の子どもはいとこのように育った。愛するふたつの大家族と、それにリチャーズ家を加えて、三家族の息子たちがともに遊んできた。そんな様子を眺めながら、エイデンとベンソンがわたしとニッキィの子どもであることを神に感謝したものだ。だが、そうは問屋が卸さなかった。そんなのは幻想だったんだ。

そして妻は最後の入院を迎えた。わたしは妻から愛されていると、やっと信じることができた。ところが、三日もしないうちにおまえが現れ、ベッドの傍らで薄くなった髪を撫でながら、妻にささやきかけていた」

ホフマンはふとわが身をふり返った。いまこの瞬間、妻への愛情よりも、バレンティへの憎しみのほうが勝っているのではないか？

陰気な笑い声を漏らした。妻の死の記憶が鋭い痛みを引き起こした。「それでだ、アレックス、戻ってきた妻がなにを求めたと思う？　サビッチはわたしを守ろうとしたと考えたようだが、そうじゃない、守りたいのはおまえ、いつだってそうだった。死によって引き離されたいまも、彼女はわたしからおまえを守ろうとしている。わたしは永遠の二番手だ。それがわたしにはたまらない。だが、彼女はサビッチに語りかけることで、わたしに贈り物としてあるチャンスをくれた。見のがすには惜しすぎる、絶妙で完璧なチャンスだ。わたしはそのとき、これからしようとしていることをやると決めた」

バレンティは友の目をのぞきこんだが、いまだ認められずにいた。「自分の車に細工を加えたと言うのか？　それでわたしを殺そうとしたと？」

ホフマンはそろそろと立ちあがった。「まるで化け物を見るような目つきだな、アレックス。ブラバスがオークの木に激突したとき、死んでくれていたらよかったんだが。盛大な葬儀の席で、かつてないほど雄弁な賛辞を捧げ、おまえがすばらしい家庭人であったことを参列者全員に思いださせてやったのに。そして、それを可能にしてくれたニッキィにも感謝しただろう。だが、残念ながらおまえは生き残った。またもやわたしの負けだ」

「負けるもなにもないさ。きみは強迫観念にとらわれているんだ、デイブ――」

「いいから、黙れ、黙ってろ！　わたしはなにもおかしくない。いいから、聞け。ここへ来たのは、わたしがおまえを殺そうとしたことを伝えるためだ。だが、もうやらない」

バレンティは吐き気をもよおした。それをもたらしたのは、体の痛みと薬と魂から滲みでるような嫌悪。そしてこの強迫観念と、厳然とそこにある狂気のせいだった。それが自分に向けられていた。ほんとうにニッキィはサビッチに話をしたのか？　警告するために？　バレンティはささやいた。「いずれすべてが明らかになるぞ、デイブ」

「いつかはな。サビッチ捜査官も疑っている。彼はわたしがやったという証拠を見つけるだろうか？　わたしとしては慎重を期したが、どうなることやら。

で、アレックス、お願いがある。わたしがいま話したことを誰にも言わないでもらいたい。わたしのためではなく、ふたつの家族のため、エリサや息子たち、そしておまえ自身のために。こんなことで人の記憶に残るのは、どちらにとっても本意ではないだろう？」

バレンティは、自分がまだ呼吸を続けていられるのが不思議だった。およそ信じることのできない話を聞かされたうえに、それを秘密にすることをデビッドは求めている。バレンティは尋ねた。「きみはどうするんだ、デイブ？」

「ニッキィのもとへ行くことにした。わたしはもうおまえを殺そうとはしないから、おまえは長生きする。だとしたら、おまえが現れるまでニッキィを独り占めできる」

「だったら、なぜ最初からわたしに言ってくれなかった？」

「おまえに知らしめたかった」ホフマンは言った。「わたしがおまえに殺意をいだく理由を語ったとき、おまえがどんな顔をするか見たかった。自分でも覚えていられないほどおまえを憎みつづけてきた理由や、おまえの息子に関する真実を突きつけたときに。

おまえはわたしからすべてを奪った。妻だけでなく、長男までも。わたしはそれでもおまえを友人扱いして、ともに笑い、おまえが不運にみまわれたときは、気の毒がって見せなければならなかった。それももうすべておしまいだ。この部屋を出たら、もう二度とおまえには会わない」と、口をつぐみ、引きつった笑い声をあげて、つけ加えた。「告別式で追悼の辞を述べてくれるなよ」

ホフマンを見あげるバレンティの目には、暗い影が宿っていた。思い出の数々が頭を飛び交っている。思い出と、苦痛と、失われた姿と。ホフマンから聞かされた告白を受け入れたくなかった。長いあいだ慈しんできたものが嘘であったことになるからだ。エイデンがわたしの子？とても事実として認められなかった。

バレンティはひどく疲れて、傷ついていた。エリサに会いたかった。妻にならどうしたらいいかわかるだろう。なにより、悲しすぎて泣きたかった。目をつぶって、心のなかにエイデンの顔を思い浮かべた。ニッキィ、許してくれ。

ドアの開く音がした。「わたしにはきみの葬儀に出ることもできない」バレンティは言った。ドアの閉まる音がした。見ると、ホフマンが警護の捜査官たちに話しかけていた。彼は背を向けて、歩き去った。抑えこんだ涙が瞳を刺し、喉を焼いた。唾を呑みこんでも、痛みは増すばかりだった。手を伸ばして、水のグラスをつかんだ。

「副大統領、そのグラスを渡してください」

小さなバスルームからシャーロック捜査官が足早に出てきて、バレンティの手からさっと水のグラスを奪った。「きみは警護担当じゃないいな？」

「ええ、ＦＢＩの捜査官です。いま看護師に水を頼みますね」

シャーロックはバレンティの目を見て、彼が気づいたのを知った。続いてその目に浮かんだのは、侘びしさだった。彼はどうしようもないほど、疲れて見えた。

バレンティがつぶやいた。「彼は嘘をついたんだな」

「ええ、そうです」シャーロックは彼の腕に軽く触れた。「ご心配には及びません、副大統領。奥さまに言って、付き添っていただきましょうか？」

アレックス・バレンティはうなずいた。「ああ、妻に会わなければ。ありがとう」

アルマ・ストーン捜査官が部屋に入ってきた。シャーロックの手からそろそろとグラスを受け取ると、しっかりと蓋をかぶせ、カードに自分の名前と日付と時刻を記して、グラスに張りつけた。

それを見てシャーロックはうなずき、急いでＩＣＵのドアに向かった。携帯電話のボタンをひとつだけ押した。「ディロン？　すんだわ。上院議員は下に向かってるから、あとをよろしく」

携帯電話をジャケットのポケットに戻した。そこには小型レコーダーが入っていた。

エピローグ

ジョージタウン　月曜日の夜

「うまいピザでした」ボウイは言った。生地にチーズが入ったディープディッシュタイプのペペロニピザの最後の一枚を平らげたところだった。サビッチのピザはまだ残っている。アーティチョークとオリーブとペッパーとオニオンと、その他いろいろな野菜が載ったものだ。ボウイは子どもたちに向かって声を張った。「おまえたちはもう、お腹がいっぱいになったのか？」

ジョージィは聞いていなかった。ショーンとアストロといっしょに床に座りこみ、ピザが冷えるのもおかまいなしで、〈ジャンプスタート・ワールド〉ゲームで自分の家を設計するのに夢中だった。いまはショーンがリビング用に選んだ毛足の長いまっ赤な絨毯の是非をめぐって、言い争っている。

シャーロックが言った。「うちのでっかい、い、番犬が淹れたコーヒーを飲んでみない、ボウイ？　ディロンはスターバックスから大金を払ってもらえるくらい、コーヒー豆の扱いがうまいのよ。エリン、あなたもどう?」

サビッチはエリンに向かってティーカップを掲げた。「うまい黒ウーロン茶だよ、エリン。コーヒーじゃなくてこっちにするかい?」

エリンはため息をついた。「ええ、ありがとう、お茶にしようかしら。コーヒーなんか飲んだら夜の半分は天井まで飛びあがってそうだもの。明日の朝、ショーンやジョージィが寝かせておいてくれるとは思えないし」

シャーロックが言った。「ジョージィはショーンの部屋で寝てもらうから、しばらくはふたりで遊んで、わたしたちを叩き起こさずにおいてくれるかもよ。あなたとボウイは――」しばし口をつぐんだ。「そうね、ショーンの部屋の向かいにお客さん用に寝室があるし、このソファを引っぱりだすとダブルベッドになるわ」

「それについてはあとで決めるよ」ボウイが気安く答えた。「泊めてくれて、感謝してます、シャーロック」

大人たちはしばし、ショーンがジョージィに語りかけるのに耳を傾けた。「きみがペットに猫を飼ったらアストロの機嫌が悪くなるんじゃないかな、ジョージィ。猫に噛みついて、きみを怒らせちゃうかもしれない」

「アストロはあたしの猫をいじめたりしないわ。クルックシャンクスはすっごくおっきい猫なんだから。アストロなんてこづきまわして、ちびのばか犬に生まれたことを後悔させちゃうわよ」クルックシャンクスというのは『ハリー・ポッター』に出てくる猫の名前だ。

「アストロはちびのばか犬じゃないぞ！　パパ、アストロはばか犬なの？」

「いや、最後にチェックしたときはちがったよ。でも、ジョージィには子猫にしてもらったほうがいいぞ、ショーン。そしたら、アストロにもその猫を訓練できるだろ」

ショーンとジョージィはすぐにまた、こんどは台所の電化製品をめぐって口論になった。

シャーロックはジョージィに話しかけた。「ショーンは電子レンジはポップコーンをつくるためにあると思ってるから、ないわけにはいかないのよ」そして、ボウイに向かって言った。「あなたにとってもエリンにとっても、長い一日だったわね。ジョージィとこっちに飛んで、その足で病院に向かったんですもの」

「患者よりマスコミ関係者のほうが多くてね」と、ボウイは首を振った。「そいつらが家族に接触しようと押し寄せてた。副大統領の広報官だろうとなんだろうと、カメラの前を通った人間なら誰でもよかったんだろう」

「実際は取材班の半分ってとこだな」サビッチはエリンにお茶のカップを渡し、続いてボウイにコーヒーのカップを差しだした。ボウイはその香りを嗅いだだけで、至福の表情になった。「残りの半分はホフマン一家とそのスタッフを追いまわしてる。この騒ぎはそう簡単にはおさまらないぞ」

シャーロックがカップを掲げた。「でも、わたしたちの出番はおしまいよ」

しばらくして、ボウイが言った。「エリンもアレックスおじさんに会えた」

「かわいそうな人」エリンはかぶりを振った。「とても気の毒だと思ったけれど、わたしに対しては魅力的で、ジョージィをなかに入れてキスしてもらえたらいいんだがと言ってたわ」ボウイの太腿に手を置いた。「バレンティと彼の家族はすてきな人たちね、ボウイ」

「彼らもきみが気に入ったみたいだ」

「それからね、ボウイ、あなたのお母さんから明日のランチに誘われたわよ」

カップを持つボウイの手が止まった。「ランチだって？　うちのおふくろとか？」

「そうよ。フレンチは好きかと訊かれたから、よほど無理強いされないかぎり炒めカタツムリは食べないと答えたら、自分もメキシカンのほうが好きだと言って、ほっとしてため息をついてらしたわ」

「うちのおふくろは遠慮ってものを知らないんだ、エリン。根掘り葉掘り訊いてくるから、覚悟してろよ。じつは今晩もどうかと誘われたんだが、サビッチとシャーロックのうちにお世話になる約束だと答えておいた。嘘をついたのがばれてないといいけど」シャーロックに笑いかけた。「あなたたちに許可をもらう前でした。感謝します」

「どういたしまして」サビッチが言った。

エリンが言った。「わたしからもお礼を言わせて。ケンダー博士が、わたしの名前を今後いっさい出さないと約束してくれたから、これでわたしも自由の身よ。キュロボルト文書の出どころを公式的には匿名扱いにしてもらえると、ボウイから聞いたわ」

「ジョージィを連れて、刑務所にいるきみの面会に出かけるなんぞ、ぞっとしないからね」

ボウイは言った。「願わくば、犯罪社会に足を踏み入れるのはこれを最後にしてもらいたい」

「これからは堅気の道を進むわ」エリンは言い、残ったお茶を飲み干して、時計を見た。

「ジョージィはもう寝る時間よ。ボウイ――」

ボウイが眉をひそめている。「忘れ物があった。近くに店はあるかな？」

ボウイがサビッチから近所のスーパーを教えてもらっているあいだに、シャーロックがエリンに言った。「どうやらメートランド副長官は、司法省がラボラトワーズ・アンコンドルとシーファー・ハートウィンに圧力をかけて、キュロボルトが不足したせいでエロキシウムに切り替えるしかなかったがん患者に補償させるんじゃないかと思ってるみたいよ」

「わたしには信じられないけど」

シャーロックはにやりとした。「これも副長官が言ってたんだけど、キュロボルトが不足したことについて、フランスは表向きはこちらのせいにしつつ内々ではクロード・レナードをこっぴどく締めあげるだろうって。いずれにしろ、多額の罰金が科せられるから、製薬業界もしばらくはおとなしくなるかもね」

「ありえない」エリンは言った。「たぶんより姑息《こそく》になるだけよ」

興奮したショーンを寝かしつけるという一大事業を終えると、サビッチはシャーロックに言った。「エリンが言ってたよ。ショーンが寝るまでは彼女がジョージィを預かって、そのあとショーンの部屋に移すそうだ」

「賢明ね。ショーンはジョージィに夢中だもの。マーティじゃなくてジョージィと結婚するかもって、そりゃ真剣に考えてるわ。ジョージィのほうが年上だから相手にしてもらえないかもよと言ったら、にこっとして、年上のほうがいろいろ教えてもらえていいって言うのよ。まだ五歳だから、そんなことを聞かされると母親としては心中穏やかじゃないって気づかないんでしょうね」

サビッチは大笑いしながら近づいてきて、隣に横になった。シャーロックがその胸に頭を載せると、彼は巻き毛を撫でて、指に巻きつけた。「ほんとに間一髪だったな。前回撃たれたときの二の舞になるところだった。きみが死んでいたかもしれないのに、おれはその場にいなかった」

シャーロックは彼の顎を頭で軽く突いた。「土壇場で、ボウイとエリンが突入してきてくれたわ。もう終わったことよ。わたしは無事だったの。撃たれたのはケッセルリングのほうだった」

「よかったよ、ジェーン・アンとミックが素人だったおかげで、足首まで調べられなくてすんだ。どう転んでもおかしくない状況だったんだ」

「それが人生ってものでしょう、ディロン？　わたしたちはベストを尽くして、前に進む。それしかないし、それがわたしたちなの」

「ダクトテープを切ったときの、手や手首の傷はどうなった？」

「もう平気」シャーロックが見るところ、いまの彼に必要なのは気晴らしだった。だから、彼の腹に手をすべらせた。「ちょっとした切り傷よ、ディロン。心配いらないわ」あと数センチ手をすべらせたら、ディロンは夢の国へと運ばれる。


暗い風が吹いていました。ラクダたちは動きまわり、頭を上げたり下げたり、彼らをつないでいるひもを引っぱって、悲しげな声で鳴いています。ラクダはなにか悪いことが起きそうだと察知すると、そんな声で鳴くのです。女たちはラクダに身を寄せました。ラクダの息はくさいし、噛まれると痛いのです。ですが、そんなことはかまっていられません。なにがなんだかわからなくなってしまった世界のなかで、ラクダたちはれっきとした本物だからです。女たちは知りませんが、ラクダは怖がっていると噛みません。むっつりと黙りこんで、動くのをやめ、背中のコブも揺れないのです。怖がっているラクダはしゃがみこみます。ラクダたちは女たちが近づいてきてくれて、ほっとしていました。

女たちには見ることも、聞くこともできませんでした。吹きすさぶ暗い風が顔に突き刺さるのを感じることしかできません。そして、とっても悪いなにかが風に乗って運ばれてくるのを知るのです。女たちは待ちました。ラクダもいっしょに待ちました。ほかにできることなんてありません。ただ待つしかなかったのです。

「さあ、寝るわよ」エリンはショーンとアストロを起こさないように、ささやき声のまま言った。「これがわたしたちの物語のはじまりよ。寝る前に頭のなかで味わってみて。明日の夜はあなたに続きを話してもらうから、いいわね？」

「いまやらせて、エリン。暗い風がなにを運んでくるか、あたし知ってるわ。だから話させてよ」

「シーッ、ジョージィ。この子たちを起こしたくないでしょ。とくにアストロが起きたら、これから一時間は顔を舐められちゃうわよ」エリンはジョージィの額にかかった髪を払うと、かがんで、小さな鼻に口づけした。「わたしたちの謎めいたお話はもうおしまい。もう眠って、『白鳥の湖』の舞台で踊る夢を見なきゃ。美しい第二アラベスクでしっかり体を保持したあと、ふわっと飛んで、グリサードに移るのよ」

ジョージィはくすくすっと笑うと、ささやいた。「でも、暗い風が吹いててね、エリン、あたしにはわかって――」

「続きは明日の夜ね」エリンはささやき返した。かがんで額にキスし、上掛けを撫でつけて、立ちあがった。「おやすみ、ジョージィ」

「おやすみなさい、エリン。あたしの代わりに父さんにキスしといて」

「了解」

ジョージィが目を閉じて、眠りにつく準備に入った。

それを確認したエリンは、階段をおりて、サビッチ家のリビングに戻った。しんと静まり返って、エリンには心許《こころもと》ないほどだった。物語のなかに登場した暗い風のことを思った。いま外では暗い風が吹いているだろうか？　吹いているとしたら、ラクダのいない自分は困ってしまう。そして、自分のした話が悪夢の絶好の材料になることに気づいた。まずい――でも、ジョージィは笑って、続きを話したがった。これからはもっと気をつけなければ。

ひとり頬をゆるめながら、表側の出窓から美しい芝生の庭を見渡した。かき寄せた秋の木の葉が山にしてある。どうやら、風が出てきたようだ。木の葉を袋に詰める時間がなかったのだろう。暗い風が木の葉をふたたび庭じゅうにばらまいてしまうかもしれない。

通りの向かいの家々にはまだ明かりがついていた。たくさんの家族が住んでいる。子どもや親やペットがベッドに入ろうとしている。寝る前のお話を聞かせてもらっている子たちがいるかもしれない。そしてエリンは、ボウイ・リチャーズのことを思った。ＦＢＩのボウイ・リチャーズ捜査官と、ポーランド系アイルランド系アメリカ人であり、少なくとも一、二年はふたつの大手製薬会社の最終利益を縮小させてやったバレエ教師兼私立探偵である自分、ミズ・エリン・プラスキのことを。

良心のない男たちなど、暗い風に翻弄されればいいのに。これから死ぬまでずっと、暗い風に吹きつけられればいいのに。

私道に車が入ってくる音がした。ディロンの愛車ポルシェの低音ではなく、ボウイが運転するトーラスのなめらかな音だった。スーパーはどこにあったんだろう？　なんでこんなに時間がかかったの？

エリンは人生を思った。玄関のドアを開けたら、その先には大いなる未来が約束されている。企業のCEOのオフィスに侵入するという、ほんとうにばかげた行為に走ったときは、まさかこんな展開になるとは思ってもみなかった。人生は驚きに満ちている。刑務所には行かずにすんだ。その事実ひとつとっても、驚きだった。

ボウイが手になにかを持って入ってきた。玄関のドアを閉めて、鍵をかけ、警報器をセットして、エリンを見た。買ってきたものは見せてくれそうにないけれど、その顔に浮かんでいるのは満面の笑みだった。

訳者あとがき

キャサリン・コールターのFBIシリーズ、第十弾『幻惑（原題 *Whiplash*）』。日本で第一弾『迷路』が出版されてからすでに十一年。サビッチ&シャーロックのSSコンビを支えてくださる読者のみなさまのおかげで、今年もまた新たな事件をお届けすることができます。前回の『残響』に続いて、今作でもサビッチの超常的な能力が取り扱われています。彼のそんな能力を、シャーロックはもちろんのこと、犯罪分析課の部下たちや、メートランド副長官までが、自明な前提として受け入れております——いつのまに！
それはさておき、ざっくりと内容をご紹介いたしましょう。

長身で細身のエリン・プラスキは、〝ポーランド系アイルランド系アメリカ人〟の私立探偵にして、バレエの教師。バレエの才能は母から、私立探偵の才能は、海軍の特殊部隊にいた父から受け継ぎました。父による〝英才教育〟は六歳半のとき、解錠の仕方にはじまりました。

そのエリンがいま窮地に立たされています。ことは父の友人にして大学教授のケンダー博士からの依頼。博士の父親は結腸がんを患っており、最近になって、治療に欠かせないキュロボルトという薬が不足。代わりに使える経口薬はあるものの、そちらに切り替えると大金がかかります。博士は連日、ドイツに本社があって、キュロボルトを製造販売している世界的な製薬会社、シーファァー・ハートウィン社に薬のフル生産を要望するメールや電話を続けていますが、善処しているという返事のみで結果がともなわず、このままでは代替薬に切り替えるため自宅の売却も考えなければならなくなると悩んでいます。それを聞いたエリンは、シーファァー・ハートウィン社のアメリカ支社に侵入することを決断。CEOのカスキー・ロイヤルのコンピュータからキュロボルトの減産を指示する情報の取りだしに成功します。これをマスコミと司法省に送れば、会社が故意に減産していたことが明らかになり、問題は解決するはず。

ところが、どうにか逃げおおせたものの、オフィスに侵入したことがばれたうえに、その夜、シーファァー・ハートウィン社の社屋のすぐ近くで殺害された死体が見つかります。いまのままでは自分に注目が集まり、へたをすると殺害の容疑までかけられてしまいます。どうしたものかと悩んでいると、こんどは、くだんの殺人事件を担当する地元ニューへイブン支局の責任者、ボウイ・リチャーズFBI特別捜査官がエリンのアパートの玄関に現れます。シングルファァーザーのリチャーズ捜査官は、シッターが病気で倒れたため、娘ジョージィの面倒をみてもらえないかと、娘が慕っているバレエの教師エリンを訪ねてきたのです。エリンは捜査情報を入手する目的でこの頼みを聞き入れます。うまく立ちまわれば自分の身を守りつつ、キュロボルトに関する文書を公表できるかもしれない。けれど、殺されたのはシーファー・ハートウィン、ドイツ本社の最高責任者直属の渉外係でした。なにか問題があると、その解決にあたってきた、裏のありそうな人物です。さらに死体の顔は損傷され、指は切り取られていたため、ＦＢＩ本部からも応援の捜査官が送られることになりました。

それがサビッチとシャーロックです。サビッチはそのとき、別件を担当していました。ホフマン上院議員の案件です。夜になると、上院議員の寝室の窓の外に出現する、謎の白い物体の正体を突きとめてもらいたいと、内々に依頼があったのです。当初思っていたのとは異なり、サビッチは、どうやら〝なにか〟が上院議員にメッセージを伝えたがっていることを感じ取ります。

サビッチはその件をいったん離れて、シャーロックとともにシーファー・ハートウィン社のあるコネチカット州ストーンブリッジに飛び、ボウイ・リチャーズ捜査官と組んで殺人事件の捜査にあたります。鍵を握るのは侵入犯と、その侵入犯が持ちだしたとおぼしき情報の内容。エリンは自分がその侵入犯であることを隠し、罪悪感をいだきつつも、彼らと親しくなり、捜査に同行するまでになります。けれど、そんなとき、彼女の身に重大な危険が迫ります……。そのころ、ワシントンＤＣのホフマン上院議員のもとでも、上院議員がいっしょに食事をしていたロビイストが毒殺されるという事件が起きました。サビッチはメートランド副長官の指示で呼び戻されます。

さらにドイツから派遣された捜査官や、ドイツ本社の上役たちまでが加わり、事態はますます複雑な様相を呈していきます。渉外係を殺したのは誰か？　そして、その動機は？　また、ホフマン上院議員の命を狙うのは？

今回は製薬会社の渉外係の殺人事件と、上院議員の周囲で起きる不思議なできごとを二本の柱としてお話が進みます。渉外係の殺人事件の背景になっているのが、製薬会社による不正行為。この作品のなかでも実在する大手製薬会社が裁判の末に科せられた罰金や、ナイジェリアで子ども相手に実施された実験の話が取りあげられていますが、調べてみたところ、これはいずれも実話でした。ナイジェリア北部で不法な治験が行われたのは、一九九六年のことです。未承認薬を二百人ほどの子どもに投与したところ、はっきりとわかっているだけで十一人が死亡、多数に重い後遺症が残ったとされます。当初は過失をいっさい認めていなかった製薬会社ですが、二〇〇九年には賠償金の支払いに合意したようです。世間の目がしだいに厳しくなってきたことが、その一因になっているのではないでしょうか。

最後に次作の *“Split Second”* を簡単にご紹介しておきます。

次作のヒーローとヒロインは、ともにFBIの捜査官のルーシーとクーパーです。女たらしと噂されるクーパーをルーシーは毛嫌いしていたのですが、サビッチの指示でふたりで事件の捜査にあたるうちに、彼の思いやりの深さがわかってきます。そして、注目すべきは、ふたりが捜査にあたった連続殺人事件の犯人。カーステンという若い女性でした。義理の父親は上院議員候補ですが、生物学上の父親は、なんと百人近い女性を殺したとされる稀代の連続殺人鬼、テッド・バンディ。父親への思慕から連続殺人犯となったとおぼしきカーステンは、捜査の結果、すでに十人以上を殺しているらしいことがわかります。さらにルーシー自身、祖父から謎の指輪を譲られたのを機に、何者かから命を狙われるように……。次作も、複雑ながら、読んでみれば息もつかせぬスピード感のある物語にしあがっています。どうぞお楽しみに！

二〇一四年十二月

ザ・ミステリ・コレクション

幻《げん》惑《わく》

著者　キャサリン・コールター

訳者　林《はやし》 啓恵《ひろえ》

発行所　株式会社 二見書房
東京都千代田区三崎町2-18-11
電話 03(3515)2311 ［営業］
03(3515)2313 ［編集］
振替 00170-4-2639

印刷　株式会社 堀内印刷所
製本　株式会社 村上製本所

ISBN978-4-576-14171-8
http://www.futami.co.jp/

死角
キャサリン・コールター
林 啓恵［訳］

あどけない少年に執拗に忍び寄る魔手！ 事件の裏に隠された驚くべき真相とは？ 謎めく誘拐事件に夫婦FBI捜査官S&Sコンビも真相究明に乗りだすが……

追憶
キャサリン・コールター
林 啓恵［訳］

首都ワシントンを震撼させた最高裁判所判事の殺害事件。殺人者の魔手はサビッチたちの身辺にも！ 夫婦FBI捜査官サビッチ&シャーロックが難事件に挑む！

失踪
キャサリン・コールター
林 啓恵［訳］

FBI女性捜査官ルースは休暇中に洞窟で突然倒れ記憶を失ってしまう。一方、サビッチ行きつけの店の芸人が何者かに誘拐され、サビッチを名指しした脅迫電話が……！

幻影
キャサリン・コールター
林 啓恵［訳］

有名霊媒師の夫を殺されたジュリア。何者かに命を狙われFBI捜査官チェイニーに救われる。犯人捜しに協力する同僚のサビッチは驚愕の情報を入手していた……！

眩暈
キャサリン・コールター
林 啓恵［訳］

操縦していた航空機が爆発、山中で不時着したFBI捜査官ジャック。レイチェルという女性に介抱され命を取り留めるが、彼女はある秘密を抱え、何者かに命を狙われる身で…

残響
キャサリン・コールター
林 啓恵［訳］

ジョアンナはカルト教団を運営する亡夫の親族と距離を置き、娘と静かに暮らしていた。が、娘の〝能力〟に気づいた教団は娘の誘拐を目論む。母娘は逃げ出すが……

略奪
キャサリン・コールター&J・T・エリソン
水川 玲［訳］

元スパイのロンドン警視庁警部とFBIの女性捜査官。謎の殺人事件と〝呪われた宝石〟がふたりの運命を結びつけて――夫婦捜査官S&Sも活躍するシリーズ第一弾！